梦里频年记故踪

汪曾祺地域文集·高邮卷

徐 强 选编

广陵书社

图书在版编目（ＣＩＰ）数据

梦里频年记故踪：汪曾祺地域文集·高邮卷 / 徐强
选编. -- 扬州：广陵书社，2017.4
（回望汪曾祺 / 王干主编）
ISBN 978-7-5554-0741-6

Ⅰ. ①梦… Ⅱ. ①徐… Ⅲ. ①短篇小说－小说集－中
国－当代②散文集－中国－当代 Ⅳ. ①I217.2

中国版本图书馆CIP数据核字(2017)第076247号

书　　名	梦里频年记故踪：汪曾祺地域文集·高邮卷
编　　者	徐　强
责任编辑	邱数文
出版发行	广陵书社
	扬州市维扬路 349 号　　　邮编　225009
	http://www.yzglpub.com　　E-mail:yzglss@163.com
印　　刷	三河市华东印刷有限公司
开　　本	650 毫米 ×940 毫米 1/16
印　　张	28
字　　数	312 千字
版　　次	2017 年 4 月第 1 版第 1 次印刷
标准书号	ISBN 978-7-5554-0741-6
定　　价	76.00 元

前　言

　　"回望汪曾祺"丛书的《夜读汪曾祺》《人间送小温——汪曾祺年谱》《汪曾祺诗词选评》《汪曾祺论沈从文》《我们的汪曾祺》前五种出版后，得到了广大"汪迷"和读者朋友的肯定和喜爱，作为汪老家乡的出版社，我们深感荣幸，也深受鼓舞。今年是汪曾祺先生逝世二十周年，为了纪念这位"被遮蔽的大师"，在汪曾祺长子汪朗先生的大力支持下，经过丛书主编王干先生的积极运筹和诸位作者的精心编撰，我们得以再次奉献九种"回望"系列，包括金实秋创作的《泡在酒里的老头儿：汪曾祺酒事广记》、庞余亮选编的《汪味小说选》、陈武选编的《林斤澜谈汪曾祺》、王树兴选编的《高邮人写汪曾祺》、陈武创作的《读汪小札》等五种，以及由汪曾祺研究专家徐强按地域重新选编的汪老作品：《梦里频年记故踪：汪曾祺地域文集·高邮卷》《笳吹弦诵有余音：汪曾祺地域文集·昆明卷》《岂惯京华十丈尘：汪曾祺地域文集·北京卷》《雾湿葡萄波尔多：汪曾祺地域文集·张家口卷》四种。

　　汪曾祺先生作品已成为读者心目中百读不厌的经典，对于汪先生作品的探究也逐渐成为现代文学史研究的显学。

　　"回望汪曾祺"是一个开放性的系列丛书，我们还将陆续推出新的作品和学术研究成果，向一代文学大师和扬州乡贤致敬，同时也恳请广大作者和读者不吝指教。

广陵书社编辑部

2017 年 4 月

序：汪曾祺的文学地图

　　唐代诗人杜甫，经历了繁荣昌盛的开元盛世和战火绵延的安史之乱，杜鹃啼血书写王朝的痛史，成就了一代"诗史"之美誉，也深刻地诠释了"国家不幸诗家幸"的哲理。老杜的创作生涯，是和他的履踪分不开的：三次壮游时期，吴越、齐赵、梁宋；十年困守时期，长安；陷贼与为官时期，奉先、白水、鄜州、凤翔、华州、秦州、同谷；漂泊西南时期，成都、绵州、梓州、阆州、夔州、江陵、公安、岳阳、潭州、衡州……文学史上关于老杜的时段划分，正和其地理的迁移严密对应。

　　宋代文学家苏轼一生流寓，足迹同样遍布华夏二十余州，晚年作六言诗《自题金山画像》，二十四字道平生："心似已灰之木，身如不系之舟。问汝平生功业，黄州惠州儋州。"黄州、惠州、儋州，是二十余州的代表，也是他多舛际遇里最为仓皇的三个地点。它们的连线，缩微着苏轼六十四年的大起大落的风波图。

　　其实，岂独老杜、东坡为然？翻阅文学史，会发现每个作家的平生，都是一个独特的时空结合体，或曰一个时间和空间交织形成的坐标系；"情因事迁、文随地转"算是一个普遍的现象。

汪曾祺也不例外。笔者曾借《汪曾祺年谱长编》① 一书的撰述，力图"为生性散漫、不记日记的汪曾祺还原出一部可信的生活史和创作史"。在《年谱》中显现的汪曾祺一生，呈现出鲜明的时间阶段性，而这一阶段性与其寄身的地理场域又有着密切的统一关系。谱中既已以时间为序予以缕述，现在《汪曾祺地域文集》4 册面世，为我们从空间角度对"作家地理"与其人格结构及艺术嬗变过程的互动，提供了一个生动的例证。

汪曾祺一生尊崇高邮乡先贤、宋代大词人秦观（字少游），秦观的名字隐含着地理上的"游"走、"观"览与艺术创作之间的隐秘联系（无独有偶，宋代大诗人陆游字务观，也是异曲同工）。汪曾祺本人也雅好四方行走、随处流连，在他 77 年的人生中，履踪几乎遍及全国。以目前包括港澳台在内的 34 个省级行政区而言，汪曾祺未曾到过的似乎只有青海、宁夏、澳门 3 个省区。其中很多是走马观花性质的路过，虽然大多也都在他的作品中有所记载和反映，但就像作者自云，"我于这些地方都只是一个过客，虽然这些地方的山水人情也曾流入我的思想，毕竟只是过眼烟云"② 。即便如此，他的记游之作总体上也是当代游记文学中的佳品，其以独到眼光，对不同地域的景色、风物、民俗、方言饶有发现，具有丰富的人文地理学意义。

---

① 待刊。简编本《人间送小温——汪曾祺年谱》，广陵书社，2016 年版。
② 汪曾祺《我的世界》（1993）。

不过，真正对汪曾祺的成长具有塑形作用的，无疑是居住时间最长的四个地方——高邮、昆明、北京、张家口。这套《地域文集》，就是打破时间和题材界限，专从空间角度类编而成的四地文集。这种类编勾画出一幅空间界限分明的版图上的四大地标。

首先是高邮。高邮地处苏中，属于"淮南江北海西头"的扬州地区。这里是吴越文化、齐文化、鲁文化等多元文化的交汇之地，而以吴越文化为主调。高邮又是大运河流经的关键之地，运河在沟通高邮与南北文化方面的作用是显而易见的。汪曾祺身上受儒家的影响很深，但也应看到，高邮文化中同样存在的儒家之外的很多异质因素也同样濡染到他，例如，他的小说、散文中的主人公涉及五行八作，反映出这里浓郁的重工商主义传统。在温柔敦厚之外，高邮传统中的人生意识、道德观念似乎沾染水的特性，比纯粹儒家传统更为灵活、灵动。汪曾祺在高邮出生并生活至19岁，1939年离开，1981年在阔别40年后才第一次归里。作为其出生和早年的成长受教之地，高邮毫无疑问是汪曾祺人格的奠基之地。在此生活期间他还没有展开其艺术生涯，但是已经饱受民风和文化传统的浸润，养成朴素的审美观。很自然地，高邮生活成为其一生写作最重要的题材来源。在他的第一创作阶段里（20世纪40年代的写作），故家还未明显成为其属意的重心，《邂逅集》所收8篇小说，只有《鸡鸭名家》算典型的早期高邮生活背景，从最近发掘出来的30余篇早期逸文来看，其中明确为高邮背景的也只有七八篇而已。① 但经过长期感情酝酿发酵，在1980年代复出

---

① 参苏北选编《汪曾祺早期逸文》，安徽文艺出版社，2016年版。

文坛的第一个代表性作品，恰恰就是"写四十三年前的一个旧梦"①的《受戒》。1982 年结集的《汪曾祺短篇小说选》中新写的 4 篇力作都是关于故乡的，1985 年结集的《晚饭花集》中，在总共 31 题中，高邮题材的占到 18 题之多。小说是这样，散文亦复如此。可见，就像他自己在诗中所写的那样，"乡音已改发如蓬，梦里频年记故踪"②，越到晚年，高邮越成为其最重要的灵魂家园和艺术领地，无论在取材自觉上，还是挖掘深度上，他的故乡书写都达到了新的境界，极好地诠释了"童年记忆"在艺术家创作中的重要地位，也成为中国现代"小城叙述"的一个典范。

其次是昆明。这里是汪曾祺的人格定型期和艺术学徒期（1939年至 1946 年）的生活、读书之地。汪曾祺认昆明为自己的第二故乡，他气质中的很多方面，与昆明生活有着密不可分的联系。苍山洱海让他欢欣流连，亚热带高原的独特物候风情让他目不暇接。掺杂着耗子屎和砂石粒的"八宝饭"和文林街偶饱口福的米线、饵块哺育了他青春的身体，凤翥街上的三教九流让他体验人间万象。作为战时文化教育中心，昆明集中了中国知识界精英，也是自由包容的精神大本营。他谈到西南联大的影响，曾说最重要的是使学生"接受了民主思想，呼吸到独立思考、学术自由的空气，使他们为学为人都比较开放，比较新鲜活泼。这是精神方面的东西，是抽象的，是一种气质，一种格调，难于确指，但是这种影响确实存在。如云如水，水流云在"。又如他人格中有强烈的"名士气"，

---

① 考诸史实，四十三年前的 1937 年，作者正在江阴读高中，情窦初开，有了甜蜜的初恋，"旧梦"当与此有隐秘关联。但小说的地理背景，毫无疑问是故乡高邮。

② 汪曾祺《回乡书赠母校诸同学》（1991）。

究其原因，除了来自扬州八怪等苏中文化传统的影响，战时昆明文人集团中的"名士文化"（想想汪曾祺笔下的闻一多、刘文典、金岳霖、曾昭抡、陶光等一大批名士）尤不可轻忽。他在昆明遇到了自己终生追慕的艺术导师沈从文，聆听了一批大师级学者的课程，不无随性地浏览了古今中外典籍，形成开阔的艺术眼界和相当的学术功底，初步形成了自己的艺术气质与风格，这里堪称其取之不竭的精神堡垒和艺术武库。当年离别时依依不舍，人到暮年又一再重游。他自己说："我生活得最久，接受影响最深，使我成为这样一个人，这样一个作家，——不是另一种作家的地方，是西南联大，新校舍。"[1] 他在晚年创作大量以此段生活为背景的小说、散文，凸显了昆明生涯在汪曾祺人格和艺术中的重要地位。20 世纪 90 年代后期开始，伴随着一股"民国热"风潮的兴起，民国时期各著名大学的学术教育成就引起读书界的热切追慕，就中以战时的西南联合大学最为人称颂。寻绎这股思潮之源，汪曾祺从 20 世纪 80 年代开始持续不断的西南联大书写起到的作用不可小觑。事实上，诸如中央大学、浙大、川大、厦大、复旦等其他高校成就也不小，为什么西南联大能独秀于林，最为人津津乐道？汪曾祺以亲历者身份，在散文、小说中不乏传奇、夸张、幽默的描述，对于传播和普及西南联大史事，实有无可取代的引领风潮、推波助澜之功。

　　本来上海也是汪曾祺生命中的一个重要驿站。1946 年夏天，汪曾祺随复员大军回到上海，居住到 1948 年初离沪赴北平，在这

---

　　[1]　汪曾祺《七载云烟》（1994）。

战后的东方大都会短暂寄居谋生两年半的时间。上海可谓其真正踏上社会的第一站。期间他寄身文教界，阅历战后万象，体察世道人心，迎来小说创作上一个小高潮。但总体来看，写上海背景的分量偏小，一篇作品中局部地写到上海背景的虽不少，而纯以此地生活为题材者似只有《星期天》（1983）一篇，"上海卷"阙如，这也是不无遗憾的事。

上海以后，是北京。从1948年北来谋生，在此成家立业、生儿育女，编刊物、写剧本，写小说、写散文，直到1997年终老于斯，汪曾祺近50年的光阴在北京度过，在四地当中，以此地最久。汪曾祺北来的初衷是为追随未婚妻施松卿，但下面几方面因素恐怕也不能忽略：北京作为华北大都市和著名古都，是"五四"新文化运动的策源地和"京派"文学的发祥地，西南联合大学的人文群体在战后也回迁至此，其中包括他的文学导师沈从文，以及在西南联大时期结下的终生好友朱德熙、李荣等。在汪曾祺初来时，这里是战后百废待兴的文化中心，不意稍后却成为新中国的政治中心。对于在师承和趣味上都有"远离政治"因子的汪曾祺而言，北京的意义是复杂的。汪曾祺的北京寓居分两个阶段。1948年至1957年是第一阶段，其间他只有少数散文、特写和戏剧的试笔之作。究其原因，主要是个人艺术路向和时代大势的矛盾。以政治为轴心的文艺主潮，使汪曾祺的艺术趣味、文学理想失去依附，既成的、相当个人化的艺术风格难以为继，要想"随流"，必须经过艰难的转轨、蝉蜕。在找到稳妥的转轨方式之前，唯有沉寂喑哑，休笔转业。当然恩师沈从文的矛盾处境之镜鉴也是一个因素。他虽未成为"专业作家"，但职业始终没出艺术界，没有脱离文字生涯，在《说说唱唱》和《民间文学》当编辑，对中国说唱艺术的广泛而深入接触和积累，以及与老舍、赵树理等民间市井趣味甚浓的作家的朝夕盘桓，激活了汪曾祺心中似乎早已消泯的民间兴致，使他在传统与民间文学方面增加了厚实的积累。编辑生涯不意间成为汪曾祺的一个漫长的艺术发酵期。此前的西南联大时期，他膜拜西方现代主义，醉心象牙塔里的先锋实验；60年代后他回归民间与传统，中间似乎有个鸿沟，其实不存在什么鸿沟——正是在这个漫长的发酵期里，他实现了艺术上"暗转"式的跨越。

不过说到此期不多的作品中的"北京书写"，却也是非常精彩。《卦摊》是1948年刚到北京不久所写，描写东安市场的市井万象已是穷形尽相；进入新中国时期的《一个邮件的复活》（1951），虽只是篇特写，但以其圆熟的叙事技巧给人留下深刻印象。《国子监》（1957）是此期散文代表作，娓娓道来，显示汪曾祺对故都历史文化的认知已达到熟稔程度。

人有旦夕祸福。1958年下半年汪曾祺被打成右派，当年被发配张家口劳动改造，一去三年，他的人生地图上出其不意地增加了张家口一站。

张家口地处冀西北，蒙古高原南边缘，海拔极高，春季干燥，风沙肆虐；夏季炎热短促，冬季寒冷而漫长，气候条件远比北京为恶劣。汪曾祺曾奉命画《马铃薯图谱》的沽源位于张北地区，原为一座军台（清代所设军用邮驿），官员触罪，往往被皇上命令"发往军台效力"，实为一种严酷的贬谪。汪曾祺在随身带来的一本书扉页上画了一方闲章"效力军台"，虽为半开玩笑，但推人及己、"有迁谪意"的感怀也是很明显的。

　　张家口劳动生活，可以说是汪曾祺迄当时为止，也是其一生中的最低谷，但对于一个作家来说，未尝不是上帝的馈赠。正是在这里，汪曾祺平生第一次较长时期深入到民间生活，也第一次从生产实践和切近交往中认识到中国的农村和农民："我们和农业工人干活在一起，吃住在一起。晚上被窝挨着被窝睡在一铺大炕上。农业工人在枕头上和我说了一些心里话，没有顾忌。我这才比较切近地观察了农民，比较知道中国的农村，中国的农民是怎么一回事。这对我确立以后的生活态度和写作态度是很有好处的。"[①]

　　对汪曾祺而言，张家口是流寓地，亦是避风港。和很多右派作家相同，他从起猪圈、刨冻粪、扛粮食等沉重的劳动中经受了严峻考验；但又和他们不同，农科所对北京来的"老汪"没有歧视，给他保留了起码的尊严。塞上高原收容了落难者，虽然紧张的政治斗争和沉重的生产劳动为张家口生活涂抹上压抑的底色，但出现在作者笔下的却是快乐的劳作、温馨的生活、健康的人性、动人的世间真情。口外生活成为 1960 年后汪曾祺写作的重要题材之一。他歇笔十几年后，在 1961 年忽然写出大受好评的《羊舍一夕》及后来结集的《羊舍的夜晚》中的其他篇章，这绝不是偶然的。新时期复出后最早的一批小说（《塞下人物记》《黄油烙饼》《寂寞和温暖》《七里茶坊》）和 80 年代后的大量散文也都是以此为背景的。他发自内心地歌唱这里劳动的美，人情的美，从严峻的现实中发掘出宝贵的诗意：

---

　　① 汪曾祺《随遇而安》（1994）。

　　登上高凳，爬上树顶，绑老架的葡萄条，果树摘心，套纸袋，捉金龟子，用一个小铁丝钩疏虫果，接了长长的竿子喷射天蓝色的波尔多液……在明丽的阳光和葱茏的绿叶当中做这些事，既是严肃的工作，又是轻松的游戏，既"起了作用"，又很好玩，实在叫人快乐。①

　　最常干的活是给果树喷波尔多液。硫酸铜加石灰，兑上适量的水，便是波尔多液，颜色浅蓝如晴空，很好看。……我成了喷波尔多液的能手。喷波尔多液次数多了，我的几件白衬衫都变成了浅蓝色。②

　　我在这里的日子真是逍遥自在之极。既不开会，也不学习，也没人领导我。就我自己，每天一早蹚着露水，掐两丛马铃薯的花，两把叶子，插在玻璃杯里，对着它一笔一笔地画。上午画花，下午画叶子——花到下午就蔫了。到马铃薯陆续成熟时，就画薯块，画完了，就把薯块放到牛粪火里烤熟了，吃掉。③

1983 年重访故地，他写下不止一首诗篇："或绑葡萄条，或锄玉蜀黍。插秧及背稻，汗下如蒸煮。偶或弄彩墨，谱画马铃薯。坐对一丛花，眸子炯如虎。人或谓饴甘，我不厌荼苦。身虽在异乡，

---

① 汪曾祺《羊舍一夕》（1961）。
② 汪曾祺《随遇而安》（1994）。
③ 汪曾祺《沽源》（1989）。

亲之如故土"①；"北国山河壮，西窗客思深。重来谴谪地，转能
觉相亲"②。这都是他对塞上高原的深情的流露。盘点汪曾祺的张
家口题材写作，很明显看出汪曾祺和张家口有一种相互馈赠的关
系，一方面，张家口填补了汪曾祺的阅历空白，磨练了他的意志，
丰富了创作题材，正如他所曾自言："我当了一回右派，真是三
生有幸，要不然我这一生就更加平淡了。"（《随遇而安》）从
一个作家成长成熟的角度来说，这绝非戏谑之语。另一方面，从
张家口的角度来说，汪曾祺这样一位文坛巨擘曾在这里生活并写
下大量有关它的作品，这本身就是张家口当代人文史上浓墨重彩
的一笔。

　　1961年底结束张家口的生活，开始了北京生活的第二阶段，
直到逝世。这一阶段又以"文革"结束为界，分前、后两期。前
期专注本职工作——他归京后供职于北京京剧院，很快以其非凡
才华受到高层人物的注意和耳提面命，从右派和反动权威的身份
阴影下解脱出来，作为核心笔杆子参与《沙家浜》等的创作。这
是他一生中和政治结缘最深的时期，一方面风光无限，一方面如
履薄冰。自然，这期间的写作除了集体创作，个人化写作完全消
歇了。但剧院经历对此后的写作大有意义，其一，为后期大量的
梨园题材作品打下厚实的基础；其二，戏剧创作经历使他谙熟传
统艺术精粹，为打通艺术门类的壁垒、建构精湛的文论思想创造
了条件。后期是"文革"结束，从政治文化漩涡里走出的汪曾祺，

---

① 汪曾祺《重来张家口，读〈浪花〉小说有感》（1983）。
② 汪曾祺《重来张家口》（1983）。

重新回归小说、散文创作，异军突起，在 60 岁成为"文坛新秀"，从此一发不可收，将近 20 年间创作数百万字，迎来艺术上的丰收期，成为新时期文学上的一个重要章节。北京这座他生活了 30 年、有着久远历史文化传统的北方大城市，从 1980 年的《天鹅之死》开始，也成为不断书写的对象。他虽曾拒绝承认自己为"京派"，但无可否认地成为 1993 年出版的《京味小说八家》[①] 中的一家，更无可拒绝地被冠以"京派文学的最后一个传人"的名号而进入若干版本的文学史著。《京味小说八家》编者在《后记》中阐述了"京味"的内涵，指出"京味"由三种因素所构成：乡土味、传统味、市井味。"京味小说"的三个标准是：（一）用北京话写北京人、北京事，这是最起码的题材合格线。（二）写出浓郁、具体的北京的风土习俗、人情世态。（三）写出民族、历史、文化传统的积淀在北京人精神、气质、性格上所形成的内在特征。可见，高邮人汪曾祺已然从骨子里成为一名"北京作家"了。

　　汪曾祺生于"五四"新文化运动方兴未艾的 1920 年，卒于新旧世纪之交的 1997 年。70 余年间中国政治风云际会、文化消长嬗变的线性历史，在他人生曲线图上投影为上述五个地理空间。通观汪曾祺的艺术人生，可进一步简述为：出生在高邮里下河地区，在运河文化里成长，接受人生最早的文化和人格熏陶；在战时昆明的学院环境中初登文坛；战后短暂的上海寄居，阅历职场沧桑和大都市的世相百态；新中国前半期在首善之区的北京，艺术追

---

　　① 刘颖南、许自强编《京味小说八家》，文化艺术出版社 1989 年版。选收老舍、汪曾祺、刘绍棠、邓友梅、韩少华、陈建功、浩然、苏叔阳八位作家的小说，每人两篇，共计 16 篇。汪曾祺入选的两篇作品是《安乐居》和《云致秋行状》。

求受到政治环境格限而辍笔；"反右"斗争到"文革"结束，经过"北京—张家口—北京"，人生曲线则历经"平和—跌落—荣华—沉寂—复归"的戏剧性沉浮，终于"大器晚成"，在新时期文坛一举成名。看似简单的这幅轨迹图却容纳着中国现代文化的几类代表性空间，包孕着一个小说家人格文风递嬗的密码，也为我们提供了观察汪曾祺、思考艺术家"人地关系"的另一个角度。

本套书初由王干先生动议策划，委托笔者提出选目。胡婉君、何希负责文本合成，并参与篇目筛选。若有不当之处，皆由笔者负责。

谨以此书纪念汪曾祺先生逝世二十周年。

徐　强

2017 年 4 月 15 日

目 录
CONTENTS

小 说

翠 子   // 002

河 上   // 010

鸡鸭名家   // 018

异 秉   // 037

受 戒   // 050

大淖记事   // 072

故里杂记   // 094

徙   // 112

故乡人   // 136

晚饭花   // 149

故里三陈   // 163

昙花·鹤和鬼火   // 176

桥边小说三篇 // 186

小学同学 // 206

仁 慧 // 215

露 水 // 220

辜家豆腐店的女儿 // 228

鹿井丹泉 // 234

名士和狐仙 // 236

礼俗大全 // 241

侯银匠 // 249

散 文

花 园 // 256

故乡的食物 // 266

他乡寄意 // 281

《高邮风物》序 // 286

腊梅花　　　　　　　　　　　// 290

踢毽子　　　　　　　　　　　// 293

甓射珠光　　　　　　　　　　// 296

淡淡秋光　　　　　　　　　　// 299

吴大和尚和七拳半　　　　　　// 305

冬　天　　　　　　　　　　　// 309

四方食事·河豚　　　　　　　// 312

和　尚　　　　　　　　　　　// 315

城隍·土地·灶王爷　　　　　// 317

我的祖父祖母　　　　　　　　// 328

我的家乡　　　　　　　　　　// 336

我的家　　　　　　　　　　　// 344

一辈古人　　　　　　　　　　// 355

旧病杂忆·对口　　　　　　　// 363

故乡的野菜　　　　　　　　　// 365

我的小学　　　　　　　　　　// 370

故乡的元宵　　　　　　　　　　// 380

文游台　　　　　　　　　　　　// 384

露筋晓月　　　　　　　　　　　// 390

草巷口　　　　　　　　　　　　// 393

师恩母爱　　　　　　　　　　　// 398

阴　城　　　　　　　　　　　　// 404

三圣庵　　　　　　　　　　　　// 406

牌　坊　　　　　　　　　　　　// 409

早茶笔记　　　　　　　　　　　// 411

我的初中　　　　　　　　　　　// 414

看　画　　　　　　　　　　　　// 422

小　说

翠 子

夜，像是绻藏在墙角的青苔深处，这时偷偷地溜了出来，占据了空空的庭院。天上黑郁郁的，星一个一个地挂起来，乍起的风摇动园里的竹叶，这里那里沙沙地响。

家里只有我和大丫头翠子，在屋中玩着，等待父亲回家。

翠子扬起头，凝望着远远的天边，抱在膝上的两手渐渐松了下来。

"又来了！看你那呆样子。翠子，你跟我说个故事好不好？要拣顶顶美丽的。可是你不要再说磨子星和灯草星子，今儿晚上天河里没有多大的风，雾倒挺不少，你看哩，白蒙蒙的，什么也看不出。我怕他们星子也都会迷了路。"

像是没有听见似的，她的眼睛还是睁得那么大，但是我自己听得很清楚，连掠过檐前的蝙蝠一定已都偷听了一两句去了，在她的眼睛里，我看出我有点生气，默默地，我盯着廊下两个淡淡的影子，心里想：不理我，好！看我的比你的也短不了多少。

终于，她跟我讲和了。站起身来，伸手理一理被调皮的风披下来的几丝头发，（用黑夜纺织成的头发！）她说：

"不早了，我给你弄晚饭去。爷大概不会回来吃了。"

爷？又不是你的爷，为什么你也这么叫呢？不害羞！叫人家的爷做爷。我心里笑过多少次了，不过我也没有说什么，转进堂屋里去了。堂屋好像比那天都空洞，壁虎在板壁上水渍处慢慢地爬过，但我一点儿都不怕。母亲的棺柩停在这儿时，我还一个人守着一盏长明照路灯，（怕被老鼠们喝干了，让妈在黑地里摸索）现在更不怕了；只是桌底下的大黑猫，咕噜咕噜地"念佛"叫人听得真不好受。我连声地喝"去！""去！"它像聋了个耳朵，睬也不睬。想叫声翠子，听厨房里铲子正响得紧，大概加点火，马上就要来了，便想起翠子来的时候黑黑的样子，还穿上双鲤鱼脸的花鞋，带个大红"舌头"，怯生生的，"锅边秀！"于是跟自己笑起来。

吃饭时，我一手拿着筷子，一手拿根纸捻，蘸点儿水，又在灯盏里滚一滚，就火头上毕毕剥剥地烧起来，非常好玩。

"看油点子溅到眼里去，怎么这么皮！"

"哟，真真像个妈？"我想着小猫儿似的咕咕地笑着。

"爷一早就出去了，这会还不回来，老不肯待在家里，把我一个人撇下！"

其实我知道，爷疼一晚上比别人疼我一天都强。而且有翠子伴着我也并不寂寞，但是我仍巴巴盼他回来。晚上的风专门往人颈子里钻，邻居王家的那条大花狗，一听到脚步声音就向黑中狂叫。爷难道不怕狗？不怕我因为担心他怕狗而怕狗？

我嘟起了嘴。

"……大白天你一定又是到你娘的坟上去了。你这个人！看每天衣上都沾了些泥斑，早上的露水多重！……"

对了。父亲每晚回来都带着一支白色的花，这花城里是没有的。人家说是鬼种出来的。母亲的墓园里满开的全是这种花，听爷说过，"这坟地是你娘生前亲自看定的。"风水先生都说这不是吉地，但父亲可坚持要葬在这儿。只是这花是经不起霜打的，白菜渐渐甜了起来，怕这花也没多少日子好活了。我希望明天要父亲带我去看看，花叶的尖尖有没有发红，要是红了，那就快了。

等花都完全憔悴死了，只挂上一些干叶子在风里摇，狗尾草也在风里摇，看父亲还再天天到坟上去不去？

格格，一只褪了绿色的小蚱蜢，振翅向灯焰飞来，翠子一挥手把它赶去了。翠子嘴里咕咕着："你为什么不在青草窠里玩着，却迷在这亮亮的一团火里？"

大家都不说话，风掀起壁上的条幅，划划地响。我想起父亲近来画也不画，字也不写，连话也不多说，便问翠子：

"爷近来是不是又老了些？下巴的须子长得那么长，刺在人脸上，痒痒的，嗯。怎么回事？想娘，娘不想他也不再想我，睡在地下安安静静。什么也不想。"

"你爹……哦，你明儿早上起来，叫他亲出去。明儿是他的生日，今年是三十了吧。……快吃，看菜都冷了！"

咦！我不是吃完了吗？她一定又想着什么了。连我放下筷子都不晓得，痴痴的真好玩。今晚上我还要告诉父亲，翠子这两天像丢了魂。她的魂生了翅膀，把翅膀一举，就被风吹到远远的地方去。是一阵什么风？我不知道，翠子也不知道。

翠子收了碗，把折好的爷的衣裳压在衣砖底下，便做起针线来。我倚在她身上，随着她胸前的起伏，我轻轻地唱：

"小白菜呀

点点黄啊

小小年纪

没了亲娘

……

……"

"翠子，底下是什么的？"

"——听，叫门，你爹回来了？"

翠子打了风雨灯，走到黑黑的过道里，我站在可以看到大门的地方等着，看烛火一步步的近了，却是父亲提着的。翠子静静的跟在后面。

父亲一把抱起了我，在颊上亲了我一下，问我为什么还不睡。

"等你！你不疼我，只疼别人家的孩子！"

父亲轻轻叹了一声，进到房间里去了。一进房门，便听见屋角矿矿的声音，他问我：

"五更鸡上煮的什么？"

"莲子。翠子在柜子里找出来的，说上好的建莲，再不吃要坏了。天也冷了，爷该吃点滋润清补东西，所以煨了它，让我关照爹，糖在条几上玻璃缸里。"

"哦，——家里，几时还有莲子？"

"谁知道几时的……"

"二宝，你睡吧！"

"你呢？"

"我也就要睡了。我很累。"

"我这么大了，自己还不会脱衣裳么？我不要你，不要你！"当父亲要替我解纽子时，我连忙让开。脱了衣裳，"进窝了，进窝了，进窝啰"，便往被窝里一钻。被盖是翠子新浆洗的，非常暖和，有一点太阳气味，一点米浆气味，和一点（极少一点点）香粉味。

爷只吃几颗莲子，其余的都给我吃了。他叫我不用起来，拿小银匙子一颗颗地喂我。我一边吃，一边看着他的瘦脸：黑了，更瘦了，头发长得那么长，下巴全是青的，这么大的人了，自己不晓得打扮，还要人来照应，呕……

我想起一件事，赶忙告诉爷：

"高家伯伯今儿来过了，饭前，一个人坐在客房里等了你老半天，跟我谈了很多话：问我想不想妈？要是想，教爷替你再娶个妈。又把你那支挂着的笛子拿下来吹了半天，他说吹的叫什么《汉宫秋》。爹爹，——你吹得好还是他好？后来翠子给他送上茶，他便不吹了，一个人走来走去地笑笑，还拿纸写了些什么教我拿给你看，字那么草，它认识我，我可一个也不识得它。"

父亲看看那张字条，哈哈地笑起来。笑些什么呢？还那么大的声音。

父亲随后也脱了衣裳睡下，点起一支烟，烟一丝丝的播起来，满帐子里都是烟云。

"二宝，你今儿晚上吃的什么菜？"

"青菜虾圆汤。"

"可好吃？"

"好吃，好吃，虾子又新鲜，买来时还活蹦乱跳，青菜是到园上现挑的，在薛大娘园上挑的，翠子说，这样有起水鲜。——爹可晓得薛大娘？翠子新认了她做干妈。今儿大清早，我跟翠子上那儿去，草上露水还没有干，她把鞋都湿透了。我没有，我走道儿挺小心。到那儿薛大娘的儿子大驹子正在浇水，看见我们来了，便笑吟吟地把剩下的半桶水往埂上一搁，替我娘下园挑菜去。翠子坐在埂上跟他谈话。薛大娘给了我两个新摘的沙胡桃，我便一个人去找蟋蟀儿去。我蹑着脚走了半天，连个油胡虚的叫声都没听见，才过了白露啊，难道它们就哑了翅子，不好意思再大胆的"呼雌"了？爹，你不是告诉过我，蟋蟀儿的叫是呼雌的？找不到，我便掏了几斤芦菜，编成个小船，把她们一只只的送到河中流水里，看哪个流得最远。呜，一阵风把我的船全翻了，河下已经有人淘中饭米，我想已经来了老半天了，便回到园上找翠子去。

"我一去，他们都没看见，翠子还那么坐着，睁着大眼睛望着天，天上不见雁鹅，喏，就像我这样子。大驹子呢，站着旁边，看定翠子的脸。菜篮子里只有两棵，我一叫翠子，他们都不看了，一块儿下园挑菜，大驹子还替我们下河把菜洗得干干净净。

"咳，爹，你说翠子为什么老呆呆的，望着天，天上有什么？人家说，天上有时会开天门，心里想什么，天门里就有什么！可是这要有福气的人才看得见。翠子是不是个有福气的人？你说。看天门开要在七月初七的晚上，早过了时！翠子一发呆，便不爱说话，不跟我说故事，也不教我唱'白果树，开白花，南面来了个小亲家'了，也不爱跟我来'板凳板凳歪歪，菊花菊花开开'了，我想笑，又怕她笑我。爷，你说说她，要她同我玩玩，不许发呆。"

嗯，父亲不知为什么，这时不理我了，也呆呆的，好像从帐顶可以透过屋顶，看到翠子白天发呆的那个样子。怎么回事？

"哎，爹，你怎么的？看落了一枕的烟灰，你快睡在灰里了。翠子今天洗枕头时说你烧了那么大一个焦洞，赶明儿什么烧了也不知道。"

父亲对我笑了笑，把灰拍去了些。

"翠子真好，又好看，又带我好，跟妈一样。爹，我们再也不要让她走，教她永远在我们家里！"

"……十九岁了……明年四月……一个跛子男人……哦，二宝，让她回到自己的家里去吧，她妈就要来带她了，这件事，我不能管！"

爷又叼上一支烟，划了一根火柴，半天都不去点。等火柴把指头灼痛了，才把火柴扔了。我真不明白，为什么父亲的魂也生了翅膀，向虚空飞。便记得要跟他说，先前翠子提起的话。

"爹，你是不是三十岁了？翠子让你明儿别出去，为你做生日，她办菜！"

"三十了？三十了！为什么是三十呢？管翠子什么事？你也不用管，我不做生日了的。二宝你睡吧，明儿要早点起来，跟我到你妈坟上去拜坟。你记不记得，明儿是你妈的忌辰。我要翠子回家，她长大了，留不住。"

为什么要让翠子走呢？我觉得鼻子很酸，忍受不住，我哭了。

父亲把我抱在怀中，脸贴着我的脸："睡罢，半夜了你听豺狗叫……"

　　灯油尽了，火头跳动了几下，熄了。满屋漆黑，柝声敲过三更了。我不知道父亲什么时候方睡。我醒来时，父亲已起了床出院中做深呼吸去了。翠子站在我床边，眼睛红红的。

十一月一、二日，联大。

河 上

在乡下住了这些日子，什么都惯了。在先有些不便住，原谅说这是乡下，将就着过去。住了些时，连这些不便都觉不到了，对于乡下的爱慕则未稍减一分，而且变得更固执，他不断在掘发一些更美丽的。

清晨真好，小小的风吹进鲜嫩的叶子里，在里面休息一下，又吹了出来，拂到人脸上，那么顽皮的，要想绷起脸，那简直是不可能。他把嘴唇这么舔了舔，有点无可奈何地望着它们。

田埂上干干净净的，但两旁的草常想伸头到另一边去看看，带了累累的露珠，脚一碰到，便纷纷地落下来，那么嫩，沾到鞋上不肯再离身。他的脚全湿了，但他毫不注意，还有意去撩拨撩拨。

"山外青山楼外楼。"

他笑了，不知是为了这声音，还是因为这声音所唱出的歌，还是低着头也照样用假嗓子接唱下句：

"情郎哥哥住在村后头。"

"哈哈，李大爹，好嗓子，教你儿媳妇听见不怕笑话吗？"

"城里人还唱这个呢。早，少爷，恁早，敢是。"

"一早上麻雀打架就醒了。下田？小秧子都绿得要滴了，今年年成好，该替你娶二媳妇了。"

"我那二小子才十五哩。噢！取笑取笑，嚇嚇，回见，少爷。昨晚上在秧池里又弄到两尾鲫鱼，过会儿跟你送来吧？"

"今儿我上城去一趟，你养在水缸里吧，晚上我自己来拿。你要点什么我给带来，怎么样，还是酒，我知道！"

"不敢领，不敢领，谢谢了。"

他回头看看，老头子笑着走了，还拾起一块石头往河里一丢，又撮起嘴吹起嘹亮的哨子，逗那歇在柳梢上逞能的画眉。

"老东西，你当心跌进河里去，水凉着哪。"

"你！"

他放过老头子，在老头子笑着回头时转了湾。

……

"是什么时候来的现在连那个瘫子王八都认识我了。要不是医生说我神经衰弱我怎么会来呢，这一住真不知道什么时候才回去，我现在才知道乡卜人为甚么那么看重他们的家。可是他们还一直叫我城里人，城里人城里人！"

"蛇，蛇，蛇，一条大土谷蛇！"

他猛地嚇了一跳，但很快的辨出这是谁的声音，便不怕了。

"你才是蛇，蛇会变个好看的女人迷人，三儿。"

"城里人怕蛇，喝喝。……"

三儿不理他，跳蹦着家去了。

迎出来的是王大妈。

"早，少爷，我们马上就要下田了。早饭这就好了，吃了跟我们一块车水去。"

"谁跟他踩，笨手笨脚的，乡下生活他什么也干不好，就学会了唱歌！"

三儿在里面摆着碗筷，大着声音说。

"不给你们做了，白做了一天，工钱也不给，还硬逼人吃豆油炒鸡蛋！王大妈我今儿要上城去一趟呢。"

早饭摆在桌上，两碗汤饭，一碗清汤蛋。三儿一听他说完那句话，便把鸡蛋抢过来吃。

"不吃蛋，我吃！"

"这死丫头，看噎住了。"

"王大妈，你藏着这么个大姑娘在家里，家神灶神都不得安宁。也不怕人恨你。"

王大妈笑着坐下了，她心里脸上有许多话。

"王大妈，我上城去，问你借两样东西，你把那条双舞剑借给我！"

"不借，不借，船是妈的，妈是我的，我不借！"

"不借，我划了就走。"

"我叫乡长拿你。"

"乡长替你做媒呢。"

"呸！"三儿摔了筷子进她自己的房里去了。妈的早饭还没吃完，她又出来。

"妈，我先下田去了。"

"下田干吗要换身新衣裳，嗨。"

不理，一溜烟走了。

王大妈到屋后浅湾头找船，船不在了，岸上还有新渍的水。

"死丫头，把船划到哪儿去了。三儿——三——儿——"

"三儿。"

转过村头，三儿在哩，一个人，把船摇在河中央，自由自在一身轻，头也不扭，只当什么也没听见。

"我要到越娃沟去采野蔷薇去，不等到船上装不下时不回来！"

"三儿，再不划回来妈要生气了。"

三儿知道妈不会生气，如果妈会生气，三儿就不会把船划了走。

岸上人互相笑笑。

他一直由岸上赶着，赶到快到越娃沟，才找个地方跳上了船。三儿托地把桨往下一搁，坐到船头上去了。他拾起荡在船尾的两只桨，嗐着笑划起来，船渐渐平稳的前进了。

两岸的柳树交拱着，在稀疏的地方漏出蓝天，都一桨一桨落到船后去了。野花的香气烟一样的飘过来飘过去，像烟一样的飞升，又沉入草里，溶进水里。水里有长长的发藻，不时缠住桨叶，轻轻一抖又散开了。

"三儿，你再不理我，我要跳河了。"

"跳河，跳河，你跳河我就理你。"

他真的跳了。

三儿惊了一下，但记起他游水游得很好，便又安安稳稳地坐着，本来也并未生什么气，不过略有点不高兴，像小小的雾一样，叫风一吹早没有了。可是经他一说出生气，倒真不能不生气了，她装得不理他。他知道女孩子在这些事情上不必守信用。

她本想坐到后稍来划桨，但觉得船仍旧行着，知道有人在水里推着呢，于是又不动身。

水轻轻地向东流，可是靠边的地方有一小股却被激得向西流，乡下人说那是"迴溜"。三儿想着一些好笑的事情，她知道自己笑了。一些歌泛在她的心上，不自觉的，她竟轻轻地唱出声了。

"三儿，让我上船吧，你唱得那么低，不靠近你的嘴简直就听不见。我浑身都湿透了，再不上来到城都晒不干。"

"我唱了么，我唱了么？不许上来，上来我拿桨打你。"

她不免回头看看，他已经爬上船舷了，船身侧了过来，赶紧到后面来抵住他。

小船很调皮的翻了，两个人都落在水里。

再把船翻正了，谁也不上船。

在水里的人就忘了水上面的事情，三儿咬着嘴唇笑了。

"你看！"

"你看！"

"我们到那边草滩上把衣服晒干了再走吧。"

"你把船拴在草窝里人家认得那是我家的船。"

滩上的草长得齐齐的，脚踏下去惊起几只蚂蚱，咯咯地飞了，露出绿翅里红的颜色。

衣裳都贴在身上了，三儿很着恼地用手挤出衣上的水，又抹平了。

"不行，你背过脸去，不许看我。"

"好。"

他折下一根蟋蟀草，把根儿咬在嘴唇里，有点甜，他知道嚼到完全绿的地方便有点苦，但是不嚼到那儿。一根一根的换着嚼，只嚼白里带红的地方。

"喂，你在那儿干什么？"

"我？吃草。"

"吃草，哈，你有什么病，大概是吃草吃出来的，那么粗的胳膊，夹得人直叫妈，脸也晒得跟乡下人一般黑，舞起锄头来比谁也不弱，还成天唱不长进的歌，你，你有病！"

"我本来没有什么病。可是在乡下住了这些时倒真害上一些病，三儿，你不信摸摸我的胸脯，我的心跳得厉害呢。喝，一条大鱼，好大一个水花儿。"

"不早了罢，锣鼓声都找不到了，是午饭时候了。你饿不饿？我不饿。"

"我也不饿，因为你不饿。三儿，你说我这回上城干什么，我几乎有点厌恶城里，既然？"

"我哪知道！"

"你知道！"

"你，哼，你是去看有没有信，那个人的！"

"谁的？"

"那个相信你那些傻话和谎话的人的！"

"谁？"

"谁！谁！谁！那个挂在你桌子前面的那个大照片的人的！"

"随你说罢！"

三儿看见那口平板板的脸像腌过一般，忍不住笑了，她的身子随转过的头转过来，用手指往他鼻子上一戳。又笑了。

"衣服都快干了，那一点湿也不要紧了。五月的太阳真够厉害的，上船罢，一会儿又蛤蟆的该来了。再迟就赶不到城了，还有一半路呢。"

两个人都坐向船尾，互相望了望，坐在左边的用左手划右边的桨，坐在右边的用右手划左边的桨。桨的快慢随着大家呼吸的快慢。一路上非常安稳平静，除了谁的头发拂上谁的脸，谁瞪一瞪眼，用自己的身体推一推别人的身体，推不开别人，却推近了自己。

他们互相量着自己和旁人凸出的胸部的起伏也量着自己的。

绿柳，蓝天，锣鼓，歌声，风，云船，桨，都知趣的让人忽视它们的存在。

嚇，城楼的影子展开了，青色。平凡又微丑的。

"三儿，到我家，我掐许多花给你。现在能开的花我家的园里都有。"

"我不要，你家那条大黄狗也看不起乡下人，我不去。小姐们会说我要是换上旗袍多好，我不愿。而且你家里知道你成天跟我们乡下女孩儿玩，一定要骂你，他们会马上要你搬回去。啊，到码头了，你到前面去插上船椿。我的脸红不红？"

"不，不要插上船椿，划回去，我不要回家了。"

"唔？"

"你等等，我跳上去买一点吃的来。"

"唔？"

　　码头上有各色的颜面与计谋，有各种声音与手势，城里的阴沟汇集起来，成了不小的数股流入河里。一会儿是屠宰户的灰红色，一会是染布坊的紫色，还有许多夹杂物，这么源远深长的流着，使其出口处不断堆积起白色的泡沫。三儿看着，想这些污水会渐渐带到乡下去的，是的会带去……

　　"这是甜瓜，这不是你喜欢的牛角酥么，你是划船，我替你剥去瓜子，剥了瓜皮。三儿，你看月亮已经上来，浮萍上有萤火虫在住家了。"

　　小船刺破了流银的梦。

　　"三儿，我将永远不回城里。"

　　"永远住在乡下。妈会煮了新剥的茄豆等我们，还有茄子，还有虾，还有豆油炒鸡蛋哈哈。"

　　纳凉的扇子下有安逸。

　　拴上船，三儿奔向妈的怀里。

　　"三儿，你的新衣裳怎么皱成这样子？"

　　"李老爹来过一趟，送来两条鲫鱼，我给你们清炖了。"

　　"哦酒忘了——"

　　"王大妈，我明儿不再教三儿认字了。认了字要变坏的，变得和城里女人一样坏。她已经会逼人，逼得人差点儿想哭——啊，你看柳条，拖在水里，直扫得浮萍们不得安身呢。"

七月二十日

鸡鸭名家

刚才那两个老人是谁？

父亲在洗刮鸭掌。每个蹼都掰开来仔细看过，是不是还有一丝泥垢、一片没有去尽的皮，就像在做一件精巧的手工似的。两副鸭掌白白净净，妥妥帖帖，排成一排。四只鸭翅，也白白净净，排成一排。很漂亮，很可爱。甚至那两个鸭肫，父亲也把它处理得极美。他用那把我小时就非常熟悉的角柄小刀从栗紫色当中闪着钢蓝色的一个微微凹处轻轻一划，一翻，里面的蕊黄色的东西就翻出来了。洗涮了几次，往鸭掌、鸭翅之间一放，样子很名贵，像一种珍奇的果品似的。我很有兴趣地看着他用洁白的，然而男性的手，熟练地做着这样的事。我小时候就爱看他用他的手做这一类的事，就像我爱看他画画刻图章一样。我和父亲分别了十年，他的这双手我还是非常熟悉。

刚才那两个老人是谁？

鸭掌、鸭翅是刚从鸡鸭店里买来的。这个地方鸡鸭多，鸡鸭店多。鸡鸭店都是回民开的。这地方一定有很多回民。我们家乡回民很少。鸡鸭店全城似乎只有一家。小小一间铺面，干净而寂寞。门口挂着收拾好的白白净净的鸡鸭，很少有人买。我每回走过时总觉得有一种使人难忘的印象袭来。这家铺子有一种什么东西和别家不一样。好像这是一个古代的店铺。铺子在我舅舅家附近，出一个深巷高坡，上大街，拐角第一家便是。主人相貌奇古，一个非常大的鼻子，鼻子上有很多小洞，通红通红，十分鲜艳，一个酒糟鼻子。我从那个鼻子上认得了什么叫酒糟鼻子。没有人告诉过我，我无师自通，一看见就知道："酒糟鼻子！"我在外十年，时常会想起那个鼻子。刚才在鸡鸭店又想起了那个鼻子。现在那个鼻子的主人，那条斜阳古柳的巷子不知怎么样了⋯⋯

那两个老人是谁？

一声鸡啼，一只金彩绚丽的大公鸡，一个很好看的鸡，在小院子里顾影徘徊，又高傲，又冷清。

那两个老人是谁呢，父亲跟他们招呼的，在江边的沙滩上？⋯⋯

街上回来，行过沙滩。沙滩上有人在分鸭子。四个男子汉站在一个大鸭圈里，在熙熙攘攘的鸭群里，一只一只，提着鸭脖子，看一看，分别丢在四边几个较小的圈里。他们看什么？——四个人都一色是短棉袄，下面皆系青布鱼裙。这一带，江南江北，依水而住，靠水吃水的人，卖鱼的，贩卖菱藕、芡实、芦柴、茭草的，都有这样一条裙子。系了这样一条大概宋朝就兴的布裙，戴上一顶瓦块毡帽，一看就知道是干什么行业的。——看的是鸭头，分别公母？母鸭下蛋，可能价钱卖得贵些？不对，鸭子上了市，多是卖给人吃，很少人家特为买了母鸭下蛋的。单是为了分别公母，弄两个大圈就行了，把公鸭赶到一边，剩下的不都是母鸭了，无须这么麻烦。是公是母，一眼不就看出来，得要那么提起来认一认么？而且，几个圈里灰头绿头都有！——沙滩上安静极了，然而万籁有声，江流浩浩，飘忽着一种又积极又消沉的神秘的向往，一种广大而深微的呼吁，悠悠窅窅，悄怆感人。东北风。交过小雪了，真的入了冬了。可是江南地暖，虽已至"相逢不出手"的时候，身体各处却还觉得舒舒服服，饶有清兴，不很肃杀，天气微阴，空气里潮润润的。新麦、旧柳，抽了卷须的豌豆苗，散过了絮的蒲公英，全都欣然接受这点水气。鸭子似乎也很满意这样的天气，显得比平常安静得多。虽被提着脖子，并不表示抗议。也由于那几个鸭贩子提得是地方，一提起，趁势就甩了过去，不致使它们痛苦。甚至那一甩还会使它们得到筋肉伸张的快感，所以往来走动，煦煦然很自得的样子。人多以为鸭子是很唠叨的动物，其实鸭子也有默处的时候。不过这样大一群鸭子而能如此雍雍雅雅，我还从未见过。它们今天早上大概都得到一顿饱餐了吧？——什么地方送来一阵煮大麦芽的气味，香得很。一定有人用长柄的大铲子在铜锅里慢慢搅和着，就要出糖。——是约约斤两，把新鸭和老鸭分开？也不对。这些鸭子都差不多大，全是当年的，生日不是四月下旬就是五月初，上下差不了几天。骡马看牙口，鸭子不是骡马，也看几岁口？看，也得叫鸭子张开嘴，而鸭子嘴全都闭得扁扁的。黄嘴也是扁扁的，绿嘴也是扁扁的。即使掰开来看，也看不出所以然呀，全都是一圈细锯齿，分不开牙多牙少。看的是嘴。看什么呢？哦，鸭嘴上有点东西，有一道一道印子，是刻出来的。

有的一道，有的两道，有的刻一个十字叉叉。哦，这是记号！这一群鸭子不是一家养的。主人相熟，搭伙运过江来了，混在一起，搅乱了，现在再分开，以便各自出卖？对了，对了！不错！这个记号作得实在有道理。

江边风大，立久了究竟有点冷，走吧。

刚才运那一车鸡的两口子不知到了哪儿了。一板车的鸡，一笼一笼堆得很高。这些鸡是他们自己的，还是给别人家运的？我起初真有些不平，这个男人真岂有此理，怎么叫女人拉车，自己却提了两只分量不大的蒲包在后面踱方步！后来才知道，他的负担更重一些。这一带地不平，尽是坑！车子拉动了，并不怎么费力，陷在坑里要推上来可不易。这一下，够瞧的！车掉进坑了，他赶紧用肩膀顶住。然而一只轱辘怎么弄也上不来。跑过来两个老人（他们原来蹲在一边谈天）。老人之一捡了一块砖煞住后滑的轱辘，推车的男人发一声喊，车上来了！他接过女人为他拾回来的落到地下的毡帽，掸一掸草屑，向老人道了谢："难为了！"车子吱吱呕呕地拉过去，走远了。我忽然想起了两句《打花鼓》：

恩爱的夫妻

槌不离锣

这两句唱腔老是在我心里回旋。我觉得很凄楚。

这个记号作得实在很有道理。遍观鸭子全身，还有其他什么地方可以做记号的呢？不像鸡。鸡长大了，毛色各不相同，养鸡人都记得。在他们眼中，世界没有两只同样的鸡。就是被人偷去杀了吃掉，剩下一堆毛，他认也认得清（《王婆骂鸡》中列举了很多鸡的名目，这是一部"鸡典"）。小鸡都差不多，养鸡的人家都在它们的肩翅之间染了颜色，或红或绿，以防走失。我小时颇不赞成，以为这很不好看。但人家养鸡可不是为了给我看的！鸭子麻烦，不能染色。小鸭子要下水，染了颜色，浸在水里，要退。到一放大毛，则普天下的鸭子只有两种样子了：公鸭、母鸭。所有的公鸭都一样，所有的母鸭也都一样。鸭子养在河里，你家养，他家养，难免混杂。可以做记号的地方，一看就看出来的，只有那张嘴。上帝造鸭，没有想到鸭嘴有这个用处吧。小鸭子，嘴嫩嫩的，刻几道一定很容易。鸭嘴是角质，就像指甲，没有神经，刻起来不痛。刻过的嘴，一样吃东西，碎米、浮萍、小鱼、虾蚆、蛆虫……鸭子们大概毫不在乎。不会有一只鸭子发现同伴的异样，呱呱大叫起来："咦！老哥，你嘴上是怎么回事，雕了花了？"当初想出作这样记号的，一定是个聪明人。

然而那两个老人是谁呢？

鸭掌鸭翅已经下在砂锅里。砂锅咕嘟咕嘟响了半天了，汤的气味飘出来，快得了。碗筷摆了出来，就要吃饭了。

"那两个老人是谁？"

"怎么？——你不记得了？"

父亲这一反问教我觉得高兴：这分明是两个值得记得的人。我一问，他就知道问的是谁。

"一个是余老五。"

余老五！我立刻知道，是高高大大，广额方颡，一腮帮白胡子茬的那个。——那个瘦瘦小小，目光精利，一小撮山羊胡子，头老是微微扬起，眼角带着一点嘲讽痕迹的，行动敏捷，不像是六十开外的人，是——

"陆长庚。"

"陆长庚？"

"陆鸭。"

陆鸭！这个名字我很熟，人不很熟，不像余老五似的是天天见得到的老街坊。

余老五是余大房炕房的师傅。他虽也姓余，炕房可不是他开的，虽然他是这个炕房里顶重要的一个人。老板和他同宗，但已经出了五服，他们之间只有东伙缘分，不讲亲戚情面。如果意见不合，东辞伙，伙辞东，都是可以的。说是老街坊，余大房离我们家还很有一段路。地名大淖，已经是附郭的最外一圈。大淖是一片大水，由此可至东北各乡及下河诸县。水边有人家处亦称大淖。这是个很动人的地方，风景人物皆有佳胜处。在这里出入的，多是戴瓦块毡帽系鱼裙的朋友。乘小船往北顺流而下，可以在垂杨柳、脆皮榆、茅棚、瓦屋之间，高爽地段，看到一座比较整齐的房子，两旁八字粉墙，几个黑漆大字，鲜明醒目；夏天门外多用芦席搭一凉棚，绿缸里渍着凉茶，任人取用；冬天照例有卖花生薄脆的孩子在门口踢毽子；树顶上飘着做会的纸幡或一串红绿灯笼的，那是"行"。一种是鲜货行，代客投牙买卖鱼虾水货、荸荠茨菰、山药芋艿、薏米鸡头，诸种杂物。一种是鸡鸭蛋行。鸡鸭蛋行旁边常常是一家炕房。炕房无字号，多称姓某几房，似颇有古意。其中余大房声誉最著，一直是最大的一家。

余老五成天没有什么事情，老看他在街上逛来逛去，到哪里都提了他那把奇大无比，细润发光的紫砂茶壶，坐下来就聊，一聊一半天。而且好喝酒，一天两顿，一顿四两。而且好管闲事。跟他毫无关系的事，他也要挤上来插嘴。而且声音奇大。这条街上茶馆酒肆里随时听得见他的喊叫一样的说话声音。不论是哪两家闹纠纷，吃"讲茶"评理，都有他一份。就凭他的大嗓门，别人只好退避三舍，叫他一个人说！有时炕房里有事，差个小孩子来找他，问人看见没有，答话的人常是说："看没有看见，听倒听见的。再走过三家门面，你把耳朵竖起来，找不到，再来问我！"他一年闲到头，吃、喝、穿、用全不缺。余大房养他。只有每年春夏之间，看不到他的影子了。

多少年没有吃"巧蛋"了。巧蛋是孵小鸡孵不出来的蛋。不知什么道理，有些小鸡长不全，多半是长了一个头，下面还是一个蛋。有的甚至翅膀也有了，只是出不了壳。鸡出不了壳，是鸡生得笨，所以这种蛋也称"拙蛋"，说是小孩子吃不得，吃了书念不好。反过来改成"巧蛋"，似乎就可通融，念书的孩子也马马虎虎准许吃了。这东西很多人是不吃的。因为看上去使人身上发麻，想一想也怪不舒服，总之吃这种东西很不高雅。很惭愧，我是吃过的，而且只好老实说，味道很不错。吃都吃过了，赖也赖不掉，想高雅也来不及了。——吃巧蛋的时候，看不见余老五了。清明前后，正是炕鸡子的时候；接着又得炕小鸭，四月。

蛋先得挑一挑。那是蛋行里人的责任。鸡鸭也有"种口"。哪一路的鸡容易养，哪一路的长得高大，哪一路的下蛋多，蛋行里的人都知道。生蛋收来之后，分别放置，并不混杂。分好后，剔一道，薄壳，过小，散黄，乱带，日久，全不要。——"乱带"
是系着蛋黄的那道韧带断了，蛋黄偏坠到一边，不在正中悬着了。

再就是炕房师傅的事了。一间不透光的暗屋子，一扇门上开
一个小洞，把蛋放在洞口，一眼闭，一眼睁，反复映看，谓之"照
蛋"。第一次叫"头照"。头照是照"珠子"，照蛋黄中的胚珠，
看是否受过精，用他们的说法，是"有"过公鸡或公鸭没有。没
"有"过的，是寡蛋，出不了小鸡小鸭。照完了，这就"下炕"了。
下炕后三四天，取出来再照，名为"二照"。二照照珠子"发饱"
没有。头照很简单，谁都作得来。不用在门洞上，用手轻握如筒，
把蛋放在底下，迎着亮光，转来转去，就看得出蛋黄里有没有晕
晕的一个圆影子。二照要点功夫，胚珠是否隆起了一点，常常不
易断定。珠子不饱的，要剔下来。二照剔下的蛋，可以照常拿到
市上去卖，看不出是炕过的。二照之后，三照四照，隔几天一次。
三四照后，蛋就变了。到知道炕里的蛋都在正常发育，就不再动它，
静待出炕"上床"。

下了炕之后，不让人随便去看。下炕那天照例是猪头三牲，
大香大烛，燃鞭放炮，磕头敬拜祖师菩萨，仪式十分庄严隆重。
因为炕房一年就做一季生意，赚钱蚀本，就看这几天。因为父
亲和余老五很熟，我随着他去看过。所谓"炕"，是一口一口
缸，里头糊着泥和草，下面点着稻草和谷糠，不断用火烘着。
火是微火，要保持一定的温度。太热了一炕蛋全熟了，太小了
温度透不进蛋里去。什么时候加一点草、糠，什么时候撤掉一
点，这是余老五的职分。那两天他整天不离一步。许多事情不
用他自己动手。他只要不时看一看，吩咐两句，有下手徒弟照

办。余老五这两天可显得重要极了，尊贵极了，也谨慎极了，还温柔极了。他话很少，说话声音也是轻轻的。他的神情很奇怪，总像在谛听着什么似的，怕自己轻轻咳嗽也会惊散这点声音似的。他聚精会神，身体各部全在一种沉湎，一种兴奋，一种极度的敏感之中。熟悉灶房情况的人，都说这行饭不容易吃。一炕下来，人要瘦一圈，像生了一场大病。吃饭睡觉都不能马虎一刻，前前后后半个多月！他也很少真正睡觉。总是躺在屋角一张小床上抽烟，或者闭目假寐，不时就着壶嘴喝一口茶，哑哑地说一句话。一样借以量度的器械都没有，就凭他这个人，一个精细准确而又复杂多方的"表"，不以形求，全以神遇，用他的感觉判断一切。炕房里暗暗的，暖洋洋的，潮濡濡的，笼罩着一种暧昧、缠绵的含情怀春似的异样感觉。余老五身上也有着一种"母性"。（母性！）他身验着一个一个生命正在完成。

蛋炕好了，放在一张一张木架上，那就是"床"。床上垫着棉花。放上去，不多久，就"出"了：小鸡一个一个啄破蛋壳，啾啾叫起来。这些小鸡似乎非常急于用自己的声音宣告也证实自己已经活了。啾啾啾啾，叫成一片，热闹极了。听到这声音，老板心里就开了花。而余老五的眼皮一麻搭，已经沉沉睡去了。小鸡了在街上卖的时候，正是余老五呼呼大睡的时候。他得接连睡几天。——鸭子比较简单，连床也不用上；难的是鸡。

小鸡跟真正的春天一起来，气候也暖和了，花也开了。而小鸭子接着就带来了夏天。画"春江水暖鸭先知"的，往往画出黄毛小鸭。这是很自然的，然而季节上不大对。桃花开的时候小鸭还没有出来。小鸡小鸭都放在浅扁的竹笼里卖。一路走，一路啾啾地叫，好玩极了。小鸡小鸭都很可爱。小鸡娇弱伶仃，小鸭傻气而固执。看它们在竹笼里挨挨挤挤，蹿蹿跳跳，令人感到生命的欢悦。捉在手里，那点轻微的挣扎搔挠，使人心中怦怦然，胸口痒痒的。

　　余大房何以生意最好？因为有一个余老五。余老五是这行的状元。余老五何以是状元？他炕出来的鸡跟别家的摆在一起，来买的人一定买余老五炕出的鸡，他的鸡特别大。刚刚出炕的小鸡照理是一般大小，上戥子称，分量差不多，但是看上去，他的小鸡要大一圈！那就好看多了，当然有人买。怎么能大一圈呢？他让小鸡的绒毛都出足了。鸡蛋下了炕，几十个时辰。可以出炕了，别的师傅都不敢等到最后的限度，生怕火功水气错一点，一炕蛋整个的废了，还是稳一点。想等，没那个胆量。余老五总要多等一个半个时辰。这一个半个时辰是最吃紧的时候，半个多月的功夫就要在这一会见分晓。余老五也疲倦到了极点，然而他比平常更警醒，更敏锐。他完全变了一个人。眼睛塌陷了，连颜色都变了，眼睛的光彩近乎疯狂。脾气也大了，动不动就恼怒，简直碰他不得，专断极了，顽固极了。很奇怪，他这时倒不走近火炕一步，只是半倚半靠在小床上抽烟，一句话也不说。木床、棉絮，一切都准备好了。小徒弟不放心，轻轻来问一句："起了吧？"摇摇头。——"起了罢？"还是摇摇头，只管抽他的烟。这一会正是小鸡放绒毛的时候。这是神圣的一刻。忽而作然而起："起！"徒弟们赶紧一窝蜂似的取出来，简直是才放上床，小鸡就啾啾啾啾纷纷出来了。余老五自掌炕以来，从未误过一回事，同行中无不赞叹佩服。道理是谁也知道的，可是别人得不到他那种坚定不移的信心。这是才分，是学问，强求不来。

余老五炕小鸭亦类此出色。至于照蛋、煨火，是尤其余事了。

因此他才配提了紫砂茶壶到处闲聊，除了掌炕，一事不管。人说不是他吃老板，是老板吃着他。没有余老五，余大房就不成其为余大房了。没有余大房，余老五仍是一个余老五。什么时候，他前脚跨出那个大门，后脚就有人替他把那把紫砂壶接过去。每一家炕房随时都在等着他。每年都有人来跟他谈的，他都用种种方法回绝了。后来实在麻烦不过，他就半开玩笑似的说："对不起，老板连坟地都给我看好了！"

父亲说，后来余大房当真在泰山庙后，离炕房不远处，给他找了一块坟地。附近有一片短松林，我们小时常上那里放风筝。蚕豆花开得闹嚷嚷的，斑鸠在叫。

余老五高高大大，方肩膀，方下巴，到处方。陆长庚瘦瘦小小，小头，小脸。八字眉。小小的眼睛，不停地眨动。嘴唇秀小微薄而柔软。他是一个农民，举止言词都像一个农民，安分，卑屈。他的眼睛比一般农民要少一点惊惶，但带着更深的绝望。他不像余老五那样有酒有饭，有寄托，有保障。他是个倒霉的人。他的脸小，可是脸上的纹路比余老五杂乱，写出更多的人性。他有太多没有说出来的俏皮笑话，太多没有浪费的风情，他没有爱抚，没有安慰，没有吐气扬眉，没有……他是个很聪明的人，乡下的活计没有哪一件难得倒他。许多活计，他看一看就会，想一想就明白。他是窑庄一带的能人，是这一带茶坊酒肆、豆棚瓜架的一个点缀，一个谈话的题目。可是他的运气不好，干什么都不成功。日子越过越穷，他也就变得自暴自弃，变得懒散了。他好喝酒，好赌钱，像一个不得意的才子一样，潦倒了。我父亲知道他的本事，完全是偶然；他表演了那么一回，也是偶然！

母亲故世之后，父亲觉得很寂寞无聊。母亲葬在窑庄。窑庄有我们的一块地。这块地一直没有收成，沙性很重，种稻种麦，都不相宜，只能种一点豆子，长草。北乡这种瘦地很多，叫作"草田"。父亲想把它开辟成一个小小农场，试种果树、棉花。把庄房收回来，略事装修，他平日就住在那边，逢年过节才回家。我那时才六岁，由一个老奶妈带着，在舅舅家住。有时老奶妈送我到窑庄来住几天。我很少下乡，很喜欢到窑庄来。

我又来了！父亲正在接枝。用来削切枝条的，正是这把拾掇鸭肫的角柄小刀。这把刀用了这么多年了，还是刀刃若新发于硎。正在这时，一个长工跑来了：

"三爷，鸭都丢了！"

佃户和长工一向都叫我父亲为"三爷"。

"怎么都丢了？"

这一带多河沟港汊，出细鱼细虾，是个适于养鸭的地方。有好几家养过鸭。这块地上的老佃户叫倪二，父亲原说留他。他不干，他不相信从来没有结过一个棉桃的地方会长出棉花。他要退租。退租怎么维生？他要养鸭。从来没有养过鸭，这怎么行？他说他帮过人，懂得一点。没有本钱，没有本钱想跟三爷借。父亲觉得让他种了多年草田，应该借给他钱。不过很替他担心。父亲也托他买了一百只小鸭，由他代养。事发生后，他居然把一趟鸭养得不坏。棉花也长出来了。

"倪二，你不相信我种得出棉花，我也不相信你养得好鸭子。现在地里一朵一朵白的，那是什么？"

"是棉花。河里一只一只肥的，是——鸭子！"

每天早晚，站在庄头，在沉沉雾霭，淡淡金光中，可以看到他喳喳叱叱赶着一大群鸭子经过荡口。父亲常常要摇头：

"还是不成，不'像'！这些鸭跟他还不熟。照说，都就要卖了，那根赶鸭用的篙子就不大动了，可你看他那忙乎劲儿！"

倪二没有听见父亲说什么，但是远远地看到（或感觉到）父亲在摇头，他不服，他舞着竹篙，说："三爷，您看！"

他的意思是说：就要到八月中秋了，这群鸭子就可以赶到南京或镇江的鸭市上变钱。今年鸡鸭好行市。到那时三爷才佩服倪二，知道倪二为什么要改行养鸭！

放鸭是很苦的事。问放鸭人，顶苦的是什么？"冷清"。放鸭和种地不一样。种地不是一个人，撒种、车水、薅草、打场，有歌声，有锣鼓，呼吸着人的气息。养鸭是一种游离，一种放逐，一种流浪。一大清早，天才露白，撑一个浅扁小船，仅容一人，叫作"鸭撇子"，手里一根竹篙，篙头系着一把稻草或破蒲扇，就离开村庄，到茫茫的水里去了。一去一天，到天擦黑了，才回来。卜雨天穿蓑衣，太阳大戴个笠子，天凉了多带一件衣服。"连一个说话的人都没有。"远远地，偶尔可以听到远远地一两声人声，可是眼前只是一群扁毛畜生。有人爱跟牛、羊、猪说话。牛羊也懂人话。要跟鸭子谈谈心可是很困难。这些东西只会呱呱地叫，不停地用它的扁嘴呷喋呷喋地吃。

可是，鸭子肥了，倪二喜欢。

前两天倪二说，要把鸭子赶去卖了。他算了算，刨去行佣、卡钱，连底三倍利。就要赶，问父亲那一百只鸭怎么说，是不是一起卖。今天早上，父亲想起留三十只送人，叫一个长工到荡里去告诉倪二。

"鸭都丢了！"

倪二说要去卖鸭，父亲问他要不要请一个赶过鸭的行家帮一帮，怕他一个人应付不了。运鸭，不像运鸡。鸡是装了笼的。运鸭，还是一只小船，船上装着一大卷鸭圈，干粮，简单的行李，人在船，鸭在水，一路迤迤逦逦地走。鸭子路上要吃活食，小鱼小虾，运到了，才不落膘掉斤两，精神好看。指挥鸭阵，划撑小船，全凭一根篙子。一程十天半月。经过长江大浪，也只是一根竹篙。晚上，找一个沙洲歇一歇，这赶鸭是个险事，不是外行冒充得来的。

"不要！"

他怕父亲再建议他请人帮忙，留下三十只鸭，偷偷地一早把鸭赶过荡，准备过白莲湖，沿漕河，过江。

长工一到荡口，问人：

"倪二呢？"

"倪二在白莲湖里。你赶快去看看。叫三爷也去看看。一趟鸭子全散了！"

"散了"，就是鸭子不服从指挥，各自为政，四散逃窜，钻进芦丛里去了，而且再也不出来。这种事过去也发生过。

白莲湖是一口不大的湖，离窑庄不远。出菱，出藕，藕肥白少渣。三五八集期，父亲也带我去过。湖边港汊甚多，密密地长着芦苇。

新芦苇很高了，黑森森的。莲蓬已经采过了，荷叶的颜色也发黑了。人过时常有翠鸟冲出，翠绿的一闪，快如疾箭。

小船浮在岸边，竹篙横在船上，倪二呢？坐在一家晒谷场的石辘轴上，手里的瓦块毡帽攥成了一团，额头上破了一块皮。几个人围着他。他好像老了十年。他疲倦了。一清早到现在，现在已经是下午了，他跟鸭子奋斗了半日。他一定还没有吃过饭。他的饭在一个布口袋里，———袋老锅巴。他木然地坐着，一动不动，不时把脑袋抖一抖，到像受了震动。——他的脖子里有好多道深沟，一方格，一方格的。颜色真红，好像烧焦了似的。老那么坐着，脚恐怕要麻了。他的脚显出一股傻相。

父亲叫他：

"倪二。"

他像个孩子似的哭起来。

怎么办呢？

围着的人说：

"去找陆长庚，他有法子。"

"哎，除非陆长庚。"

"只有老陆，陆鸭。"

陆长庚在哪里？

"多半在桥头茶馆。"

桥头有个茶馆，是为鲜货行客人、蛋行客人、陆陈行客人谈生意而设的。区里、县里来了什么大人物，也请在这里歇脚。卖清茶，也代卖纸烟、针线、香烛纸祃、鸡蛋糕、芝麻饼、七厘散、紫金锭、菜种、草鞋、写契的契纸、小绿颖毛笔、金不换黑墨、何通记纸牌……

总而言之，日用所需，应有尽有。这茶馆照例又是闲散无事人聚赌耍钱的地方。茶馆里备有一副麻将牌（这副麻将牌丢了一张红中，是后配的），一副牌九。推牌九时下旁注的比坐下拿牌的多，站在后面呼幺喝六，呐喊助威。船从桥头过，远远地就看到一堆兴奋忘形的人头人手。船过去，还听得吼叫："七七八八——不要九！"——"天地遇虎头，越大越封侯！"常在后面斜着头看人赌钱的，有人指给我们看过，就是陆长庚，这一带放鸭的第一把手，诨号陆鸭，说他跟鸭子能通话，他自己就是一只成了精的老鸭。——瘦瘦小小，神情总是在发愁。他已经多年不养鸭了，现在见到鸭就怕。

"不要你多，十五块洋钱。"

赌钱的人听到这个数目都捏着牌回过头来：十五块！十五块在从前很是一个数目了。他们看看倪二，又看看陆长庚。这时牌九桌上最大的赌注是一吊钱三三四，天之九吃三道。

说了半天，讲定了，十块钱。他不慌不忙，看一家地扛通吃，红了一庄，方去。

"把鸭圈拿好。倪二，赶鸭子进圈，你会的？我把鸭子吆上来，你就赶。鸭子在水里好弄，上了岸，七零八落的不好捉。"

这十块钱赚得太不费力了！拈起那根篙子（还是那根篙，他拈在手里就是样儿），把船撑到湖心，人仆在船上，把篙子平着，在水上扑打了一气，嘴里喷喷喷咕咕咕不知道叫点什么，赫！——都来了！鸭子四面八方，从芦苇缝里，好像来争抢什么东西似的，拼命地拍着翅膀，挺着脖子，一起奔向他那里小船的四围来。本来平静辽阔的湖面，骤然热闹起来，一湖都是鸭子。不知道为什么，高兴极了，喜欢极了，放开喉咙大叫："呱呱呱呱呱……"不停地把头没进水里，爪子伸出水面乱划，翻来翻去，像一个一个小疯子。岸上人看到这情形都忍不住大笑起来。倪二也抹着鼻涕笑了。看看差不多到齐了，篙子一抬，嘴里曼声唱着，鸭子马上又安静了，文文雅雅，摆摆摇摇，向岸边游来，舒闲整齐有致。兵法：用兵第一贵"和"。这个"和"字用来形容这些鸭子，真是再恰当不过了。他唱的不知是什么，仿佛鸭子都爱听，听得很入神，真怪！

这个人真是有点魔法。

"一共多少只？"

"三百多。"

"三百多少？"

"三百四十二。"

他拣一个高处，四面一望。

"你数数。大概不差了。——嗨！你这里头怎么来了一只老鸭？"

"没有，都是当年的。"

"是哪家养的老鸭教你裹来了！"

倪二分辩。分辩也没用。他一伸手捞住了。

"它屁股一撅，就知道。新鸭子拉稀屎，过了一年的，才硬。鸭肠于搭头的那儿有一个小箍道，老鸭子就长老了。你看看！裹了人家的老鸭还不知道，就知道多了一只！"

倪二只好笑。

"我不要你多，只要两只。送不送由你。"

怎么小气，也没法不送他。他已经到鸭圈子提了两只，一手一只，拎了一拎。

"多重？"

他问人。

"你说多重？"

人问他。

"六斤四，——这一只，多一两，六斤五。这一趟里顶肥的两只。"

"不相信。一两之差也分得出，就凭手拎一拎？"

"不相信？不相信拿秤来称。称得不对，两只鸭算你的；对了，今天晚上上你家喝酒。"

到茶馆里借了秤来，称出来，一点都不错。

"拎都不用拎，凭眼睛，说得出这一趟鸭一个一个多重。不过先得大叫一声。鸭身上有毛，毛蓬松着看不出来，得惊它一惊。一惊，鸭毛就紧了，贴在身上了，这就看得哪只肥，哪只瘦。晚上喝酒了，茶馆里会。不让你费事，鸭杀好。"

他刀也不用，一指头往鸭子三岔骨处一搠，两只鸭挣扎都不挣扎，就死了。

"杀的鸭子不好吃。鸭子要吃呛血的，肉才不老。"

什么事都轻描淡写，毫不装腔作势。说话自然也流露出得意，可是得意中又还有一种对于自己的嘲讽。这是一点本事。可是人最好没有这点本事。他正因为有这些本事，才种种不如别人。他放过多年鸭，到头来连本钱都蚀光了。鸭瘟。鸭子瘟起来不得了。只要看见一只鸭子摇头，就完了。这不像鸡。鸡瘟还有救，灌一点胡椒、香油，能保住几只。鸭，一个摇头，个个摇头，不大一会，都不动了。好几次，一趟鸭子放到荡里，回来时就剩自己一个人了。看着死，毫无办法。他发誓，从此不再养鸭。

"倪老二，你不要肉疼，十块钱不白要你的，我给你送到。今天晚了，你把鸭圈起来过一夜。明天一早我来。三爷，十块钱赶一趟鸭，不算顶贵噢？"

他知道这十块钱将由谁来出。

当然，第二天大早来时他仍是一个陆长庚：一夜"七戳五在手"，输得光光的。

"没有！还剩一块！"

这两个老人怎么会到这个地方来呢？他们的光景过得怎么样了呢？

一九四七年初，写于上海

载一九四八年第六卷第三期《文艺春秋》

异 秉

王二是这条街的人看着他发达起来的。

不知从什么时候起，他就在保全堂药店廊檐下摆一个熏烧摊子。"熏烧"就是卤味。他下午来，上午在家里。

他家在后街濒河的高坡上，四面不挨人家。房子很旧了，碎砖墙，草顶泥地，倒是不仄逼，也很干净，夏天很凉快。一共三间。正中是堂屋，在"天地君亲师"的下面便是一具石磨。一边是厨房，也就是作坊。一边是卧房，住着王二的一家。他上无父母，嫡亲的只有四口人，一个媳妇，一儿一女。这家总是那么安静，从外面听不到什么声音。后街的人家总是吵吵闹闹的。男人揪着头发打老婆，女人拿火叉打孩子，老太婆用菜刀剁着砧板诅咒偷了她的下蛋鸡的贼。王家从来没有这些声音。他们家起得很早。天不亮王二就起来备料，然后就烧煮。他媳妇梳好头就推磨磨豆腐。——王二的熏烧摊每天要卖出很多回卤豆腐干，这豆腐干是自家做的。磨得了豆腐，就帮王二烧火。火光照得她的圆盘脸红红的。（附近的空气里弥漫着王二家飘出的五香味。）后来王二喂了一头小毛驴，她就不用围着磨盘转了，只要把小驴牵上磨，不时往磨眼里倒半碗豆子，注一点水就行了。省出时间，好做针线。一家四口，大裁小剪，很费功夫。两个孩子，大儿子长得像妈，圆乎乎的脸，两个眼睛笑起来一道缝。小女儿像父亲，瘦长脸，眼睛挺大。儿子念了几年私塾，能记账了，就不念了。他一天就是牵了小驴去饮，放它到草地上去打滚。到大了一点，就帮父亲洗料备料做生意，放驴的差事就归了妹妹了。

每天下午，在上学的孩子放学，人家淘晚饭米的时候，他就来摆他的摊子。他为什么选中保全堂来摆他的摊子呢？是因为这地点好，东街西街和附近几条巷子到这里都不远；因为保全堂的廊檐宽，柜台到铺门有相当的余地；还是因为这是一家药店，药店到晚上生意就比较清淡，——很少人晚上上药铺抓药的，他摆个摊子碍不着人家的买卖，都说不清。当初还一定是请人向药店的东家说了好话，亲自登门叩谢过的。反正，有年头了。他的摊子的全副"生财"——这地方把做买卖的用具叫作"生财"，就寄放在药店店堂的后面过道里，挨墙放着，上面就是悬在二梁上的赵公元帅的神龛。这些"生财"包括两块长板，两条三条腿的高板凳（这种高凳一边两条腿，在两头；一边一条腿在当中），以及好几个一面装了玻璃的匣子。他把板凳支好，长板放平，玻璃匣子排开。这些玻璃匣子里装的是黑瓜子、白瓜子、盐炒豌豆、油炸豌豆、兰花豆、五香花生米。长板的一头摆开"熏烧"。"熏烧"除回卤豆腐干之外，主要是牛肉、蒲包肉和猪头肉。这地方一般人家是不大吃牛肉的。吃，也极少红烧、清炖，只是到熏烧摊子去买。这种牛肉是五香加盐煮好，外面染了通红的红曲，一大块一大块的堆在那里。买多少，现切，放在送过来的盘子里，抓一把青蒜，浇一勺辣椒糊。蒲包肉似乎是这个县里特有的。用一个三寸来长直径寸半的蒲包，里面衬上豆腐皮，塞满了加了粉子的碎肉，封了口，拦腰用一道麻绳系紧，成一个葫芦形。煮熟以后，倒出来，也是一个带有蒲包印迹的葫芦。切成片，很香。猪头肉则分门别类的卖，拱嘴、耳朵、脸子，——脸子有个专门名词，叫"大肥"。要什么，切什么。到了上灯以后，王二的生意就到了高潮。只见他拿了刀不停地切，一面还忙着收钱，包油炸的、盐炒的豌豆、瓜子，很少有歇一歇的时候。一直忙到九点多钟，在他的两盏高罩的煤油灯里煤油已经点去了一多半，装熏烧的盘子和装豌豆的匣子都已经见了底的时候，他媳妇给他送饭来了，他才用热水擦一把脸，吃晚饭。吃完晚饭，总还有一些零零星星的生意，他不忙收摊子，就端了一杯热茶，坐到保全堂店堂里的椅子上，听人聊天，一面拿眼睛瞟着他的摊子，见有人走来，就起身切一盘，包两包。他的主顾都是熟人，谁什么时候来，买什么，他心里都是有数的。

　　这一条街上的店铺、摆摊的，生意如何，彼此都很清楚。近几年，景况都不大好。有几家好一些，但也只是能维持。有的是逐渐地败落下来了。先是货架上的东西越来越空，只出不进，最后就出让"生财"，关门歇业。只有王二的生意却越做越兴旺。他的摊子越摆越大，装炒货的匣子，装熏烧的洋瓷盘子，越来越多。每天晚上到了买卖高潮的时候，摊子外面有时会拥着好些人。好天气还好，遇上下雨下雪（下雨下雪买他的东西的比平常更多），叫主顾在当街打伞站着，实在很不过意。于是经人说合，出了租钱，他就把他的摊子搬到隔壁源昌烟店的店堂里去了。

源昌烟店是个老名号，专卖旱烟，做门市，也做批发。一边是柜台，一边是刨烟的作坊。这一带抽的旱烟是刨成丝的。刨烟师傅把烟叶子一张一张立着叠在一个特制的木床子上，用皮绳木楔卡紧，两腿夹着床子，用一个刨刀有半尺宽的大刨子刨。烟是黄的。他们都穿了白布套裤。这套裤也都变黄了。下了工，脱了套裤，他们身上也到处是黄的。头发也是黄的。——手艺人都带着他那个行业特有的颜色。染坊师傅的指甲缝里都是蓝的，碾米师傅的眉毛总是白蒙蒙的。原来，源昌号每天有四个师傅、四副床子刨烟。每天总有一些大人孩子站在旁边看。后来减成三个，两个，一个。最后连这一个也辞了。这家的东家就靠卖一点纸烟、火柴、零包的茶叶维持生活，也还卖一点趸来的旱烟、皮丝烟。不知道为什么，原来挺敞亮的店堂变得黑暗了，牌匾上的金字也都无精打采了。那座柜台显得特别的大。大，而空。

王二来了，就占了半边店堂，就是原来刨烟师傅刨烟的地方。他的摊子原来在保全堂廊檐是东西向横放着的，迁到源昌，就改成南北向，直放了。所以，已经不能算是一个摊子，而是半个店铺了。他在原有的板子之外增加了一块，摆成一个曲尺形，俨然也就是一个柜台。他所卖的东西的品种也增加了。即以熏烧而论，除了原有的回卤豆腐干、牛肉、猪头肉、蒲包肉之外，春天，卖一种叫作"鵽"的野味，——这是一种候鸟，长嘴长脚，因为是桃花开时来的，不知是哪位文人雅士给它起了一个名称叫"桃花鵽"；卖鹌鹑；入冬以后，他就挂起一个长条形的玻璃镜框，里面用大红腊笺写了泥金字："即日起新添美味羊羔五香兔肉。"这地方人没有自己家里做羊肉的，都是从熏烧摊上买。只有一种吃法：带皮白煮，冻实，切片，加青蒜、辣椒糊，还有一把必不可少的胡萝卜丝（据说这是最能解膻气的）。酱油、醋，买回来自己加。兔肉，也像牛肉似的加盐和五香煮，染了通红的红曲。

这条街上过年时的春联是各式各样的。有的是特制嵌了字号的。比如保全堂，就是由该店拔贡出身的东家拟制的"保我黎民，全登寿域"；有些大字号，比如布店，口气很大，贴的是"生涯宗子贡，贸易效陶朱"，最常见的是"生意兴隆通四海，财源茂盛达三江"；小本经营的买卖的则很谦虚地写出："生意三春草，财源雨后花。"这么一副春联，用于王二的超摊子准铺子，真是再贴切不过了，虽然王二并没有想到贴这样一副春联，——他也没处贴呀，这铺面的字号还是"源昌"。他的生意真是三春草、雨后花一样的起来了。"起来"最显眼的标志是他把长罩煤油灯撤掉，挂起一盏呼呼作响的汽灯。须知，汽灯这东西只有钱庄、绸缎庄才用，而王二，居然在一个熏烧摊子的上面，挂起来了。这白亮白亮的汽灯，越显得源昌柜台里的一盏煤油灯十分的暗淡了。

王二的发达，是从他的生活也看得出来的。第一，他可以自由地去听书。王二最爱听书。走到街上，在形形色色招贴告示中间，他最注意的是说书的报条。那是三寸宽，四尺来长的一条黄颜色的纸，浓墨写道："特聘维扬×××先生在×××（茶馆）开讲××（三国、水浒、岳传……）是月×日起风雨无阻。"以前去听书都要经过考虑。一是花钱，二是费时间，更主要的是考虑这于他的身份不大相称：一个卖熏烧的，常常听书，怕人议论。近年来，他觉得可以了，想听就去。小蓬莱、五柳园（这都是说书的茶馆），都去，三国、水浒、岳传，都听。尤其是夏天，天长，穿了竹布的或夏布的长衫，拿了一吊钱，就去了。下午的书一点开书，不到四点钟就"明日请早"了（这里说书的规矩是在说书先生说到预定的地方，留下一个扣子，跑堂的茶房高喝一声"明日请早——！"听客们就纷纷起身散场），这耽误不了他的生意。他一天忙到晚，只有这一段时间得空。第二，过年推牌九，他在下注时不犹豫。王二平常绝不赌钱，只有过年赌五天。过年赌钱不犯禁，家家店铺里都可赌钱。初一起，不做生意，铺门关起来，里面黑洞洞的。保全堂柜台里身，有一个小穿堂，是供神农祖师的地方，上面有个天窗，比较亮堂。拉开神农画像前的一张方桌，哗啦一声，骨牌和骰子就倒出来了。打麻将多是社会地位相近的，推牌九则不论。谁都可以来。保全堂的"同仁"（除了陶先生和陈相公），替人家收房钱的抢元，卖活鱼的疤眼——他曾得外症，治愈后左眼留一大疤，小学生给他起了个外号叫"巴颜喀拉山"，这外号竟传开了，一街人都叫他巴颜喀拉山，虽然有人不知道这是什么意思，——王二。输赢说大不大，说小可也不少。十吊钱推一庄。十吊钱相当于三块洋钱。下注稍大的是一吊钱三三四，一吊钱分三道：三百、三百、四百。七点赢一道，八点赢两道，若是抓到一副九点或是天地杠，庄家赔一吊钱。王二下"三三四"是常事。有时竟会下到五吊钱一注孤丁，把五吊钱稳稳地推出去，心不跳，手不抖。（收房钱的抢元下到五百钱一注时手就抖个不住。）赢得多了，他也能上去推两庄。推牌九这玩艺，财越大，气越粗，王二输的时候竟不多。

王二把他的买卖乔迁到隔壁源昌去了，但是每天九点以后他一定还是端了一杯茶到保全堂店堂里来坐个点把钟。儿子大了，晚上再来的零星生意，他一个人就可以应付了。

且说保全堂。

这是一家门面不大的药店。不知为什么，这药店的东家用人，不用本地人，从上到下，从管事的到挑水的，一律是淮城人。他们每年有一个月的假期，轮流回家，去干传宗接代的事。其余十一个月，都住在店里。他们的老婆就守十一个月的寡。药店的"同仁"，一律称为"先生"。先生里分为几等。一等的是"管事"，即经理。当了管事就是终身职务，很少听说过有东家把管事辞了的。除非老管事病故，才会延聘一位新管事。当了管事，就有"身股"，或称"人股"，到了年底可以按股分红。因此，他对生意是兢兢业业，忠心耿耿的。东家从不到店，管事负责一切。他照例一个人单独睡在神农像后面的一间屋子里，名叫"后柜"。总账、银钱，贵重的药材如犀角、羚羊、麝香，都锁在这间屋子里，钥匙在他身上，——人参、鹿茸不算什么贵重东西。吃饭的时候，管事总是坐在横头末席，以示代表东家奉陪诸位先生。熬到"管事"能有几人？全城一共才有那么几家药店。保全堂的管事姓卢。二等的叫"刀上"，管切药和"跌"丸药。药店每天都有很多药要切，"饮片"切得整齐不整齐，漂亮不漂亮，直接影响生意好坏。内行人一看，就知道这药是什么人切出来的。"刀上"是个技术人员，薪金最高，在店中地位也最尊。吃饭时他照例坐在上首的二席，——除了有客，头席总是虚着的。逢年过节，药王生日（药王不是神农氏，却是孙思邈），有酒，管事的举杯，必得"刀上"先喝一口，大家才喝。保全堂的"刀上"是全县头一把刀，他要是闹脾气辞职，马上就有别家抢着请他去。好在此人虽有点高傲，有点偏，却轻易不发脾气。他姓许。其余的都叫"同事"。那读法却有点特别，重音在"同"字上。他们的职务就是抓药，写帐。"同事"是没有什么了不起的，每年都有被辞退的可能。辞退时"管事"并不说话，只是在腊月有一桌辞年酒，算是东家向"同仁"道一年的辛苦，只要是把哪位"同事"请到上席去，该"同事"就二话不说，客客气气地卷起铺盖另谋高就。当然，事前就从旁漏出一点风声的，并不当真是打一闷棍。该辞退"同事"在八月节后就有预感。有的早就和别家谈好，很潇洒地走了；有的则请人斡旋，留一年再看。后一种，总要作一点"检讨"，下一点"保证"。"回炉的烧饼不香"，辞而不去，面上无光，身价就低了。保全堂的陶先生，就已经有三次要被请到上席了。他咳嗽痰喘，人也不精明。终于没有坐上席，一则是同行店伙纷纷来说情：辞了他，他上谁家去呢？谁家会要这样一个痰篓子呢？这岂非绝了他的生计？二则，他还有一点好处，即不回家。他四十多岁了，却没有传宗接代的任务，因为他没有娶过亲。这样，陶先生就只有更加勤勉，更加谨慎了。每逢他的喘病发作时，有人问："陶先生，你这两天又不大好吧？"他就一面喘嗽着一面说："啊，不，很好，很（呼噜呼噜）好！"

　　以上，是"先生"一级。"先生"以下，是学生意的。药店管学生意的却有一个奇怪称呼，叫作"相公"。

　　因此，这药店除煮饭挑水的之外，实有四等人："管事""刀上""同事""相公"。

保全堂的几位"相公"都已经过了三年零一节,满师走了。现有的"相公"姓陈。

陈相公脑袋大大的,眼睛圆圆的,嘴唇厚厚的,说话声气粗粗的——呜噜呜噜地说不清楚。

他一天的生活如下:起得比谁都早。起来就把"先生"们的尿壶都倒了涮干净控在厕所里。扫地。擦桌椅、擦柜台。到处掸土。开门。这地方的店铺大都是"铺闼子门",——一列宽可一尺的厚厚的门板嵌在门框和门槛的槽子里。陈相公就一块一块卸出来,按"东一""东二""东三""东四""西一""西二""西三""西四"次序,靠墙竖好。晒药,收药。太阳出来时,把许先生切好的"饮片""跌"好的丸药,——都放在匾筛里,用头顶着,爬上梯子,到屋顶的晒台上放好;傍晚时再收下来。这是他一天最快乐的时候。他可以登高四望。看得见许多店铺和人家的房顶,都是黑黑的。看得见远处的绿树,绿树后面缓缓移动的帆。看得见鸽子,看得见飘动摇摆的风筝。到了七月,傍晚,还可以看巧云。七月的云多变幻,当地叫作"巧云"。那是真好看呀:灰的、白的、黄的、橘红的,镶着金边,一会一个样,像狮子的、像老虎的,像马、像狗的。此时的陈相公,真是古人所说的"心旷神怡"。其余的时候,就很刻板枯燥了。碾药。两脚踏着木板,在一个船形的铁碾槽子里碾。倘若碾的是胡椒,就要不停地打喷嚏。裁纸。用一个大弯刀,把一沓一沓的白粉连纸裁成大小不等的方块,包药用。印刷包装纸。他每天还有两项例行的公事。上午,要搓很多抽水烟用的纸枚子。把装铜钱的钱板翻过来,用"表心纸"一根一根地搓。保全堂没有人抽水烟,但不知什么道理每天都要搓许多纸枚子，谁来都可取几根，这已经成了一种"传统"。下午，擦灯罩。药店里里外外，要用十来盏煤油灯。所有灯罩，每天都要擦一遍。晚上，摊膏药。从上灯起，直到王二过店堂里来闲坐，他一直都在摊膏药。到十点多钟，把先生们的尿壶都放到他们的床下，该吹灭的灯都吹灭了，上了门，他就可以准备睡觉了。先生们都睡在后面的厢屋里，陈相公睡在店堂里。把铺板一放，铺盖摊开，这就是他一个人的天地了。临睡前他总要背两篇《汤头歌诀》，——药店的先生总要懂一点医道。小户人家有病不求医，到药店来说明病状，先生们随口就要说出，"吃一剂小柴胡汤吧"，"服三副藿香正气丸"，"上一点七厘散"。有时，坐在被窝里想一会家，想想他的多年守寡的母亲，想想他家房门背后的一张贴了多年的麒麟送子的年画。想不一会，困了，把脑袋放倒，立刻就响起了很大的鼾声。

陈相公已经学了一年多生意了。他已经给赵公元帅和神农爷烧了三十次香。初一、十五，都要给这二位烧香，这照例是陈相公的事。赵公元帅手执金鞭，身骑黑虎，两旁有一副八寸长的黑地金字的小对联："手执金鞭驱宝至，身骑黑虎送财来。"神农爷虬髯披发，赤身露体，腰里围着一圈很大的树叶，手指甲、脚指甲都很长，一只手捏着一棵灵芝草，坐在一块石头上。陈相公对这二位看得很熟，烧香的时候很虔敬。

陈相公老是挨打。学生竟没有不挨打的，陈相公挨打的次数也似稍多了一点。挨打的原因大都是因为做错了事：纸裁歪了，灯罩擦破了。这孩子也好像不大聪明，记性不好，做事迟钝。打他的多是卢先生。卢先生不是暴脾气，打他是为他好，要他成人。

有一次可挨了大打。他收药，下梯一脚踩空了，把一匾筛泽泻翻到了阴沟里。这回打他的是许先生。他用一根闩门的木棍没头没脑的把他痛打了一顿，打得这孩子哇哇地乱叫："哎呀！哎呀！我下回不了！下回不了！哎呀！哎呀！我错了！哎呀！哎呀！"谁也不能去劝，因为知道许先生的脾气，越劝越打得凶，何况他这回的错是不小（泽泻不是贵药，但切起来很费工，要切成厚薄一样，状如铜钱的圆片）。后来还是煮饭的老朱来劝住了。这老朱来得比谁都早，人又出名的忠诚耿直。他从来没有正经吃过一顿饭，都是把大家吃剩的残汤剩水泡一点锅巴吃。因此，一店人都对他很敬畏。他一把夺过许先生手里的门闩，说了一句话："他也是人生父母养的！"

陈相公挨了打，当时没敢哭。到了晚上，上了门，一个人呜呜地哭了半天。他向他远在故乡的母亲说："妈妈，我又挨打了！妈妈，不要紧的，再挨两年打，我就能养活你老人家了！"

王二每年到保全堂店堂里来，是因为这里热闹。别的店铺到九点多钟，就没有什么人，往往只有一个管事在算账，一个学徒在打盹。保全堂正是高朋满座的时候。这些先生都是无家可归的光棍，这时都聚集到店堂里来。还有几个常客，收房钱的抡元，卖活鱼的巴颜喀拉山，给人家熬鸦片烟的老炳，还有一个张汉。这张汉是对门万顺酱园连家的一个亲戚兼食客，全名是张汉轩，大家却都叫他张汉。大概是觉得已经沦为食客，就不必"轩"了。此人有七十岁了，长得活脱像一个伏尔泰，一张尖脸，一个尖尖的鼻子。他年轻时在外地做过幕，走过很多地方，见多识广，什么都知道，是个百事通。比如说抽烟，他就告诉你烟有五种：水、旱、鼻、雅、潮，"雅"是鸦片。"潮"是潮烟，这地方谁也没见过。说喝酒，他就能说出山东黄、状元红、莲花白……说喝茶，他就告诉你狮峰龙井、苏州的碧螺春，云南的"烤茶"是在怎样一个罐里烤的，福建的工夫茶的茶杯比酒盅还小，就是吃了一只炖肘子，也只能喝三杯，这茶太酽了。他熟读《子不语》《夜雨秋灯录》，能讲许多鬼狐故事。他还知道云南怎样放蛊，湘西怎样赶尸。他还亲眼见到过旱魃、僵尸、狐狸精，有时间，有地点，有子有眼。三教九流，医卜星相，他全知道。他读过《麻衣神相》《柳庄神相》，会算"奇门遁甲""六壬课""灵棋经"。他总要到快九点钟时才出现（白天不知道他干什么），他一来，大家精神为之一振，这一晚上就全听他一个人白话。他很会讲，起承转合，抑扬顿挫，有声有色。他也像说书先生一样，说到筋节处就停住了，慢慢地抽烟，急得大家一劲地催他："后来呢？后来呢？"这也是陈相公一天比较快乐的时候。他一边摊着膏药，一边听着。有时，听得太入神了，摊膏药的扦子停留在油纸上，会废掉一张膏药。他一发现，赶紧偷偷塞进口袋里。这时也不会被发现，不会挨打。

有一天，张汉谈起人生有命。说朱洪武、沈万山、范丹是同年同月同日同时，都是丑时建生，鸡鸣头遍。但是一声鸡叫，可就命分三等了：抬头朱洪武，低头沈万山，勾一勾就是穷范丹。朱洪武贵为天子，沈万山富甲天下，穷范丹冻饿而死。他又说凡是成大事业，有大作为，兴旺发达的，都有异相，或有特殊的禀赋。汉高祖刘邦，股有七十二黑子——就是屁股上有七十二颗黑痣，谁有过？明太祖朱元璋，生就是五岳朝天，——两额、两颧、下巴，都突出，状如五岳，谁有过？樊哙能把一个整猪腿生吃下去，燕人张翼德，睡着了也睁着眼睛。就是市井之人，凡有走了一步好运的，也莫不有与众不同之处。必有非常之人，乃成非常之事。大家听了，不禁暗暗点头。

张汉猛吸了几口旱烟，忽然话锋一转，向王二道：

"即以王二而论，他这些年飞黄腾达，财源茂盛，也必有其异秉。"

"……？"

王二不解何为"异秉"。

"就是与众不同，和别人不一样的地方。你说说，你说说！"

大家也都怂恿王二："说说！说说！"

王二虽然发了一点财，却随时不忘自己的身份，从不僭越自大，在大家敦促之下，只有很诚恳地欠一欠身说：

"我呀，有那么一点：大小解分清。"他怕大家不懂，又解释道，"我解手时，总是先解小手，后解大手。"

张汉一听，拍了一下手，说："就是说，不是屎尿一起来，难得！"

说着，已经过了十点半了，大家起身道别。该上门了。卢先生向柜台里一看，陈相公不见了，就大声喊："陈相公！"

喊了几声，没人应声。

原来陈相公在厕所里。这是陶先生发现的。他一头走进厕所，发现陈相公已经蹲在那里。本来，这时候都不是他们俩解大手的时候。

一九四八年旧稿

一九八〇年五月二十日重写

载一九八一年第一期《雨花》

受　戒

明海出家已经四年了。

他是十三岁来的。

这个地方的地名有点怪，叫庵赵庄。赵，是因为庄上大都姓赵。叫作庄，可是人家住得很分散，这里两三家，那里两三家。一出门，远远可以看到，走起来得走一会，因为没有大路，都是弯弯曲曲的田埂。庵，是因为有一个庵。庵叫苦提庵，可是大家叫讹了，叫成荸荠庵。连庵里的和尚也这样叫。"宝刹何处？"——"荸荠庵。"庵本来是住尼姑的。"和尚庙""尼姑庵"嘛。可是荸荠庵住的是和尚。也许因为荸荠庵不大，大者为庙，小者为庵。

明海在家叫小明子。他是从小就确定要出家的。他的家乡不叫"出家"，叫"当和尚"。他的家乡出和尚。就像有的地方出劁猪的，有的地方出织席子的，有的地方出箍桶的，有的地方出弹棉花的，有的地方出画匠，有的地方出婊子，他的家乡出和尚。人家弟兄多，就派一个出去当和尚。当和尚也要通过关系，也有帮。

这地方的和尚有的走得很远。有到杭州灵隐寺的、上海静安寺的、镇江金山寺的、扬州天宁寺的。一般的就在本县的寺庙。明海家田少，老大、老二、老三，就足够种的了。他是老四。他七岁那年，他当和尚的舅舅回家，他爹、他娘就和舅舅商议，决定叫他当和尚。他当时在旁边，觉得这实在是在情在理，没有理由反对。当和尚有很多好处。一是可以吃现成饭。哪个庙里都是管饭的。二是可以攒钱。只要学会了放瑜伽焰口，拜梁皇忏，可以按例分到辛苦钱。积攒起来，将来还俗娶亲也可以；不想还俗，买几亩田也可以。当和尚也不容易，一要面如朗月，二要声如钟磬，三要聪明记性好。他舅舅给他相了相面，叫他前走几步，后走几步，又叫他喊了一声赶牛打场的号子："格当嘚——"，说是"明子准能当个好和尚，我包了"！要当和尚，得下点本，——念几年书。哪有不认字的和尚呢！于是明子就开蒙入学，读了《三字经》《百家姓》《四言杂字》《幼学琼林》《上论、下论》《上孟、下孟》，每天还写一张仿。村里都夸他字写得好，很黑。

　　舅舅按照约定的日期又回了家，带了一件他自己穿的和尚领的短衫，叫明子娘改小一点，给明子穿上。明子穿了这件和尚短衫，下身还是在家穿的紫花裤子，赤脚穿了一双新布鞋，跟他爹、他娘磕了一个头，就随舅舅走了。

　　他上学时起了个学名，叫明海。舅舅说，不用改了。于是"明海"就从学名变成了法名。

　　过了一个湖。好大一个湖！穿过一个县城。县城真热闹：官盐店，税务局，肉铺里挂着成片的猪，一个驴子在磨芝麻，满街都是小磨香油的香味，布店，卖茉莉粉、梳头油的什么斋，卖绒花的，卖丝线的，打把式卖膏药的，吹糖人的，要蛇的，……他什么都想看看。舅舅一劲地推他："快走！快走！"

到了一个河边，有一只船在等着他们。船上有一个五十来岁的瘦长瘦长的大伯，船头蹲着一个跟明子差不多大的女孩子，在剥一个莲蓬吃。明子和舅舅坐到舱里，船就开了。

明子听见有人跟他说话，是那个女孩子。

"是你要到荸荠庵当和尚吗？"

明子点点头。

"当和尚要烧戒疤呕！你不怕？"

明子不知道怎么回答，就含含糊糊地摇了摇头。

"你叫什么？"

"明海。"

"在家的时候？"

"叫明子。"

"明子！我叫小英子！我们是邻居。我家挨着荸荠庵。——给你！"

小英子把吃剩的半个莲蓬扔给明海，小明子就剥开莲蓬壳，一颗一颗吃起来。

大伯一桨一桨地划着，只听见船桨拨水的声音：

"哗——许！哗——许！"

……

荸荠庵的地势很好，在一片高地上。这一带就数这片地势高，当初建庵的人很会选地方。门前是一条河。门外是一片很大的打谷场。三面都是高大的柳树。山门里是一个穿堂。迎门供着弥勒佛。不知是哪一位名士撰写了一副对联：

大肚能容容天下难容之事
开颜一笑笑世间可笑之人

弥勒佛背后，是韦驮。过穿堂，是一个不小的天井，种着两棵白果树。天井两边各有三间厢房。走过天井，便是大殿，供着三世佛。佛像连龛才四尺来高。大殿东边是方丈，西边是库房。大殿东侧，有一个小小的六角门，白门绿字，刻着一副对联：

一花一世界
三藐三菩提

进门有一个狭长的天井，几块假山石，几盆花，有三间小房。

小和尚的日子清闲得很。一早起来，开山门，扫地。庵里的地铺的都是箩底方砖，好扫得很，给弥勒佛、韦驮烧一炷香，正殿的三世佛面前也烧一炷香、磕三个头、念三声"南无阿弥陀佛"，敲三声磬。这庵里的和尚不兴做什么早课、晚课，明子这三声磬就全都代替了。然后，挑水，喂猪。然后，等当家和尚，即明子的舅舅起来，教他念经。

教念经也跟教书一样，师父面前一本经，徒弟面前一本经，师父唱一句，徒弟跟着唱一句。是唱哎。舅舅一边唱，一边还用手在桌上拍板。一板一眼，拍得很响，就跟教唱戏一样。是跟教唱戏一样，完全一样哎。连用的名词都一样。舅舅说，念经：一要板眼准，二要合工尺。说：当一个好和尚，得有条好嗓子。说：民国二十年闹大水，运河倒了堤，最后在清水潭合龙，因为大水淹死的人很多，放了一台大焰口，十三大师——十三个正座和尚，各大庙的方丈都来了，下面的和尚上百。谁当这个首座？推来推去，还是石桥——善因寺的方丈！他往上一坐，就跟地藏王菩萨一样，这就不用说了；那一声"开香赞"，围看的上千人立时鸦雀无声。说：嗓子要练，夏练三伏，冬练三九，要练丹田气！说：要吃得苦中苦，方为人上人！说：和尚里也有状元、榜眼、探花！要用心，不要贪玩！舅舅这一番大法要说得明海和尚实在是五体投地，于是就一板一眼地跟着舅舅唱起来：

炉香乍蕠——

炉香乍蕠——

法界蒙薰——

法界蒙薰——

诸佛现金身……

诸佛现金身……

……

等明海学完了早经，——他晚上临睡前还要学一段，叫作晚经，——荸荠庵的师父们就都陆续起床了。

这庵里人口简单，一共六个人。连明海在内，五个和尚。

有一个老和尚，六十几了，是舅舅的师叔，法名普照，但是知道的人很少，因为很少人叫他法名，都称之为老和尚或老师父，明海叫他师爷爷。这是个很枯寂的人，一天关在房里，就是那"一花一世界"里。也看不见他念佛，只是那么一声不响地坐着。他是吃斋的，过年时除外。

　　下面就是师兄弟三个，仁字排行：仁山、仁海、仁渡。庵里庵外，有的称他们为大师父、二师父；有的称之为山师父、海师父。只有仁渡，没有叫他"渡师父"的，因为听起来不像话，大都直呼之为仁渡。他也只配如此，因为他还年轻，才二十多岁。

　　仁山，即明子的舅舅，是当家的。不叫"方丈"，也不叫"住持"，却叫"当家的"，是很有道理的，因为他确确实实干的是当家的职务。他屋里摆的是一张账桌，桌子上放的是账簿和算盘。账簿共有三本。一本是经账，一本是租账，一本是债账。和尚要做法事，做法事要收钱，——要不，当和尚干什么？常做的法事是放焰口。正规的焰口是十个人。一个正座，一个敲鼓的，两边一边四个。人少了，八个，一边三个，也凑合了。荸荠庵只有四个和尚，要放整焰口就得和别的庙里合伙。这样的时候也有过，通常只是放半台焰口。一个正座，一个敲鼓，另外一边一个。一来找别的庙里合伙费事；二来这一带放得起整焰口的人家也不多。有的时候，谁家死了人，就只请两个，甚至一个和尚咕噜咕噜念一通经，敲打几声法器就算完事。很多人家的经钱不是当时就给，往往要等秋后才还。这就得记账。另外，和尚放焰口的辛苦钱不是一样的。就像唱戏一样，有份子。正座第一份。因为他要领唱，而且还要独唱。当中有一大段"叹骷髅"，别的和尚都放下法器休息，只有首座一个人有板有眼地曼声吟唱。第二份是敲鼓的。你以为这容易呀？哼，单是一开头的"发擂"，手上没功夫就敲不出迟疾顿挫！其余的，就一样了。这也得记上：某月某日、谁家焰口半台，谁正座，谁敲鼓……省得到年底结账时赌咒骂娘。……这庵里有几十亩庙产，租给人种，到时候要收租。庵里还放债。租、债一向倒很少亏欠，因为租佃借钱的人怕菩萨不高兴。这三本账就够仁山忙的了。另外香烛、灯火、油盐"福食"，这也得随时记记账呀。除了账簿之外，山师父的方丈的墙上还挂着一块水牌，上漆四个红字："勤笔免思"。

仁山所说当一个好和尚的三个条件，他自己其实一条也不具备。他的相貌只要用两个字就说清楚了：黄，胖。声音也不像钟磬，倒像母猪。聪明么？难说，打牌老输。他在庵里从不穿袈裟，连海青直裰也免了。经常是披着件短僧衣，袒露着一个黄色的肚子。下面是光脚趿拉着一对僧鞋，——新鞋他也是趿拉着。他一天就是这样不衫不履地这里走走，那里走走，发出母猪一样的声音："哼——哼——"

二师父仁海。他是有老婆的。他老婆每年夏秋之间来住几个月，因为庵里凉快。庵里有六个人，其中之一，就是这位和尚的家眷。仁山、仁渡叫她嫂子，明海叫她师娘。这两口子都很爱干净，整天地洗涮。傍晚的时候，坐在天井里乘凉。白天，闷在屋里不出来。

三师父是个很聪明精干的人。有时一笔账大师兄扒了半大算盘也算不清，他眼珠子转两转，早算得一清二楚。他打牌赢的时候多，二三十张牌落地，上下家手里有些什么牌，他就差不多都知道了。他打牌时，总有人爱在他后面看歪头胡。谁家约他打牌，就说"想送两个钱给你"。他不但经忏俱通（小庙的和尚能够拜忏的不多），而且身怀绝技，会"飞铙"。七月间有些地方做盂兰会，在旷地上放大焰口，几十个和尚，穿绣花袈裟，飞铙。飞铙就是把十多斤重的大铙钹飞起来。到了一定的时候，全部法器皆停，只几十副大铙紧张急促地敲起来。忽然起手，大铙向半空中飞去，一面飞，一面旋转。然后，又落下来，接住。接住不是平平常常地接住，有各种架势，"犀牛望月""苏秦背剑"……这哪是念经，这是耍杂技。也许是地藏王菩萨爱看这个，但真正因此快乐起来的是人，尤其是妇女和孩子。这是年轻漂亮的和尚出风头的机会。一场大焰口过后，也像一个好戏班子过后一样，会有一个两个大姑娘、小媳妇失踪，——跟和尚跑了。他还会放"花焰口"。有的人家，亲戚中多风流子弟，在不是很哀伤的佛事——如做冥寿时，就会提出放花焰口。所谓"花焰口"就是在正焰口之后，叫和尚唱小调，拉丝弦，吹管笛，敲鼓板，而且可以点唱。仁渡一个人可以唱一夜不重头。仁渡前几年一直在外面，近二年才常住在庵里。据说他有相好的，而且不止一个。他平常可是很规矩，看到姑娘媳妇总是老老实实的，连一句玩笑话都不说，一句小调山歌都不唱。有一回，在打谷场上乘凉的时候，一伙人把他围起来，非叫他唱两个不可。他却情不过，说："好，唱一个。不唱家乡的。家乡的你们都熟，唱个安徽的。"

　　姐和小郎打大麦，

　　一转子讲得听不得。

　　听不得就听不得，

　　打完了大麦打小麦。

唱完了，大家还嫌不够，他就又唱了一个：

> 姐儿生得漂漂的，
> 两个奶子翘翘的。
> 有心上去摸一把，
> 心里有点跳跳的。
> ……

这个庵里无所谓清规，连这两个字也没人提起。

仁山吃水烟，连出门做法事也带着他的水烟袋。

他们经常打牌。这是个打牌的好地方。把大殿上吃饭的方桌往门口一搭，斜放着，就是牌桌。桌子一放好，仁山就从他的方丈里把筹码拿出来，哗啦一声倒在桌上。斗纸牌的时候多，搓麻将的时候少。牌客除了师兄弟三人，常来的是一个收鸭毛的，一个打兔子兼偷鸡的，都是正经人。收鸭毛的担一副竹筐，串乡串镇，拉长了沙哑的声音喊叫：

"鸭毛卖钱——！"

偷鸡的有一件家什——铜蜻蜓。看准了一只老母鸡，把铜蜻蜓一丢，鸡婆子上去就是一口。这一啄，铜蜻蜓的硬簧绷开，鸡嘴撑住了，叫不出来了。正在这鸡十分纳闷的时候，上去一把薅住。

明子曾经跟这位正经人要过铜蜻蜓看看。他拿到小英子家门前试了一试，果然！小英的娘知道了，骂明子：

"要死了！儿子！你怎么到我家来玩铜蜻蜓了！"

小英子跑过来：

"给我！给我！"

她也试了试，真灵，一个黑母鸡一下子就把嘴撑住，傻了眼了！

下雨阴天，这二位就光临荸荠庵，消磨一天。

有时没有外客，就把老师叔也拉出来，打牌的结局，大都是当家和尚气得鼓鼓的："×妈妈的！又输了！下回不来了！"

他们吃肉不瞒人。年下也杀猪。杀猪就在大殿上。一切都和在家里一样，开水、木桶、尖刀。捆猪的时候，猪也是没命地叫。跟在家人不同的，是多一道仪式，要给即将升天的猪念一道"往生咒"，并且总是老师叔念，神情很庄重：

　　……一切胎生、卵生、息生，来从虚空来，还归虚空去往生再世，皆大欢喜。南无阿弥陀佛！

三师父仁渡一刀子下去，鲜红的猪血就带着很多沫子喷出来。
……

明子老往小英子家里跑。

小英子的家像一个小岛，三面都是河，西面有一条小路通到荸荠庵。独门独户，岛上只有这一家。岛上有六棵大桑树，夏天都结大桑葚，三棵结白的，三棵结紫的；一个菜园子，瓜豆蔬菜，四时不缺。院墙下半截是砖砌的，上半截是泥夯的。大门是桐油油过的，贴着一副万年红的春联：

　　向阳门第春常在

积善人家庆有余

门里是一个很宽的院子。院子里一边是牛屋、碓棚；一边是猪圈、鸡窠，还有个关鸭子的栅栏。露天地放着一具石磨。正北面是住房，也是砖基土筑，上面盖的一半是瓦，一半是草。房子翻修了才三年，木料还露着白茬。正中是堂屋，家神菩萨的画像上贴的金还没有发黑。两边是卧房。每扇窗上各嵌了一块一尺见方的玻璃，明亮亮的，——这在乡下是不多见的。房檐下一边种着一棵石榴树，一边种着一棵栀子花，都齐房檐高了。夏天开了花，一红一白，好看得很。栀子花香得冲鼻子。顺风的时候，在荸荠庵都闻得见。

这家人口不多，他家当然是姓赵。一共四口人：赵大伯、赵大妈，两个女儿，大英子、小英子。老两口没得儿子。因为这些年人不得病，牛不生灾，也没有大旱大水闹蝗虫，日子过得很兴旺。他们家自己有田，本来够吃的了，又租种了庵上的十亩田。自己的田里，一亩种了荸荠，——这一半是小英子的主意，她爱吃荸荠，一亩种了茨菰。家里喂了一大群鸡鸭，单是鸡蛋鸭毛就够一年的油盐了。赵大伯是个能干人。他是一个"全把式"，不但田里场上样样精通，还会罩鱼、洗磨、凿碓、修水车、修船、砌墙、烧砖、箍桶、劈篾、绞麻绳。他不咳嗽，不腰疼，结结实实，像一棵榆树。人很和气，一天不声不响。赵大伯是一棵摇钱树，赵大娘就是个聚宝盆。大娘精神得出奇。五十岁了，两个眼睛还是清亮亮的。不论什么时候，头都是梳得滑滴滴的，身上衣服都是格铮铮的。像老头子一样，她一天不闲着。煮猪食，喂猪，腌咸菜，——她腌的咸萝卜干非常好吃，舂粉子，磨小豆腐，编蓑衣，织芦篚。她还会剪花样子。这里嫁闺女，陪嫁妆，磁坛子、锡罐子，都要用梅红纸剪出吉祥花样，贴在上面，讨个吉利，也才好看："丹凤朝阳"呀、"白头到老"呀、"子孙万代"呀、"福寿绵长"呀。二三十里的人家都来请她："大娘，好日子是十六，你哪天去呀？"——"十五，我一大清早就来！"

"一定呀！"——"一定！一定！"

两个女儿，长得跟她娘像一个模子里托出来的。眼睛长得尤其像，白眼珠鸭蛋青，黑眼珠棋子黑，定神时如清水，闪动时像星星。浑身上下，头是头，脚是脚。头发滑滴滴的，衣服笔铮铮的。——这里的风俗，十五六岁的姑娘就都梳上头了。这两个丫头，这一头的好头发！通红的发根，雪白的簪子！娘女三个去赶集，一集的人都朝她们望。

姐妹俩长得很像，性格不同。大姑娘很文静，话很少，像父亲。小英子比她娘还会说，一天咭咭呱呱地不停。大姐说：

"你一天到晚咭咭呱呱——"

"像个喜鹊！"

"你自己说的！——吵得人心乱！"

"心乱？"

"心乱！"

"你心乱怪我呀！"

二姑娘话里有话。大英子已经有了人家。小人她偷偷地看过，人很敦厚，也不难看，家道也殷实，她满意。已经下过小定，日子还没有定下来。她这二年，很少出房门，整天赶她的嫁妆。大裁大剪，她都会。挑花绣花，不如娘。她可又嫌娘出的样子太老了。她到城里看过新娘子，说人家现在绣的都是活花活草。这可把娘难住了。最后是喜鹊忽然一拍屁股："我给你保举一个人！"

这人是谁？是明子。明子念"上孟下孟"的时候，不知怎么得了半套《芥子园》，他喜欢得很。到了荸荠庵，他还常翻出来看，有时还把旧帐簿子翻过来，照着描。小英子说：

"他会画！画得跟活的一样！"

小英子把明海请到家里来，给他磨墨铺纸，小和尚画了几张，大英子喜欢得了不得：

"就是这样！就是这样！这就可以乱孱！"——所谓"乱孱"是绣花的一种针法：绣了第一层，第二层的针脚插进第一层的针缝，这样颜色就可由深到淡，不露痕迹，不像娘那一代绣的花是平针，深浅之间，界限分明，一道一道的。小英子就像个书童，又像个参谋：

"画一朵石榴花！"

"画一朵栀子花！"

她把花掐来，明海就照着画。

到后来，凤仙花、石竹子、水蓼、淡竹叶，天竺果子、腊梅花，他都能画。

大娘看着也喜欢，搂住明海的和尚头：

"你真聪明！你给我当一个干儿子吧！"

小英子捺住他的肩膀，说：

"快叫！快叫！"

小明子跪在地下磕了一个头，从此就叫小英子的娘做干娘。

　　大英子绣的三双鞋，三十里方圆都传遍了。很多姑娘都走路坐船来看。看完了，就说："啧啧啧，真好看！这哪是绣的，这是一朵鲜花！"她们就拿了纸来央大娘求了小和尚来画。有求画帐檐的，有求画门帘飘带的，有求画鞋头花的。每回明子来画花，小英子就给他做点好吃的，煮两个鸡蛋，蒸一碗芋头，煎几个藕团子。

　　因为照顾姐姐赶嫁妆，田里的零碎生活小英子就全包了。她的帮手，是明子。

　　这地方的忙活是栽秧、车高田水，薅头遍草、再就是割稻子、打场子。这几茬重活，自己一家是忙不过来的。这地方兴换工。排好了日期，几家顾一家，轮流转。不收工钱，但是吃好的。一天吃六顿，两头见肉，顿顿有酒。干活时，敲着锣鼓，唱着歌，热闹得很。其余的时候，各顾各，不显得紧张。

　　薅三遍草的时候，秧已经很高了，低下头看不见人。一听见非常脆亮的嗓子在一片浓绿里唱：

　　　　栀子哎开花哎六瓣头哎……
　　　　姐家哎门前哎一道桥哎……

　　明海就知道小英子在哪里，三步两步就赶到，赶到就低头薅起草来，傍晚牵牛"打汪"，是明子的事。——水牛怕蚊子。这里的习惯，牛卸了轭，饮了水，就牵到一口和好泥水的"汪"里，由它自己打滚扑腾，弄得全身都是泥浆，这样蚊子就咬不通了。低田上水，只要一挂十四轧的水车，两个人车半天就够了。明子和小英子就伏在车杠上，不紧不慢地踩着车轴上的拐子，轻轻地唱着明海向三师父学来的各处山歌。打场的时候，明子能替赵大伯一会，让他回家吃饭。——赵家自己没有场，每年都在荸荠庵外面的场上打谷子。他一扬鞭子，喊起了打场号子：

"格当嘚——"

这打场号子有音无字，可是九转十三弯，比什么山歌号子都好听。赵大娘在家，听见明子的号子，就侧起耳朵：

"这孩子这条嗓子！"

连大英子也停下针线：

"真好听！"

小英子非常骄傲地说：

"一十三省数第一！"

晚上，他们一起看场。——荸荠庵收来的租稻也晒在场上。他们并肩坐在一个石磙子上，听青蛙打鼓，听寒蛇唱歌，——这个地方以为蝼蛄叫是蚯蚓叫，而且叫蚯蚓叫"寒蛇"，听纺纱婆子不停地纺纱，"唦——"，看萤火虫飞来飞去，看天上的流星。

"呀！我忘了在裤带上打一个结！"小英子说。

这里的人相信，在流星掉下来的时候在裤带上打一个结，心里想什么好事，就能如愿。

……

"搈"荸荠，这是小英最爱干的生活。秋天过去了，地净场光，荸荠的叶子枯了，——荸荠的笔直的小葱一样的圆叶子里是一格一格的，用手一搈，哔哔地响，小英子最爱搈着玩，——荸荠藏在烂泥里。赤了脚，在凉浸浸滑滴滴的泥里踩着，——哎，一个硬疙瘩！伸手下去，一个红紫红紫的荸荠。她自己爱干这生活，还拉了明子一起去。她老是故意用自己的光脚去踩明子的脚。

她挎着一篮子荸荠回去了，在柔软的田埂上留了一串脚印。明海看着她的脚印，傻了。五个小小的趾头，脚掌平平的，脚跟细细的，脚弓部分缺了一块。明海身上有一种从来没有过的感觉，他觉得心里痒痒的。这一串美丽的脚印把小和尚的心搞乱了。

……

明子常搭赵家的船进城，给庵里买香烛，买油盐。闲时是赵大伯划船；忙时是小英子去，划船的是明子。

从庵赵庄到县城，当中要经过一片很大的芦花荡子。芦苇长得密密的，当中一条水路，四边不见人。划到这里，明子总是无端端地觉得心里很紧张，他就使劲地划桨。

小英子喊起来：

"明子！明子！你怎么啦？你发疯啦？为什么划得这么快？"……

明海到善因寺去受戒。

"你真的要去烧戒疤呀？"

"真的。"

"好好的头皮上烧十二个洞，那不疼死啦？"

"咬咬牙。舅舅说这是当和尚的一大关，总要过的。"

"不受戒不行吗？"

"不受戒的是野和尚。"

"受了戒有啥好处？"

"受了戒就可以到处云游，逢寺挂褡。"

"什么叫'挂褡'？"

"就是在庙里住。有斋就吃。"

"不把钱？"

"不把钱。有法事，还得先尽外来的师父。"

"怪不得都说'远来的和尚会念经'。就凭头上这几个戒疤？"

"还要有一份戒牒。"

"闹半天，受戒就是领一张和尚的合格文凭呀！"

"就是！"

"我划船送你去。"

"好。"

小英子早早就把船划到荸荠庵门前。不知是什么道理，她兴奋得很。她充满了好奇心，想去看看善因寺这座大庙，看看受戒是个啥样子。

善因寺是全县第一大庙，在东门外，面临一条水很深的护城河，三面都是大树，寺在树林子里，远处只能隐隐约约看到一点金碧辉煌的屋顶，不知道有多大。树上到处挂着"谨防恶犬"的牌子。这寺里的狗出名的厉害。平常不大有人进去。放戒期间，任人游看，恶狗都锁起来了。

好大一座庙！庙门的门槛比小英子的肐膝都高。迎门矗着两块大牌，一边一块，一块写着斗大两个大字："放戒"，一块是："禁止喧哗"。这庙里果然是气象庄严，到了这里谁也不敢大声咳嗽。明海自去报名办事，小英子就到处看看。好家伙，这哼哈二将、四大天王，有三丈多高，都是簇新的，才装修了不久。天井有二

亩地大，铺着青石，种着苍松翠柏。"大雄宝殿"，这才真是个
"大殿"！一进去，凉飕飕的。到处都是金光耀眼。释迦牟尼佛
坐在一个莲花座上，单是莲座，就比小英子还高。抬起头来也看
不全他的脸，只看到一个微微闭着的嘴唇和胖墩墩的下巴。两边
的两根大红蜡烛，一搂多粗。佛像前的大供桌上供着鲜花、绒花、
绢花，还有珊瑚树、玉如意、整根的大象牙。香炉里烧着檀香。
小英子出了庙，闻着自己的衣服都是香的。挂了好些幡。这些幡
不知是什么缎子的，那么厚重，绣的花真细。这么大一口磬，里
头能装五担水！这么大一个木鱼，有一头牛大，漆得通红的。她
又去转了转罗汉堂，爬到千佛楼上看了看。真有一千个小佛！她
还跟着一些人去看了看藏经楼。藏经楼没有什么看头，都是经书！
妈吔！逛了这么一圈，腿都酸了。小英子想起还要给家里打油，
替姐姐配丝线，给娘买鞋面布，给自己买两个坠围裙飘带的银蝴蝶，
给爹买旱烟，就出庙了。

　　等把事情办齐，晌午了。她又到庙里看了看，和尚正在吃粥。
好大一个"膳堂"，坐得下八百个和尚。吃粥也有这样多讲究：
正面法座上摆着两个锡胆瓶，里面插着红绒花，后面盘膝坐着一
个穿了大红满金绣袈裟的和尚，手里拿了戒尺。这戒尺是要扑人
的。哪个和尚吃粥吃出了声音，他下来就是一戒尺。不过他并不
真的打人，只是做个样子。真稀奇，那么多的和尚吃粥，竟然不
出一点声音！他看见明子也坐在里面，想跟他打个招呼又不好打。
想了想，管他禁止不禁止喧哗，就大声喊了一句："我走啦！"
她看见明子目不斜视地微微点了点头，就不管很多人都朝自己看，
大摇大摆地走了。

第四天一大清早小英子就去看明子。她知道明子受戒是第三天半夜，——烧戒疤是不许人看的。她知道要请老剃头师傅剃头，要剃得横摸顺摸都摸不出头发茬子，要不然一烧，就会"走"了戒，烧成了一片。她知道是用枣泥子先点在头皮上，然后用香头子点着。她知道烧了戒疤就喝一碗蘑菇汤，让它"发"，还不能躺下，要不停地走动，叫作"散戒"。这些都是明子告诉她的。明子是听舅舅说的。

她一看，和尚真在那里"散戒"，在城墙根底下的荒地里。一个一个，穿了新海青，光光的头皮上都有十二个黑点子。——这黑疤掉了，才会露出白白的、圆圆的"戒疤"。和尚都笑嘻嘻的，好像很高兴。她一眼就看见了明子。隔着一条护城河，就喊他：

"明子！"

"小英子！"

"你受了戒啦？"

"受了。"

"疼吗？"

"疼。"

"现在还疼吗？"

"现在疼过去了。"

"你哪天回去？"

"后天。"

"上午？下午？"

"下午。"

"我来接你！"

"好！"

……

小英子把明海接上船。

小英子这天穿了一件细白夏布上衣，下边是黑洋纱的裤子，赤脚穿了一双龙须草的细草鞋，头上一边插着一朵栀子花，一边插着一朵石榴花。她看见明子穿了新海青，里面露出短褂子的白领子，就说："把你那外面的一件脱了，你不热呀！"

他们一人一把桨。小英子在中舱，明子扳艄，在船尾。

她一路问了明子很多话，好像一年没有看见了。

她问，烧戒疤的时候，有人哭吗？喊吗？

明子说，没有人哭，只是不住地念佛。有个山东和尚骂人：

"俺日你奶奶！俺不烧了！"

她问善因寺的方丈石桥是相貌和声音都很出众吗？

"是的。"

"说他的方丈比小姐的绣房还讲究？"

"讲究。什么东西都是绣花的。"

"他屋里很香？"

"很香。他烧的是伽楠香，贵得很。"

"听说他会作诗，会画画，会写字？"

"会。庙里走廊两头的砖额上，都刻着他写的大字。"

"他是有个小老婆吗？"

"有一个。"

"才十九岁？"

"听说。"

"好看吗？"

"都说好看。"

"你没看见？"

"我怎么会看见？我关在庙里。"

明子告诉她，善因寺一个老和尚告诉他，寺里有意选他当沙弥尾，不过还没有定，要等主事的和尚商议。

"什么叫'沙弥尾'？"

"放一堂戒，要选出一个沙弥头，一个沙弥尾。沙弥头要老成，要会念很多经。沙弥尾要年轻，聪明，相貌好。"

"当了沙弥尾跟别的和尚有什么不同？"

"沙弥头，沙弥尾，将来都能当方丈。现在的方丈退居了，就当。石桥原来就是沙弥尾。"

"你当沙弥尾吗？"

"还不一定哪。"

"你当方丈，管善因寺？管这么大一个庙？！"

"还早呐！"

划了一气，小英子说："你不要当方丈！"

"好，不当。"

"你也不要当沙弥尾！"

"好，不当。"

又划了一气，看见那一片芦花荡子了。

小英子忽然把桨放下，走到船尾，趴在明子的耳朵旁边，小声地说：

"我给你当老婆，你要不要？"

明子眼睛鼓得大大的。

"你说话呀！"

明子说："嗯。"

"什么叫'嗯'呀！要不要，要不要？"

明子大声地说："要！"

"你喊什么！"

明子小小声说："要——！"

"快点划！"

英子跳到中舱，两只桨飞快地划起来，划进了芦花荡。

芦花才吐新穗。紫灰色的芦穗，发着银光，软软的，滑溜溜的，像一串丝线。有的地方结了蒲棒，通红的，像一枝一枝小蜡烛。青浮萍，紫浮萍。长脚蚊子，水蜘蛛。野菱角开着四瓣的小白花。惊起一只青桩（一种水鸟），擦着芦穗，扑鲁鲁飞远了。

……

一九八○年八月十二日，写四十三年前的一个梦

载一九八○年第十期《北京文艺》

大淖记事

一

这地方的地名很奇怪，叫作大淖。全县没有几个人认得这个淖字。县境之内，也再没有别的叫作什么淖的地方。据说这是蒙古话。那么这地名大概是元朝留下的。元朝以前这地方有没有，叫作什么，就无从查考了。

淖，是一片大水。说是湖泊，似还不够，比一个池塘可要大得多，春夏水盛时，是颇为浩渺的。这是两条水道的河源。淖中央有一条狭长的沙洲。沙洲上长满茅草和芦荻。春初水暖，沙洲上冒出很多紫红色的芦芽和灰绿色的蒌蒿，很快就是一片翠绿了。夏天，茅草、芦荻都吐出雪白的丝穗，在微风中不住地点头。秋天，全都枯黄了，就被人割去，加到自己的屋顶上去了。冬天，下雪，这里总比别处先白。化雪的时候，也比别处化得慢。河水解冻了，发绿了，沙洲上的残雪还亮晶晶地堆积着。这条沙洲是两条河水的分界处。从淖里坐船沿沙洲西面北行，可以看到高阜上的几家炕房。绿柳丛中，露出雪白的粉墙，黑漆大书四个字："鸡鸭炕房"，非常显眼。炕房门外，照例都有一块小小土坪，有几个人坐在树桩上负曝闲谈。不时有人从门里挑出一副很大的扁圆的竹笼，笼口络着绳网，里面是松花黄色的，毛茸茸，挨挨挤挤，啾啾乱叫的小鸡小鸭。由沙洲往东，要经过一座浆坊。浆是浆衣服用的。这里的人，衣服被里洗过后，都要浆一浆。浆过的衣服，穿在身上沙沙作响。浆是芡实水磨，加一点明矾，澄去水分，晒干而成。这东西是不值什么钱的。一大盆衣被，只要到杂货店花两三个铜板，买一小块，用热水冲开，就足够用了。但是全县浆粉都由这家供应（这东西是家家用得着的），所以规模也不算小。浆坊有四五个师傅忙碌着。喂着两头毛驴，轮流上磨。浆坊门外，有一片平场，太阳好的时候，每天晒着浆块，白得叫人眼睛都睁不开。炕房、浆坊附近还有几家买卖荸荠、茨菰、菱角、鲜藕的鲜货行，集散鱼蟹的鱼行和收购青草的草行。过了炕房和浆坊，就都是田畴麦垄，牛棚水车，人家的墙上贴着黑黄色的牛屎粑粑，——牛粪和水，拍成饼状，直径半尺，整齐地贴在墙上晾干，作燃料，已经完全是农村的景色了。由大淖北去，可至北乡各村。东去可至一沟、二沟、三垛，直达邻县兴化。

　　大淖的南岸，有一座漆成绿色的木板房，房顶、地面，都是木板的。这原是一个轮船公司。靠外手是候船的休息室。往里去，临水，就是码头。原来曾有一只小轮船，往来本城的兴化，隔日一班，单日开走，双日返回。小轮船漆得花花绿绿的，飘着万国旗，机器突突地响，烟筒冒着黑烟，装货、卸货，上客、下客，也有卖牛肉、高粱酒、花生瓜子、芝麻灌香糖的小贩，吆吆喝喝，是热闹过一阵的。后来因为公司赔了本，股东无意继续经营，就卖船停业了。这间木板房子倒没有拆去。现在里面空荡荡、冷清清，只有附近的野孩子到候船室来唱戏玩，棍棍棒棒，乱打一气；或到码头上比赛撒尿。七八个小家伙，齐齐地站成一排，把一泡泡骚尿哗哗地撒到水里，看谁尿得最远。

大淖指的是这片水，也指水边的陆地。这里是城区和乡下的交界处。从轮船公司往南，穿过一条深巷，就是北门外东大街了。坐在大淖的水边，可以听到远远地一阵一阵朦朦胧胧的市声，但是这里的一切和街里不一样。这里没有一家店铺。这里的颜色、声音、气味和街里不一样。这里的人也不一样。他们的生活，他们的风俗，他们的是非标准、伦理道德观念和街里的穿长衣念过"子曰"的人完全不同。

二

由轮船公司往东往西，各距一箭之遥，有两丛住户人家。这两丛人家，也是互不相同的，各是各乡风。

西边是几排错错落落的低矮的瓦屋。这里住的是做小生意的。他们大都不是本地人，是从下河一带，兴化、泰州、东台等处来的客户。卖紫萝卜的（紫萝卜是比荸荠略大的扁圆形的萝卜，外皮染成深蓝紫色，极甜脆），卖风菱的（风菱是很大的两角的菱角，壳极硬），卖山里红的，卖熟藕（藕孔里塞了糯米煮熟）的。还有一个从宝应来的卖眼镜的，一个从杭州来的卖天竺筷的。他们像一些候鸟，来去都有定时。来时，向相熟的人家租一间半间屋子，住上一阵，有的住得长一些，有的短一些，到生意做完，就走了。他们都是日出而作，日入而息。吃罢早饭，各自背着、扛着、挎着、举着自己的货色，用不同的乡音，不同的腔调，吟唱吆唤着上街了。到太阳落山，又都像鸟似的回到自己的窝里。于是从这些低矮的屋檐下就都飘出带点甜味而又呛人的炊烟（所烧的柴草都是半干不湿的）。他们做的都是小本生意，赚钱不大。因为是在客边，对人很和气，凡事忍让，所以这一带平常总是安安静静的，很少有吵嘴打架的事情发生。

这里还住着二十来个锡匠，都是兴化帮。这地方兴用锡器，家家都有几件锡制的家伙。香炉、蜡台、痰盂、茶叶罐、水壶、茶壶、酒壶，甚至尿壶，都是锡的。嫁闺女时都要陪送一套锡器。最少也要有两个能容四五升米的大锡罐，摆在柜顶上，否则就不成其为嫁妆。出阁的闺女生了孩子，娘家要送两大罐糯米粥（另外还要有两只老母鸡，一百鸡蛋），装粥用的就是娘柜顶上的这两个锡罐。因此，二十来个锡匠并不显多。

锡匠的手艺不算费事，所用的家什也较简单。一副锡匠担子，一头是风箱，绳系里夹着几块锡板；一头是炭炉和两块二尺见方，一面裱着好几层表芯纸的方砖。锡器是打出来的，不是铸出来的。人家叫锡匠来打锡器，一般都是自己备料，——把几件残旧的锡器回炉重打。锡匠在人家门道里或是街边空地上，支起担子，拉动风箱，在锅里把旧锡化成锡水，——锡的熔点很低，不大一会就化了；然后把两块方砖对合着（裱纸的一面朝里），在两砖之间压一条绳子，绳子按照要打的锡器圈成近似的形状，绳头留在砖外，把锡水由绳口倾倒过去，两砖一压，就成了锡片；然后，用一个大剪子剪剪，焊好接口，用一个木槌在铁砧上敲敲打打，大约一两顿饭工夫就成型了。锡是软的，打锡器不像打铜器那样费劲，也不那样吵人。粗使的锡器，就这样就能交活。若是细巧的，就还要用刮刀刮一遍，用砂纸打一打，用竹节草（这种草中药店有卖的）磨得锃亮。

这一帮锡匠很讲义气。他们扶持疾病，互通有无，从不抢生意。若是合伙做活，工钱也分得很公道。这帮锡匠有一个头领，是个老锡匠，他说话没有人不听。老锡匠人很耿直，对其余的锡匠（不是他的晚辈就是他的徒弟）管教得很紧。他不许他们赌钱喝酒；嘱咐他们出外做活，要童叟无欺，手脚要干净；不许和妇道嬉皮笑脸。他教他们不要怕事，也绝不要惹事。除了上市应活，平常不让到处闲游乱窜。

老锡匠会打拳，别的锡匠也跟着练武。他屋里有好些白蜡杆，三节棍，没事便搬到外面场地上打对儿。老锡匠说：这是消遣，也可以防身，出门在外，会几手拳脚不吃亏。除此之外，锡匠们的娱乐便是唱唱戏。他们唱的这种戏叫作"小开口"，是一种地方小戏，唱腔本是萨满教的香火（巫师）请神唱的调子，所以又叫"香火戏"。这些锡匠并不信萨满教，但大都会唱香火戏。戏的曲调虽简单，内容却是成本大套，李三娘挑水推磨，生下咬脐郎；白娘子水漫金山；刘金定招亲；方卿唱道情，……可以坐唱，也可以化了装彩唱。遇到阴天下雨，不能出街，他们能吹打弹唱一整天。附近的姑娘媳妇都挤过来看，——听。

老锡匠有个徒弟，也是他的侄儿，在家大排行第十一，小名就叫个十一子，外人都只叫他小锡匠。这十一子是老锡匠的一件心事。因为他太聪明，长得又太好看了。他长得挺拔匀称，肩宽腰细，唇红齿白，浓眉大眼，头戴遮阳草帽，青鞋净袜，全身衣服整齐合体。天热的时候，敞开衣扣，露出扇面也似的胸脯，五寸宽的雪白的板带煞得很紧。走起路来，高抬脚，轻着地，麻溜利索。锡匠里出了这样一个一表人才，真是鸡窝里飞出了金凤凰。老锡匠心里明白：唱"小开口"的时候，那些挤过来的姑娘媳妇，其实都是来看这位十一郎的。

老锡匠经常告诫十一子，不要和此地的姑娘媳妇拉拉扯扯，尤其不要和东头的姑娘媳妇有什么勾搭："她们和我们不是一样的人！"

三

轮船公司东头都是草房，茅草盖顶，黄土打墙，房顶两头多盖着半片破缸破瓮，防止大风时把茅草刮走。这里的人，世代相传，都是挑夫。男人、女人，大人、孩子，都靠肩膀吃饭。

挑得最多的是稻子。东乡、北乡的稻船，都在大淖靠岸。满船的稻子，都由这些挑夫挑走。或送到米店，或送进哪家大户的廒仓，或挑到南门外琵琶闸的大船上，沿运河外运。有时还会一直挑到车逻、马棚湾这样很远的码头上。单程一趟，或五六里，或七八里、十多里不等。一二十人走成一串，步子走得很匀，很快。一担稻子一百五十斤，中途不歇肩。一路不停地打着号子。换肩时一齐换肩。打头的一个，手往扁担上一搭，一二十副担子就同时由右肩转到左肩上来了。每挑一担，领一根"筹子"，——尺半长，一寸宽的竹牌，上涂白漆，一头是红的。到傍晚凭筹领钱。

稻谷之外，什么都挑。砖瓦、石灰、竹子（挑竹子一头拖在地上，在砖铺的街面上擦得刷刷地响），桐油（桐油很重，使扁担不行，得用木杠，两人抬一桶）……因此，一年三百六十天，天天有活干，饿不着。

十三四岁的孩子就开始挑了。起初挑半担，用两个柳条笆斗。练上一二年，人长高了，力气也够了，就挑整担，像大人一样的挣钱了。

挑夫们的生活很简单：卖力气，吃饭。一天三顿，都是干饭。这些人家都不盘灶，烧的是"锅腔子"——黄泥烧成的矮瓮，一面开口烧火。烧柴是不花钱的。淖边常有草船，乡下人挑芦柴入街去卖，一路总要撒下一些。凡是尚未挑担挣钱的孩子，就一人一把竹笆，到处去搂。因此，这些顽童得到一个稍带侮辱性的称呼，叫作"笆草鬼子"。有时懒得费事，就从乡下人的草担上猛力拽出一把，拔腿就溜。等乡下人撂下担子叫骂时，他们早就没影儿了。锅腔子无处出烟，烟子就横溢出来，飘到大淖水面上，平铺开来，停留不散。这些人家无隔宿之粮，都是当天买，当天吃。吃的都是脱粟的糙米。一到饭时，就看见这些茅草房子的门口蹲着一些男子汉，捧着一个蓝花大海碗，碗里是骨堆堆的一碗紫红紫红的米饭，一边堆着青菜小鱼、臭豆腐、腌辣椒，大口大口地在吞食。他们吃饭不怎么嚼，只在嘴里打一个滚，咕咚一声就咽下去了。看他们吃得那样香，你会觉得世界上再没有比这个饭更好吃的饭了。

　　他们也有年，也有节。逢年过节，除了换一件干净衣裳，吃得好一些，就是聚在一起赌钱。赌具，也是钱。打钱，滚钱。打钱：各人拿出一二十铜圆，叠成很高的一摞。参与者远远地用一个钱向这摞铜钱砸去，砸倒多少取多少。滚钱又叫"滚五七寸"。在一片空场上，各人放一摞钱；一块整砖支起一个斜坡，用一个铜圆由砖面落下，向钱注密处滚去，钱停住后，用事前备好的两根草棍量一量，如距钱注五寸，滚钱者即可吃掉这一注；距离七寸，反赔出与此注相同之数。这种古老的博法使挑夫们得到极大的快乐。旁观的闲人也不时大声喝彩，为他们助兴。

　　这里的姑娘媳妇也都能挑。她们挑得不比男人少，走得不比男人慢。挑鲜货是她们的专业。大概是觉得这种水淋淋的东西对女人更相宜，男人们是不屑于去挑的。这些"女将"都生得顾长俊俏，浓黑的头发上涂了很多梳头油，梳得油光水滑（照当地说法是：苍蝇站上去都会闪了腿）。脑后的发髻都极大。发髻的大红头绳的发根长到二寸，老远就看到通红的一截。她们的发髻的一侧总要插一点什么东西。清明插一个柳球（杨柳的嫩枝，一头拿牙咬着，把柳枝的外皮连同鹅黄的柳叶使劲往下一抹，成一个小小球形），端午插一丛艾叶，有鲜花时插一朵栀子，一朵夹竹桃，无鲜花时插一朵大红剪绒花。因为常年挑担，衣服的肩膀处易破，她们的托肩多半是换过的。旧衣服，新托肩，颜色不一样，这几乎成了大淖妇女的特有的服饰。一二十个姑娘媳妇，挑着一担担紫红的荸荠、碧绿的菱角、雪白的连枝藕，走成一长串，风摆柳似的嚓嚓地走过，好看得很！

她们像男人一样的挣钱,走相、坐相也像男人。走起来一阵风,坐下来两条腿叉得很开。她们像男人一样赤脚穿草鞋(脚指甲却用凤仙花染红)。她们嘴里不忌生冷,男人怎么说话她们怎么说话,她们也用男人骂人的话骂人。打起号子来也是:"好大娘个歪歪子咧!"——"歪歪子咧……"

没出门子的姑娘还文雅一点,一做了媳妇就简直是"姜太公在此百无禁忌",要多野有多野。有一个老光棍黄海龙,年轻时也是挑夫,后来腿脚有了点毛病,就在码头上看看稻船,收收筹子。这老头儿老没正轻,一把胡子了,还喜欢在媳妇们的胸前屁股上摸一把,拧一下。按辈分,他应当被这些媳妇称呼一声叔公,可是谁都管他叫"老骚胡子"。有一天,他又动手动脚的,几个媳妇一咬耳朵,一二三,一齐上手,眨眼之间叔公的裤子就挂在大树顶上了。有一回,叔公听见卖饺面的挑着担子,敲着竹梆走来,他又来劲了:"你们敢不敢到淖里洗个澡?——敢,我一个人输你们两碗饺面!"——"真的?"——"真的!"——"好!"几个媳妇脱了衣服跳到淖里扑通扑通洗了一会。爬上岸就大声喊叫:

"下面!"

这里人家的婚嫁极少明媒正娶,花轿吹鼓手是挣不着他们的钱的。媳妇,多是自己跑来的;姑娘,一般是自己找人。他们在男女关系上是比较随便的。姑娘在家生私孩子;一个媳妇,在丈夫之外,再"靠"一个,不是稀奇事。这里的女人和男人好,还是恼,只有一个标准:情愿。有的姑娘、媳妇相与了一个男人,自然也跟他要钱买花戴,但是有的不但不要他们的钱,反而把钱给他花，叫作"倒贴"。

因此，街里的人说这里"风气不好"。

到底是哪里的风气更好一些呢？难说。

四

大淖东头有一户人家。这一家只有两口人，父亲和女儿。父亲名叫黄海蛟，是黄海龙的堂弟（挑夫里姓黄的多）。原来是挑夫里的一把好手。他专能上高跳。这地方大粮行的"窝积"（长条芦席围成的粮囤），高到三四丈，只支一只单跳，很陡。上高跳要提着气一口气窜上去，中途不能停留。遇到上了一点岁数的或者"女将"，抬头看看高跳，有点含糊，他就走过去接过一百五十斤的担子，一支箭似的上到跳顶，两手一提，把两箩稻子倒在"窝积"里，随即三五步就下到平地。因为为人忠诚老实，二十五岁了，还没有成亲。那年在车逻挑粮食，遇到一个姑娘向他问路。这姑娘留着长长的刘海，梳了一个"苏州俏"的发髻，还抹了一点胭脂，眼色张皇，神情焦急，她问路，可是连一个准地名都说不清，一看就知道是大户人家逃出来的使女。黄海蛟和她攀谈了一会，这姑娘就表示愿意跟着他过。她叫莲子。——这地方丫头、使女多叫莲子。

莲子和黄海蛟过了一年，给他生了个女儿。七月生的，生下的时候满天都是五色云彩，就取名叫作巧云。

莲子的手很巧、也勤快，只是爱穿件华丝葛的裤子，爱吃点瓜子零食，还爱唱"打牙牌"之类的小调："凉月子一出照楼梢，打个呵欠伸懒腰，瞌睡子又上来了。哎哟，哎哟，瞌睡子又上来了……"这和大淖的乡风不大一样。

巧云三岁那年，她的妈莲子，终于和一个过路戏班子的一个唱小生的跑了。那天，黄海蛟正在马棚湾。莲子把黄海蛟的衣裳都浆洗了一遍，巧云的小衣裳也收拾在一起，闷了一锅饭，还给老黄打了半斤酒，把孩子托给邻居，说是她出门有点事，锁了门，从此就不知去向了。

巧云的妈跑了，黄海蛟倒没有怎么伤心难过。这种事情在大淖这个地方也值不得大惊小怪。养熟的鸟还有飞走的时候呢，何况是一个人！只是她留下的这块肉，黄海蛟实在是疼得不行。他不愿巧云在后娘的眼皮底下委委屈屈地生活，因此发誓不再续娶。他就又当爹又当妈，和女儿巧云在一起过了十几年。他不愿巧云去挑扁担，巧云从十四岁就学会结渔网和打芦席。

巧云十五岁，长成了一朵花。身材、脸盘都像妈。瓜子脸，一边有个很深的酒窝。眉毛黑如鸦翅。长入鬓角。眼角有点吊，是一双凤眼。睫毛很长，因此显得眼睛经常是眯睐着；忽然回头，睁得大大的，带点吃惊而专注的神情，好像听到远处有人叫她似的。她在门外的两棵树杈之间结网，在淖边平地上织席，就有一些少年人装着有事的样子来来去去。她上街买东西，甬管是买肉、买菜，打油、打酒，撕布、量头绳，买梳头油、雪花膏，买石碱、浆块，同样的钱，她买回来，分量都比别人多，东西都比别人的好。这个奥秘早被大娘、大婶们发现，她们都托她买东西。只要巧云一上街，都挎了好几个竹篮，回来时压得两个胳臂酸疼酸疼。泰山庙唱戏，人家都自己扛了板凳去。巧云散着手就去了。一去了，总有人给她找一个得看的好座。台上的戏唱得正热闹，但是没有多少人叫好。因为好些人不是在看戏，是看她。

巧云十六了，该张罗着自己的事了。谁家会把这朵花迎走呢？炕房的老大？浆坊的老二？鲜货行的老三？他们都有这意思。这点意思黄海蛟知道了，巧云也知道。不然他们老到淖东头来回晃摇是干什么呢？但是巧云没怎么往心里去。

巧云十七岁，命运发生了一个急转直下的变化。她的父亲黄海蛟在一次挑重担上高跳时，一脚踏空，从三丈高的跳板上摔下来，摔断了腰。起初以为不要紧，养养就好了。不想喝了好多药酒，贴了好多膏药，还不见效。她爹半瘫了，他的腰再也直不起来了。他有时下床，扶着一个剃头担子上用的高板凳，咯噔咯噔地走一截，平常就只好半躺下靠在一摞被窝上。他不能用自己的肩膀为女儿挣几件新衣裳，买两枝花，却只能由女儿用一双手养活自己了。还不到五十岁的男子汉，只能做一点老太婆做的事：绩了一捆又一捆的供女儿结网用的麻线。事情很清楚：巧云不会撇下她这个老实可怜的残废爹。谁要愿意，只能上这家来当一个倒插门的养老女婿。谁愿意呢？这家的全部家产只有三间草屋（巧云和爹各住一间，当中是一个小小的堂屋）。老大、老二、老三时不时走来走去，拿眼睛瞟着隔着一层渔网或者坐在雪白的芦席上的一个苗条的身子。他们的眼睛依然不缺乏爱慕，但是减少了几分急切。

老锡匠告诫十一子不要老往淖东头跑，但是小锡匠还短不了要来。大娘、大婶、姑娘、媳妇有旧壶翻新，总喜欢叫小锡匠来。从大淖过深巷上大街也要经过这里，巧云家门前的柳荫是一个等待雇主的好地方。巧云织席，十一子化锡，正好做伴。有时巧云停下活计，帮小锡匠拉风箱。有时巧云要回家看看她的残废爹，问他想不想吃烟喝水，小锡匠就压住炉里的火，帮她织一气席。巧云的手指划破了（织席很容易划破手，压扁的芦苇薄片，刀一样的锋快），十一子就帮她吮吸指头肚子上的血。巧云从十一子口里知道他家里的事：他是个独子，没有兄弟姐妹。他有一个老娘，守寡多年了。他娘在家给人家做针线，眼睛越来越不好，他很担心她有一天会瞎……

好心的大人路过时会想：这倒真是两只鸳鸯，可是配不成对。一家要招一个养老女婿，一家要接一个当家媳妇，弄不到一起。他们俩呢，只是很愿意在一处谈谈坐坐。都到岁数了，心里不是没有。只是像一片薄薄的云，飘过来，飘过去，下不成雨。

有一天晚上，好月亮，巧云到淖边一只空船上去洗衣裳（这里的船泊定后，把桨拖到岸上，寄放在熟人家，船就拴在那里，无人看管，谁都可以上去）。她正在船头把身子往前倾着，用力涮着一件大衣裳，一个不知轻重的顽皮野孩子轻轻走到她身后，伸出两手咯吱她的腰。她冷不防，一头栽进了水里。她本会一点水，但是一下子懵了。这几天水又大，流很急。她挣扎了两下，喊救人，接连喝了几口水。她被水冲走了！正赶上十一子在炕房门外土坪上打拳，看见一个人冲了过来，头发在水上漂着。他褪下鞋子，一猛子扎到水底，从水里把她托了起来。

十一子把她肚子里的水控了出来，巧云还是昏迷不醒。十一子只好把她横抱着，像抱一个婴儿似的，把她送回去。她浑身是湿的，软绵绵，热乎乎的。十一子觉得巧云紧紧挨着他，越挨越紧。十一子的心怦怦地跳。

到了家，巧云醒来了。（她早就醒来了！）十一子把她放在床上。巧云换了湿衣裳（月光照出她的美丽的少女的身体）。十一子抓一把草，给她熬了半锦子姜糖水，让她喝下去，就走了。

巧云起来关了门，躺下。她好像看见自己躺在床上的样子。月亮真好。

巧云在心里说："你是个呆子！"

她说出声来了。

不大一会，她也就睡死了。

就在这一天夜里，另外一个人，拨开了巧云家的门。

五

由轮船公司对面的巷子转东大街，往西不远，有一个道士观，叫作炼阳观。现在没有道士了，里面住了不到一营水上保安队。这水上保安队是地方武装。他们名义上归县政府管辖，饷银却由县商会开销，水上保安队的任务是下乡剿土匪。这一带土匪很多，他们抢了人，绑了票，大都藏匿在芦荡湖泊中的船上（这地方到处是水），如遇追捕，便于脱逃。因此，地方绅商觉得很需要成立一个特殊的武装力量来对付这些成帮结伙的土匪。水上保安队装备是很好的。他们乘的船是"铁板划子"——船的三面都有半人高、三四分厚的铁板，子弹是打不透的。铁板划子就停在大淖岸边，样子很高傲。一有任务，就看见大兵们扛着两挺水机关，用箩筐抬着多半筐子弹（子弹不用箱装，却使箩抬，颇奇怪），上了船，开走了。

　　或七八天，或十天半月，他们得胜回来了（他们有铁板划子，又有水机关，对土匪有压倒优势，很少有伤亡）。铁板划子靠了岸，上岸列队，由深巷，上大街，直奔县政府。这队伍是四列纵队。前面是号队。这不到一营的人，却有十二支号。一上大街，就"打打打滴打大打滴大打"，齐齐整整地吹起来。后面是全队弟兄，一律荷枪实弹。号队之后，大队之前的正中，是捉来的土匪。有时三个五个，有时只有一个，都是五花大绑。这队伍是很神气的。最妙的是被绑着的土匪也一律都和着号音，步伐整齐，雄赳赳气昂昂地走着。甚至值日官喊"一、二、三、四"，他们也随着大声地喊。大队上街之前，要由地保事先通知沿街店铺，凡有鸟笼的（有的店铺是养八哥、画眉的），都要收起来，因为土匪大哥看见不高兴，这是他们忌讳的（他们到了县政府，都下在大狱里，看见笼中鸟，就无出狱希望了）。看看这样的铜号放光，刺刀雪亮，还夹着几个带有传奇色彩的土匪英雄的威武雄壮的队伍，是这条街上的民众的一件快乐事情。其快乐程度不下于看狮子、龙灯、高跷、抬阁，和僧道齐全、六十四杠的大出丧。

　　除了下乡办差，保安队的弟兄们没有什么事。他们除了把两挺水机关扛到大淖边突突地打两梭（把淖岸上的泥土打得簌簌地往下掉），平常是难得出操、打野外的。使人们感觉到这营把人的存在的，是这十二个号兵早晚练号。早晨八九点钟，下午四五点钟，他们就到大淖边来了。先是拔长音，然后各自吹几段，最后是合吹进行曲、三环号（他们吹三环号只是吹着玩，因为从来没有接受检阅的时候）。吹完号，就解散，想干什么干什么。有的，就轻手轻脚，走进一家的门外，咳嗽一声，随着，走了进去，门就关起来了。

这些号兵大都衣着整齐，干净爱俏。他们除了吹吹号，整天无事干，有的是闲空。他们的钱来得容易，——饷钱倒不多，但每次下乡，总有犒赏；有时与土匪遭遇，双方谈条件，也常从对方手中得到一笔钱，手面很大方，花钱不在乎。他们是保护地方绅商的军人，身后有靠山，即或出一点什么事，谁也无奈他何。因此，这些大爷就觉得不风流风流，实在对不起自己，也辜负了别人。

十二个号兵，有一个号长，姓刘，大家都叫他刘号长。这刘号长前后跟大淖几家的媳妇都很熟。

拨开巧云家的门的，就是这个号长！

号长走的时候留下十块钱。

这种事在大淖不是第一次发生。巧云的残废爹当时就知道了。他拿着这十块钱，只是长长地叹了一口气。邻居们知道了，姑娘、媳妇并未多议论，只骂了一句："这个该死的！"

巧云破了身子，她没有淌眼泪，更没有想到跳到淖里淹死。人生在世，总有这么一遭！只是为什么是这个人？真不该是这个人！怎么办？拿把菜刀杀了他？放火烧了炼阳观？不行！她还有个残废爹。她怔怔地坐在床上，心里乱糟糟的。她想起该起来烧早饭了。她还得结网，织席，还得上街。她想起小时候上人家看新娘子，新娘子穿了一双粉红的缎子花鞋。她想起她的远在天边的妈。她记不得妈的样子，只记得妈用一个筷子头蘸了胭脂给她点了一点眉心红。她拿起镜子照照，她好像第一次看清楚自己的模样。她想起十一子给她吮手指上的血，这血一定是咸的。她觉得对不起十一子，好像自己做错了什么事。她非常失悔：没有把自己给了十一子！

她的这个念头越来越强烈。这个号长来一次，她的念头就更强烈一分。

水上保安队又下乡了。

一天，巧云找到十一子，说："晚上你到大淖东边来，我有话跟你说。"

十一子到了淖边。巧云踏在一只"鸭撇上"上（放鸭子用的小船，极小，仅容一人。这是一只公船，平常就拴在淖边。大淖人谁都可以撑着它到沙洲上挑蒌蒿，割茅草，拣野鸭蛋），把篙子一点，撑向淖中央的沙洲，对十一子说："你来！"

过了一会，十一子泅水到了沙洲上。

他们在沙洲的茅草丛里一直待到月到中天。

月亮真好啊！

六

十一子和巧云的事，师兄们都知道，只瞒着老锡匠一个人。他们偷偷地给他留着门，在门窝子里倒了水（这样推门进来没有声音）。十一子常常到天快亮的时候才回来。有一天，又是这时候才推开门。刚刚要钻被窝，听见老锡匠说：

"你不要命啦！"

这种事情怎么瞒得住人呢？终于，传到刘号长的耳朵里。其实没有人跟他嚼舌头，刘号长自己还不知道？巧云看见他都讨厌，她的全身都是冷淡的。刘号长咽不下这口气。本来，他跟巧云又没有拜过堂，完过花烛，闲花野草，断了就断了。可是一个小锡匠，夺走了他的人，这丢了当兵的脸。太岁头上动土，这还行！这种事从来没有发生过。连保安队的弟兄也都觉得面上无光，在人前矬了一截。他是只许自己在别人头上拉屎撒尿，不许别人在他脸上溅一星唾沫的。若是闭着眼过去，往后，保安队的人还混不混了？

有一天，天还没亮，刘号长带了几个弟兄，踢开巧云家的门，从被窝里拉起了小锡匠，把他捆了起来。把黄海蛟、巧云的手脚也都捆了，怕他们去叫人。

他们把小锡匠弄到泰山庙后面的坟地里，一人一根棍子，搂头盖脸地打他。

他们要小锡匠卷铺盖走人，回他的兴化，不许再留在大淖。

小锡匠不说话。

他们要小锡匠答应不再走进黄家的门，不挨巧云的身子。小锡匠还是不说话。

他们要小锡匠告一声饶，认一个错。

小锡匠的牙咬得紧紧的。

小锡匠的硬铮把这些向来是横着膀子走路的家伙惹怒了，"你这样硬！打不死你！"——"打"，七八根棍子风一样、雨一样打在小锡匠的身子。

小锡匠被他们打死了。

锡匠们听说十一子被保安队的人绑走了，他们四处找，找到了泰山庙。

老锡匠用手一探，十一子还有一丝悠悠气。老锡匠叫人赶紧去找陈年的尿桶。他经验过这种事，打死的人，只有喝了从桶里刮出来的尿碱，才有救。

十一子的牙关咬得很紧，灌不进去。

巧云捧了一碗尿碱汤，在十一子的耳边说："十一子，十一子，你喝了！"

十一子微微听见一点声音，他睁了睁眼。巧云把一碗尿碱汤灌进了十一子的喉咙。

不知道为什么，她自己也尝了一口。

锡匠们摘了一块门板，把十一子放在门板上，往家里抬。

他们抬着十一子，到了大淖东头，还要往西走。巧云拦住了："不要。抬到我家里。"

老锡匠点点头。

巧云把屋里存着的渔网和芦席都拿到街上卖了，买了七厘散，医治十一子身子里的瘀血。

东头的几家大娘、大婶杀了下蛋的老母鸡，给巧云送来了。

锡匠们凑了钱，买了人参，熬了参汤。

挑夫，锡匠，姑娘，媳妇，川流不息地来看望十一子。他们把平时在辛苦而单调的生活中不常表现的热情和好心都拿出来了。他们觉得十一子和巧云做的事都很应该，很对。大淖出了这样一对年轻人，使他们觉得骄傲。大家的心喜洋洋，热乎乎的，好像在过年。

刘号长打了人，不敢再露面。他那几个弟兄也都躲在保安队的队部里不出来。保安队的门口加了双岗。这些好汉原来都是一窝"草鸡"！

锡匠们开了会。他们向县政府递了呈子，要求保安队把姓刘的交出来。

县政府没有答复。

锡匠们上街游行。这个游行队伍是很多人从未见过的。没有旗子，没有标语，就是二十来个锡匠挑着二十来副锡匠担子，在全城的大街上慢慢地走。这是个沉默的队伍，但是非常严肃。他们表现出不可侵犯的威严和不可动摇的决心。这个带有中世纪行帮色彩的游行队伍十分动人。

游行继续了三天。

第三天，他们举行了"顶香请愿"。二十来个锡匠，在县政府照壁前坐着，每人头上用木盘顶着一炉炽旺的香。这是一个古老的风俗：民有沉冤，官不受理，被逼急了的百姓可以用香火把县大堂烧了，据说这不算犯法。

这条规矩不载于《六法全书》，现在不是大清国，县政府可以不理会这种"陋习"。但是这些锡匠是横了心的，他们当真干起来，后果是严重的。县长邀请县里的绅商商议，一致认为这件事不能再不管。于是由商会会长出面，约请了有关的人：一个承审——作为县长代表，保安队的副官，老锡匠和另外两个年长的锡匠，还有代表挑夫的黄海龙，四邻见证，——卖眼镜的宝应人，卖天竺筷的杭州人，在一家大茶馆里举行会谈，来"了"这件事。

会谈的结果是：小锡匠养伤的药钱由保安队负担（实际是商会拿钱），刘号长驱逐出境。由刘号长画押具结。老锡匠觉得这样就给锡匠和挑夫都挣了面子，可以见好就收了。只是要求在刘某人的甘结上写上一条：如果他再踏进县城一步，任凭老锡匠一个人把他收拾了！

过了两天，刘号长就由两个弟兄持枪护送，悄悄地走了。他被调到三垛去当了税警。

十一子能进一点饮食，能说话了。巧云问他：

"他们打你，你只要说不再进我家的门，就不打你了，你就不会吃这样大的苦了。你为什么不说？"

"你要我说么？"

"不要。"

"我知道你不要。"

"你值么。"

"我值。"

"十一子，你真好！我喜欢你！你快点好。"

"你亲我一下，我就好得快。"

"好，亲你！"

巧云一家有了三张嘴。两个男的不能挣钱，但要吃饭。大淖东头的人家就没有积蓄，也没有什么东西可以变卖典押。结渔网，打芦席，都不能当时见钱。十一子的伤一时半会不会好，日子长了，怎么过呢？巧云没有经过太多考虑，把爹用的箩筐找出来，磕磕尘土，就去挑担挣"活钱"去了。姑娘媳妇都很佩服她。起初她们怕她挑不惯，后来看她脚下很快，很匀，也就放心了。从此，巧云就和邻居的姑娘媳妇在一起，挑着紫红的荸荠、碧绿的菱角、雪白的连枝藕，风摆柳似地穿街过市，发髻的一侧插着大红花。

她的眼睛还是那么亮，长睫毛忽扇忽扇的。但是眼神显得更深沉，更坚定了。她从一个姑娘变成了一个很能干的小媳妇。

十一子的伤会好么？

会。

当然会！

一九八一年二月四日，旧历大年三十

载一九八一年第四期《北京文学》

故里杂记

李　三

　　李三是地保，又是更夫。他住在土地祠。土地祠每坊都有一个。"坊"后来改称为保了。只有死了人，和尚放焰口，写疏文，写明死者籍贯，还沿用旧称："南赡部洲中华民国某省某县某坊信士某某……"云云，疏文是写给阴间的公事。大概阴间还没有改过来。土地是阴间的保长。其职权范围与阳间的保长相等，不能越界理事，故称"当坊土地"。李三所管的，也只是这一坊之事。出了本坊，哪怕只差一步，不论出了什么事，死人失火，他都不问。一个坊或一个保的疆界，保长清楚，李三也清楚。

　　土地祠是俗称，正名是"福德神祠"。这四个字刻在庙门的砖额上，蓝地金字。这是个很小的庙。外面原有两根旗杆。西边的一根有一年教雷劈了（这雷也真怪，把旗杆劈得粉碎，劈成了一片一片一尺来长的细木条，这还有个名目，叫作"雷楔"），只剩东边的一根了。进门有一个门道，两边各有一间耳房。东边的，住着李三。西边的一间，租给了一个卖糜饭饼子的。——糜饭饼子是米粥捣成糜，发酵后在一个平锅上烙成的，一面焦黄，一面是白的，有一点酸酸的甜味。再往里，过一个两步就跨过的天井，便是神殿。迎面塑着土地老爷的神像。神像不大，比一个常人还小一些。这土地老爷是单身，——不像乡下的土地庙里给他配一个土地奶奶。是一个笑眯眯的老头，一嘴的白胡子。头戴员外巾，身穿蓝色道袍。神像前是一个很窄的神案。神案上有一具铁制蜡烛架，横列一排烛钎，能插二十来根蜡烛。一个瓦香炉。神案前是一个收香钱的木柜。木柜前留着几尺可供磕头的砖地。如此而已。

李三同时又是庙祝。庙祝也没有多少事。初一、十五，把土地祠里外打扫一下，准备有人来进香。过年的时候，把两个"灯对子"找出来，挂在庙门两边。灯对子是长方形的纸灯，里面是木条钉成的框子，外糊白纸，上书大字，一边是"风调雨顺"，一边是"国泰民安"。灯对子里有横隔，可以点蜡烛。从正月初一，一直点到灯节。这半个多月，土地祠门前明晃晃的，很有点节日气氛。这半个月，进香的也多。每逢香期，到了晚上，李三就把收香钱的柜子打开，把香钱倒出来，一五一十地数一数。

偶尔有人来赌咒。两家为一件事分辨不清，——常见的是东家丢了东西，怀疑是西家偷了，两家对骂了一阵，就各备一份香烛到土地祠来赌咒。两个人同时磕了头，一个说："土地老爷在上，若是某某偷了我的东西，就叫他现世现报！"另一个说："土地老爷在上，我若做了此事，就叫我家死人失天火！他诬赖我，也一样!"咒已赌完,各自回家。李三就把只点了小半截的蜡烛吹灭,拔下,收好,备用。

李三最高兴的事,是有人来还愿。坊里有人家出了事,例如老人病重,或是孩子出了天花,就到土地祠来许愿。老人病好了,孩子天花出过了,就来还愿。仪式很隆重:给菩萨"挂匾"——送一块横宽二三尺的红布匾,上写四字:"有求必应"。满炉的香,红蜡烛把铁架都插满了(这种蜡烛很小,只二寸长,叫作"小牙")。最重要的是:供一个猪头。因此,谁家许了愿,李三就很关心,随时打听。这是很容易打听到的。老人病好,会出来扶杖而行。孩子出了天花,在衣领的后面就会缝一条三指宽三寸长的红布,上写"天花已过"。于是老三就满怀希望地等着。这猪头到了晚上,就进了李三的砂罐了。一个七斤半重的猪头,够李三消受好几天。这几天,李三的脸上随时都是红喷喷的。

地保所管的事,主要的就是死人失火。一般人家死了人,他是不管的,他管的是无后的孤寡和"路倒"。一个孤寡老人死在床上,或是哪里发现一具无名男尸,在本坊地界,李三就有事了:拿了一个捐簿,到几家殷实店铺去化钱。然后买一口薄皮棺材装殓起来;省事一点,就用芦席一卷,草绳一捆(这有个名堂,叫作"万字纹的棺材,三道紫金箍"),用一把锄头背着,送到乱葬岗去埋掉。因此本地流传一句骂人的话:"叫李三把你背出去吧!"李三很愿意本坊常发生这样的事,因为募化得来的钱怎样花销,是谁也不来查账的。李三拿埋葬费用的余数来喝酒,实在也在情在理,没有什么说不过去。这种事,谁愿承揽,就请来试试!哼,你以为这几杯酒喝到肚里容易呀!不过,为了心安理得,无愧于神鬼,他在埋了死人后,照例还为他烧一陌纸钱,磕三个头。

李三瘦小干枯，精神不足，拖拖沓沓，迷迷瞪瞪，随时总像没有睡醒，——他夜晚打更，白天办事，睡觉也是断断续续的，看见他时他也真是刚从床上爬起来一会，想不到有时他竟能跑得那样快！那是本坊有了火警的时候。这地方把失火叫成"走水"，大概是讳言火字，所以反说着了。一有人家走水，李三就拿起他的更锣，用一个锣棒使劲地敲着，没命地飞跑，嘴里还大声地嚷叫："××巷×家走水啦！××巷×家走水啦！"一坊失火，各坊的水龙都要来救，所以李三这回就跑出坊界，绕遍全城。

李三希望人家失火么？哎，话怎么能这样说呢！换一个说法：他希望火不成灾，及时救灭。火灭之后，如果这一家损失不大，他就跑去道喜："恭喜恭喜，越烧越旺！"如果这家烧得片瓦无存，他就向幸免殃及的四邻去道喜："恭喜恭喜，土地菩萨保佑！"他还会说：火势没有蔓延，也多亏水龙来得快。言下之意也很清楚：水龙来得快，是因为他没命的飞跑。听话的人并不是傻子。他飞跑着敲锣报警，不会白跑，总是能拿到相当可观的酒钱的。

地保的另一项职务是管叫花子。这里的花子有两种，一种是专赶各庙的香期的。初一、十五，各庙都有人进香。逢到菩萨生日（这些菩萨都有一个生日，不知是怎么查考出来的），香火尤盛。这些花子就从庙门、甬道、一直到大殿，密密地跪了两排。有的装作瞎了，有的用蜡烛油画成烂腿（画得很像），"老爷太太"不住地喊叫。进香的信女们就很自觉地把铜钱丢在他们面前破瓢里，她们认为把钱给花子，是进香仪式的一部分，不如此便显得不虔诚。因此，这些花子要到的钱是不少的。这些虔诚的香客大概不知道花子的黑话。花子彼此相遇，不是问要了多少钱，而说是"唤了多少狗"！这种花子是有帮的，他们都住在船上。每年还做花子会，很多花子船都集中在一起，也很热闹。这一种在帮的花子李三惹不起，他们也不碍李三的事，井水不犯河水。李三能管的是串街的花子。串街要钱的，他也只管那种只会伸着手赖着不走的软弱疲赖角色。李三提了一根竹棍，看见了，就举起竹棍大喝一声："去去去！"有三等串街的他不管。一等是唱道情的。这是斯文一脉，穿着破旧长衫，念过两句书，又和吕洞宾、郑板桥有些瓜葛。店铺里等他唱了几句"老渔翁，一钓竿"，就会往柜台上丢一个铜板。他们是很清高的，取钱都不用手，只是用两片简板一夹，咚的一声丢在渔鼓筒里。另外两等，一是耍青龙（即耍蛇）的，一是吹筒子的。耍青龙的弄两条菜花蛇盘在脖子上，蛇信子簌簌地直探。吹筒子的吹一个外面包了火赤练蛇皮的竹筒，"布——呜！"声音很难听，样子也难看。他们之一要是往店堂一站，半天不走，这家店铺就甭打算做生意了：女人、孩子都吓得远远地绕开走了。照规矩（不知是谁定的规矩），这两等，李三是有权赶他们走的。然而他偏不赶，只是在一个背人处把他们拦住，向他们索要例规。讨价还价，照例要争执半天。双方会谈的地方，最多的是官茅房——公共厕所。

地保当然还要管缉盗。谁家失窃，首先得叫李三来。李三先看看小偷进出的路径。是撬门，是挖洞，还是爬墙。按律（哪朝的律呢）：如果案发，撬门罪最重，只下明火执仗一等。挖洞次之。爬墙又次之。然后，叫本家写一份失单。事情就完了。如果是爬墙进去偷的，他还不会忘了把小偷爬墙用的一根船篙带走。——小偷爬墙没有带梯子的，只是从河边船上抽一根竹篙，上面绑十来个稻草疙瘩，戗在墙边，踩着草疙瘩就进去了。偷完了，照例把这根竹篙靠在墙外。这根船篙不一会就会有失主到土地祠来赎。——"交二百钱，拿走！"

丢失衣物的人家，如果对李三说，有几件重要的东西，本家愿出钱赎回，过些日子，李三真能把这些赃物追回来。但是是怎样追回来的，是什么人偷的，这些事是不作兴问的。这也是规矩。

李三打更。左手拿着竹梆，吊着锣，右手拿锣槌。

笃，铛。定更。

笃，笃；铛——铛。二更。

笃，笃，笃；铛铛——铛。三更。

三更以后，就不打了。

打更是为了防盗。但是人家失窃，多在四更左右，这时天最黑，人也睡得最死。李三打更，时常也装腔作势吓唬人："看见了，看见了！往哪里躲！树后头！墙旮旯！……"其实他什么也没看见。

一进腊月，李三在打更时添了一个新项目，喊"小心火烛"[①]：

[①]　清末邑人谈人格有《警火》诗即咏此事，诗有小序，并录如下：

警　火

　　送灶后里胥沿街鸣锣于黄昏时，呼"小心火烛"。岁除即叩户乞赏。

烛双辉，香一炷，敬惟司命朝天去。云车风马未归来，通宵灯火谁持护。
铜钲入耳警黄昏，侧耳有语还重申："缸注水，灶徙薪"，沿街一一呼之频。
唇干舌燥诚苦辛，不谋而告君何人？烹羊酡醴欢除夕，司命归来醉一得。
今宵无用更鸣钲，一笑敲门索酒值。

　　从谈的诗中我们知道两件事。一是这种习俗原来由来已久，敲锣喊叫的正是李三这样的"里胥"。二是为什么在那样日子喊叫。原来是因为那时灶王爷上天去了，火烛没人管了。这实在是很有意思。不过，真实的原因还是岁暮风高，容易失火，与灶王的上天去汇报工作关系不大。

"岁尾年关，——小心火烛！——

"火塘扑熄，——水缸上满！——

"老头子老太太，铜炉子摞远些①——！

"屋上瓦响，莫疑猫狗，起来望望——！

"岁尾年关，小心火烛……"

店铺上了板，人家关了门，外面很黑，西北风呜呜地叫着，李三一个人，腰里别着一个白纸灯笼，大街小巷，拉长了声音，有板有眼，有腔有调地喊着，听起来有点凄惨。人们想到：一年又要过去了。又想：李三也不容易，怪难为他。

没有死人，没有失火，没人还愿，没人家挨偷，李三这几天的日子委实过得有些清淡。他拿着锣、梆，很无聊地敲着三更：

"笃，笃，笃；铛，铛——铛！"

一边敲，一边走，走到了河边。一只船上有一枝很结实的船篙在船帮外面别着，他一伸手，抽了出来，夹在胳肢窝里回身便走。他还不紧不慢地敲着：

"笃，笃，笃；铛，铛——铛！"

不想船篙带不动了，篙子后梢被一只很有劲的大手攥住了。

李三原想把船篙带到土地祠，明天等这个弄船的拿钱来赎，能弄二百钱，也能喝四两。不想这船家刚刚起来撒过尿，躺下还没有睡着。他听到有人抽篙子，爬出舱口一看：是李三！

"好，李三！你偷篙子！"

"莫喊！莫喊！"

_____

① "摞远些"是说不要挨床太近，以免炉中残火烧着被褥。

李三不是很要脸面的人，但是一个地保偷东西，而且叫人当场抓住，总不大好看。

"你认打认罚？"

"认罚！认罚！罚多少？"

"罚二百钱！"

李三老是罚乡下人的钱。谁在街上挑粪，溅出了一点，"罚！二百钱！"谁在不该撒尿的地方撒了尿，"罚！二百钱！"没有想到这回被别人罚了。李三挨罚，这是有史以来第一次。

榆　树

侉奶奶住到这里一定已经好多年了，她种的八棵榆树已经很大了。

这地方把徐州以北说话带山东口音的人都叫作侉子。这县里有不少侉子。他们大都住在运河堤下，拉纤，推独轮车运货（运得最多的是河工所用石头），碾石头粉（石头碾细，供修大船的和麻丝桐油和在一起填塞船缝），烙锅盔（这种干厚棒硬的面饼也主要是卖给侉子吃），卖牛杂碎汤（本地人也有专门跑到运河堤上去尝尝这种异味的）……

侉奶奶想必本是一个侉子的家属，她应当有过一个丈夫，一个侉老爹。她的丈夫哪里去了呢？死了，还是"贩了桃子"——扔下她跑了？不知道。她丈夫姓什么？她姓什么？很少人知道。大家都叫她侉奶奶。大人、小孩，穷苦人，有钱的，都这样叫。倒好像她就姓侉似的。

侉奶奶怎么会住到这样一个地方来呢（这附近住的都是本地人，没有另外一家侉子）？她是哪年搬来的呢？你问附近的住户，他们都回答不出，只是说："啊，她一直就在这里住。"好像自从盘古开天地，这里就有一个侉奶奶。

侉奶奶住在一个巷子的外面。这巷口有一座门，大概就是所谓里门。出里门，有一条砖铺的街，伸向越塘，转过螺蛳坝，奔臭河边，是所谓后街。后街边有人家。侉奶奶却又住在后街以外。巷口外，后街边，有一条很宽的阴沟，正街的阴沟水都流到这里，水色深黑，发出各种气味，蓝靛的气味、豆腐水的气味、做草纸的纸浆气味。不知道为什么，闻到这些气味，叫人感到忧郁。经常有乡下人，用一个接了长柄的洋铁罐，把阴沟水一罐一罐刮起来，倒在木桶里（这是很好的肥料），刮得沟底嘎啦嘎啦地响。跳过这条大阴沟，有一片空地。侉奶奶就住在这片空地里。

侉奶奶的家是两间草房。独门独户，四边不靠人家，孤伶伶的。她家的后面，是一带围墙。围墙里面，是一家香店的作坊，香店老板姓杨。香是像压饸饹似的挤出来的，挤的时候还会发出，"蓬——"的一声。侉奶奶没有去看过师傅做香，不明白这声音是怎样弄出来的。但是她从早到晚就一直听着这种很深沉的声音。隔几分钟一声："蓬——蓬——蓬"。围墙有个门，从门口往里看，便可看到一扇一扇像铁纱窗似的晒香的棕棚子，上面整整齐齐平铺着两排黄色的线香。侉奶奶门前，一眼望去，有一个海潮庵。原来不知是住和尚还是住尼姑的，多年来没有人住，废了。再往前，便是从越塘流下来的一条河。河上有一座小桥。侉奶奶家的左右都是空地。左边长了很高的草。右边是侉奶奶种的八棵榆树。

　　侉奶奶靠给人家纳鞋底过日子。附近几条巷子的人家都来找她，拿了旧布（间或也有新布），袼褙（本地叫作"骨子"）和一张纸剪的鞋底样。侉奶奶就按底样把旧布、袼褙剪好，"做"一"做"（粗缝几针），然后就坐在门口小板凳上纳。扎一锥子，纳一针，"哧啦——哧啦"。有时把锥子插在头发里"光"一"光"（读去声）。侉奶奶手劲很大，纳的针脚很紧，她纳的底子很结实，大家都愿找她纳。也不讲个价钱。给多，给少，她从不争。多少人穿过她纳的鞋底啊！

　　侉奶奶一清早就坐在门口纳鞋底。她不点灯。灯碗是有一个的，房顶上也挂着一束灯草。但是灯碗是干的，那束灯草都发黄了。她睡得早，天上一见星星，她就睡了。起得也早。别人家的烟筒才冒出烧早饭的炊烟，侉奶奶已经纳好半只鞋底。除了下雨下雪，她很少在屋里（她那屋里很黑），整天都坐在门外扎锥子，抽麻线。有时眼酸了，手困了，就停下来四面看看。

　　正街上有一家豆腐店，有一头牵磨的驴。每天上下午，豆腐店的一个孩子总牵驴到侉奶奶的榆树下打滚。驴乏了，一滚，再滚，总是翻不过去。滚了四五回，哎，翻过去了。驴打着响鼻，浑身都轻松了。侉奶奶原来直替这驴在心里攒劲；驴翻过了，侉奶奶也替它觉得轻松。

　　街上的，巷子里的孩子常上侉奶奶门前的空地上来玩。他们在草窝里捉蚂蚱，捉油葫芦。捉到了，就拿给侉奶奶看。"侉奶奶，你看！大不大？"侉奶奶必很认真地看一看，说："大。真大！"孩子玩一回，又转到别处去玩了，或沿河走下去，或过桥到对岸远远的一个道士观去看放生的乌龟。孩子的妈妈有时来找孩子（或家里来了亲戚，或做得了一件新衣要他回家试试），就问侉奶奶："看见我家毛毛了么？"侉奶奶就说："看见咧，往东咧。"或"看见咧，过河咧。"……

侉奶奶吃得真是苦。她一年到头喝粥。三顿都是粥。平常是她到米店买了最糙最糙的米来煮。逢到粥厂放粥（这粥厂是官办的，门口还挂一块牌：××县粥厂），她就提了一个"木量子"（小水桶）去打粥。这一天，她就自己不开火仓了，喝这粥。粥厂里打来的粥比侉奶奶自己煮的要白得多。侉奶奶也吃菜。她的"菜"是她自己腌的红胡萝卜。啊呀，那叫咸，比盐还咸，咸得发苦！——不信你去尝一口看！

只有她的侄儿来的那一天，才变一变花样。

侉奶奶有一个亲人，是她的侄儿。过继给她了，也可说是她的儿子。名字只有一个字，叫个"牛"。牛在运河堤上卖力气，也拉纤，也推车，也碾石头。他隔个十天半月来看看他的过继的娘。他的家口多，不能给娘带什么，只带了三斤重的一块锅盔。娘看见牛来了，就上街，到卖熏烧的王二的摊子上切二百钱猪头肉，用半张荷叶托着。另外，还忘不了买几根大葱，半碗酱。娘俩就结结实实地吃了一顿山东饱饭。

侉奶奶的八棵榆树一年一年地长大了。香店的杨老板几次托"甲长"裁缝来探过侉奶奶的口风，问她卖不卖。榆皮，是做香的原料。——这种事由买主亲自出面，总不合适。老街旧邻的。总得有个居间的人出来说话。这样要价、还价，才有余地。丁裁缝来一趟，侉奶奶总是说："树还小咧，叫它再长长。"

人们私下议论：侉奶奶不卖榆树，她是指着它当棺材本哪。

榆树一年一年地长。侉奶奶一年一年地活着，一年一年地纳鞋底。

侉奶奶的生活实在是平淡之至。除了看驴打滚，看孩子捉蚂蚱、捉油葫芦，还有些什么值得一提的事呢？——这些捉蚂蚱的孩子一年比一年大。侉奶奶纳他们穿的鞋底，尺码一年比一年放出来了。

值得一提的有：

有一年，杨家香店的作坊接连着了三次火，查不出起火原因。人说这是"狐火"，是狐狸用尾巴蹭出来的。于是在香店作坊的墙外盖了一个三尺高的"狐仙庙"，常常有人来烧香。着火的时候，满天通红，乌鸦乱飞乱叫，火光照着侉奶奶的八棵榆树也是通红的，像是火树一样。

有一天，不知怎么发现了海潮庵里藏着一窝土匪。地方保安队来捉他们。里面往外打枪，外面往里打枪，乒乒乓乓。最后是有人献计用火攻，——在庵外墙根堆了稻草，放火烧！土匪吃不住劲，只好把枪丢出，举着手出来就擒了。海潮庵就在侉奶奶家前面不远，两边开仗的情形，她看得清清楚楚。她很奇怪，离得这么近，她怎么就不知道庵里藏着土匪呢？

这些，使侉奶奶留下深刻印象，然而与她的生活无关。

使她的生活发生一点变化的是：——

有一个乡下人赶了一头牛进城，牛老了，他要把它卖给屠宰场去。这牛走到越塘边，说什么也不肯走了，跪着，眼睛里吧嗒吧嗒直往下掉泪。围了好些人看。有人报给甲长丁裁缝。这是发生在本甲之内的事，丁甲长要是不管，将为人神不喜。他出面求告了几家吃斋念佛的老太太，凑了牛价，把这头老牛买了下来，作为老太太们的放生牛。这牛谁来养呢？大家都觉得交侉奶奶养合适。丁甲长对侉奶奶说，这是一甲人信得过她，侉奶奶就答应下了。这养老牛还有一笔基金（牛总要吃点干草呀），就交给侉奶奶放印子。从此侉奶奶就多了几件事：早起把牛放出来，尽它到草地上去吃青草。青草没有了，就喂它吃干草。一早一晚，牵到河边去饮。傍晚拿了收印子钱的折子，沿街串乡去收印子。晚上，牛就和她睡在一个屋里。牛卧着，安安静静地倒嚼，侉奶奶可觉得比往常累得多。她觉得骨头疼，半夜了，还没有睡着。

不到半年，这头牛老死了。侉奶奶把放印子的折子交还丁甲长，还是整天坐在门外纳鞋底。

牛一死，侉奶奶也像老了好多。她时常病病歪歪的，连粥都不想吃，在她的黑洞洞的草屋里躺着。有时出来坐坐，扶着门框往外走。

一天夜里下大雨。瓢泼大雨不停地下了一夜。很多人家都进了水。丁裁缝怕侉奶奶家也进了水了，她屋外的榆树都浸在水里了。他赤着脚走过去，推开侉奶奶的门一看：侉奶奶死了。

丁裁缝派人把她的侄子牛叫了来。

得给侉奶奶办后事呀。侉奶奶没有留下什么钱，牛也拿不出钱，只有卖榆树。

丁甲长找到杨老板。杨老板倒很仁义，说是牛不忙谈榆树的事，这都好说，由他先垫出一笔钱来，给侉奶奶买一身老衣，一副杉木棺材，把侉奶奶埋了。

侉奶奶安葬以后，榆树生意也就谈妥了。杨老板雇了人来，咯嚓咯嚓，把八棵榆树都放倒了。新锯倒的榆树，发出很浓的香味。

　　杨老板把八棵榆树的树皮剥了，把树干卖给了木器店。据人了解，他卖的八棵树干的钱就比他垫出和付给牛的钱还要多。他等于白得了八张榆树皮，又捞了一笔钱。

鱼

　　臭水河和越塘原是连着的。不知从哪年起，螺蛳坝以下淤塞了，就隔断了。风和人一年一年把干土烂草往河槽里填，河槽变成很浅了，不过旧日的河槽依然可以看得出来。两旁的柳树还能标出原来河的宽度。这还是一条河，一条没有水的干河。

　　干河的南岸种了菜。北岸有几户人家。这几家都是做嫁妆的，主要是做嫁妆之中的各种盆桶，脚盆、马桶、木量子。这些盆桶是街上嫁妆店的订货，他们并不卖门市。这几家只是本钱不大，材料不多的作坊。这几家的大人、孩子，都是做盆桶的工人。他们整天在门外柳树下锯、刨。他们使用的刨子很特别。木匠使刨子是往前推，桶匠使刨子是往后拉。因为盆桶是圆的，这么使才方便，这种刨子叫作刮刨。盆桶成型后，要用砂纸打一遍，然后上漆。上漆之前，先要用猪血打一道底子。刷了猪血，得晾干。因此老远地就看见干河南岸，绿柳荫中排列着好些通红的盆盆桶桶，看起来很热闹，画出了这几家作坊的一种忙碌的兴旺气象。

　　桶匠有本钱，有手艺，在越塘一带，比起那些完全靠力气，吃饭的挑夫、轿夫要富足一些。和杀猪的庞家就不能相比了。

　　从侉奶奶家旁边向南伸出的后街到往螺蛳坝方向，拐了一个直角。庞家就在这拐角处，门朝南，正对越塘。他家的地势很高，从街面到屋基，要上七八层台阶。房屋在这一片算是最高大的。房屋盖起的时间不久，砖瓦木料都还很新。檩粗板厚，瓦密砖齐。两边各有两间卧房，正中是一个很宽敞的穿堂。坐在穿堂里，可以清清楚楚看到越塘边和淤塞的旧河交接处的一条从南到北的土路，看到越塘的水，和越塘对岸的一切，眼界很开阔。这前面的新房子是住人的。养猪的猪圈，烧水、杀猪的场屋都在后面。

庞家兄弟三个，各有分工。老大经营擘划，总管一切。老二专管各处收买生猪。他们家不买现成的肥猪，都是买半大猪回来自养。老二带一个伙计，一趟能赶二三十头猪回来。因为杀的猪多，他经常要外出。杀猪是老三的事，——当然要有两个下手伙计。每天五更头，东方才现一点鱼肚白，这一带人家就听到猪尖声嚎叫，知道庞家杀猪了。猪杀得了，放了血，在杀猪盆里用开水烫透，吹气，刮毛。杀猪盆是一种特制的长圆形的木盆，盆帮很高。二百来斤的猪躺在里面，富富有余。杀几头猪，没有一定，按时令不同。少则两头，多则三头四头，到年下人家腌肉时就杀得更多了。因此庞家有四个极大的木盆，几个伙计同时动手洗刮。

这地方不兴叫屠户。也不叫杀猪的，大概嫌这种叫法不好听，大都叫"开肉案子的"。"开"肉案子，是掌柜老板一流，显得身份高了。庞家肉案子生意很好，因为一条东大街上只有这一家肉案子。早起人进人出，剁刀响，铜钱响，票子响。不到晌午，几片猪就卖得差不多了。这里人一天吃的肉都是上午一次买齐，很少下午来割肉的。庞家肉案到午饭后，只留一两块后臀硬肋等待某些家临时来了客人的主顾，留一个人照顾着。一天的生意已经做完，店堂闲下来了。

　　店堂闲下来了。别的肉案子，闲着就闲着吧。庞家的人可真会想法子。他们在肉案子的对面，设了一道栏柜，卖茶叶。茶叶和猪肉是两码事，怎么能卖到一起去呢？——可是，又为什么一定不能卖到一起去呢？东大街没有一家茶叶店，要买茶叶就得走一趟北市口。有了这样一个卖茶叶的地方，省走好多路。卖茶叶，有一个人盯着就行了。有时叫一个小伙计来支应。有时老大或老三来看一会。有时，庞家的三妯娌之一，也来店堂里坐着，包包茶叶，收收钱。这半间店堂的茶叶店生意很好。

　　庞家三兄弟一个是一个。老大稳重，老二干练，老三是个文武全才。他们长得比别人高出一头。老三尤其肥白高大。他下午没事，常在越塘高空场上练石担子、石锁。他还会写字，写刘石庵体的行书。这里店铺都兴装着花槅子。槅子留出一方空白，叫作"槅子心"，可以贴字画。别家都是请人写画的。庞家肉案子是庞老三自己写的字。他大概很崇拜赵子龙。别人家槅心里写的是"春眠不觉晓，处处闻啼鸟""夫天地者万物之逆旅，光阴者百代之过客"之类，他写的都是《三国演义》里赞赵子龙的诗。

　　庞家这三个妯娌，一个赛似一个的漂亮，一个赛似一个的能干。她们都非常勤快。天不亮就起来，烧水，煮猪食，喂猪。白天就坐在穿堂里做针线。都是光梳头，净洗脸，穿得整整齐齐，头上戴着金簪子，手上戴着麻花银镯。人们走到庞家门前，就觉得眼前一亮。

　　到粥厂放粥，她们就一人拎一个木量子去打粥。

　　这不免会引起人们议论："戴着金簪子去打粥！——侉奶奶打粥，你庞家也打粥？！"大家都知道，她们打了粥来是不吃的，——喂猪！因此，越塘、螺蛳坝一带人对庞家虽很羡慕并不亲近。都觉得庞家的人太精了。庞家的人缘不算好。别人也知道，庞家人从心里看不起别人，尤其是这三个女的。

越塘边发生了从未见过的奇事。

这一年雨水特别大，臭水河的水平了岸，水都漫到后街街面上来了。地方上的居民铺户共同商议，决定挖开螺蛳坝，在淤塞的旧河槽挖一道沟，把臭水河的水引到越塘河里去。这道沟只两尺宽。臭水河的水位比越塘高得多。水在沟里流得像一支箭。

流着，流着，一个在岸边做桶的孩子忽然惊叫起来：

"鱼！"

一条长有尺半的大鲤鱼"叭"的一声蹦到岸上来了。接着，一条，一条，又一条，鲤鱼！鲤鱼！鲤鱼！

不知从哪里来的那么多的鲤鱼。它们戗着急水往上蹿，不断地蹦到岸上。桶店家的男人、女人、大人、小孩，都奔到沟边来捉鱼。有人搬了脚盆放在沟边，等鲤鱼往里跳。大家约定，每家的盆，放在自己家门口，鱼跳进谁家的盆算谁的。

他们正在商议，庞家的几个人搬了四个大杀猪盆，在水沟流入越塘入口处挨排放好了。人们小声嘟囔："真是眼尖手快啊！"但也没有办法。不是说谁家的盆放在谁家门口么？庞家的盆是放在庞家的门口（当然他家门口到河槽还有一个距离），庞家杀猪盆又大，放的地方又好，鱼直往里跳。人们不满意。但是好在家家的盆里都不断跳进鱼来，人们不断地欢呼，狂叫，简直好像做着一个欢喜而又荒唐的梦，高兴压过了不平。

这两天，桶匠家家家吃鱼，喝酒。这一辈子没有这样痛快地吃过鱼。一面开怀地嚼着鱼肉，一面还觉得天地间竟有这等怪事：鱼往盆里跳，实在不可思议。

两天后，臭水河的积水流泄得差不多了，螺蛳坝重新堵上，沟里没有水了，也没有鱼了，岸上到处是鱼鳞。

庞家桶里的鱼最多。但是庞家这两天没有吃鱼。他家吃的是鱼子、鱼脏。鱼呢？这妯娌三个都把来用盐揉了，肚皮里撑一根芦柴棍，一条一条挂在门口的檐下晾着，挂了一溜。

把鱼已经通通吃光了的桶匠走到庞家门前，一个对一个说："真是鱼也有眼睛，谁家兴旺，它就往谁家盆里跳啊！"

正在穿堂里做针线的妯娌三个都听见了。三嫂子抬头看了二嫂子一眼，二嫂子看了大嫂子一眼，大嫂子又向两个弟媳妇都看了一眼。她们低下头来继续做针线。她们的嘴角都挂着一种说不清的表情。是对自己的得意？是对别人的鄙夷？

一九八一年六月十八日承德避暑山庄

载一九八二年第二期《北京文学》

徙

北溟有鱼，其名为鲲。鲲之大，不知其几千里也；
化而为鸟，其名为鹏，鹏之背，不知其几千里也。怒而飞，
其翼若垂天之云。是鸟也，海运则将徙于南溟。

《庄子·逍遥游》

很多歌消失了。

许多歌的词、曲的作者没有人知道。

有些歌只有极少数的人唱，别人都不知道。比如一些学校的
校歌。

县立第五小学历年毕业了不少学生。他们多数已经是过六十
的人了。他们之中不少人还记得母校的校歌，有人能够一字不差
地唱出来。

西挹神山爽气，

东来邻寺疏钟，

看吾校巍巍峻宇，

连云栉比列其中。

半城半郭尘嚣远，

无女无男教育同。

桃红李白，

芬芳馥郁，

一堂济济坐春风。

愿少年，

乘风破浪，

他日毋忘化雨功！

　　每逢"纪念周"，每天上课前的"朝会"，放学前的"晚会"，开头照例是唱"党歌"，最后是唱校歌。一个担任司仪的高年级同学高声喊道："唱——校——歌！"全校学生，三百来个孩子，就用玻璃一样脆亮的童音，拼足了力气，高唱起来。好像屋上的瓦片、树上的树叶都在唱。他们接连唱了六年，直到毕业离校，真是深深地印在脑子里了。说不定临死的时候还会想起这支歌。

　　歌词的意思是没有人解释过的。低年级的学生几乎完全不懂它说的是什么。他们只是使劲地唱，并且倾注了全部感情。到了四五年级，就逐渐明白了，因为唱的次数太多，天天就生活在这首歌里，慢慢地自己就琢磨出来了。最先懂得的是第二句。学校的东边紧挨一个寺，叫作承天寺。承天寺有一口钟。钟撞起来嗡嗡地响。"神山爽气"是这个县的"八景"之一。神山在哪里，"爽气"是什么样的"气"，小学生不知道，只是无端地觉得很美，而且有一种神秘感。下面的歌词也朦朦胧胧地理解了：是说学校有很多房屋，在城外，是个男女合校，有很多同学。总的说来是说这个学校很好。十来岁的孩子很为自己的学校骄傲，觉得它很了不起，并且相信别的学校一定没有这样一首歌。到了六年级，他们才真正理解了这首歌。毕业典礼上（这是他们第一次"毕业"），几位老师们讲过了话，司仪高声喊道："唱——校——歌！"这是他们最后一次大家聚在一起唱这支歌了。他们唱得异常庄重，异常激动。玻璃一样的童声高唱起来：

> 西挹神山爽气，
> 东来邻寺疏钟……

唱到"愿少年，乘风破浪，他日毋忘化雨功"，大家的心里都是酸酸的。眼泪在乌黑的眼睛里发光。这是这首歌的立意所在，点睛之笔，其余的，不过是敷陈其事。从语气看，像是少年对自己的勖勉，同时又像是学校老师对教了六年的学生的嘱咐。一种遗憾、悲哀而酸苦的嘱咐。他们知道，毕业出去的学生，日后多半是会把他们忘记的。

毕业生中有一些是乘风破浪，做了一番事业的；有的离校后就成为泯然众人，为衣食奔走了一生；有的，死掉了。

这不是一支了不起的歌，但很贴切。朴朴实实，平平常常，和学校很相称。一个在寺庙的废基上改建成的普通的六年制小学，又能写出多少诗情画意呢？人们有时想起，只是为了从干枯的记忆里找回一点淡淡的童年，在歌声中想起那些校园里的蔷薇花，冬青树，擦了无数次的教室的玻璃，上课下课的钟声，和球场上像烟火一样升到空中的一阵一阵的明亮的欢笑……

校歌的作者是高先生，有些人知道，有些人不知道。

先生名鹏，字北溟，三十后，以字行。家世业儒。祖父、父亲都没有考取功名，靠当塾师、教蒙学，以维生计。三代都住在东街租来的一所百年老屋之中，临街有两扇白木的板门，真是所谓寒门。先生少孤。尝受业于邑中名士谈甓渔，为谈先生之高足。

这谈甓渔是个诗人，也是个怪人。他功名不高，只中过举人，名气却很大。中举之后，累考不进，无意仕途，就在江南江北，沭阳溧阳等地就馆。他教出来的学生，有不少中了进士，谈先生于是身价百倍，高门大族，争相延致。晚年惮于舟车，就用学生谢师的银子，回乡盖了一处很大的房子，闭户著书。书是著了，门却是大开着的。他家门楼特别高大。为什么盖得这样高大？据说是盖窄了怕碰了他的那些做了大官的学生的纱帽翅儿。其实，哪会呢？清朝的官戴的都是顶子，缨帽花翎，没有帽翅。地方上人这样的口传，无非是说谈老先生的阔学生很多。这座大门里每年进出的知县、知府，确实不在少数。门楼宽大，是为了供轿夫休息用的。往年，两边放了极其宽长的条凳，柏木的凳面都被人的屁股磨得光光滑滑的了。谈家门楼巍然突出，老远的就能看见，成了指明方位的一个标志，一个地名。一说"谈家门楼"东边，"谈家门楼"斜对过，人们就立刻明白了。谈甓渔的故事很多。他念了很多书，学问很大，可是不识数，不会数钱。他家里什么都有，可是他愿意到处闲逛，到茶馆里喝茶，到酒馆里喝酒，烟馆里抽烟。每天出门，家里都要把他需用的烟钱、茶钱、酒钱分别装在布口袋里，给他挂在拐杖上，成了名副其实的"杖头钱"。他常常傍花随柳，信步所之，喝得半醉，找不到自己的家。他爱吃螃蟹，可是自己不会剥，得由家里人把蟹肉剥好，又装回蟹壳里，原样摆成一个完整的螃蟹。两个螃蟹能吃三四个小时，热了凉，凉了又热。他一边吃蟹，一边喝酒，一边看书。他没有架子，没大没小，无分贵贱，三教九流，贩夫走卒，都谈得来，是个很通达的人，然而，品望很高。就是点过翰林的李三麻子远远从轿帘里看见谈老先生曳杖而来，也要赶紧下桥，避立道侧。他教学生，教时文八股，也教古文诗赋，经史百家。他说："我不愿谈麑渔教出来的学生，如郑板桥所说，对案至不能就一札！"他大概很会教书，经他教过的学生，不通的很少。

谈老先生知道高家很穷，他教高先生书，不受修金。每回高先生的母亲封了节敬送去，谈老先生必亲自上门退回，说：

"老嫂子，我与高鹏的父亲是贫贱之交，总角之交，你千万不要这样！我一定格外用心地教他，不负故人。高鹏的天资，虽只是中上，但很知发奋。他深知先人为他取的名、字的用意。他的诗文都很有可观，高氏有了矣。北溟之鹏终将徙于南溟。高了，不敢说。青一衿，我看，如拾芥耳。我好歹要让他中一名秀才。"

果然，高先生在十六岁的时候，高高地中了一名秀才。众人说：高家的风水转了。

不想，第二年就停了科举。

废科举，兴学校，这个小县城里增添了几个疯子。有人投河跳井，有人跑到明伦堂去痛哭。就在高先生所住的东街的最东头，有一姓徐的呆子。这人不知应考了多少次，到头来还是一个白丁。平常就有点迂迂磨磨，颠颠倒倒。说起话满嘴之乎者也。他老婆骂他："晚饭米都没得一颗，还你妈的之乎——者也！"徐呆子全然不顾，朗吟道："之乎者也矣焉哉，七字安排好秀才！"自从停了科举，他又添了一宗新花样。每逢初一、十五，或不是正日，而受了老婆的气，邻居的奚落，他就双手捧了一个木盘，盘中置一香炉，点了几根香，到大街上去背诵他的八股窗稿。穿着油腻的长衫，靸着破鞋，一边走，一边念。随着文气的起承转合，步履忽快忽慢；词句的抑扬顿挫，声音时高时低。念到曾经业师浓圈密点的得意之处，摇头晃脑，昂首向天，面带微笑，如醉如痴，仿佛大街上没有一个人，天地间只有他的字字珠玑的好文章。一直念到两颊绯红，双眼出火，口沫横飞，声嘶气竭。长歌当哭，其声冤苦。街上人给他这种举动起了一个名字，叫作"哭圣人"。

他这样哭了几年，一口气上不来，死在街上了。

高北溟坐在百年老屋之中，常常听到徐呆子从门外哭过来，哭过去。他恍恍惚惚觉得，哭的是他自己。

功名道断，高北溟怎么办呢？

头二年，他还能靠笔耕生活。谈先生还没有死。有人求谈先生的文字，碑文墓志，寿序挽联，谈先生都推给了高先生。所得润笔，尚可馇粥。谈先生寿终，高北溟缌麻服孝，尽礼致哀，写了一篇长长的祭文，泣读之后，忧心如焚。

他也曾像他的祖父和父亲一样，开设私塾教几个小小蒙童，教他们读三（字经）、百（家姓）、千（字文），《幼学琼林》《龙文鞭影》。然而除了少数极其守旧的人家，都已经把孩子送进学校了。他也曾挂牌行医看眼科。谈甓渔老先生的祖上本是眼科医生。他中举之后，还偶尔为人看眼疾。他劝高鹏也看看眼科医书，给他讲过平热泻肝之道。万一功名不就，也有一技之长，能够糊口。可是城里近年害眼的不多。有患赤红火眼的，多半到药店里买一副鹅翎眼药（装在一根鹅毛翎管里的红色的眼药），清水化开，用灯草点进眼内，就好了。眼科，不像"男妇内外大小方脉"那样有"走时"的时候。文章不能锅里煮，百无一用是书生，一家四口，每天至少要升半米下锅，如之何？如之何？

正在囊空咄咄，百无聊赖，有一个平素很少来往的世交沈石君来看他。沈石君比高北溟大几岁，也曾跟谈甓渔读过书，开笔成篇以后，到苏州进了书院。书院改成学堂，革命、"光复"……他就成了新派，多年在外边做事。他有志办教育，在省里当督学。回乡视察了几个小学之后，拍开了高家的白木板门。他劝高北溟去读两年简易师范，取得一个资格，教书。

读师范是被人看不起的。师范不收学费，每月还可有伙食津贴，师范生被人称为"师范花子"，但这在高北溟是一条可行的路，虽然现在还来入学读书，岁数实在太大些了。好在同学中年纪差近的也还有，而且"简师"只有两年，一晃也就过去了。

简师毕业，高先生在"五小"任教。

高先生有了职业，有了虽不丰厚但却可靠的收入，可以免于冻饿，不致像徐呆子似的死在街上了。

按规定，简师毕业，只能教初、中年级，因为高先生是谈甓渔的高足，中过秀才，声名远播，叫他去教"大狗跳，小狗叫，大狗跳一跳，小狗叫一叫"，实在说不过去，因此，破格担任了五、六年级的国文。即使是这样，当然也还不能展其所长，尽其所学。高先生并不意满志得。然而高先生教书是认真的。讲课、改作文，郑重其事，一丝不苟。

　　同事起初对他很敬重，渐渐地在背后议论起来，说这个人的脾气很"方"。是这样。高先生落落寡合，不苟言笑，不爱闲谈，不喜交际。他按时到校，到教务处和大家略点一点头，拿了粉笔、点名册就上教室。下了课就走。有时当中一节没有课，就坐在教务处看书。小学教师的品类也很杂。有正派的教师；也有头上涂着司丹康、脸上搽着雪花膏的纨绔子弟；戴着瓜皮秋帽、留着小胡子，琵琶襟坎肩的扣子挂着青天白日徽章，一说话不停地挤鼓眼的幕僚式的人物。他们时常凑在一起谈牌经，评"花榜"，交换庸俗无聊的社会新闻，说猥亵下流的荤笑话。高先生总是正襟危坐，不作一声。同事之间为了"联络感情"，时常轮流做东，约好了在星期天早上"吃早茶"。这地方"吃早茶"不是喝茶，主要是吃各种点心——蟹肉包子、火腿烧卖、冬笋蒸饺、脂油千层糕。还可叫一个三鲜煮干丝，小酌两杯。这种聚会，高先生概不参加。小学校的人事说简单也简单，说复杂也挺复杂。教员当中也有派别，为了一点小小私利，排挤倾轧，钩心斗角，飞短流长，造谣中伤。这些派别之间的明暗斗争，又与地方上的党政权势息息相关，且和省中当局遥相呼应。千丝万缕，变幻无常。高先生对这种派别之争，从不介入。有人曾试图对他笼络（高先生素负文名，受人景仰，拉过来是个"实力"），被高先生冷冷地拒绝了。他教学生，也是因材施教，无所阿私，只看品学，不问家庭。每一班都有一两个他特别心爱的学生。高先生看来是个冷面寡情的人，其实不是这样，只是他对得意的学生的喜爱不形于色，不像有些婆婆妈妈的教员，时常摸着学生的头，拉着他的手，满脸含笑，问长问短。他只是把他的热情倾注在教学之中。他讲书，眼睛首先看着这一两个学生，看他们领会了没有。改作文，改得特别仔细。听这一两个学生回讲课文，批改他们的作文课卷，是他的一大乐事。只有在这样的时候，他觉得不负此生，做了一点有意义的事。对于平常的学生，他亦以平常的精力对待之。对于资质顽劣，不守校规的学生，他常常痛加训斥，不管他的爸爸是什么局长还是什么党部委员。有些话说得比较厉害，甚至侵及他们的家长。因为这些，校中同事不喜欢他，又有点怕他。他们为他和自己的不同处而愤愤不平，说他是自命清高，沽名钓誉，不近人情，有的干脆说："这是绝户脾气！"

高先生没有儿子，只有两个女儿。

高先生性子很急，爱生气。生起气来不说话，满脸通红，脑袋不停地剧烈地摇动。他家世寒微，资格不高，故多疑。有时别人说了一两句不中听的话，或有意，或无意，高先生都会多心。比如有的教员为一点不顺心的事而牢骚，说："家有三担粮，不当孩子王！我祖上还有几亩薄田，饿不死。不为五斗米折腰，我辞职，不干了！"——"老子不是那不花钱的学校毕业的，我不受这份窝囊气！"高先生都以为这是敲打他，他气得太阳穴的青筋都绷起来了。看样子他就会拍桌大骂，和人吵一架，然而他强忍下了，他只是不停地剧烈地摇着脑袋。

高先生很孤僻，不出人情，不随份子，几乎与人不通庆吊。

他家从不请客，他也从不赴宴。他教书之外，也还为人写寿序，撰挽联，委托的人家照例都得请请他。知单送到，他照例都在自己的名字下书一"谢"字。久而久之，都知道他这脾气，也就不来多此一举了。

他不吃烟，不饮酒，不打牌，不看戏。除了学校和自己的家，哪里也不去，每天他清早出门，傍晚回家。拍拍白木的板门，过了一会，门开了。进门是一条狭长的过道，砖缝里长着扫帚苗，苦艾，和一种名叫"七里香"其实是闻不出什么气味，开着蓝色的碎花的野草，有两个黄蝴蝶寂寞地飞着。高先生就从这些野草丛中踏着沉重的步子走进去，走进里面一个小门，好像走进了一个深深的洞穴，高大的背影消失了。木板门又关了，把门上的一副春联关在外面。

高先生家的春联都是自撰的，逐年更换。不像一般人家是迎祥纳福的吉利话，都是述怀抱、舒愤懑的词句，全城少见。

这年是辛未年，板门上贴的春联嵌了高先生自己的名、字：

辛夸高峙桂
未徙北溟鹏

也许这是一个好兆，"未徙"者"将徙"也。第二年，即壬申年，高北溟竟真的"徙"了。

这县里有一个初级中学。除了初中，还有一所初级师范，一所女子师范，都是为了培养小学师资的。只有初中生，是准备将来出外升学的，因此这初中俨然是本县的最高学府。可是一向办得很糟。名义上的校长是李三麻子，根本不来视事。教导主任张维谷（这个名字很怪）是个出名的吃白食的人。他有几句名言："不愿我请人，不愿人请我，只愿人请人，当中有个我。"人品如此，学问可知。数学教员外号"杨半本"，他讲代数、几何，从来没有把一本书讲完过，大概后半本他自己也不甚了了。历史教员姓居，是个律师，学问还不如高尔础。他讲唐代的艺术一节，教科书上说唐代的书法分"方笔"和"圆笔"，他竟然望文生义，说方笔的笔杆是方的，圆笔的笔杆是圆的。连初中的孩子略想一想，也觉得无此道理。一个学生当时就站起来问："笔杆是方的，那么笔头是不是也是方的呢？"这帮学混子简直是在误人子弟。学生家长意见很大。到了暑假，学生闹了一次风潮（这是他们第一次参加的"学潮"）。事情还是从居大律师那里引起的。平日，学生在课堂上有什么不明白的问题问他，他的回答总是"书上有"。到学期考试时，学生搞了一次变相的罢考。卷子发下来，不到五分钟，一个学生以关窗为号，大家一起把卷子交了上去，每道试题下面一律写了三个字："书上有"！张维谷及其一伙，实在有点"维谷"，混不下去了。

教育局长不得不下决心对这个学校进行改组，——否则只怕连他这个局长也坐不稳。

恰好沈石君因和厅里一个科长意见不合，愤而辞职，回家闲居，正在四处写信，托人找事，地方上人挽他出山来长初中。沈石君再三推辞，禁不住不断有人蹿门劝说，也就答应了。他只提出一个条件；所有教员，由他决定。教育局长沉吟了一会，说："可以。"

　　沈石君是想有一番作为的。他自然要考虑各种关系，也明知局长的口袋里装了几个人，想往初中里塞，不得不适当照顾，但是几门主要课程的教员绝对不能迁就。

　　国文教员，他聘了高北溟。许多人都感到意外。

　　高先生自然欣然同意。他谈了一些他对教学的想法。沈石君认为很有道理。

　　高先生要求"随班走"。教一班学生，从初一教到初三，一直到送他们毕业，考上高中。他说别人教过的学生让他来教，如垦生荒，重头来起，事倍功半。教书教人，要了解学生，知己知彼。不管学生的程度，照本宣科，是为瞎教。学生已经懂得的，再来教他，是白费；暂时不能接受的，勉强教他，是徒劳。他要看着、守着他的学生，看到他是不是一月有一月的进步，一年有一年的进步。如同注水入瓶，随时知其深浅。他说当初谈老先生就是这样教他的。

　　他要求在部定课本之外，自选教材。他说教的是书，教书的是高北溟。"只有我自己熟读，真懂，我所喜爱的文章，我自己为之感动过的，我才讲得好。"他强调教材要有一定的系统性，要有重点。他也讲《苛政猛于虎》《晏子使楚》《项羽本纪》《出师表》《陈情表》、韩、柳、欧、苏。集中地讲的是白居易、归有光、郑板桥。最后一学期讲的是朱自清的《背影》、都德的《磨坊文札》。他好像特别喜欢归有光的文章。一个学期内把《先妣事略》《项脊轩志》《寒花葬志》都讲了。他要把课堂讲授和课外阅读结合起来。课上讲了《卖炭翁》《新丰折臂翁》，同时把白居易的新乐府全部印发给学生。讲了一篇《潍县署中寄弟墨》，把郑板桥的几封主要的家书、道情和一些题画的诗也都印发下去。

学生看了，很有兴趣。这种做法，在当时的初中国文教员中极为少见。他选的文章看来有一个标准：有感慨，有性情，平易自然。这些文章有一个贯串性的思想倾向，这种倾向大体上可以归结为：人道主义。

他非常重视作文。他说学国文的最终的目的，是把文章写通。学生作文他先眉批一道，指出好处和不好处，发下去由学生自己改一遍，或同学间互相改；交上来，他再改一遍，加总批，再发给学生，让学生自己誊一遍，留起来；要学生随时回过头来看看自己的文章。他说，作文要如使船，撑一篙是一篙，作一篇是一篇。不能像驴转磨，走了三年，只在磨道里转。

为了帮助学生将来升学，他还自编了三种辅助教材。一年级是《字形音义辨》，二年级是《成语运用》，三年级是《国学常识》。

在县立初中读了三年的学生，大部分文字清通，知识丰富，他们在考高中，甚至日后在考大学时，国文分数都比较高，是高先生给他们打下的底子。更重要的是他们学会了欣赏文学——高先生讲过的文章的若干片段，许多学生过了三十年还背得；他们接受了高先生通过那些选文所传播的思想——人道主义，影响到他们一生的立身为人。呜呼，先生之泽远矣！

（玻璃一样脆亮的童声高唱着。瓦片和树叶都在唱。）

高先生的家也搬了。搬到老屋对面的一条巷子里。高先生用历年的积蓄，买了一所小小的四合院。房屋虽也旧了，但间架砖木都还结实。天井里花木扶疏，苔痕上阶，草色入帘，很是幽静。

高先生这几年心境很好，人也变随和了一些。他和沈石君以及一般同事相处甚得。沈石君每年暑假要请一次客，对校中同仁表示慰劳，席间也谈谈校务。高先生是不须催请，早早就到的。他还备了几样便菜，约几个志同道合的教员，在家里赏荷小聚。（五小的那位师爷式的教员听到此事，编了一条歇后语："高北溟请客——破天荒"。）这几年，很少看到高先生气得脑袋不停地剧烈地摇动。

高先生有两件心事。

一件是想把谈老师的诗文刻印出来。

谈老先生死后，后人很没出息，游手好闲，坐吃山空，几年工夫，把谈先生挣下的家业败得精光，最后竟至靠拆卖房屋的砖瓦维持生活。谈老先生的宅第几乎变成一片瓦砾，旧池乔木，荡然无存。门楼倒还在，也破落不堪了。供轿夫休息的长凳早没有了，剩了一个空空的架子。里面有一算卦的摆了一个卦摊。条桌上放着签筒。桌前系着桌帷，白色的圆"光"里写了四个字："文王神课"。算卦的伏在桌上打盹。这地方还叫作"谈家门楼"。过路人走过，都有不胜今昔之感，觉得沧海桑田，人生如梦。

谈老先生的哲嗣名叫幼渔。到无米下锅时，就到谈先生的学生家去打秋风。到了高北溟家，高先生总要周济他一块、两块、三块、五块。总不让他空着手回去。每年腊月，还得为他准备几斗米，一方腌肉，两条风鱼，否则这个年幼渔师弟过不去。

高北溟和谈先生的学生周济谈幼渔，是为了不忘师恩，是怕他把谈先生的文稿卖了。他已经几次要卖这部文稿。买主是有的，就是李三麻子（此人老而不死）。高先生知道，李三麻子买到文稿，改头换面，就成了他的著作。李三麻子惯于欺世盗名，这种事干得出。李三麻子出价一百，告诉幼渔，稿到即付。

　　高先生狠了狠心，拿出一百块钱，跟谈幼渔把稿子买了。

　　想刻印，却很难。松华斋可以铅印，尚古山房可以雕版。问了问价钱，都贵得吓人，为高北溟力所不及。稿子放在架上，逐年摊晒。高先生觉得对不起老师，心里很不安。

　　另一件心事是女儿高雪的前途和婚事。

　　高先生的两个女儿，长名高冰，次名高雪。

　　高雪从小很受宠，一家子都惯她，很娇。她用的东西都和姐姐不一样。姐姐夏天穿的衣是府绸的。她穿的是湖纺。姐姐穿白麻纱袜，她却有两条长筒丝袜。姐姐穿自己做的布鞋，她却一会是"千底一带"，一会是白网球鞋，并且在初中二年级就穿了从上海买回来的皮鞋。姐姐不嫉妒，倒说："你的脚好看，应该穿好鞋。"姐姐冬天烘黄铜的手炉，她的手炉是白铜的。姐姐扇细芭蕉扇，她扇檀香扇。东西也一样，吃鱼，脊梁、肚皮是她的（姐姐吃鱼头、鱼尾，且说她爱吃），吃鸡，一只鸡腿归她（另一只是高先生的）。她还爱吃陈皮梅、嘉应子、橄榄。她一个个吃。家务事也不管。扫地、抹桌、买菜、煮饭，都是姐姐。高起兴来，打了井水，把家里什么都洗一遍，砖地也洗一遍，大门也洗一遍，弄得家里水漫金山，人人只好缩着脚坐在凳子上。除了自己的衣服，她不洗别人的。被褥帐子，都是姐姐洗。姐姐在天井里一大盆一大盆，洗得汗马淋漓，她却躺在高先生的藤椅上看《茵梦湖》。高先生的藤椅，除了她，谁也不坐，这是一家之主的象征。只有一件事，她乐意做：浇花。这是她的特权，别人不许浇。

　　高先生治家很严，高师母、高冰都怕他。只有对高雪，从未碰过一指头，在外面生了一点气，回来看看这个"欢喜团"，气也就消了。她要什么，高先生都依她。只有一次例外。

高雪初三毕业，要升学（高冰没有读中学，小学毕业，就在本城读了女师，已经在教书）。她要考高中，将来到北平上大学。高先生不同意，只许她报师范。高雪哭，不吃饭。妈妈和姐姐坐在床前轮流劝她。

"不要这样。多不好。爸爸不是不想让你向高处飞，爸爸没有钱。三年高中，四年大学，路费、学费、膳费、宿费，得好一笔钱。"

"他有钱！"

"他哪有钱呀！"

"在柜子里锁着！"

"那是攒起来要给谈老先生刻文集的。"

"干吗要给他刻！"

"这孩子，没有谈老先生，爸爸就没有本事。上大学呢！你连小学也上不了。知恩必报，人不能无情无义。"

"再说那笔钱也不够你上大学。好妹妹，想开一点。师范毕业教两年，不是还可以考大学吗？你自己攒一点，没准爸爸这时候收入会更多一些。我跟爸爸说说，我挣的薪水，一半交家里，一半给你存起来，三四年下来，也是个数目。"

"你不用？"

"我？——不用！"

高雪被姐姐的真诚感动了，眼泪晶晶的。

姐姐说得也有理。国民党教育部有个规定，师范毕业，教两年小学，算是补偿了师范三年的学杂费，然后可以考大学。那时大学生里岁数大，老成持重的，多半曾是师范生。

"快起来吧！不要叫爸爸心里难过。你看看他：整天不说话，脑袋又不停地摇了。"

高雪虽然娇纵任性，这点清清楚楚的事理她是明白的。她起来洗洗脸，走到书房里，叫了一声：

"爸爸！"

并盛了一碗饭，用茶水淘淘，就着榨菜，吃了。好像吃得很香。

高先生知道女儿回心转意了，他心里倒酸溃溃的，很不好受。

高雪考了苏州师范。

高雪小时候没有显出怎么好看，没有想到，女大十八变，两三年工夫，变成了一个美人。每年暑假回家，一身白。白旗袍（在学校只能穿制服：白上衣，黑短裙），漂白细草帽，白纱手套，白丁字平跟皮鞋。丰姿楚楚，行步婀娜，态度安静，顾盼有光。不论在火车站月台上，轮船甲板上，男人女人都朝她看。男人看了她，敞开法兰绒西服上衣的扣，露出新买的时式领带，频频回首，自作多情。女的看了她，从手提包里取出小圆镜照照自己。各依年貌，生出不同的轻轻感触。

她在学校里唱歌、弹琴，都很出色。唱的歌是《茶花女》的《饮酒歌》，弹的是肖邦的小夜曲。

她一回本城，城里的女孩子都觉得自己很土。她们说高雪有一种说不出来的派头。

有女儿的人说："高北溟生了这样一个女儿，这个爸爸当得过！"

任何小城都是有风波的。因为省长易人，直接影响到这个小县的人事。县长、党部、各局，统统来了一个大换班。公职人员，凡靠领薪水吃饭的，无不人心惶惶。

一县的人事更代，自然会波及县立初中。

三十几个教育界人士，联名写信告了沈石君。一式两份，分送厅、局。执笔起草的就是居大律师。他虽分不清方笔、圆笔，却颇善于刀笔。主要的罪名是："把持学政，任用私人，倡导民主，宣传赤化。"后两条是初中图书馆里买了鲁迅、高尔基的书，订了《生活周刊》，"纪念周"上讲时事。"任用私人"牵涉到高北溟。信中说："简师毕业，而教中学，纵观全国，无此特例。只为同门受业，不惜破格躐等，遂使寰城父老疾首，而令方帽学士寒心。"指摘高北溟的教学是"不依规矩，自作主张，藐视部厅，搅乱学制"。

有人把这封信的底稿抄了一份送给沈石君。沈石君看了，置之一笑。他知道这个初中校长的位置，早已有人觊觎，自厅至局，已经内定。这封控告信，不过是制造一个查办的口实。此种官场小伎俩，是三岁小儿都知道的。和这些人纠缠，味同嚼蜡。何况他已在安徽找到事，毫无恋栈之心。为了给当局一个下马台阶，彼此不伤和气，他自己主动递了一封辞职书。不两天，批复照准。继任校长，叫尹同霖，原是办党务的。——新换上的各局首脑也都是清一色，是县党部的委员。这一调整充分体现了"以党治国"精神。没有等办理交代，尹同霖先来拜会了沈石君，这是给他一个很大的面子，免得彼此心存芥蒂。尹同霖问沈石君有什么托付，沈石君只希望他能留高北溟。尹同霖满口答应。

沈石君束装就道之前，来看了高北溟，说他已和同霖提了，这点面子料想他会给的，他叫高北溟不要另外找事，安心在家等聘书。

不料，快开学了，聘书还不下来。同时，却收到第五小学的聘书。聘书后盖着五小新校长的签名章：张维谷。这是怎么回事呢？他并未向张维谷谋过职呀。

高先生只得再回五小去教书。

高先生到教务处看看，教员大半还是熟人。他和大家点点头，拿了粉笔、点名册往教室里走。纨绔子弟和幕僚在他身后努努嘴，演了一出双簧。一个说："好马不吃回头草，"一个说："前度刘郎今又来。"高北溟只当没有听见。

五年级有一个学生叫申潜，是现任教育局长的儿子，异常顽劣，上课时常捣乱。有一次他乘高先生回身写黑板时，用弹弓纸弹打人，一弹打在高先生的后脑勺上。高先生勃然大怒，把他训斥了一顿。不想申潜毫不认错，反而睃着眼睛看着高先生，眼睛里充满鄙视。他没有说一句话，但是高先生从他的眼睛里清清楚楚听得到："你有什么了不起！我爸爸动一动手指头，你们的饭碗就完蛋！"高先生狂吼起来："你仗你老子的势！你们！你们这些党棍子，你们欺人太甚！"他的脑袋剧烈地摇动起来。一堂学生被高先生的神气吓呆了，鸦雀无声。

谈甓渔的文稿没有刻印出来。永远也没有刻印出来的希望了。

高雪病了。

按规定，师范毕业，还要实习一年，才能正式任教。高雪在实习一年的下学期，发现自己下午潮热（同学们都看出她到下午两颊微红，特别好看），夜间盗汗，浑身没有力气。撑到学期终了，回了家，高师母知道女儿病状，说是："可了不得！"这地方讳言这种病的病名，但是大家心里都明白。高先生请了汪厚基来给高雪看病。

　　汪厚基是高先生最喜欢的学生，说他"绝顶聪明"。他从一
年级到六年级，各门功课都是全班第一。全县的作文比赛，书法
比赛，他都是第一名。他临毕业的那年，高先生为人撰了一篇寿序。
经寿翁的亲友过目之后，大家商量请谁来写。高先生一时高兴，
推荐了他这个得意的学生。大家觉得叫一个孩子来写，倒很别致，
而且可以沾一沾返老还童的喜气，就说不妨一试。汪厚基用多宝
塔体写了十六幅寿屏，字径二寸，笔力饱满。张挂起来，满座宾
客，无不诧为神童。高先生满以为这个学生一定会升学，将来一
定会出人头地。他家里开片米店，家道小康，升学没有多大困难。
不想他家里决定叫他学医——学中医。高先生听说，废书而叹，
连声说："可惜，可惜！"

　　汪厚基跟一个姓刘的老先生学了几年，在东街赁了一间房，
挂牌行医了。他看起来完全不像个中医。中医宜老不宜少，而且
最好是行动蹒跚，相貌奇古，这样病家才相信。东街有一个老中
医就是这样。此人外号李花脸，满脸的红记，一年多半穿着紫红
色的哆呢夹袍，黑羽纱马褂，说话是个齉鼻儿，浑身发出樟木气味，
好像木人也才从樟木箱子里拿出来。汪厚基全不是这样，既不弯腰，
也不驼背，英俊倜傥，衣着入时，像一个大学毕业生。他开了方子，
总把笔套上。——中医开方之后，照例不套笔，这是一种迷信，
套了笔以后就不再有人找他看病了。汪厚基不管这一套，他会写字，
爱笔。他这个中医还订了好几份杂志，并且还看屠格涅夫的小说。
这些都是对行医不利的，但是也许沾了"神童"的名誉的光，请
他看病的不少，收入颇为可观。他家里觉得叫他学医这一步走对了。

他该成家了，来保媒的一年都有几起。汪厚基看不上。他私心爱慕着高雪。

他和高雪小学同班。两家住得不远。上学，放学，天天一起走，小时候感情很好。街上的野孩子有时欺负高雪，向她扔土坷垃，汪厚基就给她当保镖。他还时常做高雪掉在河里，他跳下去把她救起来这样的英雄的梦。高雪读了初中，师范，他看她一天比一天长得漂亮起来。隔几天看见她，都使他觉得惊奇。高雪上师范三年级时，他曾托人到高家去说媒。

高师母是很喜欢汪厚基的。高冰说："不行！妹妹是个心高的人，她要飞到很远的地方去。她要上大学。她不会嫁一个中医。妈，您别跟妹妹说！"高北冥想了一天，对媒人说："高雪还小。她还有一年实习，再说吧。"媒人自然知道，这是一种委婉的推托。

汪厚基每天来给高雪看病。汪厚基觉得这是一种福。高雪也很感激他。看了病，汪厚基常坐在床前，陪高雪闲谈。他们谈了好多小时候的事，彼此都记得那么清楚。高雪一天比一天地好起来了。

高雪病愈之后，就在本县一小教书，——她没有能在外地找到事。她一面补习功课，准备考大学。

接连考了两年，没有考取。

第三年，"七七"事变，抗日战争爆发，她所向往的大学，都迁到四川、云南。日本人占领了江南，本县外出的交通断了。她想冒险通过敌占区，往云南、四川去。全家人都激烈反对。她只好在这个小城里困着。

高雪的岁数一年比一年大，该嫁人了。多少双眼睛都看着她。

她老不结婚，大家就都觉得奇怪。城里渐渐有了一些流言。轻嘴薄舌的人很多。对一个漂亮的少女，有人特别爱用自己肮脏的舌头来糟踏她，话说得很难听，说她外面有人，还说……唉，别提这些了吧。

高雪在学校是经常收到情书。有的摘录了李后主、秦少游的词，满纸伤感惆怅。有的抄了一些外国诗。有一位抄了一大段拜伦的情诗的原文，害得她还得查字典。这些信大都也有一点感情，但又都不像很认真。高雪有时也回信，写的也是一些虚无缥缈的话。她并没有一个真正的情人。

本县的小学里不断有人向她献殷勤，她一个也看不上，觉得他们讨厌。

汪厚基又托媒人来说了几次媒，都被用不同的委婉言词拒绝了。——每次家里问高雪，她都是摇摇头。

一次又一次，高家全家的心都活了，连高冰也改变了态度。她和高雪谈了半夜。

"行了吧。汪厚基对你是真心。他说他非你不娶，是实话。他脾气好，一定会对你很体贴。人也不俗。你们不是也还谈得来么？你还挑什么呢？你想要一个什么人？你想要的，这个县城里没有！妹妹，你不小了。听姐姐话，再拖下去，你真要留在家里当老姑娘？这是命，你心高命薄。退一步看，想宽一点。花开堪折直须折，莫待无花空折枝呀……"

高雪一直没有说话。

高雪同意和汪厚基结婚了。婚后的生活是平静的。汪厚基待高雪，真是含在口里怕她化了，体贴到不能再体贴。每天下床，都是厚基给她穿袜子，穿鞋。她梳头，厚基在后面捧着镜子。天凉了，天热了，厚基早给她把该换的衣服找出来放着。嫂子们常常偷偷在窗外看这小两口的无穷无尽的蜜月新婚，抿着嘴笑。

然而高雪并不快乐，她的笑总有点凄凉。半年之后，她病了。

汪厚基自己给她看病，亲自到药店去抓药，亲自煎药，还亲自尝一尝。他把全部学识都拿出来了。然而高雪的病没有起色。他把全城同行名医，包括几个西医，都请来给高雪看病。可是大家都说不出一个所以然，连一个准病名都说不出，一人一个说法。一个西医说了一个很长的拉丁病名，汪厚基请教是什么意思，这位西医说："忧郁症。"

病了半年，百药罔效，高雪瘦得剩了一把骨头。厚基抱她起来，轻得像一个孩子。高雪觉得自己不行了，叫厚基给她穿衣裳。衣裳穿好了，袜子也穿好了，高雪微微皱了皱眉，说左边的袜跟没有拉平。厚基给她把袜跟拉平了，她用非常温柔的眼光看着厚基，说："厚基，你真好！"随即闭了眼睛。

汪厚基到高先生家去报信。他详详细细叙说了高雪临死的情形，说她到最后还很清醒，"我给她穿袜子，她还说左边的袜跟没有拉平。"高师母忍不住，到房里坐在床上痛哭。高冰的眼泪不断流出来，喊了一声："妹妹，你想飞，你没有飞出去呀！"高先生捶着书桌说："怪我！怪我！怪我！"他的脑袋不停地摇动起来。——高先生近年不只在生气的时候，只要感情一激动，就摇脑袋。

汪厚基把牌子摘了下来，他不再行医了。"我连高雪的病都看不好，我还给别人看什么？"这位医生对医药彻底发生怀疑：

"医道，没有用！——骗人！"他变得有点傻了，遇见熟人就说：
"她到最后还很清醒，我给她穿袜子，她还说左边袜跟没有拉
平……"他不知道，他已经跟这人说过几次了。他的眼光呆滞，
反应也很迟钝了。他的那点聪明灵气已经全部消失。他整天无所
事事，一起来就到处乱走。家里人等他吃饭，每回看不见他，一找，
他都在高雪的坟旁坐着。

　　高先生已经死了几年了。

　　五小的学生还在唱：

　　　　西挹神山爽气，
　　　　东来邻寺疏钟……

　　墓草萋萋，落照昏黄，歌声犹在，斯人邈矣。

　　高先生在东街住过的老屋倒塌了，临街的墙壁和白木板门倒
还没有倒。板门上高先生写的春联也还在。大红朱笺被风雨漂得
几乎是白色的了，墨写的字迹却还很浓，很黑。

　　　　辛今高岭桂
　　　　未徒北溟鹏

　　　　　　　　　　　　　　　　一九八一年八月四日于青岛黄岛
　　　　　　　　　　　　　　　载一九八一年第十期《北京文学》

故乡人

打鱼的

女人很少打鱼。

打鱼的有几种。

一种用两只三桅大船，乘着大西北风，张了满帆，在大湖的激浪中并排前进，船行如飞，两船之间挂了极大的拖网，一网上来，能打上千斤鱼。而且都是大鱼。一条大铜头鱼（这种鱼头部尖锐，颜色如新擦的黄铜，肉细味美，有的地方叫作黄段），一条大青鱼，往往长达七八尺。较小的，也都在五斤以上。起网的时候，如果觉得分量太沉，会把鱼放掉一些，否则有把船拽翻了的危险。这种豪迈壮观的打鱼，只能在严寒的冬天进行，一年只能打几次。渔船的船主都是些小财主，虽然他们也随船下湖，驾船拉网，勇敢麻利处不比雇来的水性极好的伙计差到哪里去。

　　一种是放鱼鹰的。鱼鹰分清水、浑水两种。浑水鹰比清水鹰值钱得多。浑水鹰能在浑水里睁眼，清水鹰不能。湍急的浑水里才有大鱼，名贵的鱼。清水里只有普通的鱼，不肥大，味道也差。站在高高的运河堤上，看人放鹰捉鱼，真是一件快事。一般是两个人，一个撑船，一个管鹰。一船鱼鹰，多的可到二十只。这些鱼鹰歇在木架上，一个一个都好像很兴奋，不停地鼓嗉子，扇翅膀，有点迫不及待的样子。管鹰的把篙子一摆，二十只鱼鹰扑通扑通一齐钻进水里，不大一会，接二连三的上来了。嘴里都叼着一条一尺多长的鳜鱼，鱼尾不停地搏动。没有一只落空。有时两只鱼鹰合抬着一条大鱼。喝！这条大鳜鱼！烧出来以后，哪里去找这样大的鱼盘来盛它呢？

　　一种是扳罾的。

　　一种是撒网的。……

　　还有一种打鱼的：两个人，都穿了牛皮缝制的连鞋子、裤子带上衣的罩衣，颜色白黄白黄的，站在齐腰的水里。一个张着一面八尺来宽的兜网，另一个按着一个下宽上窄的梯形的竹架，从一个距离之外，对面走来，一边一步一步地走，一边把竹架在水底一戳一戳地戳着，把鱼赶进网里。这样的打鱼的，只有在静止的浅水里，或者在虽然流动但水不深，流不急的河里，如护城河这样的地方，才能见到。这种打鱼的，每天打不了多少，而且没有很大的，很好的鱼。大都是不到半斤的鲤鱼拐子、鲫瓜子、鲶鱼。连不到二寸的"罗汉狗子"，薄得无肉的"猫杀子"，他们也都要。他们时常会打到乌龟。

　　在小学校后面的苇塘里，臭水河，常常可以看到两个这样的打鱼的。一男一女。他们是两口子。男的张网，女的赶鱼。奇怪的是，他们打了一天的鱼，却听不到他们说一句话。他们的脸上既看不出高兴，也看不出失望、忧愁，总是那样平平淡淡的，平淡得近于木然。除了举网时听到"欻"的一声，和梯形的竹架间或搅动出一点水声，听不到一点声音。就是举网和搅水的声音，也很轻。

有几天不看见这两个穿着黄白黄白的牛皮罩衣的打鱼的了。又过了几天，他们又来了。按着梯形竹架赶鱼的换了一个人，一个十五六岁的小姑娘。辫根缠了白头绳。一看就知道，是打鱼人的女儿，她妈死了，得的是伤寒。她来顶替妈的职务了。她穿着妈穿过的皮罩衣，太大了，腰里窝着一块，更加显得臃肿。她也像妈一样，按着梯形竹架，一戳一戳地戳着，一步一步地往前走。

她一定觉得：这身湿了水的牛皮罩衣很重，秋天的水已经很凉，父亲的话越来越少了。

金大力

金大力想必是有个大名的，但大家都叫他金大力，当面也这样叫。为什么叫他金大力，已经无从查考。他姓金，块头倒是很大。他家放剩饭的淘箩，年下腌制的风鱼咸肉，都挂得很高，别人够不着，他一伸手就能取下来，不用使竹竿叉棍去挑，也不用垫一张凳子。身大力不亏。但是他是不是有很大的力气，没法证明。关于他的大力，没有什么传说的故事，他没有表演过一次，也没有人和他较量过。他这人是不会当众表演，更不会和任何人较量的。因此，大力只是想当然耳。是不是和戏里的金大力有什么关系呢？

也说不定。也许有。他很老实，也没有什么本事，这一点倒和戏里的金大力有点像。戏里的金大力只是个傻大个儿，哪次打架都有他，有黄天霸就有他，但哪回他也没有打得很出色。人们在提起金大力时，并不和戏台上那个戴着红缨帽或盘着一条大辫子，拿着一根可笑的武器，——一根红漆的木棍的那个金大力的形象联系起来。这个金大力和那个金大力不大相干。这个金大力只是一个块头很大的，家里开着一爿茶水炉子，本人是个瓦匠头儿的老实人。

他怎么会当了瓦匠头儿呢？

按说，瓦匠里当头儿的，得要年高望重，手艺好，有两手绝活，能压众，有口才，会讲话，能应付场面，还得有个好人缘儿。前面几条，金大力都不沾。金大力是个很不够格的瓦匠，他的手艺比一个刚刚学徒的小工强不了多少，什么活也拿不起来。一般老师傅会做的活，不用说相地定基，估工算料，砌墙时挂线，布瓦时堆瓦脊两边翘起的山尖，用一把瓦刀舀起半桶青灰在瓦脊正中塑出花开四面的浮雕……这些他统统不会，他连砌墙都砌不直！当了一辈子瓦匠，砌墙会砌出一个鼓肚子，真也是少有。他是一个瓦匠头，只能干一些小工活，和灰送料，传砖递瓦。这人很拙于言词，一天说不了几句话，老是闷声不响，他不会说几句恭喜发财，大吉大利的应酬门面话讨主人家喜欢；也不会说几句夸赞奉承，道劳致谢的漂亮话叫同行高兴；更不会长篇大套地训教小工以显示一个头儿的身份。他说的只是几句实实在在的大实话。说话很慢，声音很低，跟他那副大骨架很不相符。只有一条，他倒是具备的：他有一个好人缘儿。不知道为什么，他的人缘儿会那么好。

这一带人家，凡有较大的泥工瓦活，都愿意找他。一般的零活，比如检个漏，修补一下被雨水冲坍的山墙，这些，直接雇两个瓦匠来就行了，不必通过金大力。若是新建房屋，或翻盖旧房，就会把金大力叫来。金大力听明白了是一个多大的工程，就告辞出来。他算不来所需工料、完工日期，就去找有经验的同行商议。第二天，带了一个木匠头儿，一个瓦匠老师傅，拿着工料单子，向主人家据实复告。主人家点了头，他就去约人、备料。到窑上订砖、订瓦，到石灰行去订石灰、麻刀、纸脚。他一辈子经手了数不清的砖瓦石灰，可是没有得过一手钱的好处。

这里兴建动工有许多风俗。先得"破土"。由金大力用铁锹挖起一小块土，铲得四方四正，用红纸包好，供在神像前面。——这一方土要到完工时才撤去。然后，主人家要请一桌酒。这桌酒有两点特别处，一是席面所用器皿都十分粗糙，红漆筷子，蓝花粗瓷大碗；二是，菜除了猪肉、豆腐外，必有一道泥鳅。这好像有一点是和泥瓦匠开玩笑，但瓦匠都不见怪，因为这是规矩。这桌酒，主人是不陪的，只是出来道一声"诸位多辛苦"，然后就委托金大力："金师傅，你陪陪吧！"金大力就代替了主人，举起酒杯，喝下一口淡酒。这时木匠已经把房架立好，到了择定吉日的五更头，上了梁，——梁柱上贴了一副大红对子："登柱喜逢黄道日，上梁正遇紫微星"，两边各立了一面筛子，筛子里斜贴了大红斗方，斗方的四角写着"吉星高照"，金大力点起一挂鞭，泥瓦工程就开始了。

每天，金大力都是头一个来，比别人要早半小时。来了，把孩子们搬下来搭桥、搭鸡窝玩的砖头捡回砖堆上去，把碍手碍脚的棍棍棒棒归置归置，清除"脚手"板子上昨天滴下的灰泥，把"脚手"往上提一提，捆"脚手"的麻绳紧一紧，扫扫地。然后，挑了两担水来，用铁锹抓钩和青灰，——石灰里兑了锅烟；和黄泥。灰泥和好，伙计们也就来上工了。他是个瓦匠，上工时照例也在腰带里掖一把瓦刀，手里提着一个抿子。可是他的瓦刀抿子几乎随时都是干的。他一天使的家伙就是铁锹抓钩，他老是在和灰、和泥。他只能干这种小工活，也就甘心干小工活。他从来不想去露一手，去逞能卖嘴，指手画脚，到了半前晌和半后晌，伙计们照例要下来歇一会，金大力看看太阳，提起两把极大的紫砂壶就走。在壶里撮了两大把茶叶梗子，到他自己家的茶水炉上，灌了两壶水，把茶水筛在大碗里，就抬头叫嚷："哎，下来喝茶！"傍晚收工时，他总是最后一个走。他要各处看看，看看今天的进度、质量（他的手艺不高，这些都还是会看的），也看看有没有留下火星（木匠熬胶要点火，瓦匠里有抽烟的）。然后，解下腰带，从头到脚，抽打一遍。走到主人家窗下，扬声告别："明儿见啦！晚上你们照看着点！"——"好来，我们会照看。明儿见，金师傅！"

　　金大力是个瓦匠头儿，可是拿的工钱很低，比一个小工多不了多少。同行师傅们过意不去，几次提出要给金头儿涨涨工钱。金大力说："不。干什么活，拿什么钱。再说，我家里还开着一爿茶水炉子，我不比你们指身为业。这我就知足。"

　　金家茶炉子生意很好。一早、响午、傍黑，来打开水的人很多，提着木榾子的，提着洋铁壶、暖壶、茶壶的，川流不息。这一带店铺人家一般不烧开水，要用开水，多到茶炉子上去买，这比自己家烧方便。茶水炉子，是一个砖砌的长方形的台子，四角安四个很深很大的铁罐，当中有一个火口。这玩艺，有的地方叫作"老虎灶"。烧的是稻糠。稻糠着得快，火力也猛。但这东西不经烧，要不断地往里续。烧火的是金大力的老婆。这是个很结实也很利索的女人。只见她用一个小铁簸箕，一簸箕一簸箕地往火口里倒糠。火光轰轰地一阵一阵往上冒，照得她满脸通红。半箩稻糠烧完，四个铁罐里的水就哗哗地开了，她就等着人来买水，一舀子一舀子往各种容器里倒。到罐里水快见底时，再烧。一天也不见她闲着。（稻糠的灰堆在墙角，是很好的肥料，卖给乡下人垩田，一个月能卖不少钱。）

茶炉子用水很多。金家茶炉的一半地方是三口大水缸。因为缸很深，一半埋在地里。一口缸容水八担，金家一天至少要用二十四担水。这二十四担水都是金大力挑的。有活时，他早晚挑；没活时（瓦匠不能每天有活）白天挑。因为经常挑水，总要撒泼出一些，金家茶炉一边的地总是湿漉漉的，铺地的砖发深黑色（另一边的砖地是浅黑色）。你要是路过金家茶炉子，常常可以看见金大力坐在一根搭在两只水桶的扁担上休息，好像随时就会站起身来去挑一担水。

金大力不变样，多少年都是那个样子。高大结实，沉默寡言。

不，他也老了。他的头发已经有了几根白的了，虽然还不大显，墨里藏针。

钓鱼的医生

这个医生几乎每天钓鱼。

他家挨着一条河。出门走几步，就到了河边。这条河不宽。会打水撇子（有的地方叫打水漂，有的地方叫打水片）的孩子，捡一片薄薄的破瓦，一扬手忒忒忒忒，打出二十多个，瓦片贴水飘过河面，还能蹦到对面的岸上。这条河下游淤塞了，水几乎是不流动的。河里没有船。也很少有孩子到这里来游水，因为河里淹死过人，都说有水鬼。这条河没有什么用处。因为水不流，也没有人挑来吃。只有南岸的种菜园的每天挑了浇菜。再就是有人家把鸭子赶到河里来放。河南岸都是大柳树。有的欹侧着，柳叶都拖到了水里。河里鱼不少，是个钓鱼的好地方。

你大概没有见过这样的钓鱼的。

他搬了一把小竹椅，坐着。随身带着一个白泥小炭炉子，一口小锅，提盒里葱姜作料俱全，还有一瓶酒。他钓鱼很有经验。钓竿很短，鱼线也不长，而且不用漂子，就这样把钓线甩在水里，看到线头动了，提起来就是一条。都是三四寸长的鲫鱼。——这条河里的鱼以白条子和鲫鱼为多。白条子他是不钓的，他这种钓法，是钓鲫鱼的。钓上来一条，刮刮鳞洗净了，就手就放到锅里。不大一会，鱼就熟了。他就一边吃鱼，一边喝酒，一边甩钩再钓。这种出水就烹制的鱼味美无比，叫作"起水鲜"。到听见女儿在门口喊："爸——！"知道是有人来看病了，就把火盖上，把鱼竿插在岸边湿泥里，起身往家里走。不一会，就有一只钢蓝色的蜻蜓落在他的鱼竿上了。

这位老兄姓王，字淡人。中国以淡人为字的好像特别多，而且多半姓王。他们大都是阴历九月生的，大名里一定还带一个菊字。古人的一句"人淡如菊"的诗，造就了多少人的名字。

王淡人的家很好认。门口倒没有特别的标志。大门总是开着的，往里一看，就看到通道里挂了好几块大匾。匾上写的是"功同良相""济世救人""仁心仁术""术绍岐黄""杏林春暖""橘并流芳""妙手回春""起我沉疴"……医生家的匾都是这一套。这是亲友或病家送给王淡人的祖父和父亲的。匾都有年头了，匾上的金字都已经发暗。到王淡人的时候，就不大兴送匾了。送给王淡人的只有一块，匾很新，漆地乌亮，匾字发光，是去年才送的。这块匾与医术无关，或关系不大，匾上写的是"急公好义"，字是颜体。

进了过道，是一个小院子。院里种着鸡冠、秋葵、凤仙一类既不花钱，又不费事的草花。有一架扁豆。还有一畦瓢菜。这地方不吃瓢菜，也没有人种。这一畦瓢菜是王淡人从外地找了种子，特为种来和扁豆配对的。王淡人的医室里挂着一副郑板桥写的（木板刻印的）对子："一庭春雨瓢儿菜，满架秋风扁豆花。"他很喜欢这副对子。这点淡泊的风雅，和一个不求闻达的寒士是非常配称的。其实呢？何必一定是瓢儿菜，种什么别的菜也不是一样吗？王淡人花费心思去找了瓢菜的菜种来种，也可看出其天真处。自从他种了瓢菜，他的一些穷朋友在来喝酒的时候，除了吃王淡人自己钓的鱼，就还能尝到这种清苦的菜蔬了。

　　过了小院，是三间正房，当中是堂屋，一边是卧房，一边是他的医室。

　　他的医室和别的医生的不一样，像一个小药铺。架子上摆着许多青花小瓷坛，坛口塞了棉纸卷紧的塞子，坛肚子上贴着浅黄蜡笺的签子，写着"九一丹""珍珠散""冰片散"……到处还有一些大大小小的乳钵、药碾子、药臼、嘴刀、剪子、镊子、钳子、钎子、往耳朵和喉咙里吹药用的铜鼓……他这个医生是"男妇内外大小方脉"，就是说内科、外科、妇科、儿科，什么病都看。王家三代都是如此。外科用的药，大都是"散"——药面子。"神仙难识丸散"，多有经验的医生和药铺的店伙也鉴定不出散的真假成色，都是一些粉红的或雪白的粉末。虽然每一家药铺都挂着一块小匾"修合存心"，但是王淡人还是不相信。外科散药里有许多贵重药：麝香、珍珠、冰片……哪家的药铺能用足？因此，他自己炮制。他的老婆、儿女，都是他的助手，经常看到他们抱着一个乳钵，握着乳锤，一圈一圈慢慢地磨研（散要研得极细，都是加了水"乳"的）。另外，找他看病的多一半是乡下来的，即使是看内科，他们也不愿上药铺去抓药，希望先生开了方子就给配一付，因此，他还得预备一些常用的内科药。

　　城里外科医生不多，——不知道为什么，大家对外科医生都不大看得起，觉得都有点"江湖"，不如内科清高，因此，王淡人看外科的时间比较多。一年也看不了几起痈疽重症，多半是生疮长疖子，而且大都是七八岁狗都嫌的半大小子。常常看见一个大人带着生瘌痢头的瘦小子，或一个长疖腮的胖小子走进王淡人家的大门；不多一会，就又看见领着出来了。生瘌痢的涂了一头青黛，把一个秃光光的脑袋涂成了蓝的；生疖腮的腮帮上画着一个乌黑的大圆饼子，——是用掺了冰片研出的陈墨画的。

这些生疮长疖子的小病症，是不好意思多收钱的，——那时还没有挂号收费这一说。而且本地规矩，熟人看病，很少当下交款，都得要等"三节算账"，——端午、中秋、过年。忘倒不会忘的，多少可就"各凭良心"了。有的也许为了高雅，其实为了省钱，不送现钱，却送来一些华而不实的礼物：批把、扇子、月饼、莲蓬、天竺果子、腊梅花。乡下来人看病，一般倒是当时付酬，但常常不是现钞，或是二十个鸡蛋，或一升芝麻，或一只鸡，或半布袋鹌鹑！遇有实在困难，什么也拿不出来的，就由病人的儿女趴下来磕一个头。王淡人看看病人身上盖着的破被，鼻子一酸，就不但诊费免收，连药钱也白送了。王淡人家吃饭不致断顿，——吃扁豆、瓢菜、小鱼、糙米——和炸鹌鹑！穿衣可就很紧了。淡人夫妇，十多年没添置过衣裳。只有儿子女儿一年一年长高，不得不给他们换换季。有人说：王淡人很傻。

王淡人是有点傻。去年、今年，就办了两件傻事。

去年闹大水。这个县的地势，四边高，当中低，像一个水壶，别名就叫作盂城。城西的运河河底，比城里的南北大街的街面还要高。站在运河堤上，可以俯瞰城中鳞次栉比的瓦屋的屋顶；城里小孩放的风筝，往河堤游人的脚底下飘着。因此，这地方常闹水灾。水灾好像有周期，十年大闹一次。去年闹了一次大水。王淡人在河边钓鱼，傍晚听见蛤蟆爬在柳树顶上叫，叫得他心惊肉跳，他知道这是不祥之兆。蛤蟆有一种特殊的灵感，水涨多高，他就在多高处叫。十年前大水灾就是这样。果然，连天暴雨，一夜西风，运河决了口，浊黄色的洪水倒灌下来，平地水深丈二，大街上成了大河。大河里流着箱子、柜子、死牛、死人。这一年死于大水的，有上万人。大水十多天未退，有很多人困在房顶、树顶和孤岛一样的高岗子上挨饿；还有许多人生病：上吐下泻，痢疾伤寒。王淡人就用了一根结结实实的撑船用的长竹篙拄着，在齐胸的大水里来往奔波，为人治病。他会水，在水特深的地方，就横执着这根竹篙，洇水过去。他听说泰山庙北边有一个被大水围着的孤村子，一村子人都病倒了。但是泰山庙那里正是洪水的出口，水流很急，不能容舟，过不去！他和四个水性极好的专在救生船上救人的水手商量，弄了一只船，在他的腰上系了四根铁链，每一根又分在一个水手的腰里，这样，即使是船翻了，他们之中也可能有一个人把他救起来。船开了，看着的人的眼睛里都蒙了一层眼泪。眼看这只船在惊涛骇浪里颠簸出没，终于靠到了那个孤村，大家发出了雷鸣一样的欢呼。这真是玩儿命的事！

水退之后，那个村里的人合送了他一块匾，就是那块"急公好义"。

拿一条命换一块匾，这是一件傻事。

另一件傻事是给汪炳治搭背，今年。

汪炳是和他小时候一块掏蛐蛐，放风筝的朋友。这人原先很阔。这一街的老人到现在还常常谈起他娶亲的时候，新娘子花鞋上缀的八颗珍珠，每一颗都有指头顶子那样大！这家伙，吃喝嫖赌抽大烟，把家业败得精光，连一片瓦都没有，最后只好在几家亲戚家寄食。这一家住三个月，那一家住两个月。就这样，他还抽鸦片！他给人家熬大烟，报酬是烟灰和一点膏子。他一天夜里觉得背上疼痛，浑身发烧，早上歪歪倒倒地来找王淡人。

王淡人一看，这是个有名有姓的外症：搭背。说："你不用走了！"

王淡人把江炳留在家里住，管吃、管喝，还管他抽鸦片，——他把王淡人留着配药的一块云土抽去了一半。王淡人祖上传下来的麝香、冰片也为他用去了三分之一。一个多月以后，汪炳的搭背收口生肌，好了。

有人问王淡人："你干吗为他治病？"王淡人倒对这话有点不解，说："我不给他治，他会死的呀。"

汪炳没有一个钱。白吃，白喝，白治病。病好后，他只能写了很多鸣谢的帖子，贴在满城的街上，为王淡人传名。帖子上的言词倒真是淋漓尽致，充满感情。

王淡人的老婆是很贤惠的，对王淡人所做的事没有说过一个不字。但是她忍不住要问问淡人："你给汪炳用掉的麝香、冰片，值多少钱？"王淡人笑一笑，说："没有多少钱。——我还有。"他老婆也只好笑一笑，摇摇头。

王淡人就是这样，给人看病，看"男女内外大小方脉"，做傻事，每天钓鱼。一庭春雨，满架秋风。

你好，王淡人先生！

一九八一年八月十九日

载一九八一年第十期《雨花》

晚饭花

晚饭花就是野茉莉。因为是在黄昏时开花，晚饭前后开得最为热闹，故又名晚饭花。

野茉莉，处处有之，极易繁衍。高二三尺，枝叶披纷，肥者可荫五六尺。花如茉莉而长大，其色多种易变。子如豆，深黑有细纹，中有瓤，白色，可作粉，故又名粉豆花。曝干作蔬，与马兰头相类。根大者如拳、黑硬，俚医以治吐血。

——吴其濬：《植物名实图考》

珠子灯

这里的风俗，有钱人家的小姐出嫁的第二年，娘家要送灯。送灯的用意是祈求多子。元宵节前几天，街上常常可以看到送灯的队伍。几个女佣人，穿了干净的衣服，头梳得光光的，戴着双喜字大红绒花，一人手里提着一盏灯；前面有几个吹鼓手吹着细乐。远远听到送灯的箫笛，很多人家的门就开了。姑娘、媳妇走出来，倚门而看，且指指点点，悄悄评论。这也是一年的元宵节景。

一堂灯一般是六盏。四盏较小，大都是染成红色或白色而画了红花的羊角琉璃泡子。一盏是麒麟送子：一个染色的琉璃角片扎成的娃娃骑在一匹麒麟上。还有一盏是珠子灯：绿色的玻璃珠子穿扎成的很大的宫灯。灯体是八扇玻璃，漆着红色的各体寿字，其余部分都是珠子，顶盖上伸出八个珠子的凤头，凤嘴里衔着珠子的小幡，下缀珠子的流苏。这盏灯分量相当的重，送来的时候，得两个人用一根小扁担抬着。这是一盏主灯，挂在房间的正中。旁边是麒麟送子，玻璃泡子挂在四角。

到了"灯节"的晚上，这些灯里就插了红蜡烛。点亮了。从十三"上灯"到十八"落灯"，接连点几个晚上。平常这些灯是不点的。

屋里点了灯，气氛就很不一样了。这些灯都不怎么亮（点灯的目的原不是为了照明），但很柔和。尤其是那盏珠子灯，洒下一片淡绿的光，绿光中珠幡的影子轻轻地摇曳，如梦如水，显得异常安静。无宵的灯光扩散着吉祥、幸福和朦胧暧昧的希望。

孙家的大小姐孙淑芸嫁给了王家的二少爷王常生。她屋里就挂了这样六盏灯。不过这六盏灯只点过一次。

王常生在南京读书，秘密地加入了革命党，思想很新。订婚以后，他请媒人捎话过去：请孙小姐把脚放了。孙小姐的脚当真放了，放得很好，看起来就不像裹过的。

孙小姐是个才女。孙家对女儿的教育很特别，教女儿读诗词。除了《长恨歌》《琵琶行》，孙小姐能背全本《西厢记》。嫁过来以后，她也看王常生带回来的黄遵宪的《日本国志》和林译小说《迦茵小传》《茶花女遗事》……

两口子琴瑟和谐，感情很好。

不料王常生在南京得了重病，抬回来不到半个月，就死了。

王常生临死对夫人留下遗言："不要守节。"

但是说了也无用。孙王两家都是书香门第，从无再婚之女。改嫁，这种念头就不曾在孙小姐的思想里出现过。这是绝不可能的事。

从此，孙小姐就一个人过日子。这六盏灯也再没有点过了。

她变得有点古怪了，她屋里的东西都不许人动。王常生活着的时候是什么样子，永远是什么样子，不许挪动一点。王常生用过的手表、座钟、文具，还有他养的一盆雨花石，都放在原来的位置。孙小姐原是个爱洁成癖的人，屋里的桌子椅子、茶壶茶杯，每天都要用清水洗三遍。自从王常生死后，除了过年之前，她亲自监督着一个从娘家陪嫁过来的女佣人大洗一天之外，平常不许擦拭。里屋炕几上有一套茶具：一个白瓷的茶盘，一把茶壶，四个茶杯。茶杯倒扣着，上面落了细细的尘土。茶壶是荸荠形的扁圆的，茶壶的鼓肚子下面落不着尘土，茶盘里就清清楚楚留下一个干净的圆印子。

她病了，说不清是什么病。除了逢年过节起来几天，其余的时间都在床上躺着，整天地躺着。除了那个女佣人，没有人上她屋里去。

她就这么躺着，也不看书，也很少说话，屋里一点声音没有。她躺着，听着天上的风筝响，斑鸠在远远的树上叫着双声，"鹁鸪鸪——咕，鹁鸪鸪——咕"，听着麻雀在檐前打闹，听着一个大蜻蜓振动着透明的翅膀，听着老鼠咬啮着木器，还不时听到一串滴滴答答的声音，那是珠子灯的某一处流苏散了线，珠子落在地上了。

女佣人在扫地时，常常扫到一二十颗散碎的珠子。

她这样躺了十年。

她死了。

她的房门锁了起来。

从锁着的房间里，时常还听见散线的玻璃珠子滴滴答答落在地板上的声音。

晚饭花

李小龙的家在李家巷。

这是一条南北向的巷子，相当宽，可以并排走两辆黄包车。但是不长，巷子里只有几户人家。

西边的北口一家姓陈。这家好像特别的潮湿，门口总飘出一股湿布的气味，人的身上也带着这种气味。他家有好几棵大石榴，比房檐还高，开花的时候，一院子都是红通通的。结的石榴很大，垂在树枝上，一直到过年下雪时才剪下来。

陈家往南，直到巷子的南口，都是李家的房子。

东边，靠北是一个油坊的堆栈，粉白的照壁上黑漆八个大字："双窨香油，照庄发客"。

靠南一家姓夏。这家进门就是锅灶，往里是一个不小的院子。这家特别重视过中秋。每年的中秋节，附近的孩子就上他们家去玩，去看院子里还在开着的荷花，几盆大桂花，缸里养的鱼；看他家在院子里摆好了的矮脚的方桌，放了毛豆、芋头、月饼、酒壶，准备一家赏月。

在油坊堆栈和夏家之间，是王玉英的家。

王家人很少，一共三口。王玉英的父亲在县政府当录事，每天一早便提着一个蓝布笔袋，一个铜墨盒去上班。王玉英的弟弟上小学。王玉英整天一个人在家。她老是在她家的门道里做针线。

王玉英家进门有一个狭长的门道。三面是墙：一面是油坊堆栈的墙，一面是夏家的墙，一面是她家房子的山墙。南墙尽头有一个小房门，里面才是她家的房屋。从外面是看不见她家的房屋的。这是一个长方形的天井，一年四季，照不进太阳。夏天很凉快，上面是高高的蓝天，正面的山墙脚下密密地长了一排晚饭花。王玉英就坐在这个狭长的天井里，坐在晚饭花前面做针线。

李小龙每天放学，都经过王玉英家的门外。他都看见王玉英（他看了陈家的石榴，又看了"双窨香油，照庄发客"，还会看看夏家的花木）。晚饭花开得很旺盛，它们使劲地往外开，发疯一样，喊叫着，把自己开在傍晚的空气里。浓绿的，多得不得了的绿叶子；殷红的，胭脂一样的，多得不得了的红花；非常热闹，但又很凄清。没有一点声音，在浓绿浓绿的叶子和乱乱纷纷的红花之前，坐着一个王玉英。

这是李小龙的黄昏。要是没有王玉英，黄昏就不成其为黄昏了。

李小龙很喜欢看王玉英，因为王玉英好看。王玉英长得很黑，但是两只眼睛很亮，牙很白。王玉英有一个很好看的身子。

红花、绿叶、黑黑的脸、明亮的眼睛、白的牙，这是李小龙天天看的一张画。

王玉英一边做针线，一边等着她的父亲。她已经焖好饭了，等父亲一进门就好炒菜。

王玉英已经许了人家。她的未婚夫是钱老五。大家都叫他钱老五。不叫他的名字，而叫钱老五，有轻视之意。老人们说他"不学好"。人很聪明，会画两笔画，也能刻刻图章，但做事没有长性。教两天小学，又到报馆里当两天记者。他手头并不宽裕，却打扮得像个阔少爷，穿着细毛料子的衣裳，梳着油光光的分头，还戴了一副金丝眼镜。他交了许多"三朋四友"，风流浪荡，不务正业。都传说他和一个寡妇相好，有时就住在那个寡妇家里，还花寡妇的钱。

这些事也传到了王玉英的耳朵里，连李小龙也都听说了嘛，王玉英还能不知道？不过王玉英倒不怎么难过，她有点半信半疑。而且她相信她嫁过去，他就会改好的。她看见过钱老五，她很喜欢他的人才。

　　钱老五不跟他的哥哥住。他有一所小房，在臭河边。他成天不在家，门老是锁着。

　　李小龙知道钱老五在哪里住。他放学每天经过。他有时趴在门缝上往里看：里面有三间房，一个小院子，有几棵树。

　　王玉英也知道钱老五的住处。她路过时，看看两边没有人，也曾经趴在门缝上往里看过。

　　有一天，一顶花轿把王玉英抬走了。

　　从此，这条巷子里就看不见王玉英了。

　　晚饭花还在开着。

　　李小龙放学回家，路过臭河边，看见王玉英在钱老五家门前的河边淘米。只看见一个背影。她头上戴着红花。

　　李小龙觉得王玉英不该出嫁，不该嫁给钱老五。他很气愤。

　　这世界上再也没有原来的王玉英了。

载一九八二年第一期《十月》

三姊妹出嫁

　　秦老吉是个挑担子卖馄饨的。他的馄饨担子是全城独一份，他的馄饨也是全城独一份。

　　这副担子非常特别。一头是一个木柜，上面有七八个扁扁的抽屉；一头是安放在木柜里的烧松柴的小缸灶，上面支一口紫铜浅锅。铜锅分两格，一格是骨头汤，一格是下馄饨的清水。扁担不是套在两头的柜子上，而是打的时候就安在柜子上，和两个柜子成一体。扁担不是直的，是弯的，像一个罗锅桥。这副担子是楠木的，雕着花，细巧玲珑，很好看。这好像是《东京梦华录》时期的东西，李嵩笔下画出来的玩艺儿。秦老吉老远地来了，他挑的不像是馄饨担子，倒好像挑着一件什么文物。这副担子不知道传了多少代了，因为材料结实，做工精细，到现在还很完好。

别人卖的馄饨只有一种，葱花水打猪肉馅。他的馄饨除了猪肉馅的，还有鸡肉馅的、螃蟹馅的，最讲究的是荠菜冬笋肉末馅的，——这种肉馅不是用刀刃而是用刀背剁的！作料也特别齐全，除了酱油、醋，还有花椒油、辣椒油、虾皮、紫菜、葱末、蒜泥、韭花、芹菜和本地人一般不吃的芫荽。馄饨分别放在几个抽屉里，作料敞放在外面，任凭顾客各按口味调配。

他的器皿用具也特别精洁——他有一个拌馅用的深口大盘，是雍正青花！

笃——笃笃，秦老吉敲着竹梆，走来了。找一个柳荫，把担子歇下，竹梆敲出一串花点，立刻就围满了人。

秦老吉就用这副担子，把三个女儿养大了。

秦老吉的老婆死得早，给他留下三个女儿。大凤、二凤和小凤。三个女儿，一个比一个小一岁，梯子蹬似的。三个丫头一个模样，像一个模子脱出来的。三个姑娘，像三张画。有人跟秦老吉说："应该叫你老婆再生一个的，好凑成一套四扇屏儿！"

姊妹三个，从小没娘，彼此提挈，感情很好。一家人都很勤快。一进门，清清爽爽，干净得像明矾澄过的清水。谁家娶了邋遢婆娘，丈夫气急了，就说："你到秦老吉家看看去！"三姊妹各有所长，

分工负责。大裁大剪，单夹皮棉——秦老吉冬天穿一件山羊皮的
背心，是大姐的；锅前灶后，热水烧汤，是二姐的；小妹妹小，
又娇，两个姐姐惯着她，不叫她做重活，她就成天地挑花绣朵。
她把两个姐姐绣得全身都是花。围裙上、鞋尖上、手帕上、包头
布上，都是花。这些花里有一样必不可少的东西，是凤。

姊妹三个都大了。一个十八，一个十七，一个十六。该嫁了。
这三只凤要飞到哪棵梧桐树上去呢？

三姊妹都有了人家了。大姐许了一个皮匠，二姐许了一个剃
头的，小妹许的是一个卖糖的。

皮匠的脸上有几颗麻子，一街人都叫他麻皮匠。他在东街的"乾
陞和"茶食店廊檐下摆一副皮匠担子。"乾陞和"的门面很宽大，
除了一个柜台，两边竖着的两块碎白石底子堆刻黑漆大字的木
牌——一块写着"应时糕点"，一块写着"满汉饽饽"。这之外，
没有什么东西，放一副皮匠担子一点不碍事。麻皮匠每天一早，"乾
陞和"才开了门，就拿起一把长柄的笤帚把店堂打扫干净，然后
就在"满汉饽饽"下面支起担子，开始绱鞋。他是个手脚很快的人。
走起路来腿快，绱起鞋来手快。只见他把锥子在头发里"光"两下，
一锥子扎过鞋帮鞋底，两根用猪鬃引着的蜡线对穿过去，噌，——
噌，两把就绱了一针。流利合拍，均匀紧凑。他绱鞋的时候，常
有人歪着头看。绱鞋，本来没有看头，但是麻皮匠绱鞋就能吸引人。
大概什么事做得很精熟，就很美了。因为手快，麻皮匠一天能比
别的皮匠多绱好几双鞋。不但快，绱得也好。针脚细密，楦得也
到家，穿在脚上，不易走样。因此，他生意很好。也因此，落下"麻
皮匠"这样一个称号。人家做好了鞋，叫佣人或孩子送去绱，总

要叮嘱一句："送到麻皮匠那里去。"这街上还有几个别的皮匠。怕送错了。他脸上的那几颗麻子就成了他的标志。他姓什么呢？好像是姓马。

二姑娘的婆家姓时。老公公名叫时福海。他开了一爿剃头店，字号也就是"时福海记"。剃头的本属于"下九流"，他的店铺每年贴的春联都是："头等事业，顶上生涯"。自从清朝推翻，建立民国，人们剪了辫子，他的店铺主要是剃光头，以"水热刀快"为号召。时福海像所有的老剃头待诏一样，还擅长向阳取耳（掏耳朵），捶背拿筋。剃完头，用两只拳头给顾客毕毕剥剥地捶背（捶出各种节奏和清浊阴阳的脆响），噔噔地揪肩胛后的"懒筋"——捶、揪之后，真是"浑身通泰"。他还专会治"落枕"。睡落了枕，歪着脖子走进去，时福海把你的脑袋搁在他弓起的大腿上，两手扶着下腭，轻试两下"咔叽"——就扳正了！老年间，剃头匠是半个跌打医生。

这地方不知怎么会有这么一个传统，剃头的多半也是吹鼓手（不是所有的剃头匠都是吹鼓手，也不是所有的吹鼓手都是剃头匠）。时福海就也是一个吹鼓手。他吹唢呐，两腮鼓起两个圆圆的鼓包，憋得满脸通红。他还会"进曲"。好像一城的吹鼓手里只有他会，或只有他擅长于这个玩艺儿。人家办丧事，"六七"开吊，在"初献""亚献"之后，有"进曲"这个项目。赞礼的礼生喝道"进——曲！"时福海就拿了一面荸荠鼓，由两个鼓手双笛伴奏。唱一段曲子。曲词比昆曲还要古，内容是"神仙道化"，感叹人生无常，有《薤露》《蒿里》遗意，很可能是元代的散曲。时福海自己也不知道唱的是什么，但还是唱得感慨唏嘘，自己心里都酸溜溜的。

时代变迁，时福海的这一套有点吃不开了。剃光头的人少了，"水热刀快"不那么有号召力了。卫生部门天天宣传挖鼻孔、挖耳朵不卫生。懂得享受捶背揪懒筋的乐趣的人也不多了。时福海忽然变成一个举动迟钝的老头。

时福海有两个儿子。下等人不避父讳，大儿子叫大福子，小儿子叫小福子。

大福子很能赶潮流。他把逐渐暗淡下去的"时福海记"重新装修了一下，门窗柱壁，油漆一新，全都是奶油色，添了三面四尺高、二尺宽的大玻璃镜子。三面大镜之间挂了两个狭长的镜框，里面嵌了磁青砑银的蜡笺对联，请一个擅长书法的医生汪厚基浓墨写了一副对子：

不教白发催人老
更喜春风满面生

他还置办了"夜巴黎"的香水，"司丹康"的发蜡。顶棚上安了一面白布制成的"风扇"，有滑车牵引，叫小福子坐着，一下一下地拉"风扇"的绳子，使理发的人觉得"清风徐来"，十分爽快。这样，"时福海记"就又兴旺起来了。

大福子也学了吹鼓手。笙箫管笛，无不精通。

这地方不知怎么会流传"倒扳桨""跌断桥""剪靛花"之类的《霓裳续谱》《白雪遗音》时期的小曲。平常人不唱，唱的多是理发的、搓澡的、修脚的、裁缝、做豆腐的年轻子弟。他们晚上常常聚在"时福海记"唱，大福子弹琵琶。"时福海记"外面站了好些人在听。

二凤要嫁的就是大福子。

三姑娘许的这家苦一点，姓吴，小人叫吴颐福，是个遗腹子。家里只有两个人，一个老母亲，是个跛脚，走起路来一踮一踮的。母子二人，相依为命。妈妈很慈祥，儿子很孝顺。吴颐福是个很聪明的人，十五岁上就开始卖糖。卖糖和卖糖可不一样。他卖的不是普通的芝麻糖、花生糖，他卖的是"样糖"。他跟一个师叔学会了一宗手艺：能把白糖化了，倒在模子里，做成大小不等的福禄寿三星、财神爷、麒麟送子。高的二尺，矮的五寸，衣纹生动，须眉清楚；还能把糖里加了色，不用模子，随手吹出各种瓜果，桃、梨、苹果、佛手，跟真的一样，最好看的是南瓜：金黄的瓜，碧绿的蒂子，还开着一朵淡黄的瓜花。这种糖，人家买去，都是当摆设，不吃。——吃起来有什么意思呢，还不是都是糖的甜味！卖得最多的是糖兔子。白糖加麦芽糖熬了，切成梭子形的一块一块，两头用剪刀剪开，一头窝进腹下，是脚；一头便是耳朵。耳朵下捏一下，便是兔子脸，两边嵌进两粒马料豆，一个兔子就成了！马料豆有绿豆大，一头是通红的，一头是漆黑的。这种豆药店里卖，平常配药很少用它，好像是天生就为了做糖兔的眼睛用的！这种糖兔子很便宜，一般的孩子都买得起。也吃了，也玩了。

师叔死后，这门手艺成了绝沽儿，全城只有吴颐福一个人会，因此，他的生意是不错的。

他做的这些艺术品都放在擦得晶亮的玻璃橱子里，在肩上挑着。他的糖担子好像一个小型的展览会，歇在哪里，都有人看。

麻皮匠、大福子、吴颐福，都住得离秦老吉家不远。大姑娘、二姑娘、三姑娘几乎每天都能看到她们的女婿。姐儿仨有时在一起互相嘲戏。三姑娘小凤是个镴嘴子，咭咭呱呱，对大姐姐说：

"十个麻子九个俏，不是麻子没人要！"

大姐啐了她一口。

她又对二姐姐说：

"姑娘姑娘真不丑，一嫁嫁个吹鼓手。吃冷饭，喝冷酒，坐人家大门口！"

二姐也啐了她一口。

两个姐姐容不得小凤如此放肆，就一齐反唇相讥：

"敲锣卖糖，各干各行！"

小妹妹不干了，用拳头捶两个姐姐：

"卖糖怎么啦！卖糖怎么啦！"

秦老吉正在外面拌馅儿，听见女儿打闹，就厉声训斥道：

"靠本事吃饭，比谁也不低。麻油拌芥菜，各有心中爱，谁也不许笑话谁！"

三姊妹听了，都吐了舌头。

姐儿仨同一天出门子，都是腊月二十三。一顶花桥接连送了三个人。时辰倒是错开了。头一个是小凤，日落酉时。第二个是大凤，戌时。最后才是二凤。因为大福子要吹唢呐送小姨子，又要吹唢呐送大姨子。轮到他拜堂时已是亥时。给他吹唢呐的是他的爸爸时福海。时福海吹了一气，又坐到喜堂去受礼。

三天回门。三个姑爷，三个女儿都到了。秦老吉办了一桌酒，除了鸡鸭鱼肉，他特意包了加料三鲜馅的绉纱馄饨，让姑爷尝尝他的手艺。鲜美清香，自不必说。

三个女儿的婆家，都住得不远，两三步就能回来看看父亲。炊煮扫除，浆洗缝补，一如往日。有点小灾小病，头疼脑热，三个女儿抢着来伺候，比没出门时还殷勤。秦老吉心满意足，毫无遗憾。他只是有点发愁：他一朝撒手，谁来传下他的这副馄饨担子呢？

笃——笃笃，秦老吉还是挑着担子卖馄饨。

真格的，谁来继承他的这副古典的，南宋时期的，楠木的馄饨担子呢？

一九八一年九月十日

故里三陈

陈小手

我们那地方，过去极少有产科医生。一般人家生孩子，都是请老娘。什么人家请哪位老娘，差不多都是固定的。一家宅门的大少奶奶、二少奶奶、三少奶奶，生的少爷、小姐，差不多都是一个老娘接生的。老娘要穿房入户，生人怎么行？老娘也熟知各家的情况，哪个年长的女佣人可以当她的助手，当"抱腰的"，不须临时现找。而且，一般人家都迷信哪个老娘"吉祥"，接生顺当。——老娘家都供着送子娘娘，天天烧香。谁家会请一个男性的医生来接生呢？——我们那里学医的都是男人，只有李花脸的女儿传其父业，成了全城仅有的一位女医人。她也不会接生，只会看内科，是个老姑娘。男人学医，谁会去学产科呢？都觉得这是一桩丢人没出息的事，不屑为之。但也不是绝对没有。陈小手就是一位出名的男性的产科医生。

陈小手的得名是因为他的手特别小，比女人的手还小，比一般女人的手还更柔软细嫩。他专能治难产。横生、倒生，都能接下来（他当然也要借助于药物和器械）。据说因为他的手小，动作细腻，可以减少产妇很多痛苦。大户人家，非到万不得已，是不会请他的。中小户人家，忌讳较少，遇到产妇胎位不正，老娘束手，老娘就会建议："去请陈小手吧。"

陈小手当然是有个大名的，但是都叫他陈小手。

接生，耽误不得，这是两条人命的事。陈小手喂着一匹马。这匹马浑身雪白，无一根杂毛，是一匹走马。据懂马的行家说，这马走的脚步是"野鸡柳子"，又快又细又匀。我们那里是水乡，很少人家养马。每逢有军队的骑兵过境，大家就争着跑到运河堤上去看"马队"，觉得非常好看。陈小手常常骑着白马赶着到各处去接生，大家就把白马和他的名字联系起来，称之为"白马陈小手"。

同行的医生，看内科的、外科的，都看不起陈小手，认为他不是医生，只是一个男性的老娘。陈小手不在乎这些，只要有人来请，立刻跨上他的白走马，飞奔而去。正在呻吟惨叫的产妇听到他的马脖上的銮铃的声音，立刻就安定了一些。他下了马，即刻进产房。过了一会（有时时间颇长），听到"哇"的一声，孩子落地了。陈小手满头大汗，走了出来，对这家的男主人拱拱手："恭喜恭喜！母子平安！"男主人满面笑容，把封在红纸里的酬金递过去。陈小手接过来，看也不看，装进口袋里，洗洗手，喝一杯热茶，道一声"得罪"，出门上马。只听见他的马的銮铃声"哗棱哗棱"……走远了。

陈小手活人多矣。

有一年，来了联军。我们那里那几年打来打去的，是两支军队。一支是国民革命军，当地称之为"党军"；相对的一支是孙传芳的军队。孙传芳自称"五省联军总司令"，他的部队就被称为"联军"。联军驻扎在天王庙，有一团人。团长的太太（谁知道是正太太还是姨太太），要生了，生不下来。叫来几个老娘，还是弄不出来。这太太杀猪也似的乱叫。团长派人去叫陈小手。

陈小手进了天王庙。团长正在产房外面不停地"走柳"。见了陈小手，说：

"大人，孩子，都得给我保住！保不住要你的脑袋！进去吧！"

这女人身上的脂油太多了，陈小手费了九牛二虎之力，总算把孩子掏出来了。和这个胖女人较了半天劲，累得他筋疲力尽。他迤里歪斜走出来，对团长拱拱手：

"团长！恭喜您，是个男伢子，少爷！"

团长龇牙笑了一下，说："难为你了！——请！"

外边已经摆好了一桌酒席。副官陪着。陈小手喝了两盅。团长拿出二十块现大洋，往陈小手面前一送：

"这是给你的！——别嫌少哇！"

"太重了！太重了！"

喝了酒，揣上二十块现大洋，陈小手告辞了："得罪！得罪！"

"不送你了！"

陈小手出了天王庙，跨上马。团长掏出枪来，从后面，一枪就把他打下来了。

团长说："我的女人，怎么能让他摸来摸去！她身上，除了我，任何男人都不许碰！这小子，太欺负人了！日他奶奶！"

团长觉得怪委屈。

陈　四

陈四是个瓦匠，外号"向大人"。

我们那个城里，没有多少娱乐。除了听书，瞧戏，大家最有兴趣的便是看会，看迎神赛会，——我们那里叫作"迎会"。

所迎的神，一是城隍，一是都土地。城隍老爷是阴间的一县之主，但是他的爵位比阳间的县知事要高得多，敕封"灵应侯"。他的气派也比县知事要大得多。县知事出巡，哪有这样威严，这样多的仪仗队伍，还有各种杂耍玩艺的呢？再说打我记事起，就没见过县知事出巡过，他们只是坐了一顶小轿或坐了自备的黄包车到处去拜客。都土地东西南北四城都有，保佑境内的黎民，地位相当于一个区长。他比活着的区长要神气得多，但比城隍菩萨可就差了一大截了。他的爵位是"灵显伯"。都土地都是有名有姓的。我所居住的东城的都土地是张巡。张巡为什么会到我的家乡来当都土地呢，他又不是战死在我们那里的，这一点我始终没有弄明白。张巡是太守，死后为什么倒降职成了区长了呢？我也不明白。

都土地出巡是没有什么看头的。短簇簇的一群人，打着一些稀稀落落的仪仗，把都天菩萨（都土地为什么被称为"都天菩萨"，这一点我也不明白）抬出来转一圈，无声无息地，一会儿就过完了。

所谓"看会"，实际上指的是看赛城隍。

　　我记得的赛城隍是在夏秋之交，阴历的七月半，正是大热的时候。不过好像也有在十月初出会的。

　　那真是万人空巷，倾城出观。到那天，凡城隍所经的要闹之处的店铺就都做好了准备：燃香烛，挂宫灯，在店堂前面和临街的柜台里面放好了长凳，有楼的则把楼窗全部打开，烧好了茶水，等着东家和熟主顾人家的眷属光临。这时正是各种瓜果下来的时候，牛角酥、奶奶哼（一种很"面"的香瓜）、红瓤西瓜、三白西瓜、鸭梨、槟子、海棠、石榴，都已上市，瓜香果味，飘满一街。各种卖吃食的都出动了，争奇斗胜，吟叫百端。到了八九点钟，看会的都来了。老太太、大小姐、小少爷。老太太手里拿着檀香佛珠，大小姐衣襟上挂着一串白兰花。佣人手里提着食盒，里面是兴化饼子、绿豆糕，各种精细点心。

　　远远听见鞭炮声、锣鼓声，"来了，来了！"于是各自坐好，等着。

　　我们那里的赛会和鲁迅先生所描写的绍兴的赛会不尽相同。前面并无所谓"塘报"。打头的是"拜香的"。都是一些十六七岁的小伙子，光头净脸，头上系一条黑布带，前额缀一朵红绒球，青布衣衫，赤脚草鞋，手端一个红漆的小板凳，板凳一头钉着一个铁管，上插一枝安息香。他们合着节拍，依次走着，每走十步，一齐回头，把板凳放到地上，算是一拜，随即转身再走。这都是为了父母生病到城隍庙许了愿的，"拜香"是还愿。后面是"挂香"的，则都是壮汉，用一个小铁钩勾进左右手臂的肉里，下系一个带链子的锡香炉，炉里烧着檀香。挂香多的可至香炉三对。这也是还愿的。后面就是各种玩艺了。

十番锣鼓音乐篷子。一个长方形的布篷，四面绣花篷檐，下缀走水流苏。四角支竹竿，有人撑着。里面是吹手，一律是笙箫细乐，边走边吹奏。锣鼓篷悉有五七篷，每隔一段玩艺有一篷。

茶担子。金漆木桶，桶口翻出，上置一圈细瓷茶杯，桶内和杯内都装了香茶。

花担子。鲜花装饰的担子。

挑茶担子、花担子的扁担都极软，一步一颤。脚步要匀，三进一退，各依节拍，不得错步。茶担子、花担子虽无很难的技巧，但几十副担子同时进退，整整齐齐，亦颇婀娜有致。

舞龙。

舞狮子。

跳大头和尚戏柳翠。

跑旱船。

跑小车。

最清雅好看的是"站高肩"。下面一个高大结实的男人，挺胸调息，稳稳地走着，肩上站着一个孩子，也就是五六岁，都扮着戏，青蛇、白蛇、法海、许仙，关、张、赵、马、黄，李三娘、刘知远、咬脐郎、火公窦老……他们并无动作，只是在大人的肩上站着，但是衣饰鲜丽，孩子都长得清秀伶俐，着人疼爱。"高肩"不是本城所有，是花了大钱从扬州请来的。

后面是高跷。

再后面是跳判的。判有两种，一种是"地判"，一文一武，手执朝笏，边走边跳。一种是"抬判"。两根杉篙，上面绑着一个特制的圈椅，由四个人抬着。圈椅上蹲着一个判官。下面有人举着一个扎在一根细长且薄的竹片上的红绸做的蝙蝠，逗着判官。竹片极软，有弹性，忽上忽下，判官就追着蝙蝠，做出各种带舞蹈性的动作。他有时会跳到椅背上，甚至能在上面打飞脚。抬判不像地判只是在地面做一些滑稽的动作，这是要会一点"轻功"的。有一年看会，发现跳抬判的竟是我的小学的一个同班同学，不禁哑然。

迎会的玩艺到此就结束了。这些玩艺的班子，到了一些大店铺的门前，店铺就放鞭炮欢迎，他们就会停下来表演一会，或绕两个圈子。店铺常有犒赏。南货店送几大包蜜枣，茶食店送糕饼，药店送凉药洋参，绸缎店给各班挂红，钱庄则干脆扛出一钱板一钱板的铜圆，俵散众人。

后面才真正是城隍老爷（叫城隍为"老爷"或"菩萨"都可以，随便的）自己的仪仗。

前面是开道锣。几十面大筛同时敲动。筛极大，得吊在一根杆子上，前面担在一个人的肩上，后面的人担着杆子的另一头，敲。大筛的节奏是非常单调的：哐（锣槌头一击）定定（槌柄两击筛面）哐定定哐，哐定定哐定定哐……如此反复，绝无变化。唯其单调，所以显得很庄严。

后面是虎头牌。长方形的木牌，白漆，上画虎头，黑漆扁宋体黑字，大书"肃静""回避""敕封灵应侯""保国佑民"。

后面是伞，——万民伞。伞有多柄，都是各行同业公会所献，彩缎绣花，缂丝平金，各有特色。我们县里最讲究的几柄伞却是纸伞。硖石所出。白宣纸上扎出芥子大的细孔，利用细孔的虚实，衬出虫鱼花鸟。这几柄宣纸伞后来被城隍庙的道士偷出来拆开一扇一扇地卖了，我父亲曾收得几扇。我曾看过纸伞的残片，真是精细绝伦。

最后是城隍老爷的"大驾"。八抬大轿，抬轿的都是全城最好的轿夫。他们踏着细步，稳稳地走着。轿顶四面鹅黄色的流苏均匀地起伏摆动着。城隍老爷一张油白大脸，疏眉细眼，五绺长须，蟒袍玉带，手里捧着一柄很大的折扇，端端地坐在轿子里。这时，人们的脸上都严肃起来了，正如鲁迅先生所说：诚惶诚恐，不胜屏营待命之至。

城隍老爷要在行宫（也是一座庙里）呆半天，到傍晚时才"回宫"。回宫时就只剩下少许人扛着仪仗执事，抬着轿子，飞跑着从街上走过，没有人看了。

且说高跷。

我见过几个地方的高跷，都不如我们那里的。我们那里的高跷，一是高，高至丈二。踩高跷的中途休息，都是坐在人家的房檐口。我们县的踩高跷的都是瓦匠，无一例外。瓦匠不怕高。二是能玩出许多花样。

高跷队前面有两个"开路"的，一个手执两个棒槌，不停地"郭郭，郭郭"地敲着。一个手执小铜锣，敲着"光光，光光"。他们的声音合在一起，就是"郭郭，光光；郭郭，光光。"我总觉得这"开路"的来源是颇久远的。老远地听见"郭郭，光光"，就知道高跷来了，人们就振奋起来。

高跷队打头的是渔、樵、耕、读。就中以渔公、渔婆最逗。他们要矮身蹲在高跷上横步跳来跳去做钓鱼撒网各种动作，重心很不好掌握。后面是几出戏文。戏文以《小上坟》最动人。小丑和旦角都要能踩"花梆子"碎步。这一出是带唱的。唱的腔调是柳枝腔。当中有一出"贾大老爷"。这贾大老爷不知是何许人，只是一个衙役在戏弄他，贾大老爷不时对着一个夜壶口喝酒。他的颠顸总是引得看的人大笑。殿底的是"火烧向大人"。三个角色：一个铁公鸡，一个张嘉祥，一个向大人。向大人名荣，是清末的大将，以镇压太平天国有功，后死于任。看会的人是不管他究竟是谁的，也不论其是非功过，只是看扮演向大人的"演员"的功夫。那是很难的。向大人要在高跷上蹚马，在高跷上坐轿，——两只手抄在前面，"存"着身子，两只脚（两只跷）一蹚一蹚地走，有点像戏台上"走矮子"。他还要能在高跷上做"探海""射雁"这些在平地上也不好做的高难动作（这可真是"高难"，又高又难）。到了挨火烧的时候，还要左右躲闪，簸脑袋，甩胡须，连连转圈。到了这时，两旁店铺里的看会人就会炸雷也似的大声叫起"好"来。

擅长表演向大人的，只有陈四，别人都不如。

到了会期，陈四除了在县城表演一回，还要到三垛去赶一场。县城到三垛，四十五里。陈四不卸装，就登在高跷上沿着澄子河堤赶了去。赶到那里，准不误事。三垛的会，不见陈四的影子，菩萨的大驾不起。

有一年，城里的会刚散，下了一阵雷暴雨，河堤上不好走，他一路赶去，差点没摔死。到了三垛，已经误了。

三垛的会首乔三太爷抽了陈四一个嘴巴，还罚他当众跪了一炷香。

陈四气得大病了一场。他发誓从此再也不踩高跷。

陈四还是当他的瓦匠。

到冬天，卖灯。

冬天没有什么瓦匠活，我们那里的瓦匠冬天大都以糊纸灯为副业，到了灯节前，摆摊售卖。陈四的灯摊就摆在保全堂廊檐下。他糊的灯很精致。荷花灯、绣球灯、兔子灯。他糊的蛤蟆灯，绿背白腹，背上用白粉点出花点，四只爪子是活的，提在手里，来回划动，极其灵巧。我每年要买他一盏蛤蟆灯，接连买了好几年。

陈泥鳅

邻近几个县的人都说我们县的人是黑屁股。气得我的一个姓孙的同学，有一次当着很多人褪下了裤子让人看："你们看！黑吗？"我们当然都不是黑屁股。黑屁股指的是一种救生船。这种船专在大风大浪的湖水中救人、救船，因为船尾涂成黑色，所以叫作黑屁股。说的是船，不是人。

陈泥鳅就是这种救生船上的一个水手。

他水性极好，不愧是条泥鳅。运河有一段叫清水潭。因为民国十年、民国二十年都曾在这里决口，把河底淘成了一个大潭。据说这里的水深，三篙子都打不到底。行船到这里，不能撑篙，只能荡桨。水流也很急，水面上拧着一个一个漩涡。从来没有人敢在这里游水。陈泥鳅有一次和人打赌，一气游了个来回。当中有一截，他半天不露脑袋，半天半天，岸上的人以为他沉了底，想不到一会，他笑嘻嘻地爬上岸来了！

他在通湖桥下住。非遇风浪险恶时，救生船一般是不出动的。

他看看天色，知道湖里不会出什么事，就呆在家里。

他也好义，也好利。湖里大船出事，下水救人，这时是不能计较报酬的。有一次一只装豆子的船琵琶闸炸了，炸得粉碎。事后知道，是因为船底有一道小缝漏水，水把豆子浸湿了，豆子吃了水，突然间一齐膨胀起来，"砰"的一声把船撑炸了——那力量是非常之大的。船碎了，人掉在水里。这时跳下水救人，能要钱么？民国二十年，运河决口，陈泥鳅在激浪里救起了很多人。被救起的都已经是家破人亡，一无所有了，陈泥鳅连人家的姓名都没有问，更谈不上要什么酬谢了。在活人身上，他不能讨价；在死人身上，他却是不少要钱的。

人淹死了，尸首找不着。事主家里一不愿等尸首泡胀漂上来，二不愿尸首被"四水捞子"钩得稀烂八糟，这时就会来找陈泥鳅。陈泥鳅不但水性好，且在水中能开眼见物。他就在出事地点附近，察看水流风向，然后一个猛子扎下去，潜入水底，伸手触摸。几个猛子之后，他准能把一具死尸托上来。不过得事先讲明，捞上来给多少酒钱，他才下去。有时讨价还价，得磨半天。陈泥鳅不着急，人反正已经死了，让他在水底多呆一会没事。

陈泥鳅一辈子没少挣钱，但是他不置产业，一个积蓄也没有。他花钱很散漫，有钱就喝酒尿了，赌钱输了。有的时候，也偷偷地周济一些孤寡老人，但嘱咐千万不要说出去。他也不娶老婆。有人劝他成个家，他说："瓦罐不离井上破，大将难免阵头亡。淹死会水的。我见天跟水闹着玩，不定哪天龙王爷就把我请了去。留下孤儿寡妇，我死在阴间也不踏实。这样多好，吃饱了一家子不饥，无牵无挂！"

通湖桥桥洞里发现了一具女尸。怎么知道是女尸？她的长头发在洞口外飘动着。行人报了乡约，乡约报了保长，保长报到地方公益会。桥上桥下，围了一些人看。通湖桥是直通运河大闸的一道桥，运河的水由桥下流进澄子河。这座桥的桥洞很高，洞身也很长，但是很狭窄，只有人的肩膀那样宽。桥以西，桥以东，水面落差很大，水势很急，翻花卷浪，老远就听见訇訇的水声，像打雷一样。大家研究，这女尸一定是从大闸闸口冲下来的，不知怎么会卡在桥洞里了。不能就让她这么在桥洞里堵着。可是谁也想不出办法，谁也不敢下去。

去找陈泥鳅。

陈泥鳅来了，看了看。他知道桥洞里有一块石头，突出一个尖角（他小时候老在洞里钻来钻去，对洞里每一块石头都熟悉）。这女人大概是身上衣服在这个尖角上绊住了。这也是个巧劲儿，要不，这样猛的水流，早把她冲出来了。

"十块现大洋，我把她弄出来。"

"十块？"公益会的人吃了一惊，"你要得太多了！"

"是多了点。我有急用。这是玩命的事！我得从桥洞西口顺水窜进桥洞，一下子把她拨拉动了，就算成了。就这一下。一下子拨拉不动，我就会塞在桥洞里，再也出不来了！你们也都知道，桥洞只有肩膀宽，没法转身。水流这样急，退不出来。那我就只好陪着她了。"

大家都说："十块就十块吧！这是砂锅捣蒜，一锤子！"

陈泥鳅把浑身衣服脱得光光的，道了一声"对不起了！"纵身入水，顺着水流，笔直地窜进了桥洞。大家都捏着一把汗。只听见唰的一声，女尸冲出来了。接着陈泥鳅从东面洞口凌空窜进了水面。大家伙发了一声喊："好水性！"

陈泥鳅跳上岸来，穿了衣服，拿了十块钱，说了声"得罪得罪！"转身就走。

大家以为他又是进赌场、进酒店了。没有，他径直地走进陈五奶奶家里。

陈五奶奶守寡多年。她有个儿子，去年死了，儿媳妇改了嫁，留下一个孩子。陈五奶奶就守着小孙子过，日子很折皱。这孩子得了急惊风，浑身滚烫，鼻翅扇动，四肢抽搐，陈五奶奶正急得两眼发直。陈泥鳅把十块钱交在她手里，说："赶紧先到万全堂，磨一点羚羊角，给孩子喝了，再抱到王淡人那里看看！"

说着抱了孩子，拉了陈五奶奶就走。

陈五奶奶也不知哪里来的劲，跟着他一同走得飞快。

一九八三年八月一日急就
载一九八三年第九期《人民文学》

昙花·鹤和鬼火

邻居夏老人送给李小龙一盆昙花。昙花在这一带是很少见的。夏老人很会养花，什么花都有。李小龙很小就听说过"昙花一现"。夏老人指给他看："这就是昙花。"李小龙欢欢喜喜地把花抱回来了。他的心欢喜得咚咚地跳。

李小龙给他浇水，松土。白天搬到屋外。晚上搬进屋里，放在床前的高茶几上。早上睁开眼第一件事便是看看他的昙花。放学回来，连书包都不放，先去看看昙花。

昙花长得很好，长出了好几片新叶，嫩绿嫩绿的。

李小龙盼着昙花开。

昙花苗了骨朵儿了！

李小龙上课不安心，他总是怕昙花在他不在身边的时候开了。他听说昙花开，无定时，说开就开了。

晚上，他睡得很晚，守着昙花。他听说昙花常常是夜晚开。

昙花就要开了。

昙花还没有开。

一天夜里，李小龙在梦里闻到一股醉人的香味。他忽然惊醒了：昙花开了！

李小龙一骨碌坐了起来，划根火柴，点亮了煤油灯：昙花真的开了！

李小龙好像在做梦。

昙花真美呀！雪白雪白的。白得像玉，像通草，像天上的云。花心淡黄，淡得像没有颜色，淡得真雅。她像一个睡醒的美人，正在舒展着她的肢体，一面吹出醉人的香气。啊呀，真香呀！香死了！

李小龙两手托着下巴，目不转睛地看着昙花。看了很久，很久。

他困了。他想就这样看它一夜，但是他困了。吹熄了灯，他睡了。一睡就睡着了。

睡着之后，他做了一个梦，梦见昙花开了。

于是李小龙有了两盆昙花。一盆在他的床前，一盆在他的梦里。

李小龙已经是中学生了。过了一个暑假，上初二了。

初中在东门里，原是一个道士观，叫赞化宫。李小龙的家在北门外东街。从李小龙家到中学可以走两条路。一条进北门走城里，一条走城外。李小龙上学的时候都是走城外，因为近得多。放学有时走城外，有时走城里。走城里是为了看热闹或是买纸笔，买糖果零吃。

从李小龙家的巷子出来，是越塘。越塘边经常停着一些粪船。那是乡下人上城来买粪的。李小龙小时候刚学会折纸手工时，常折的便是"粪船"。其实这只纸船是空的，装什么都可以。小孩子因为常常看见这样的船装粪，就名之曰粪船了。

从越塘的坡岸走上来，右手有几家种菜的。左边便是菜地。李小龙看见种菜的种青菜，种萝卜。看他们浇粪，浇水。种菜的用一个长把的水舀子舀满了水，手臂一挥舞，水就像扇面一样均匀地洒开了。青菜一天一个样，一天一天长高了，全都直直地立着，都很精神，很水灵。萝卜原来像菜，后来露出红红的"背儿"，就像萝卜了。他看见扁豆开花，扁豆结角了。看见芝麻。芝麻可不好看，直不老挺，四方四棱的秆子，结了好些带小毛刺的蒴果。蒴果里就是芝麻粒了。"你就是芝麻呀！"李小龙过去没有见过芝麻。他觉得芝麻能榨油，给人吃，这非常神奇。

过了菜地，有一条不很宽的石头路。铺路的石头不整齐，大大小小，而且都是光滑的，圆乎乎的，不好走。人不好走，牛更不好走。李小龙常常看见一头牛的一只前腿或后腿的蹄子在圆石头上"霍——哒"一声滑了一下，——然而他没有看见牛滑得摔倒过。牛好像特别爱在这条路上拉屎。路上随时可以看见几堆牛屎。

石头路两侧各有两座牌坊，都是青石的。大小、模样都差不多。李小龙知道，这是贞节牌坊。谁也不知道这是谁家的，是为哪一个守节的寡妇立的。那么，这不是白立了么？牌坊上有很多麻雀做窝。麻雀一到晚叽叽喳喳地叫，好像是牌坊自己叽叽喳喳叫着似的。牌坊当然不会叫，石头是没有声音的。

石头路的东边是农田，西边是一片很大的苇荡子。苇荡子的尽头是一片乌猛猛的杂树林子。林子后面是善因寺。从石头路往善因寺有一条小路，很少人走。李小龙有一次一个人走了一截，觉得怪瘆得慌。

　　春天，苇荡子里有很多蝌蚪，忙忙碌碌地甩着小尾巴。很快，就变成了小蛤蟆。小蛤蟆每天早上横过石头路乱蹦。你们干吗乱蹦，不好老实待着吗？小蛤蟆很快就成了大蛤蟆，咕呱乱叫！

　　走完石头路，是傅公桥。从东门流过来的护城河往北，从北城流过来的护城河往东，在这里汇合，流入澄子河。傅公桥正跨在汇流的河上。这是一座洋松木桥。两根桥梁，上面横铺着立着的洋松木的扁方子，用巨大的铁螺丝固定在桥梁上。洋松扁方并不密接，每两方之间留着和扁方宽度相等的空隙。从桥上过，可以看见水从下面流。有时一团青草，一片破芦席片顺水漂过来，也看得见它们从桥下悠悠地漂过去。

　　李小龙从初一读到初二了，来来回回从桥上过，他已经过了多少次了？

　　为什么叫作傅公桥？傅公是谁？谁也不知道。

　　过了傅公桥，是一条很宽很平的大路，当地人把它叫作"马路"。走在这样很宽很平的大路上，是很痛快的，很舒服的。

　　马路东，是一大片农田。这是"学田"。这片田因为可以直接从护城河引水灌溉，所以庄稼长得特别的好，每年的收成都是别处的田地比不了的。

　　李小龙看见过割稻子。看见过种麦子。春天，他爱下了马路，从麦子地里走，一直走到东门口。麦子还没有"起身"的时候，是不怕踩的，越踩越旺。麦子一天一天长高了。他掐下几粒青麦子，搓去外皮，放进嘴里嚼。他一辈子记得青麦子的清香甘美的味道。他看见过割麦子。看见过插秧。插秧是个大喜的日子，好比是娶媳妇，聘闺女。插秧的人总是精精神神的，脾气也特别温和。又忙碌，又从容，凡事有条有理。他们的眼睛里流动着对于粮食和土地的脉脉的深情。一天又一天，哈，稻子长得齐李小龙的腰了。不论是麦子，是稻子，挨着马路的地边的一排长得特别好。总有几丛长得又高又壮，比周围的稻麦高出好些。李小龙想，这大概是由于过路的行人曾经对着它撒过尿。小风吹着丰盛的庄稼的绿叶，沙沙地响，像一首遥远的、温柔的歌。李小龙在歌里轻快地走着……

李小龙有时挨着庄稼地走，有时挨着河沿走。河对岸是一带黑黑的城墙，城墙垛子一个、一个、一个，整齐地排列着。城墙外面，有一溜荒地，长了好些狗尾巴草、扎蓬、苍耳和风播下来的旅生的芦秫。草丛里一定有很多蝈蝈，蝈蝈把它们的吵闹声音都送到河这边来了。下面，是护城河。随着上游水闸的启闭，河水有时大，有时小；有时急，有时慢。水急的时候，挨着岸边的水会倒流回去，李小龙觉得很奇怪。过路的大人告诉他：这叫"回溜"。水是从运河里流下来的，是浑水，颜色黄黄的。黑黑的城墙，碧绿的田地，白白的马路，黄黄的河水。

去年冬天，有一天，下大雪，李小龙一大早上学去，他发现河水是红颜色的！很红很红，红得像玫瑰花。李小龙想：也许是雪把河变红了。雪那样厚，雪把什么都盖成一片白，于是衬得河水是红的了。也许是河水自己这一天发红了。他捉摸不透。但是他千真万确看见了一条红水河。雪地上还没有人走过，李小龙独自一人，踏着积雪，他的脚踩得积雪咯吱咯吱地响。雪白雪白的原野上流着一条玫瑰红色的河，那样单纯，那样鲜明而奇特，这种景色，李小龙从来没有看见过，以后也没有看见过。

有一天早晨，李小龙看到一只鹤。秋天了，庄稼都收割了，扁豆和芝麻都拔了秧，树叶落了，芦苇都黄了，芦花雪白，人的眼界空阔了。空气非常凉爽。天空淡蓝淡蓝的，淡得像水。李小龙一抬头，看见天上飞着一只东西。鹤！他立刻知道，这是一只鹤。李小龙没有见过真的鹤，他只在画里见过，他自己还画过。不过，这的的确确是一只鹤。真奇怪，怎么会有一只鹤呢？这一带从来没有人家养过一只鹤，更不用说是野鹤了。然而这真是一只鹤呀！鹤沿着北边城墙的上空往东飞去。飞得很高，很慢，雪白的身子，雪白的翅膀，两只长腿伸在后面。李小龙看得很清楚，清楚极了！李小龙看得呆了。鹤是那样美，又教人觉得很凄凉。

鹤慢慢地飞着，飞过傅公桥的上空，渐渐地飞远了。

李小龙痴立在桥上。

李小龙多少年还忘不了那天的印象，忘不了那种难遇的凄凉的美，那只神秘的孤鹤。

李小龙后来长大了，到了很多地方，看到过很多鹤。

不，这都不是李小龙的那只鹤。

世界上的诗人们，你们能找到李小龙的鹤么？

李小龙放学回家晚了。教图画手工的张先生给了他一个任务，让他刻一副竹子的对联。对联不大，只有三尺高。选一段好毛竹，一剖为二，刳去竹节，用砂纸和竹节草打磨光滑了，这就是一副对子。联文是很平常的：

惜花春起早

爱月夜眠迟

　　字是请善因寺的和尚石桥写的，写的是石鼓。因为李小龙上初一的时候就在家跟父亲学刻图章，已经刻了一年，张先生知道他懂得一点篆书的笔意，才把这副对子交给他刻。刻起来并不费事，把字的笔画的边廓刻深，再用刀把边线之间的竹皮铲平，见到"二青"就行了。不过竹皮很滑，竹面又是圆的，需要手劲。张先生怕他带来带去，把竹皮上墨书的字蹭模糊了，教他就在他的画室里刻。张先生的画室在一个小楼上。小楼在学校东北角，是赞化宫的遗物，原来大概是供吕洞宾的，很旧了。楼的三面都是紫竹，——紫竹城里别处极少见，学生习惯就把这座楼叫成"紫竹楼"。李小龙每天下课后，上楼来刻一个字，刻完回家。已经刻了一个多星期了。这天就剩下"眠迟"两个字了，心想一气刻完了得了，明天好填上石绿挂起来看看，就贪刻了一会。偏偏石鼓文体的"迟"字笔画又多，时间不知不觉就过去了。刻完了"迟"字的"走之"，揉揉眼睛，一看：呀，天都黑了！而且听到隐隐的雷声——要下雨了：赶紧走。他背起书包直奔东门。出了东门，听到东门外铁板桥下轰鸣震耳的水声，他有点犹豫了。

　　东门外是刑场（后来李小龙到过很多地方，发现别处的刑场都在西门外。按中国的传统观念，西方主杀，不知道本县的刑场为什么在东门外）。对着东门不远，有一片空地，空地上现在还有一些浅浅的圆坑，据说当初杀人就是让犯人跪在坑里，由背后向第三个颈椎的接缝处切一刀。现在不兴杀头了，枪毙犯人——

当地叫作"铳人"，还是在这里。李小龙的同学有时上着课，听到街上拉长音的凄惨的号声，就知道要铳人了。他们下了课赶去看，有时能看到尸首，有时看到地下一摊血。东门桥是全县唯一的一座铁板桥。桥下有闸。桥南桥北水位落差很大，河水倾跌下来，声音很吓人。当地人把这座桥叫作掉魂桥，说是临刑的犯人到了桥上，听到水声，魂就掉了。

　　有关于这里的很多鬼故事。流传得最广的是一个：有一个人赶夜路，远远看见一个瓜棚，点着一盏灯。他走过去，想借个火吸一袋烟。里面坐着几个人。他招呼一下，就掏出烟袋来凑在灯火上吸烟，不想怎么吸也吸不着。他很纳闷，用手摸摸灯火，火是凉的！坐着的几个人哈哈大笑。笑完了，一齐用手把脑袋搬了下来。行路人吓得赶紧飞奔。奔了一气，又碰得几个人在星光下坐着聊天，他走近去，说刚才他碰见的事，怎么怎么，他们把头就搬下来了。这几个聊天的人说："这有什么稀奇，我们都能这样！"……

　　李小龙犹豫了一下，还是走上铁板桥了。他的脚步踏得桥上的铁板当当地响。

　　天骤然黑下来了，雨云密结，天阴得很严。下了桥，他就掉在黑暗里了。什么也看不见，只能看到一条灰白的痕迹，是马路；黑乎乎的一片，是稻田。好在这条路他走得很熟，闭着眼也能走到，不会掉到河里去，走吧！他听见河水哗哗地响，流得比平常好像更急。听见稻子的新秀的穗子摆动着，稻粒摩擦着发出细碎的声音。一个什么东西窜过马路！——大概是一只獾子。什么东西落进河水了，——"卜通"！他的脚清楚地感觉到脚下的路。一个圆形的浅坑，这是一个牛蹄印子，干了。谁在这里扔了一块西瓜皮！差点摔了我一跤！天上不时扯一个闪。青色的闪，金色的闪，紫色的闪。闪电照亮一块黑云，黑云翻滚着，绞扭着，像一个暴怒的人正在憋着一腔怒火。闪电照亮一棵小柳树，张牙舞爪，像一个妖怪。

李小龙走着，在黑暗里走着，一个人。他走得很快，比平常要快得多，真是"大步流星"，踏踏踏踏地走着。他听见自己的两只裤脚擦得刹刹地响。

一半沉着，一半害怕。

不太害怕。

刚下掉魂桥，走过刑场旁边时，头皮紧了一下，有点怕，以后就好了。

他甚至觉得有点豪迈。

快要到了。前面就是傅公桥。"行百里者半九十"，今天上国文课时他刚听高先生进过这句古文。

上了傅公桥，李小龙的脚步放慢了。

这是什么？

他从来没有看见过。

一道一道碧绿的光。在苇荡上。

李小龙知道，这是鬼火。他听说过。

绿光飞来飞去。它们飞舞着，一道一道碧绿的抛物线。绿光飞得很慢，好像在幽幽地哭泣。忽然又飞快了，聚在一起；又散开了，好像又笑了，笑得那样轻。绿光纵横交错，织成了一面疏网；忽然又飞向高处，落下来，像一道放慢了的喷泉。绿光在集会，在交谈。你们谈什么？……

李小龙真想多停一会，这些绿光多美呀！

但是李小龙没有停下来，说实在的，他还是有点紧张的。

但是他也没有跑。他知道他要是一跑，鬼火就会追上来。他在小学上自然课时就听老师讲过，"鬼火"不过是空气里的磷，在大雨将临的时候，磷就活跃起来。见到鬼火，要沉着，不能跑，一跑，把气流带动了，鬼火就会跟着你追。你跑得越快，它追得越紧。虽然明知道这是磷，是一种物质，不是什么"鬼火"，不过一群绿光追着你，还是怕人的。

李小龙用平常的速度轻轻地走着。

到了贞节牌坊跟前倒真的吓了他一跳！一条黑影，迎面向他走来。是个人！这人碰到李小龙，大概也有点紧张，跟小龙擦身而过，头也不回，匆匆地走了。这个人，那么黑的天，你跑到马上要下大雨的田野里去干什么？

到了几户种菜人家的跟前，李小龙的心才真的落了下来。种菜人家的窗缝里漏出了灯光。

李小龙一口气跑到家里。刚进门，"哇——"大雨就下下来了。

李小龙搬了一张小板凳，在灯光照不到的廊檐下，对着大雨倾注的空庭，一个人呆呆地想了半天。他要想想今天的印象。

李小龙想：我还是走回来了。我走在半道上没有想退回去，如果退回去，我就输了，输给黑暗，又输给了我自己。

李小龙回想着鬼火，他觉得鬼火很美。

李小龙看见过鬼火了，他又长大了一岁。

一九八三年九月十三日于北京蒲黄榆新居

载一九八四年第一期《东方少年》

桥边小说三篇

詹大胖子

詹大胖子是五小的斋夫。五小是县立第五小学的简称。斋夫就是后来的校工、工友。詹大胖子那会，还叫做斋夫。这是一个很古的称呼。后来就没有人叫了。"斋夫"废除于何时，谁也不知道。

詹大胖子是个大胖子。很胖，而且很白。是个大白胖子。尤其是夏天，他穿了白夏布的背心，露出胸脯和肚子，浑身的肉一走一哆嗦，就显得更白，更胖。他偶尔喝　点酒，生一点气，脸色就变成粉红的，成了一个粉红脸的大白胖子。

五小的校长张蕴之、学校的教员——先生，叫他詹大。五小的学生叫他的时候必用全称：詹大胖子。其实叫他詹胖子也就可以了，但是学生都愿意叫他詹大胖子，并不省略。

一个斋夫怎么可以是一个大胖子呢？然而五小的学生不奇怪。他们都觉得詹大胖子就应该像他那样。他们想象不出一个瘦斋夫是什么样子。詹大胖子如果不胖，五小就会变样子了。詹大胖子是五小的一部分。他当斋夫已经好多年了。似乎他生下来就是一个斋夫。

詹大胖子的主要职务是摇上课铃、下课铃。他在屋里坐着。他有一间小屋，在学校一进大门的拐角，也就是学校最南端。这间小屋原来盖了是为了当门房即传达室用的，但五小没有什么事可传达，来了人，大摇大摆就进来了，詹大胖子连问也不问。这间小屋就成了詹大胖子宿舍。他在屋里坐着，看看钟。他屋里有一架挂钟。这学校有两架挂钟，一架在教务处。詹大胖子一早起来第一件事便是上这两架钟。喀拉喀拉，上得很足，然后才去开大门。他看看钟，到时候了，就提了一只铃铛，走出来，一边走，一边摇：叮当、叮当、叮当……从南头摇到北头。上课了。学生奔到教室里，规规矩矩坐下来。下课了！詹大胖子的铃声摇得小学生的心里一亮。呼——都从教室里窜出来了。打秋千、踢毽子、拍皮球、抓子儿……

詹大胖子摇坏了好多铃铛。

后来，有一班毕业生凑钱买了一口小铜钟，送给母校留纪念，詹大胖子就从摇铃改为打钟。

一口很好看的钟，黄铜的，亮晶晶的。

铜钟用一条小铁链吊在小操场路边两棵梧桐树之间。铜钟有一个锤子，悬在当中，锤子下端垂下一条麻绳。詹大胖子扯动麻绳，钟就响了：当、当、当、当……钟不打的时候，麻绳绕在梧桐树干上，打一个活结。

梧桐树一年一年长高了。钟也随着高了。

五小的孩子也高了。

詹大胖子还有一件常做的事，是剪冬青树。这个学校有几个地方都栽着冬青树的树墙子，大礼堂门前左右两边各有一道，校园外边一道，幼稚园门外两边各有一道。冬青树长得很快，过些时，树头就长出来了，参差不齐，乱蓬蓬的。詹大胖子就拿了一把很大的剪子，两手执着剪子把，叭嗒叭嗒地剪，剪得一地冬青叶子。冬青树墙子的头平了，整整齐齐的。学校里于是到处都是冬青树嫩叶子的清香清香的气味。

詹大胖子老是剪冬青树。一个学期得剪几回。似乎詹大胖子所做的主要的事便是摇铃——打钟，剪冬青树。

詹大胖子很胖，但是剪起冬青树来很卖力。他好像跟冬青树有仇，又好像很爱这些树。

詹大胖子还给校园里的花浇水。

这个校园没有多大点。冬青树墙子里种着羊胡子草。有两棵桃树，两棵李树，一棵柳树，有一架十姊妹，一架紫藤。当中圆形的花池子里却有一丛不大容易见到的铁树。这丛铁树有一年还开过花，学校外面很多人都跑来看过。另外就是一些草花，剪秋罗、虞美人……还有一棵鱼儿牡丹。詹大胖子就给这些花浇水。用一个很大的喷壶。

秋天，詹大胖子扫梧桐叶。学校有几棵梧桐。刮了大风，刮得一地的梧桐叶。梧桐叶子干了，踩在上面沙沙地响。詹大胖子用一把大竹扫帚扫，把枯叶子堆在一起，烧掉。黑的烟，红的火。

詹大胖子还做什么事呢？他给老师烧水。烧开水，烧洗脸水。教务处有一口煤球炉子。詹大胖子每天生炉子，用一把芭蕉扇忽哒忽哒地扇。煤球炉子上坐一把白铁壶。

他还帮先生印考试卷子。詹大胖子推油印机滚子，先生翻页儿。考试卷子印好了，就把蜡纸点火烧掉。烧油墨味儿飘出来，坐在教室里都闻得见。

每年寒假、暑假，詹大胖子要做一件事，到学生家去送成绩单。全校学生有二百人，詹大胖子一家一家去送。成绩单装在一个信封里，信封左边写着学生的住址、姓名，当中朱红的长方框里印了三个字："贵家长"。右侧下方盖了一个长方图章："县立第五小学"。学生的家长是很重视成绩单的，他们拆开信封看：语文 98，算术 86……看完了就给詹大胖子酒钱。

詹大胖子和学生生活最最直接有关的，除了摇上课铃、下课铃，——打上课钟、下课钟之外，是他卖花生糖、芝麻糖。他在他那间小屋里卖。他那小屋里有一个一面装了玻璃的长方匣子，里面放着花生糖、芝麻糖。詹大胖子摇了下课铃，或是打了上课钟，有的学生就趁先生不注意的时候，溜到詹大胖子屋里买花生糖、芝麻糖。

詹大胖子很坏。他的糖比外面摊子上的卖得贵。贵好多！但是五小的学生只好跟他去买，因为学校有规定，不许"私出校门"。

校长张蕴之不许詹大胖子卖糖，把他叫到校长室训了一顿。说：学生在校不许吃零食；他的糖不卫生；他赚学生的钱，不道德。

但是詹大胖子还是卖，偷偷地卖。他摇下课铃或打上课钟的时候，左手捏着花生糖、芝麻糖，藏在袖筒里。有学生要买糖，走近来，他就做一个眼色，叫学生随他到校长、教员看不到的地方，接钱，给糖。

五小的学生差不多全跟詹大胖子买过糖。他们长大了，想起五小，一定会想起詹大胖子，想起詹大胖子卖花生糖、芝麻糖。

詹大胖子就是这样，一年又一年，过得很平静。除了放寒假、放暑假，他回家，其余的时候，都住在学校里。——放寒假，学校里没有人。下了几场雪，一个学校都是白的。暑假里，学生有时还到学校里玩玩。学校里到处长了很高的草。

每天放了学，先生、学生都走了，学校空了。五小就剩下两个人，有时三个。除了詹大胖子，还有一个女教员王文蕙。有时，校长张蕴之也在学校里住。

王文蕙家在湖西，家里没有人。她有时回湖西看看亲戚，平时住在学校里。住在幼稚园里头一间朝南的小房间里。她教一年级、二年级算术。她长得不难看，脸上有几颗麻子，走起路来步子很轻。她有一点奇怪，眼睛里老是含着微笑。一边走，一边微笑。一个人笑。笑什么呢？有的男教员背后议论：有点神经病。但是除了老是微笑，看不出她有什么病，挺正常的。她上课，跟别人没有什么不同。她教加法，减法，领着学生念乘法表：

一一得一，

一二得二，

二二得四……

下了课，走回她的小屋，改学生的练习。有时停下笔来，听幼稚园的小朋友唱歌：

> 小羊儿乖乖，
> 把门儿开开，
> 快点儿开开，
> 我要进来……

　　晚上，她点了煤油灯看书。看《红楼梦》《花月痕》、张恨水的《金粉世家》、李清照的词。有时轻轻地哼《木兰辞》："唧唧复唧唧，木兰当户织……"有时给她在女子师范的老同学写信。写这个小学，写十姊妹和紫藤，写班上的学生都很可爱，她跟学生在一起很快乐，还回忆她们在学校时某一次春游，感叹光阴如流水。这些信都写得很长。

　　校长张蕴之并不特别的凶，但是学生都怕他。因为他可以开除学生。学生犯了大错，就在教务处外面的布告栏里贴出一张布告：学生某某某，犯了什么过错，著即开除学籍，"以维校规，而警效尤，此布"，下面盖着校长很大的签名戳子："张蕴之"。"张蕴之"三个字有一种看不见的力量。

　　他也教一班课，教五年级或六年级国文。他念课文的时候摇晃脑袋，抑扬顿挫，有声有色，腔调像戏台上老生的道白。"晋太原中，武陵人，捕鱼为业……"，"一路秋山红叶，老圃黄花，不觉到了济南地界。到了济南，只见家家泉水，户户垂杨……"

　　他爱写挽联。写好了，就用按钉钉在教务处的墙上，让同事们欣赏。教员们就都围过来，指手画脚，称赞哪一句写得好，哪几个字很有笔力。张蕴之于是非常得意，但又不太忘形。他简直希望他的亲友家多死几个人，好使他能写一副挽联送去，挂起来。

他有家。他有时在家里住，有时住在学校里，说家里孩子吵，学校里清静，他要读书，写文章。

有时候，放了学，除了詹大胖子，学校里就剩下张蕴之和王文蕙。

王文蕙常常一个人在校园里走走，散散步。王文蕙散完步，常常看见张蕴之站在教务处门口的台阶上。王文蕙向张蕴之笑笑，点点头。张蕴之也笑笑，点点头。王文蕙回去了，张蕴之看着她的背影，一直看到王文蕙走进幼稚园的前门。

张蕴之晚上读书。读《聊斋志异》《池北偶谈》《两般秋雨庵随笔》《曾文正公家书》《板桥道情》《绿野仙踪》《海上花列传》……

校长室的北窗正对着王文蕙的南宫，当中隔一个幼稚园的游戏场。游戏场上有秋千架、压板、滑梯。张蕴之和王文蕙的煤油灯遥遥相对。

一天晚上，张蕴之到王文蕙屋里去，说是来借字典。王文蕙把字典交给他。他不走，东拉西扯地聊开了。聊《葬花词》，聊"寻寻觅觅冷冷清清凄凄惨惨切切"。王文蕙不知道他要干什么，心里怦怦地跳。忽然，"噗！"张蕴之把煤油灯吹熄了。

张蕴之常常在夜里偷偷地到王义蕙屋里去。

这事瞒不过詹大胖子。詹大胖子有时夜里要起来各处看看。怕小偷进来偷了油印机、偷了铜钟、偷了烧开水的白铁壶。

詹大胖子很生气。他一个人在屋里悄悄地骂："张蕴之！你不是个东西！你有老婆，有孩子，你干这种缺德的事！人家还是个姑娘，孤苦伶仃的，你叫她以后怎么办，怎么嫁人！"

这事也瞒不了五小的教员。因为王文蕙常常脉脉含情地看张蕴之，而且她身上洒了香水。她在路上走，眼睛里含笑，笑得更加明亮了。

有一天，放学时，有一个姓谢的教员路过詹大胖子的小屋时，走进去，对他说："詹大，你今天晚上到我家里来一趟。"詹大胖子不知道有什么事。

姓谢的教员是个纨绔子弟，外号谢大少。学生给他编了一首顺口溜：

谢大少，

捉虼蚤。

虼蚤蹦，

他也蹦，

他妈说他是个大无用！

谢大少家离五小很近，几步就到了。

谢大少问了詹大胖子几句闲话，然后，问：

"张蕴之夜里是不是常常到王文蕙屋里去？"

詹大胖子一听，知道了：谢大少要抓住张蕴之的把柄，好把张蕴之轰走，他来当五小校长。詹大胖子连忙说：

"没有！没有的事！没有的事不能瞎说！"

詹大胖子不是维护张蕴之，他是维护王文蕙。

从此詹大胖子卖花生糖、芝麻糖就不太避着张蕴之了。

詹大胖子还是当他的斋夫，打钟，剪冬青树，卖花生糖、芝麻糖。

后来，张蕴之到四小当校长去了，王文蕙到远远的一个镇上教书去了。

后来，张蕴之死了，王文蕙也死了（她一直没有嫁人）。詹大胖子也死了。

这城里很多人都死了。

一九八五年十一月二十日

幽冥钟

"姑苏城外寒山寺，夜半钟声到客船。"很早很早以前（大概从宋朝开始）就有人提出过怀疑，认为夜半不是撞钟的时候。我从小就觉得很奇怪：为什么夜半不是撞钟的时候呢？我的家乡就是夜半撞钟的。而且只有夜半撞。半夜，子时，十二点。别的时候，白天，还听不到撞钟。"暮鼓晨钟"。我们那里没有晨钟，只有夜半钟。这种钟，叫作"幽冥钟"。撞钟的是承天寺。

关于承天寺，有一个传说。传说张士诚是在这里登基的。张士诚是泰州人。泰州是我们的邻县。史称他是盐贩出身。盐贩，即贩私盐的。中国的盐，秦汉以来，就是官卖。卖盐的店，称为"官盐店"。官盐税重，价昂。于是有人贩卖私盐。卖私盐是犯法的事。这种人都是亡命之徒，要钱不要命。遇到缉私的官兵，

便要动武。这种人在官方的文书里被称为"盐匪"。瓦岗寨的程
咬金就贩过私盐。在苏北里下河一带，一提起"私盐贩子"或"贩
私盐的"，大家便知道这是什么角色。张士诚就是这样一个角色。
元至正十三年，他从泰州起事，打到我的家乡高邮。次年，称"诚
王"，国号"周"。我的家乡还出过一位皇帝（他不是我们县的人，
他称王确是在我们县），这实在应该算是我们县历史上的第一号
大人物。我们县的有名人物最古的是秦王子婴。现在还有一条河，
叫子婴河。以后隔了很多年，出了一个秦少游。再以后，出了王
念孙、王引之父子。但是真正叱咤风云的英雄，应该是张士诚。
可是我前几年回乡，翻看县志，关于张士诚，竟无一字记载，真
是怪事！

　　但是民间有一些关于张士诚的传说。

　　张士诚在承天寺登基，找人来写承天寺的匾。来了很多读书
人。他们提起笔来，刚刚写了两笔，就叫张士诚拉出去杀了。接
连杀了好几个。旁边的人问他："为什么杀他们？"张士诚说："你
看看他们写的是什么？'了'，是个了字！老子才当皇帝就'了'
了，日他妈妈的！"后来来了个读书人。他先写了一个"王"字，
再写了左边的"フ"，右边的"く"，再写上边的"㇀"，然后
一竖到底。张士诚一看大喜，连说："这就对了！——先称王，
左有文臣，右有武将，戴上平天冠，皇基永固，一贯到底！——赏！"

　　我小时候的小学就在承天寺的旁边，每天都要经过承天寺，
曾经细看过承天寺山门的石刻的匾额，发现上面的"承"字仍是
一般笔顺，合乎八法的"承"字，没有先称王、左文右武、戴了
皇冠、一贯到底的痕迹。

　　我也怀疑张士诚是不是在承天寺登的基，因为承天寺一点也看不出曾经是一座皇宫的格局。

　　承天寺在城北西边，挨近运河。城北的大寺共有三座。一座善因寺，庙产甚多，最为鲜明华丽，就是小说《受戒》里写的明海受戒的那座寺。一座是天王寺，就是陈小手被打死的寺。天王寺佛事较盛。寺西门外有一片空地，时常有人家来"烧房子"。烧房子似是我乡特有的风俗。"房子"是纸扎店扎的，和真房子一样，只是小一些。也有几层几进，有堂屋卧室，房间里还有座钟、水烟袋，日常所需，一应俱全。照例还有一个后花园，里面"种"着花（纸花）。房子立在空地上，小孩子可以走进去参观。房子下面铺了一层稻草。天王寺的和尚敲着鼓磬铙钹在房子旁边念一通经（不知道是什么经），这一家的一个男丁举火把房子烧了，于是这座房子便归该宅的先人冥中收用了。天王寺气象远不如善因寺，但房屋还整齐，——因此常常驻兵。独有承天寺，却相当残破了。寺是古寺。张士诚在这里登基，虽不可靠，但说不定元朝就已经有这座寺。

　　一进山门，哼哈二将和四大天王的颜色都暗淡了。大雄宝殿的房顶上长了好些枯草和瓦松。大殿里很昏暗，神龛佛案都无光泽，触鼻是陈年的香灰和尘土的气息。一点声音都没有，整座寺好像是空的。偶尔有一两个和尚走动，衣履敝旧，神色凄凉。——不像善因寺的和尚，一个一个，都是红光满面的。

　　大殿西侧，有一座罗汉堂。罗汉也多年没有装金了。长眉罗汉的眉毛只剩了一只，那一只不知哪一年脱落了，他就只好捻着一只单独的眉毛坐在那里。罗汉堂外面，有两棵很大的白果树，有几百年了。夏天，一地浓荫。冬天，满阶黄叶。

罗汉堂东南角有一口钟，相当高大。钟用铁链吊在很粗壮的木架上。旁边是从房梁挂下来的撞钟的木杵。钟前是一尊地藏菩萨的一尺多高的金身佛像。地藏菩萨戴着毗卢帽，跏趺而坐，低眉闭目，神色慈祥。地藏菩萨前面点着一盏小油灯，灯光幽微。

在佛教的菩萨里，老百姓最有好感的是两位。一位是观世音菩萨，因为他（她）救苦救难。另一位便是地藏菩萨。他是释迦灭后至弥勒出现之间的救度天上以至地狱一切众生的菩萨。他像大地一样，含藏无量善根种子。他是地之神，是一位好心的菩萨。

为什么在钟前供着一尊地藏菩萨呢？因为这钟在半夜里撞，叫"幽冥钟"，是专门为难产血崩而死的妇人而撞的。不知道为什么，人们以为血崩而死的女鬼是居处在最黑最黑的地狱里的，——大概以为这样的死是不洁的，罪过最深。钟声，会给她们光明。而地藏菩萨是地之神，好心的菩萨，他对死于血崩的女鬼也会格外慈悲的，所以钟前供地藏菩萨，极其自然。

撞钟的是一个老和尚，相貌清癯，高长瘦削。他已经几十年不出山门了。他就住在罗汉堂里。大钟东侧靠墙，有一张矮矮的禅榻，上面有一床薄薄的蓝布棉被，这就是他的住处。白天，他随堂粥饭，洒扫庭除。半夜，起来，剔亮地藏菩萨前的油灯，就开始撞钟。

钟声是柔和的、悠远的。

"东——嗡……嗡……嗡……"

钟声的振幅是圆的。"东——嗡……嗡……嗡……"，一圈一圈地扩散开。就像投石于水，水的圆纹一圈一圈地扩散。

"东——嗡……嗡……嗡……"

钟声撞出一个圆环，一个淡金色的光圈。地狱里受难的女鬼看见光了。她们的脸上现出了欢喜。"嗡……嗡……嗡……"金色的光环暗了，暗了，暗了……又一声，"东——嗡……嗡……嗡……"又一个金色的光环。光环扩散着，一圈，又一圈……

夜半，子时，幽冥钟的钟声飞出承天寺。

"东——嗡……嗡……嗡……"

幽冥钟的钟声扩散到了千家万户。

正在酣睡的孩子醒来了，他听到了钟声。孩子向母亲的身边依偎得更紧了。

承天寺的钟，幽冥钟。

女性的钟，母亲的钟……

一九八五年十二月四日中午，飘雪。

茶　干

家家户户离不开酱园。开门七件事，柴米油盐酱醋茶，倒有三件和酱园有关：油、酱、醋。

连万顺是东街一家酱园。

他家的门面很好认，是个石库门。麻石门框，两扇大门包着铁皮，用奶头铁钉钉出如意云头。本地的店铺一般都是"铺闼子门"，十二块、十六块门板，晚上上在门槛的槽里，白天卸开。这样的石库门的门面不多。城北只有那么几家。一家恒泰当，一

家豫丰南货店。恒泰当倒闭了，豫丰失火烧掉了。现在只剩下北
市口老正大棉席店和东街连万顺酱园了。这样的店面是很神气的。
尤其显眼的是两边白粉墙的两个大字。黑漆漆出来的。字高一丈，
顶天立地，笔画很粗。一边是"酱"，一边是"醋"。这样大的
两个字！全城再也找不出来了。白墙黑字，非常干净。没有人往
墙上贴一张红纸条，上写："出卖重伤风，一看就成功。"小孩
子也不在墙上写："小三子，吃狗屎。"

　　店堂也异常宽大。西边是柜台。东边靠墙摆了一溜豆绿色的
大酒缸。酒缸高四尺，莹润光洁。这些酒缸都是密封着的。有时
打开一缸，由一个徒弟用白铁唧筒把酒汲在酒坛里，酒香四溢，
飘得很远。

　　往后是一个很大的院子，青砖铺地，整整齐齐排列着百十口
大酱缸。酱缸都有个帽子一样的白铁盖子。下雨天盖上。好太阳
时揭下盖子晒酱。有的酱缸当中掏出一个深洞，如一小井。原汁
的酱油从井壁渗出，这就是所谓"抽油"。西边有一溜走廊，走
廊尽头是一个小磨坊。一头驴子在里面磨芝麻或豆腐。靠北是三
间瓦屋，是做酱菜、切萝卜干的作坊。有一台锅灶，是煮茶干用的。

　　从外往里，到处一看，就知道这家酱园的底子是很厚实的。——
单是那百十缸酱就值不少钱！

　　连万顺的东家姓连。人们当面叫他连老板，背后叫他连老大。
都说他善于经营，会做生意。

　　连老大做生意，无非是那么几条：

　　第一，信用好。连万顺除了做本街的生意，主要是做乡下生意。
东乡和北乡的种田人上城，把船停在大淖，拴好了船绳，就直奔

连万顺，打油、买酱。乡下人打油，都用一种特制的油壶，广口，高身，外面挂了酱黄色的釉，壶肩有四个"耳"，耳里拴了两条麻绳作为拎手，不多不少，一壶能装十斤豆油。他们把油壶往柜台上一放，就去办别的事情去了。等他们办完事回来，油已经打好了。油壶口用厚厚的桑皮纸封得严严的。桑皮纸上盖了一个墨印的圆印："连万顺记"。乡下人从不怀疑油的分量足不足，成色对不对。多年的老主顾了，还能有错？他们要的十斤干黄酱也都装好了。装在一个元宝形的粗蔑浅筐里，筐里衬着荷叶，豆酱拍得实实的，酱面盖了几个红曲印的印记，也是圆形的。乡下人付了钱，提了油壶酱筐，道一声"得罪"，就走了。

第二，连老板为人和气。乡下的熟主顾来了，连老板必要起身招呼，小徒弟立刻倒了一杯热茶递了过来。他家柜台上随时点了一架盘香，供人就火吸烟。乡下人寄存一点东西，雨伞、扁担、箩筐、犁铧、坛坛罐罐，连老板必亲自看着小徒弟放好。有时竟把准备变卖或送人的老母鸡也寄放在这里。连老板也要看着小徒弟把鸡拎到后面廊子上，还撒了一把酒糟喂喂。这些鸡的脚爪虽被捆着，还是卧在地上高高兴兴地啄食，一直吃到有点醉醺醺的，就闹起眼睛来睡觉。

连老板对孩子也很和气。酱园和孩子是有缘的。很多人家要打一点酱油，打一点醋，往往派一个半大孩子去。妈妈盼望孩子快些长大，就说："你快长吧，长大了好给我打酱油去！"买酱菜，这是孩子乐意做的事。连万顺家的酱菜样式很齐全：萝卜头、十香菜、酱红根、糖醋蒜……什么都有。最好吃的是甜酱甘露和麒麟菜。甘露，本地叫作"螺螺菜"，极细嫩。麒麟菜是海菜，分很多叉，样子有点像画上的麒麟的角，半透明，嚼起来脆脆的。孩子买了甘露和麒麟菜，常常一边走，一边吃。

一到过年，孩子们就惦记上连万顺了。连万顺每年预备一套锣鼓家伙，供本街的孩子来敲打。家伙很齐全，大锣、小锣、鼓、水镲、碰钟，一样不缺。初一到初五，家家店铺都关着门。几个孩子敲敲石库门，小徒弟开开门，一看，都认识，就说："玩去吧！"孩子们就一窝蜂奔到后面的作坊里，操起案子上的锣鼓，乒乒乓乓敲打起来。有的孩子敲打了几年，能敲出几套十番，有板有眼，像那么回事。这条街上，只有连万顺家有锣鼓。锣鼓声使东街增添了过年的气氛。敲够了，又一窝蜂走出去，各自回家吃饭。

到了元宵节，家家店铺都上灯。连万顺家除了把四张玻璃宫灯都点亮了，还有四张雕镂得很讲究的走马灯。孩子们都来看。本地有一句歇后语："乡下人不识走马灯，——又来了！"这四张灯里周而复始，往来不绝的人马车炮的灯影，使孩子百看不厌。孩子们都不是空着手来的，他们牵着兔子灯，推着绣球灯，系着马灯，灯也都是点着了的。灯里的蜡烛快点完了，连老板就会捧出一把新的蜡烛来，让孩子们点了，换上。孩子们于是各人带着换了新蜡烛的纸灯，呼啸而去。

预备锣鼓，点走马灯，给孩子们换蜡烛，这些，连老大都是当一回事的。年年如此，从无疏忽忘记的时候。这成了制度，而且简直有点宗教仪式的味道。连老大为什么要这样郑重地对待这些事呢？这为了什么目的，出于什么心理？实在令人捉摸不透。

第三，连老板很勤快。他是东家，但是不当"甩手掌柜的"。大小事他都要过过目，有时还动手。切萝卜干、盖酱缸、打油、打醋，都有他一份。每天上午，他都坐在门口晃麻油。炒熟的芝麻磨了，是芝麻酱，得盛在一个浅缸盆里晃。所谓"晃"，是用一个紫铜锤出来的中空的圆球，圆球上接一个长长的木把，一手执把，把圆球在麻酱上轻轻地压，压着压着，油就渗出来了。酱渣子沉于盆底，麻油浮在上面。这个活很轻松，但是费时间。连老大在门口晃麻油，是因为一边晃，一边可以看看过往行人。有时有熟人进来跟他聊天，他就一边聊，一边晃，手里嘴里都不闲着，两不耽误。到了下午出茶干的时候，酱园上上下下一齐动手，连老大也算一个。

茶干是连万顺特制的一种豆腐干。豆腐出净渣，装在一个一个小蒲包里，包口扎紧，入锅，码好，投料，加上好抽油，上面用石头压实，文火煨煮。要煮很长时间。煮得了，再一块一块从麻包里倒出来。这种茶干是圆形的，周围较厚，中间较薄，周身有蒲包压出来的细纹，每一块当中还带着三个字："连万顺"，——在扎包时每一包里都放进一个小小的长方形的木牌，木牌上刻着字，木牌压在豆腐干上，字就出来了。这种茶干外皮是深紫黑色的，掰开了，里面是浅褐色的。很结实，嚼起来很有咬劲，越嚼越香，是佐茶的妙品，所以叫做"茶干"。连老大监制茶干，是很认真的。每一道工序都不许马虎。连万顺茶干的牌子闯出来了。车站、码头、茶馆、酒店都有卖的。后来竟有人专门买了到外地送人的。双黄鸭蛋、醉蟹、董糖、连万顺的茶干，凑成四色礼品，馈赠亲友，极为相宜。

连老大就是这样一个人，一个开酱园的老板，一个普普通通、正正派派的生意人，没有什么特别处。这样的人是很难写成小说的。

要说他的特别处，也有。有两点。

一是他的酒量奇大。他以酒代茶。他极少喝茶。他坐在账桌上算账的时候，面前总放一个豆绿茶碗。碗里不是茶，是酒，——一般的白酒，不是什么好酒。他算几笔，喝一口，什么也不"就"。一天老这么喝着。喝完了，就自己去打一碗。他从来没有醉的时候。

二是他说话有个口头语："的时候"。什么话都要加一个"的时候"。"我的时候""他的时候""麦子的时候""豆子的时候""猫的时候""狗的时候"……他说话本来就慢，加了许多"的时候"，就更慢了。如果把他说的"的时候"都删去，他每天至少要少说四分之一的字。

连万顺已经没有了。连老板也故去多年了。五六十岁的人还记得连万顺的样子，记得门口的两个大字，记得酱园内外的气味，记得连老大的声音笑貌，自然也记得连万顺的茶干。

连老大的儿子也四十多了。他在县里的副食品总店工作。有人问他："你们家的茶干，为什么不恢复起来？"他说："这得下十几种药料，现在，谁做这个！"

一个人监制的一种食品，成了一地方具有代表性的土产，真也不容易。不过，这种东西没有了，也就没有了。

一九八五年十二月十二日

后 记

我现在住的地方叫作蒲黄榆。曹禺同志有一次为一点事打电话给我，顺便问起："你住的地方的地名怎么那么怪？"我搬来之前也觉得这地名很怪："捕黄鱼？——北京怎么能捕得到黄鱼呢？"后来经过考证，才知道这是一个三角地带，"蒲黄榆"是三个旧地名的缩称。"蒲"是东蒲桥，"黄"是黄土坑，"榆"是榆树村。这犹之"陕甘宁""晋察冀"，不知来历的，会觉得莫名其妙。我的住处在东蒲桥畔，因此把这三篇小说题为《桥边小说》，别无深意。

这三篇写的也还是旧题材。近来有人写文章，说我的小说开始了对传统文化的怀恋，我看后哑然。当代小说寻觅旧文化的根源，我以为这不是坏事。但我当初这样做，不是有意识的。我写旧题材，只是因为我对旧社会的生活比较熟悉，对我旧时邻里有较真切的了解和较深的感情。我也愿意写写新的生活，新的人物。但我以为小说是回忆。必须把热腾腾的生活熟悉得像童年往事一样，生活和作者的感情都经过反复沉淀，除净火气，特别是除净感伤主义，这样才能形成小说。但是我现在还不能。对于现实生活，我的感情是相当浮躁的。

这三篇也是短小说。《詹大胖子》和《茶干》有人物无故事，《幽冥钟》则几乎连人物也没有，只有一点感情。这样的小说打破了小说和散文的界限，简直近似随笔。结构尤其随便，想到什么写什么，想怎么写就怎么写。我这样做是有意的（也是经过苦心经营的）。我要对"小说"这个概念进行一次冲决：小说是谈生活，不是编故事；小说要真诚，不能耍花招。小说当然要讲技巧，但是：修辞立其诚。

一九八五年十二月十二日夜

小学同学

金国相

我时常想起金国相。他很可怜。不知道怎么传出来的，说金国相有尾巴。于是在第二节课下课后，常常有一群同学追他，要脱下他的裤子。金国相拼命逃。大家拼命追。操场、校园、厕所……金国相跑得很快，从来没有被追上、摁倒过。这样追了十分钟，直到第二节课铃响。学校的老师看见，也不管。我没有追过金国相。为什么要欺负人呢？那么多人欺负一个人！

金国相到底有没有尾巴？可能是有的，不然他为什么拼命逃！可能是他尾骨长出一节，不会是当真长了一根毛乎乎的尾巴。

金国相的样子有点蠢。头很大，眼睛也很大。两只很圆的眼睛，老是像瞪着。说话声音很粗。

他家很穷。父亲早死了，家里只有一个祖母，靠糊"骨子"（做

鞋底用的袼褙）为生。把碎布浸湿，打一盆面糊，在门板上把碎
布一层一层的拼起来，糊得实实的，成一个二尺宽、五六尺长的
长方块，晒干后，揭下。只要是晴天，都看见老奶奶坐在一个小
板凳上糊骨子。金国相家一般是不关门的，因为门板要用来糊骨子，
因此从街上一眼可以看到他家的堂屋，堂屋里什么都没有，一张
破桌子，几条板凳。

金国相家左邻是一个很小的石灰店，右邻是一个很小的炮仗
店。这几家门面都不敞亮，不过金国相家特别的暗淡。

金国相家的对面是一个私塾，也还有人家愿意把孩子送到私
塾念书，不上小学。私塾里有十几个学生，我们是上小学的，而
且将来还会读中学、大学，对私塾看不起，放学后常常大摇大摆
地走进去看看。教私塾的老先生也无可奈何。这位老先生样子很
"古"，奇怪的是板壁上却挂了一张老夫妻俩的合影，而且是放大的。
老先生用粗拙的字体在照片边廓题了一首诗，有两句我一直不忘：

诸君莫怨奁田少，
吃饭穿衣全靠他。

我当时就觉得这首诗很可笑，"奁田"的多少是老先生自己
的事，与"诸君"有什么关系呢？

金国相为什么不就在对门读私塾，为什么要去读小学呢？

邱麻子

　　邱麻子当然是有个学名的，但是从一年级起，大家都叫他邱麻子。他又黑又麻。他上学上得晚，比我们要大好几岁，人也高出好多。每学期排座位，他总是最后一排，靠墙坐着。大家都不愿跟他一块玩，他也跟这些比他小好几岁的伢子玩不到一起去，他没有"好朋友"。我们那时每人都有一两个特别要好的同学。男生跟男生玩，女生跟女生玩。如果是亲戚或是邻居，男生和女生也可以一起玩。早上互相叫着一起到学校，晚上一同回家。邱麻子总是一个人来，一个人走。

　　三年级的时候，有一天上算术课，来的不是算术老师，是教务主任顾先生。顾先生阴沉着脸，拿了一把很大的戒尺，级长喊了"一——二——三"之后，顾先生怒喝了一声："邱××！到前面来！"邱麻子走到讲台前站住。"伸出左手！"顾先生什么都不说，抢起戒尺就打。打得非常重。打得邱麻子嘴角牵动，一咧一咧的。一直打了半节课。同学们鸦雀无声，只见邱麻子的手掌肿得像发面馒头。邱麻子不哭，不叫喊，只是咧嘴。这不是惩罚，简直是用刑。

　　后来知道是因为邱麻子"摸"了女生。

　　过了好些年，我才知道这叫"猥亵"。

　　邱麻子当然不知道这是"猥亵"。

　　连教导主任顾先生也不知道"猥亵"这个词。

邱麻子只是因为早熟，因为过早萌发的性意识，并且因为他的黑和麻，本能地做出这种事，没有谁教唆过他。

邱麻子被学校开除了。

邱麻子家开了一座铁匠店。他父亲就是打铁的。邱麻子被开除后，学打铁。

他父亲掌小锤，他抡大锤。我们放学后，常常去看打铁。他父亲把一块铁放进炉里，拉风箱，呼——哒，呼——哒……铁块烧红了，他父亲用钳子夹出来，搁在砧子上。他父亲用小锤一点，"丁"，他就使大锤砸在父亲点的地方，"当"。丁——当，丁——当，铁块颜色发紫了，他父亲把铁块放在炉里再烧。烧红了，夹出来，丁——当，丁——当。到了一件铁活快成型时，就不再需要大锤，只要由他父亲用小锤正面反面轻轻敲几下，"丁、丁、丁、丁"。"丁丁丁丁……"这是用小锤空击在铁砧上，表示这件铁活已经完成。

丁——当，丁——当，丁——当。

少年棺材匠

徐守廉家是开棺材店的：这是北门外唯一的一家棺材店。

走过棺材店，总有一种很特殊的感觉。别的店铺都与"生"有关，所卖的东西是日用所需，棺材店却是和"死"联系在一起的。多数店铺在店堂里都设有椅凳茶几，熟人走过，可以进去歇歇脚，喝一杯茶，闲谈一阵，没有人到棺材店去串门。别的店铺里很热闹：酱园从早到晚，买油的、买酱的、打酒的、买萝卜干酱莴苣的，川流不息。布店从早上九点钟到下午五六点钟，总有人靠着柜台挑布（没有人大清早去买布的灯下买布的；灯下买布，看不正颜色了）。米店中饭前、晚饭前有两次高潮。药店的"先生"照方抓药，顾客坐在椅子上等，因为中药有很多味，一味一味地用戥子戥，包，要费一点时间。绒线店里买丝线的、绦子的、二号针的、品青煮蓝的……络绎不绝。棺材店没法子热闹。北门外一天死不了一个人。一天死几个，更是少有。就是那年闹霍乱，死的人也不太多。棺材店过年是不贴春联的。如果贴，写什么字呢？"生意兴隆通四海，财源茂盛达三江"？

我和徐守廉很要好。他很聪明，功课很好，我常到他家的棺材店去玩。

棺材店没有柜台，当然更没有货橱货架，只有一张账桌，徐守廉的父亲坐在桌后的椅子里，用一副骨牌"打通关"。棺材店是不需要多少"先生"的，顾客很少，货品单一。有来看材的（这些"材"就靠西墙一具一具的摞着），徐守廉的父亲就放下骨牌接待。棺材是没有什么可挑选的，样子都是一样，价钱也是固定的。上等的、中等的、下等的薄皮材，自几十元、十几元到几块钱不等。也没有人去买棺材讨价还价。看定一种，交了钱，雇人抬了就走。买棺材不兴赊账，所以账目也就简单。

我去"玩"，是去看棺材匠做棺材。棺材也要做得像个棺材的样子，不能做成一个长方的盒子。棺材板很厚。两边的板要一头大，一头小，要略略有点弧度，两边有相抱的意思；棺材盖尤其重要，棺材盖正面要略略隆起，棺材盖的里面要是一个"膛"，稍拱起。做棺材的工具是一个长把，弯头，阔刃的家伙，叫做

"锛"。棺材的各部分，是靠"锛"锛出来的（棺材板平放在地下）。老师傅锛起来非常准确。嚓！——嚓，嚓，嚓——锛到底，削掉不必要的部分，略修几下，这块板就完全合尺寸。锛时是不弹墨线的，全凭眼力，凭手底下的功夫。一般木匠是不会做棺材的，这是另一门手艺。

棺材店里随时都喷发出新锛的杉木的香气。

徐守廉小学毕业没有升学，就在他家的棺材店里学做棺材的手艺。

我读完初中，徐守廉也差不多出师了。

我考上了高中，路过徐家棺材店，徐守廉正在熟练地锛板子。我叫他：

"徐守廉！"

"汪曾祺！来！"

我心里想："你为什么要当棺材匠呢？"

话到嘴边，没有说出来。我觉得当棺材匠不好。为什么不好呢？我也说不出来。

萎蒿苔子

小说《大淖记事》："春初水暖，沙洲上冒出很多紫红色的芦芽和灰绿色的萎蒿，很快就是一片翠绿了。"

我在书页下方加了一条注："萎蒿是生于水边的野草，粗如笔管，有节，生狭长的小叶，初生二寸来高，叫做'萎蒿苔子'，加肉炒食极清香。……"萎蒿的萎字，我小时不知怎么写，后来偶然看了一本什么书，才知道的：
这个字音"吕"。我小学有一个同班同学，姓吕，我们
就给他起了个外号，叫"蒌蒿苔子"（蒌蒿苔子家开了
一爿糖坊，小学毕业后来升学，我们看见他坐在糖坊里
当小老板，觉得很滑稽。

　　　　　　　　　　　　　　　——《故乡的食物》

　　真对不起，我把我的这位同学的名字忘了，现在只能称他
为蒌蒿苔子。我们小时候给人取外号，常常没有什么意义，"蒌
蒿苔子"，只是因为他姓吕，和他的形貌没有关系。"糖坊"
是制麦芽糖的。有一口很大的锅，直径差不多有一丈。隔几天
就煮一锅大麦芽，整条街上都闻到熬麦芽的气味。麦芽怎么变
成了糖，这过程我始终没弄清楚，只知道要费很长时间。制出
来的糖就是北京叫作关东糖的那种糖。有的做成直径尺半许的
一个圆饼，肩挑的小贩趸去。或用钱买，或用鸭毛破布来换，
都可以。用一个刨刃形的铁片楔入糖边，用小铁锤一敲，丁的
一声就敲下一块。云南叫这种糖为"丁丁糖"。蒌蒿苔子家不
卖这种糖，门市只卖做成小烧饼状的糖饼。有时还卖把麦芽糖
拉出小孔，切成二寸长的一段一段，孔里灌了豆面，外面滚了
芝麻的"灌香糖"。吃糖饼的人极少，这东西很硬，咬一口，
不小心能把门牙扳下来。灌香糖买的人也不多，因此照料门市，
只要一个人就够了。原来看店堂的是他的父亲，蒌蒿苔子小学
毕业，就由他接替了。每年只有进腊月二十边上，糖坊才红火
热闹几天。家家都要买糖饼祭灶，叫作"灶糖"。不少人家一

买买一摞。由大至小，摞成宝塔。全城只有这一家糖坊，买灶饼糖的人挤不动，四乡八镇还有来批趸的。糖坊一年，就靠这几天的生意赚钱。这几天蒌蒿苔子显得很忙碌，很兴奋。他的已经"退居二线"的父亲也一起出动。过了这几天，糖坊又归于清淡。蒌蒿苔子可以在店堂里"坐"着，或抄了两手在大糖锅前踱来踱去。

蒌蒿苔子是我们的同学里最没有野心，最没有幻想，最安分知足的。虚岁二十，就结了婚。隔一年，得了一个儿子。而且，那么早就发胖了。

王　居

我所以记得王居，一是我觉得王居这个名字很好玩，——有什么好玩呢？说不出个道理；二是，他有个毛病，上体育的时候，齐步走，一顺边，——左手左脚一齐出，右手右脚一齐出。

王居家是开豆腐店的，豆腐店是不大的买卖。北门外共有三家豆腐店。一家马家豆腐店，一家顾家豆腐店，都穷，房屋残破，用具发黑。顾家豆腐店因为顾老头有一个很风流的女儿而为人所知（关于她，是可以写一篇小说的）。只有王居家的"王记豆腐店"却显得气象兴旺：磨浆的磨子、卖浆的锅、吊浆的布兜，都干干净净。盛豆腐的木格刷洗得露出木丝。什么东西都好像是新置的。王居的父亲精精神神，母亲也是随时都是光梳头，净洗脸，衣履整齐：王家做出来的豆腐比别家的白、细，百叶薄如高丽纸，豆腐皮无一张破损。"王记"豆腐方干齐整紧细，有韧性，切"干丝"最好。

北城几家茶馆，五柳园、小蓬莱、胡小楼，常年到"王记"买豆腐干。因此街邻们议论：小买卖发大财。

　　一个豆腐店，"发"也发不到哪里去。但是王居小学毕业后读了初中，我们同了九年学。王居上了初中，还是改不了他那老毛病，齐步走，一顺边。

　　王居初中毕业后，是否升学读了高中，我就不清楚了。

载一九八九年第一期《北京文学》

仁 慧

　　仁慧是观音庵的当家尼姑。观音庵是一座不大的庵。尼姑庵都是小小的。当初建庵的时候，我的祖母曾经捐助过一笔钱，这个庵有点像我们家的家庵。我还是这个庵的寄名徒弟。我小时候是个"惯宝宝"，我的母亲盼我能长命百岁，在几个和尚庙、道士观、尼姑庵里寄了名。这些庙里、观里、庵里的方丈、老道、住持就成了我的干爹。我的观音庵的干爹我已经记不得她的法名，我的祖母叫她二师父，我也跟着叫她二师父。尼姑则叫她"二老爷"。尼姑是女的，怎么能当人家的"干爹"？为什么尼姑之间又互相称呼为"老爷"？我都觉得很奇怪。好像女人出了家，性别就变了。

　　二师父是个面色微黄的胖胖的中年尼姑，是个很忠厚的人，一天只是潜心念佛，对庵里的事不大过问。在她当家的这几年，弄得庵里佛事稀少，香火冷落，房屋漏雨，院子里长满了荒草，一片败落景象。庵里的尼姑背后管她叫"二无用"。

　　二无用也知道自己无用，就退居下来，由仁慧来当家。

　　仁慧是个能干人。

　　二师父大门不出，仁慧对施主家走动很勤。谁家老太太生日，她要去拜寿。谁家小少爷满月，她去送长命锁。每到年下，她就会带一个小尼姑，提了食盒，用小瓷坛装了四色咸菜给我的祖母送去。别的施主家想来也是如此。观音庵的咸菜非常好吃，是风过了再腌的，吃起来不是苦咸苦咸，带点甜味。祖母收了咸菜，道一声："叫你费心。"随即取十块钱放在食盒里。仁慧再三推辞，祖母说："就算是这一年的灯油钱。"

　　仁慧到年底，用咸菜总能换了百十块钱。

　　她请瓦匠来检了漏，请木匠修理了窗槅。窗槅上尘土堆积的槅扇纸全都撕下来，换了新的。而且把庵里的全部亮槅都打开，说："干嘛弄得这样暗无天日！"院子里的杂草全锄了，养了四大缸荷花。正殿前种了两棵玉兰。她说："施主到庵堂寺庙，图个幽静。荒荒凉凉的，连个坐坐的地方都没有，谁还愿意来烧香拜佛？"

　　我的祖母隔一阵就要到观音庵看看，她的散生日都是在观音庵过的。每次都是由我陪她去。

　　祖母和二师父在她的禅房里说话，仁慧在办斋，我就到处乱钻。我很喜欢到仁慧的房里去玩，翻翻她的经卷，摸摸乌斯藏铜佛，掐掐她的佛珠，取下马尾拂尘挥两下。我很喜欢她的房里的气味。不是檀香，不是花香，我终于肯定，这是仁慧肉体的香味。我问仁慧："你是不是生来就有淡淡的香味？"仁慧用手指点了一下我的额头，说："你坏！"

　　祖母的散生日总要在观音庵吃一顿素斋。素斋最好吃的是香蕈饺子。香蕈（即冬菇）汤；荠菜、香干末作馅，包成薄皮小饺子，油炸透酥，倾入滚开的香蕈汤，嗤啦有声，以勺舀食，香美无比。

仁慧募化到一笔重款，把正殿修缮油漆了一下，焕然一新，给三世佛重新装了金。在正殿对面盖了一个高敞的过厅。正殿完工，菩萨"开光"之日，请赞助施主都来参与盛典。这一天观音庵气象庄严，香烟缭绕，花木灼灼，佛日增辉。施主们全都盛装而来，长裙曳地。礼赞拜佛之后，在过厅里设了四桌素筵。素鸡、素鸭、素鱼、素火腿……使这些吃长斋的施主们最不能忘的是香蕈饺子。她们吃了之后，把仁慧叫来，问："这是怎么做的？怎么这么鲜？没有放虾籽么？"仁慧忙答："不能不能，怎能放虾籽呢！就是香蕈！——黄豆芽吊的汤。"

观音庵的素斋于是出了名。

于是就有人来找仁慧商量，请她办几桌素席。仁慧说可以，但要三天前预订，因为竹荪、玉兰片、猴头，都要事先发好。来赴斋的有女施主，也有男性的居士。也可以用酒，但限于木瓜酒、豨莶酒这样的淡酒，不预备烧酒。

二师父对仁慧这样的做法很不以为然，说："这叫做什么？观音庵是清静佛地，现在成了一个素菜馆！"但是合庵尼僧都支持她。赴斋的人多，收入的香钱就多，大家都能沾患。佛前"乐助"的钱柜里的香钱，一个月一结，仁慧都是按比例分给大家的。至少，办斋的日子她们也能吃点有滋味的东西，不是每天白水煮豆腐。

尤其使二师父不能容忍的，是仁慧学会了放焰口。放焰口本是和尚的事，从来没有尼姑放焰口的。仁慧想：一天老是敲木鱼念那几本经有什么意思？为什么尼姑就不能放焰口？哪本戒律里有过这样的规定？她要学。善因寺常做水陆道场，她去看了几次，大体能够记住。她去请教了善因寺的方丈铁桥。这铁桥是个风流和尚，听说一个尼姑想学放焰口，很惊奇，就一字一句地教了她。她对经卷、唱腔、仪注都了然在心了，就找了本庵几个聪明尼姑和别的庵里的也不大守本分的年轻尼姑，学起放焰口来。起初只是在本庵演习，在正殿上摆开桌子凳子唱诵。咳，还真像那么回事。尼姑放焰口，这是新鲜事。于是招来一些善男信女、浮浪子弟参观。你别说，这十几个尼姑的声音真是又甜又脆，比起和尚的癞猫嗓子要好听得多。仁慧正座，穿金蓝大红袈裟，戴八瓣莲花毗卢帽，两边两条杏黄飘带，美极了！于是渐渐有人家请仁慧等一班尼姑去放焰口，不再有人议论。

观音庵气象兴旺，生机蓬勃。

解放。

土改。

土改工作队没收了观音庵的田产，征用了观音庵的房屋。

观音庵的尼姑大部分还了俗，有的嫁了人。

有的尼姑劝仁慧还俗。

"还俗？嫁人？"

仁慧摇头。

她离开了本地，云游四方，行踪不定。西湖住几天，邓尉住几天，峨眉住几天，九华山住几天。

有许多关于仁慧的谣言。说无锡惠山一个捏泥人的，偷偷捏了一个仁慧的像，放在玻璃橱里，一尺来高，是裸体的。说仁慧有情人，生过私孩子……

有些谣言仁慧也听到了，一笑置之。

　　仁慧后来在镇江北固山开了一家菜根香素菜馆，卖素菜、素面、素包子，生意很好。菜根香的名菜是香蕈饺子。

　　菜根香站稳了脚，仁慧把它交给别人经管，她又去云游四方。西湖住几天，邓尉住几天，峨眉住几天，九华山住几天。

　　仁慧六十开外了，望之如四十许人。

一九九三年七月二十一日

载一九九三年第六期《小说家》

露 水

露水好大。小轮船的跳板湿了。

小轮船靠在御码头。

这条轮船航行在运河上已经有几年，是高邮到扬州的主要交通工具。单日由高邮开扬州，双日返回高邮。轮船有三层，底层有几间房舱，坐的是县政府的科长、县党部的委员，杨家、马家等几家阔人家出外就学的少爷小姐，考察河工的水利厅的工程师。房舱贵，平常坐不满。中层是统舱。坐统舱的多是生意买卖人，布店、药店、南货店的二掌柜，给学校采购图书仪器的中学教员……给茶房一点钱，可以租用一张帆布躺椅。上层叫"烟篷"，四边无遮挡，风、雨都可以吹进来。坐"烟篷"的人都自己带一块油布，或躺或坐。"烟篷"乘客，三教九流。带着锯子凿子的木匠，挑着锡匠挑子的锡匠，牵着猴子耍猴的，细批流年的江湖术士，吹糖人的，到缫丝厂去缫丝的乡下女人，甚至有关亡的、圆光的、挑牙虫的。

客人陆续上船，就来了许多卖吃食的。卖牛肉高粱酒的，卖五香茶叶蛋的，卖凉粉的，卖界首茶干的，卖"洋糖百合"的，卖炒花生的。他们从统舱到烟篷来回窜，高声叫卖。

轮船拉了一声汽笛，催送客的上岸，卖小吃的离船。不过都知道开船还有一会。做小生意的还是抓紧时间照做，不过把价钱都减下来了一些。两位喝酒的老江湖照样从从容容喝酒，把酒喝干了，才把豆绿酒碗还给卖牛肉高粱酒的。

轮船拉了第二声汽笛，这是真要开了。于是送客的上岸，做小生意的匆匆忙忙，三步两步跨过跳板。

正在快抽起跳板的时候有两个人逆着人流，抢到船上。这是两个卖唱的，一男一女。

男的是个细高条，高鼻、长脸，微微驼背，穿一件褪色的蓝布长衫，浑身带点江湖气，但不讨厌。

女的面黑微麻，穿青布衣裤。

男的是唱扬州小曲的。

他从一个蓝布小包里取出一个细瓷蓝边的七寸盘，一双刮得很光滑的竹筷。他用右手持磁盘，食指中指捏着竹筷，摇动竹筷，发出清脆的、连续不断的响声；左手持另一只筷子，时时击盘边为节。他的一只磁盘，两只竹筷，奏出或紧或慢、或强或弱的繁复的碎响，真是"大珠小珠落玉盘"。

> 姐在房中头梳手，
>
> 忽听门外人咬狗。
>
> 拾起狗来打砖头，

又怕砖头咬了手。

从来不说颠倒话，

满天凉月一颗星。

"那位说了：你这都是淡话！说得不错。人生在世，不过是几句淡话罢了。等人、钓鱼、坐轮船，这是'三大慢'。不错。坐一天船，难免气闷无聊。等学生给诸位唱几段小曲，解解闷，醒醒脾，冲冲瞌睡！"

他用磁盘竹筷奏了一段更加紧凑的牌子，清了清嗓子，唱道：

一把扇子七寸长，

一个人扇风二人凉。

松呀，嘣呀

呀呀子沁，

月照花墙。

手扶栏杆口叹一声，

鸳鸯枕上劝劝有情人呀。

一路鲜花休要采吔，

干哥哥，

奴是你的知心着意人哪！

这是短的，他还有些比较长的，《小尼姑下山》《妓女悲秋》。他的拿手，是《十八摸》，但是除非有人点，一般是不唱的。他有一个经折子，上列他能唱的小曲，可以由客人点唱。一唱《十八摸》，客人就兴奋起来。统舱的客人也都挤到"烟篷"里来听。

唱了七八段，托着磁盘收钱。给一个铜板、两个铜板，不等，加上点唱的钱，他能弄到五六、七八角钱。

他唱完了，女的唱：

> 你把那冤枉事对我来讲，
>
> 一桩桩一件件，
>
> 桩桩件件对小妹细说端详。
>
> 最可叹你死在那梦里以内，
>
> 高堂哭坏二老爹娘……

这是《枪毙阎瑞生·莲英惊梦》的一段。枪毙阎瑞生是上海实事。莲英是有名的妓女，阎瑞生是她的熟客。阎瑞生把莲英骗到郊外，在麦田里勒死了她，劫去她手上戴的钻戒。案发，阎瑞生被枪毙。这案子在上海很轰动。有人编成了戏。这是时装戏。饰莲英的结拜小妹的是红极一时的女老生露兰春。这出戏唱红了，灌了唱片。由上海一直传到里下河。几乎凡有留声机的人家都有这张唱片，大人孩子都会唱"你把那冤枉事"。这个女的声音沙哑，不像露兰春那样响堂挂味。她唱的时候没有人听，唱完了也没有多少人给钱。这个女人每次都唱这一段，好像也只会这一段。

唱了一回，客人要休息，他们也随便找个旮旯蹲蹲。

到了邵伯，有些客人下船，新上一批客人，他们又唱一回。

到了扬州，吃一碗虾籽酱油汤面，两个烧饼，在城外小客栈的硬板床上喂一夜臭虫，第二天清早蹚着露水，赶原班轮船回高邮，船上还是卖唱。

扬州到高邮是下水，五点多钟就靠岸了。

这两个卖唱的各自回家。

他们也还有自己的家。

他们的家是"芦席棚子"。芦笆为墙，上糊湿泥。棚顶也以"钢芦柴"（一种粗如细竹、极其坚韧的芦苇）为椽，上覆茅草。这实际上是一个窝棚，必须爬着进，爬着出。但是据说除了大雪天，冬暖夏凉。御码头下边，空地很多，这样的"芦席棚子"是不少的。棚里住的是叉鱼的、照蟹的、捞鸡头米的、串糖球（即北京所说的"冰糖葫芦"）的、煮牛杂碎的……

到家之后，头一件事是煮饭。女的永远是糙米饭、青菜汤。男的常煮几条小鱼（运河旁边的小鱼比青菜还便宜），炒一盘咸螺蛳，还要喝二两稗子酒。稗子酒有点苦味，上头，是最便宜的酒。不知道糟房怎么能收到那么多稗子做酒，一亩田才有多少稗子？

吃完晚饭，他们常在河堤上坐坐，看看星，看看水。看看夜渔的船上的灯。听听下雨一样的虫声，七搭八搭地闲聊天。

渐渐地、他们知道了彼此的身世。

男的原来开一个小杂货店，就在御码头下面不远，日子满过得去。他好赌，每天晚上在火神庙推牌九。把一间杂货店输得精光。老婆也跟了别人，他没脸在街里住。就用一个盘子、两根筷子上船混饭吃。

女的原是一个下河草台班子里唱戏的。草台班子无所谓头牌二牌，派什么唱什么。后来草台班子散了，唱戏的各奔东西。她无处投奔就到船上来卖唱。

"你有过丈夫没有？"

"有过。喝醉了酒栽在大河里，淹死了。"

"生过孩子没有？"

"出天花死了。"

"命苦！……你这么一个人干唱，有谁要听？你买把胡琴。自拉自唱。"

"我不会拉。"

"不会拉……这么着吧。我给你拉。"

"你会拉胡琴？"

"不会拉还到不了这个地步。泰山不是堆的，牛 × 不是吹的。你别把土地爷不当神仙。横的、竖的、吹的、拉的，我都拿得起来。十八般武艺件件精通。——件件稀松。不过给你拉'你把那冤枉事'，还是富富有余！"

"你这是真话？"

"哄你叫我掉到大河里喂王八！"

第二天，他们到扬州辕门桥乐器店买了一把胡琴。男的用手指头弹弹蛇皮，弹弹胡琴筒子，担子，拧拧轸子，撅撅弓子，说："就是它！"买胡琴的钱是男的付的。

第二天回家。男的在胡琴上滴了松香，安了琴码，定了弦，拉了一段西皮，一段二黄，说："声音不错！——来吧！"男的拉完了原板过门，女的顿开嗓子唱了一段《莲英惊梦》，引得芦席棚里邻居都来听，有人叫好。

从此，因为有胡琴伴奏，听女的唱的客人就多起来。

男的问女的："你就会这一段？"

　　"你真是隔着门缝看人！我还会别的。"

　　"都是什么？"

　　"《卖马》《斩黄袍》……"

　　"够了！以后你轮换着唱。"

　　于是除了《莲英惊梦》，她还唱"店主东，带过了，黄骠马……"，"孤王酒醉桃花宫"。当时刘鸿声大红，里下河一带很多人爱唱《斩黄袍》。唱完了，给钱的人渐渐多起来。

　　男的进一步给女的出主意。

　　"你有小嗓没有？"

　　"有一点。"

　　"你可以一个人唱唱生旦对儿戏：《武家坡》《汾河湾》……"

　　最后女的竟能一个人唱一场《二进宫》。

　　男的每天给她吊嗓子，她的嗓子"出来"了，高亮打远，有味。

　　这样女的在运河轮船上红起来了。她得的钱竟比唱扬州小曲的男的还多。

　　他们在一起过了一个月。

　　男的得了绞肠痧，折腾一夜，死了。

　　女的给他刨了一个坟，把男的葬了。她给他戴了孝，在坟头烧钱化纸。

　　她一张一张地烧纸钱。

　　她把剩下的纸钱全部投进火里。

　　火苗冒得老高。

　　她把那把胡琴丢进火里。

　　首先发出爆裂的声音的是蛇皮，接着毕卜一声炸开的是琴筒，然后是担子，最后轳子也烧着了。

　　女的拍着坟土，大哭起来：

　　"我和你是露水夫妻，原也不想一篙子扎到底。可你就这么走了！"

　　"就这么走了！

　　"就这么走了！

　　"你走得太快了！

　　"太快了！

　　"太快了！

　　"你是个好人！

　　"你是个好人！

　　"你是个好人哪！"

　　她放开声音号啕大哭，直哭得天昏地暗，树上的乌鸦都惊飞了。

　　第二天，她还是在轮船上卖唱，唱"你把那冤枉事对我来讲一讲……"

　　露水好大。

一九九三年七月三十一日

载一九九三年第六期《十月》

辜家豆腐店的女儿

　　豆腐店是一个"店"，怎么会有个女儿？然而螺蛳坝一带的人背后都是这么叫她。或者称作"辜家的女儿""豆腐店的女儿"。背后这样的提她，有一种特殊的意味。姓辜的人家很少，这个县里好像就是两三家。

　　螺蛳坝是"后街"，并没有一个坝，只是一片不小的空场。七月十五，这里做盂兰盆会。八九月，如果这年年成好，就有人发起，在平桥上用杉篙木板搭起台来唱戏。约的是里下河的草台戏子，京戏、梆子"两下锅"，既唱《白水滩》这样摔"壳子"的武打戏，也唱《阴阳河》这样踩跷的戏。做盂兰盆会、唱大戏，热闹几天，平常这里总是安安静静的。孩子在这里踢毽子，踢铁球，滚钱，抖空竹（本地叫"抖天嗡子"）。有时跑过来一条瘦狗，匆匆忙忙，不知道要赶到哪里去干什么。忽然又停下来，竖起耳朵，好像听见了什么。停了一会，又低了脑袋匆匆忙忙地走了。

　　螺蛳坝空场的北面有几户人家。有两家是打芦席的。每天看见两个中年的女人破苇子，编席。一顿饭工夫，就织出一大片。芦席是为大德生米厂打的。米厂要用很多芦席。东头一家是个"茶炉子"，即卖开水的，就是上海人所说的"老虎灶"。一个像柜子似的砖砌的炉子，四角有四个很深的铁铸的"汤罐"，满满四罐清水，正中是火眼，烧的是粗糠。粗糠用一个小白铁簸箕倒进火眼，"呼——"火就猛升上来，"汤罐"的水就呱呱地开了。这一带人家用开水——冲茶、烫鸡毛、拆洗被窝，都是上"茶炉子"去灌，很少人家自己烧开水。因为上"茶炉子"灌水很方便，省得费柴费火，烟熏火燎，又用不了多少。"茶炉子"卖水，不是现钱交易，而是一次卖出一堆"茶筹子"———一个一个长方形的小竹片，一面用铁模子烙出"十文""二十文"……灌了开水，给几根茶筹子就行了。"茶炉子"烧的粗糠是成挑的从大德生米厂趸来的。一进"茶炉子"，除了几口很大的水缸，一眼看到的便是靠后墙堆得像山一样的粗糠。

螺蛳坝一带住的都是"升斗小民"，称得起殷实富户的，是大德生米厂。大德生的东家姓王，街上人都称他王老板。大德生原来的底子就厚实，一盘很大的麻石碾子，喂着两头大青骡子，后面仓里的稻子堆齐二梁。后来王老板把骡子卖了，改用机器碾米，生意就更兴旺了。大德生原是一个米店，改用机器后就改称为"米厂"。这算是螺蛳坝唯一的"工厂"。每天这一带都听得到碾米的柴油机的铁烟筒里发出节奏均匀的声音：蓬——蓬——蓬……

王老板身体很好，五十多岁了，走路还飞快，留一撮乌黑的牙刷胡子，双眼有神。

他的大儿子叫王厚辽，在米厂里量米，记账。他有个外号叫"大呆鹅"，看样子也确是有点呆相。

二儿子叫王厚堃，跟一个姓刘的老先生学中医。长得眉清目秀，一表人才。

大德生东墙外住着一个姓薛的裁缝。薛裁缝是个老实人，整天只知道低头做活，穿针引线。他的老婆人称薛大娘。薛大娘跟老头子可不是一样的人，她也"穿针引线"，但引的是另外一种线，说白了，就是拉皮条。

大德生门前有一条小巷，就叫作辜家巷，因为巷子里只有一家人家。辜家的后门就开在巷子里，和大德生斜对门，两步就到了。后面是住家，前面是做豆腐的作坊，前店后家。

辜家很穷。

从螺蛳坝到草巷口，有两家豆腐店。豆腐店是发不了财的，但是干了这一行也只有一直干下去。常言说："黑夜思量千条路，清早起来依旧磨豆腐。"不过草巷口的一家生意不错。一清早卖豆浆，热气腾腾的满满一锅。卖豆腐，四大屉。压百叶，百叶很薄，很白。夏天卖凉粉皮。这凉粉皮是用莴苣汁和的绿豆粉，颜色是浅绿的，而且有一股莴苣香。生意好，小老板两个月前还接了亲。新媳妇坐在磨子一边，往磨眼里注水，加黄豆，头上插一朵大红剪绒的小小的囍字。

相比之下，辜家豆腐店就显得灰暗，残旧，一点生气也没有。每天只做两屉豆腐，有时一屉，有时一屉也没有。没本钱，买不起黄豆。辜老板老是病病歪歪的，没有一点精神。

辜老板老婆死得早，没有留下一个儿子，跟前只有一个女儿。

辜家的女儿长得有几分姿色，在螺蛳坝算是一朵花。她长得细皮嫩肉，只是面色微黄，好像是用豆腐水洗了脸似的。身上也有点淡淡的豆腥气。

一天三顿饭，几乎顿顿是炒豆腐渣，不过总得有点油滑滑锅。牵磨的"蚂蚱驴"也得扔给它一捆干草。更费钱的是她爹的病。他每天吃药，王厚堃的师父开的药又都很贵，这位刘先生爱用肉桂，而且旁注："要桂林产者。"每天辜家女儿把药渣倒在路口，对面打芦席和烧茶炉子的大娘看见辜家的女儿在门前倒药渣，就叹了一口气："难！"

大德生的王老板找到薛大娘，说是辜家的日子很难，他想帮他们家一把。

"怎么个帮法？"

"叫他女儿陪我睡睡。"

"什么？人家是黄花闺女，比你的女儿还小一岁！我不干这种缺德事！"

"你去说说看。"

媒人的嘴两张皮，辣椒能说成大鸭梨。七说八说，辜家女儿心里活动了，说："你叫他晚上来吧。"

没想到大呆鹅也找到薛大娘。

王老板是包月，按月给五块钱。

大呆鹅是现钱交易。每次事完，摸出一块现大洋，还要用两块洋钱叮叮当当敲敲，以示这不是灌了铅的"哑板"。

没有不透风的墙，螺蛳坝巴掌大的一块地方，那么多双眼睛，辜家女儿的事情谁都知道了。烧茶炉子、打芦席的大娘指指戳戳，咬耳朵，点脑袋，转眼珠子，撇嘴唇子。大德生的碾米的师傅、量米的伙计议论："两代人操一张×，这叫什么事！"——"船多不碍港，客多不碍路，一个羊也是放，两个羊也是赶，你管他是几代人！"

辜家的女儿身体也不好，脸上总是黄白黄白的，她把王厚堃请到屋里看病。王厚堃给她号了脉，看了舌苔，开了脉案，大体说是气血两亏，天癸不调……辜家女儿问什么是"天癸不调"，王厚堃说就是月经不正常。随即写了一个方子，无非是当归、枸杞之类。

王厚堃站起身来要走，辜家女儿忽然把门闩住，一把抱住了王厚堃，把舌头吐进他的嘴里，解开上衣，把王厚堃的手按在胸前，让他摸她的奶子，含含糊糊地说："你要要我、要要我，我喜欢你，喜欢你……"

王厚堃没有想到她会这样，只好和她温存了一会，轻轻地推开了她，说："不行。""不行？"

"我不能欺负你。"

王厚堃给她掩了前襟，扣好纽扣，开门走了。

王厚堃悬崖勒马，也因为他就要结婚了，他要保留一个童身。

过了两个月，王厚堃结婚了。花轿从辜家豆腐店门前过，前面吹着唢呐，放着三眼铳。螺蛳坝的人都出来看花轿，辜家的女儿也挤在人丛里看。

花轿过去了，辜家的女儿坐在一张竹椅上，发了半天呆。忽然她奔到自己的屋里，伏在床上号啕大哭。哭的声音很大，对面烧茶炉子的和打芦席的大娘都听得见，只是听不清她哭的是什么。三位大娘听得心里也很难受，就相对着也哭了起来，哭得稀溜稀溜的。

　　辜家的女儿哭了一气，洗洗脸，起来泡黄豆，眼睛红红的。

一九九四年二月十五日

载一九九四年第三期《收获》

鹿井丹泉

　　"鹿井丹泉"是"秦邮八景"中的一景，遗址在今南石桥南。

　　有一少年比丘，名叫归来，住在塔院深处，平常极少见人。归来仪容俊美，面如朗月，眼似莲花，如同阿难。——阿难在佛弟子中俊美第一。归来偶或出寺乞食，游春士女有见之者，无不赞叹，说："好一个漂亮和尚！"

　　归来饮食简单，每日两粥一饭，佐以黄虀苦荬而已。

　　出塔院门，有一花坛，遍植栀子。花坛之外为一小小菜园。菜园外即为荆棘草丛，苍茫无际，并无人烟。花坛菜圃之间有一石栏方井，井栏洁白如玉，水深而极清，归来每天汲水浇花灌园。

　　当归来浇灌之时，有一母鹿，恒来饮水。久之稔熟，略无猜忌。

　　一日，归来将母鹿揽取，置之怀中，抱归塔院。鹿毛柔细温暖，归来不觉男根勃起，伸入母鹿腹中。归来未曾经此况味，觉得非常美妙。母鹿亦声唤嘤嘤，若不胜情。事毕之后，彼此相看，不知道他们做了一件什么事。

不久，母鹿胸胀流奶，产下一个女婴。鹿女面目姣美，略似其父，而行步姗姗，犹有鹿态，则似母亲。一家三口，极其亲爱。

事情渐为人知，嘈嘈杂杂，纷纷议论。

当浴佛日，僧众会集，有一屠户，当众大声叱骂：

"好你个和尚！你玩了母鹿，把母鹿肚子玩大了，还生下一个鹿女！鹿女已经十六岁，你是不是也要玩她？你把鹿女借给弟兄们玩两天行不行？你把鹿女藏到哪里去啦？"

说着以手痛掴其面，直至流血。归来但垂首趺坐，不言不语。

正在众人纷闹、营营訇訇，鹿女从塔院走出，身着轻绡之衣，体被璎珞，至众人前，从容言说："我即鹿女。"

鹿女拭去归来脸上血迹，合十长跪。然后姗姗款款，步出塔院之门，走入栀子丛中，纵身跃入井内。

众人骇然，百计打捞，不见鹿女尸体，但闻空中仙乐飘飘，花香不散。

当夜归来汲水澡身讫，在栀子丛中累足而卧。比及众人发现，已经圆寂。

　　按：此故事在高邮流传甚广，故事本极美丽，但理解者不多。传述故事者用语多鄙俗，屠夫下流秽语尤为高邮人之奇耻。因为改写。

一九九五年春节

载一九九五年第七期《上海文学》

名士和狐仙

　　杨渔隐是个怪人。怪处之一，是不爱应酬。杨家在县里是数一数二的高门望族，功名奕世，很是显赫。杨渔隐的上一代曾经是一门三进士，实属难得。杨家人口多，共八房。杨家子弟彼此住得很近，都是深宅大院。门外有石鼓，后园有紫藤、木香。他们常来常往，遇有年节寿庆，都要相互宴请。上一顿的肴核才撤去，下一顿的席面即又铺开。照例要给杨渔隐送一回"知单"请大爷过来坐坐（杨渔隐是大房），杨渔隐抓起笔来画了一个字："谢"，意思是不去。他的堂兄堂弟知道他的脾气，也不再派人催请。杨渔隐住的地方比较偏僻，地名大淖大巷。一个小小的红漆独扇板扉，不像是大户人家的住处。这是一个侧门，想必是另有一座大门的，但是大门开在什么方向，却很少人知道。便是这扇侧门也整天关着，好像里面没有住人。只有厨子老王到大淖挑水，老花匠出来挖河泥（栽花用），女佣人小莲子上街买鱼虾菜蔬，才打开一会儿。据曾经向门里窥探过的人说：这座房子外面看起来很朴素，里面的结构装修却是很讲究的，而且种了很多花木。杨渔隐怎么会住到这么一个地方来？也许这是祖上传下来的一所别业，也许是杨渔隐自己挑中的，为了清静，可以远离官衙闹市。

杨渔隐很少出来，有时到南纸店去买一点纸墨笔砚，顺便去街上闲走一会儿，街坊邻居就可以看到"大太爷"的模样。他长得微胖，稍矮，很结实，留着一把乌黑的浓髯，双目炯炯有神。

杨渔隐不爱理人，有时和一个邻居面对面碰见了，连招呼都不打一个。因此一街人都说杨渔隐架子大，高傲。这实在也有点冤枉了杨渔隐，他根本不认识你是谁！

杨渔隐交游不广，除了几个作诗的朋友，偶然应渔隐折简相邀，到他的书斋里吟哦唱和半天，是没有人敲那扇红漆板扉的。

杨渔隐所做的一件极大的怪事，是他和女佣人小莲子结了婚。

这地方把年轻的女佣人都叫作"小莲子"。小莲子原来是伺候杨渔隐夫人的病的。杨渔隐的夫人很喜欢她，一见面就觉得很投缘。杨渔隐的夫人得的是肺痨，小莲子伺候她很周到，给她煎药、熬燕窝、煮粥。杨夫人没有胃口，每天只能喝一点晚米稀粥，就一碟京冬菜。她在床上躺了三年，一天不如一天。她知道没有多少日子了，就叫小莲子坐在床前的机凳上，跟小莲子说："我不行了。我死后，你要好好照顾老爷。这样我就走得放心了。我在地下会感激你的。"小莲子含泪点头。

杨夫人安葬之后，小莲子果然对杨渔隐伺候得很周到。每年换季，单夹皮棉，全都准备好了。冬天床上铺了厚厚的稻草，夏天换了凉席。杨渔隐爱吃鱼，小莲子很会做鱼。煸、鳈，清蒸、氽汤，不老不嫩，火候恰到好处。

　　日长无事，杨渔隐就教小莲子写字（她原来跟杨夫人认了不少字），小字写《洛神赋》，教她读唐诗，还教她作诗。小莲子非常聪明，一学就会。杨渔隐把小莲子的窗课拿给他的作诗的朋友看，他们都大为惊异，连说："诗很像那么回事，小楷也很娟秀，真是有凤慧！凤慧！"

　　杨渔隐经过长期考虑，跟小莲子提出，要娶她。"你跟我那么久，我已经离不开你；外人也难免有些闲话。我比你大不少岁，有点委屈了你。你考虑考虑。"小莲子想起杨夫人临终的嘱咐，就低了头说："我愿意。"

　　把房屋裱糊了一下，请诗友写了几首催妆诗，贴在门后，就算办了事。杨渔隐请诗友们不要把诗写得太"艳"，说："我这不是扶正，更不是纳宠，是明媒正娶地续弦，小莲子的品格很高，不可亵玩！"

　　杨渔隐娶了小莲子，在他们亲戚本家、街坊邻居间掀起了轩然大波。他们认为这简直是岂有此理！这是杨渔隐个人的事，碍着别人什么了？然而他们愤愤不平起来，好像有人踩了他的鸡眼。这无非是身份门第间的观念作怪。如果杨渔隐不是和小莲子正式结婚，而是娶小莲子为妾，他们就觉得这可以，这没有什么，这行！杨渔隐对这些议论纷纷、沸沸扬扬，全不理睬。

　　杨渔隐很爱小莲子，毫不避讳。他时常揽着小莲子的手，到文游台凭栏远眺。文游台是县中古迹，苏东坡、秦少游诗酒流连的地方，西望可见运河的白帆从柳树梢头缓缓移过。这地方离大淖很近，几步就到了。若遇到天气晴和，就到西湖泛舟。有人说："这哪里是杨渔隐，这是《儒林外史》里的杜少卿！"

　　杨渔隐忽然得了急病。一只筷子掉到地上，他低头去捡，一头栽下去就没有起来。

　　小莲子痛不欲生，但是方寸不乱，她把杨渔隐的过继侄子请来，商量了大爷的后事。根据杨渔隐生前的遗志，桐棺薄殓，送入杨氏祖茔安葬，不在家里停灵。

　　送走了大爷，小莲子觉得心里空得很。她整天坐在杨渔隐的书房里，整理大爷的遗物：藏书法帖、古玩字画，蕉叶白端砚、田黄鸡血图章，特别是杨渔隐的诗稿，全部装订得整整齐齐，一首不缺。

　　小莲子不见了！不知道她是什么时候走的。厨子老王等了她几天，也不见她回来。老花匠也不见了。老王禀告了杨渔隐的过继侄儿，杨家来人到处看了看，什么东西都井井有条，一样不缺。书桌上留下一把泥金折扇，字是小莲子手写的。"奇怪！"杨家的本家叔侄把几扇房门用封条封了，就带着满脸的狐疑各自回家。厨子老王把泥金扇偷偷掖了起来，倒了一杯酒，反复看这把扇子，他也说："奇怪！"

　　老王常在晚上到保全堂药铺找人聊天。杨家出了这样的事，他一到保全堂，大家就围上他问长问短。老王把他所知道的一五一十都说了。还把那把折扇拿出来给大家看。

　　座客当中有一个喜欢白话的张汉轩，此人走南闯北，无所不知，是个万事通。他把小莲子写的泥金折扇拿在手里翻来覆去地看，一边摇头晃脑，说："好诗！好字！"大家问他："张老，你对杨家的事是怎么看的？"张汉轩慢条斯理地说："他们不是人。"——"不是人？"——"小莲子不是人。小莲子学作诗，学写字，时间都不长，怎么能得如此境界？诗有点女郎诗的味道，她读过不少秦少游的诗，本也无足怪。字，是至玉版十三行，我们县能写这种字体的小楷的，没人！老花匠也不是人。他种的花别人种不出来。牡丹都起楼子，荷花是‘大红十八瓣’，还都勾金边，谁见过？”

“他们都不是人，那，是什么？”

“是狐仙。——谁也不知道他们是从哪里来的，又向何处去了。飘然而来，飘然而去，不是狐仙是什么？”

“狐仙？”大家对张汉轩的高见将信将疑。

小莲子写在扇子上的诗是这样的：

> 三十六湖蒲荇香，
> 侬家旧住在横塘。
> 移舟已过琵琶闸，
> 万点明灯影乱长。

这需做一点解释：高邮西边原有三十六口小湖，后来汇在一处，遂成巨浸，是为高邮湖。琵琶闸在南门外，是一个码头。

载一九九六年九月六日《中国城乡金融报》

礼俗大全

这条河叫准提河，因为河上巷子里有一个小庵准提庵。这条巷子也就叫准提巷。出准提巷，在准提河上有一道砖桥，叫准提桥。准提桥是平桥，铺着立砖，两旁白石栏杆，挺好看的。下雨天，雨水从准提巷流出来，流过桥面。这时候没有多少行人来往，偶尔听到钉鞋穿过巷子的声音，由近而远，让人觉得很寂寞。

这是一条不宽的河，孩子打水漂，嘟嘟嘟嘟，瓦片可以横越河面，由北边到南边，到河边一直窜到岸上。

吕虎臣住在河南边，挨着准提庵。河南边就只有这一家，单门独院，四面不挨人家，谁都知道，这是吕家，吕虎臣家。孩子都知道。

吕家人口简单，吕虎臣中年丧妻，没有再娶。没有儿子，只有个女儿，女儿叫吕蕊。小时候放鞭炮，崩瞎了一只左眼，因此整天戴了深蓝色的卵形眼镜。有个女婿叫李成模，菱塘桥人。女婿不是招赘的，而是从小和吕蕊订了婚，为了考大学，复习功课住到丈人家来的。小两口很亲热。吕蕖很好看，瞎了一只眼睛还是很好看。他们每天都在门前闲眺，看人打鱼，日子过得很舒心自在。有一天互相打闹，吕蕖在李成模屁股上踢了一脚。正好吕虎臣从外面回来，装得很生气："玩归玩，闹归闹，哪儿有这样闹法的？叫过路人看见了笑话！"吕蕖和李成模一伸舌头。

吕虎臣在家的时候少，在外面的时候多。

河北岸，正对着准提巷，是方家。方家的大人去世早，留下一儿一女，兄妹二人相依为命。哥哥方继淦在一个工厂当会计，抗战爆发后随厂到了重庆。妹妹方景心高气傲，一心想读大学，但读了初中，就没有再升学，留在家乡，在一个电话公司当接线员（由于吕虎臣的介绍）。她很不甘心。而且医生发现她得了肺结核：全身无力，每天下午脸色潮红，有时还咯两口血。她连班都上不了了，只好在家休养。吕虎臣和方家是亲戚，又和方景的父亲同过学（都是邑中名士杨渔隐的学生），对方景很关心。方景爱靠在栏杆上看准提河的水，一看半天。吕虎臣看见，总要走过去安慰她几句，他怕方景会一时想不开。方景看看吕虎臣说："大姨夫（她总是叫吕虎臣大姨夫），我不会跳下去的！您放心！"——"那好，那好！你不要灰心，你的日子还长着哪！等身体好了，你还可以飞得高高的！"——"谢谢你大姨夫！"吕虎臣知道方景生活艰难，只靠哥哥辗转托人带一点钱来，有时给她一点帮助。看病的诊费、买药的药钱都由吕虎臣代付了（写在吕虎臣的账上了）。

方景长得黑黑的，眉毛、眼睫毛都很黑，眼睛亮晶晶的，走路时脑袋爱往一边偏，是个很好看的黑姑娘。

　　吕虎臣和城里的几大户，马家、杨家、孙家都是亲戚，时常走动。尤其和孙家是至亲。孙家有什么事，婚丧嫁娶，需要吕虎臣来借箸代筹，一请就到，不请也到。吕虎臣对孙家的世谊姻亲，了如指掌。一切想得很周到，绝对落不了褒贬。他和孙家男女上下都非常熟悉；孙家的姑奶奶都跟他很亲热，爱听他说话。姑奶奶都叫他"虎臣大哥"。吕虎臣有点齉鼻子，说话瓮声瓮气，但是听起来很诚恳。

　　这孙家是有点特别的人家，既不像马家一样是冠盖如云的大绅士，也不像杨家功名奕世，出过几个进士。他家有些田产，并不很多，但是盖的房子却很讲究。东西两座大厅，磨砖对缝，厅前是很大一片白矾石的天井。靠东围墙是一间大书房，平常不用；靠西一间小书房，壁隔里摆着古玩瓶盘，是四姑奶奶的绣房。这是名副其实的"绣房"，四姑奶奶不久即将出嫁，她整天在小书房里绣花。

　　孙老头儿名莜波，但满城人都叫他"孙小辫"，因为他一直留着一条黄不黄白不白的小辫子，辫根还要系一截红头绳。

　　孙小辫不喜欢花鸟虫鱼，却喂了一对鹤——灰鹤。这对灰鹤在四姑奶奶绣房后面的假山跟前老是踱来踱去，时不时停下来剔剔翎毛，从泥里搜出一根蚯蚓，吃掉。孙家总是很安静，四姑奶奶飞针走线，绣花针刺进绣绷的声音都听得很清楚。

　　孙莜波的另一特别之处是把一位名叫宣瘦梅的名士请到家里来教女儿读书。这位宣先生能诗善画，终身不碰科举。他教女学生不是读"女四书"之类，而是诗词歌赋。孙家的女儿都能通背《长恨歌》《琵琶行》《董西厢》：

　　碧云天，

　　黄花地，

　　西风紧，

　　北雁南飞。

　　晓来谁染霜林醉，

　　总是离人泪

　　孙家女儿都有点多愁善感，孙小辫为什么叫宣先生教女儿这些东西，令人百思不得其解。但是男女老少又都会背一篇东西。这篇东西说古文不是古文，说诗词不是诗词，说道情不是道情，不俗不雅，不文不白，是一种奇怪的文体：

　　三子三鼎甲，

　　五婿五传胪，

　　鼎甲本不贵，

　　贵的是三子三鼎甲；

　　传胪本不难，

　　难的是五婿五传胪；

　　齐家治国平天下，

　　儿辈承当；

　　这些事，

　　老夫也管些几个，

　　竹篱石井，

鹤食猴粮。

　　这算是什么东西呢？是谁的作品？不知道。有人说这是孙莜波作，经宣瘦梅润色过的。这表达了谁的思想？是孙莜波的还是宣瘦梅的？不知道。但是孙家男女老少全都会摇头晃脑地高声背诵，俨然这写的就是孙家。怎么可能呢？"三子三鼎甲""五婿五传胪"，哪里会有这样的人家？这只能说是孙莜波的一个白日梦，或孙家一家的白日梦。孙家不是书香世家，却以世家自居。几个姑奶奶尤其是这样，说起话来引经据典，咬文嚼字，似乎很高雅。女人而说"雅言"，叫人很起反感。

　　孙莜波得了一种怪病，两脚不能下地，一着地就疼得不得了。找了几个医生，内科、外科切脉服药，都不见效。吕虎臣来看他，孙莜波说："这是无名之病，势将不治矣！"吕虎臣叫他把袜子脱了，看了看，说："瞎！"原来是他平常不洗脚，洗脚也不剪指甲，趾甲反屈弯曲，抠进了脚心，那着地还有不疼的？吕虎臣到澡堂里请来一位修脚师傅，师傅用几把刀给他修了脚，他下地走了几步，没事了！

　　不久，孙莜波真的病了。没几天就呜呼哀哉，伏维尚飨了。也没有什么大病，心力衰竭，老死的。盛殓之后，因为日本人已经打到离县城不远，兵荒马乱，难以成礼。经子女亲戚计议，决定移柩三垛镇，六七开吊，当然得惊动吕虎臣。吕虎臣头两天就到了三垛，料理一切。

　　吕虎臣是个礼俗大全，亲戚朋友家有婚丧嫁娶，必须请他到场。筹画斟酌。

做寿倒没有他什么事，他只是看看寿堂：这家有一幅吕纪的《豹（报）喜图》应该挂在正面，寿屏的次序有没有挂错，寿联的上下联颠倒了没有，陈曼生汪琬的对联应该分挂在不同地方；来客应于何处侍茶，何处吸（鸦片）烟，都得安排妥当了。开宴时席位的尊卑长幼得有个讲究，吕虎臣左顾右盼，添酒布菜，三杯寿酒是绝对喝不安生的。

办喜事，吕虎臣事不多。找一个胖小子押轿；花轿到门，姑爷射三箭；新娘子跨火盆，过马鞍……直至坐床撒帐，这都由姑奶奶、姨奶奶张罗，属于"妈妈令"。吕虎臣只关心一件事，找一位"全福太太"点燃龙凤喜烛。"全福太太"即上有公婆父母，下有儿女的那么一个胖乎乎的半大老太太，这样的"全福人"不大好找，吕虎臣早就留心，道一声："请！"全福太太就带点腼腆，款款起身，接过纸媒子，把喜烛点亮。于是洞房里顿时辉煌耀眼，喜气洋洋。

最麻烦复杂的是办丧事。一到三垛，进了门，吕虎臣就问："已经请了李菜了没有？"——"请了！请了！明天上午派船，三老爷擦黑准到！"——"那好，要派妥当的人去！"——"没错您哪！"——"准备云土！"——"是！"

李菜抽大烟，而且必须是云土。

吕虎臣第一件事是用一张白宣纸，裁成四指宽、一尺多长，写了三个个扁宋体的字："盥洗处"，贴好了，检查检查"初献、亚献、终献"的金漆小木屏，察看了由敞厅到灵堂的道路，想了想遗漏了什么事。

"开吊"有点像演戏。"初献""亚献""终献"，各有其人。

礼生执金漆小屏前导，司献戚友踱方步至灵前"拜"——"兴"，退出。"亚献""终献"亦如此。这当中还要有"进曲"，一名鼓手执荸荠鼓，唱曲一支，内容多是神仙道化，感叹人世无常；另有二鼓手吹双笛随。以后是"读祝"，即读祭文，祭文不知道为什么叫作"祝"。礼生高唱："读祝者读祝"，一个嗓音清亮，声富表情的亲戚（多半是本地才子）就抑扬顿挫，感慨唏嘘地朗读起来。有人读祝有名，读到沉痛婉转处可令女眷失声而哭。其实"祝"里说的是什么，她们根本不知道，只是各哭其所哭。"祝"里许多词句是通用的，可以用之于晴雯，也可以用之于西门庆。

"开吊"最庄严肃穆的一个节目是"点主"。"神主"枣木牌位上原来只写某某之"神王"，主字上面一点空着，经过一"点"，显考或显妣的灵魂就进入牌内，以后这小木牌就成了显考显妣们的代表。点主要请一位官大功高的耆宿。李棻是常被请的。他点过翰林，在本县可说是最高功名，他脸上有几颗麻子，仆人们都叫他"李三麻子"，因为他架子大，很不好伺候。

礼生高唱："凝神——想象，请加墨主！"李棻就用一支新笔舔了墨在"神王"上点了一个瓜子点，"凝神，想象，请加朱主！"李三麻子用白芨调好的朱砂，盖在"墨主"上。于是礼成。

"凝神——想象"这是开吊所用的最叫人感动、最富人情味的、最艺术的语言。其余的都只是照章办事，行礼如仪而已。

孙筱波的丧事把吕虎臣累得够呛，没想到这是他一生中操办的最后一件丧事。

吕虎臣送客回来，摔了一跤，当时口眼歪斜，中风失语，他自己知道，这一回势将不救。——他曾经中过一次风，这次是复发了。中风最怕复发。他脑子还清楚，也还能含含糊糊、断断续续交代几句后事：

时值兵燹，人心惶惶，不要惊动亲友，殓以常服，薄葬，入土为安。

不要通知吕蕤。吕蕤已经结婚怀孕，在菱塘桥婆婆家生孩子，不能受刺激，等她生养休息后再慢慢告诉她。

遗著一卷，有机会刻印若干本送人。

他的遗著是：

婚丧
嫁娶　礼俗大全

吕蕤回来，看到父亲的新坟，扑上去号啕大哭，把坟土都湿了一圈，怎么劝也劝不住。

陪着吕蕤一起哭的，是方景。

一九九六年十月五日
载一九九六年第五期《大家》

侯银匠

白果子树，开白花，
南面来了小亲家。
亲家亲家你请坐，
你家女儿不成个货。
叫你家女儿开开门，
指着大门骂门神。
叫你家女儿扫扫地，
拿着笤帚舞把戏。
……

侯银匠店是个不大点的小银匠店。从上到下，老板、工匠、伙计，就他一个人。他用一把灯草浸在油盏里，又用一个弯头的吹管把银子烧软，然后用一个小锤子在一个铜模子或一个小铁砧上丁丁

笃笃敲打一气，就敲出各种银首饰。麻花银锈，小孩子虎头帽上
钉的银罗汉、银链子、发蓝簪子、点翠簪子……侯银匠一天就这
样丁丁笃笃地敲，戴着一副老花镜。

　　侯银匠店特别处是附带出租花轿。有人要租，三天前订好，
到时候就由轿夫抬走。等新娘拜了堂，再把空轿抬回来。这顶花
轿平常就停在屏门前的廊檐上，一进侯银匠家的门槛就看得见。
银匠店出租花轿，不知是一个什么道理。

　　侯银匠中年丧妻，身边只有一个女儿，他这个女儿很能干。
在别的同年的女孩子还只知道梳妆打扮，抓子儿、踢毽子的时候，
她已经把家务全撑了起来。开门扫地、掸土抹桌、烧茶煮饭、浆
洗缝补，事事都做得很精到。她小名叫菊子，上学之后学名叫侯菊。
街坊四邻都很羡慕侯银匠有这么个好女儿，有的女孩子躲懒贪玩，
妈妈就会骂一句："你看人家侯菊！"

　　一家有女百家求，头几年就不断有媒人来给侯菊提亲。侯
银匠总是说："孩子还小，孩子还小！"千挑选万挑选，侯银匠
看定了一家。这家姓陆，是开粮行的。弟兄三个，老大老二都已
经娶了亲，说的是老三。侯银匠问菊子的意见，菊子说："爹作
主！"侯银匠拿出一张小照片让菊子看，菊子扑哧一声笑了。"笑
什么？"——"这个人我认得！他是我们学校的老师，教过我英文。"
从菊子的神态上，银匠知道女儿对这个女婿是中意的。

　　侯菊十六那年下了小定。陆家不断派媒人来催侯银匠早点把
事办了。三天一催，五天一催。陆家老三倒不着急，着急的是老人。
陆家的大儿媳妇、二儿媳妇进门后都没有生养，陆老头子想三媳
妇早进陆家门，他好早一点抱孙子。三天一催，五天一催，侯菊

有点不耐烦说："总得给人家一点时间准备准备。"

侯银匠拿出一堆银首饰叫菊子自己挑，菊子连正眼都不看，说："我都不要！你那些银首饰都过了时。现在只有乡下人才戴银镯子、点蓝簪子、点翠簪子，我往哪儿戴，我又不梳髻！你那些银五半半现在人都不知道是什么用的！"侯银匠明白了，女儿是想要金的。他搜罗了一点金子给女儿打了一对秋叶形的耳坠、一条链子、一个五钱重的戒指。侯菊说："不是我稀罕金东西，大嫂子、二嫂子家里都是有钱的，金首饰戴不完。我嫁过去，有个人来客往的，戴两件金的，也显得不过于寒碜。"侯银匠知道这也是给当爹做脸，于是加工细做，心里有点甜，又有点苦。

爹问菊子还要什么，菊子指指廊檐下的花轿，说："我要这顶花轿。"

"要这顶花轿？这是顶旧花轿，你要它干什么？"

"我看了看，骨架都还是好的，这是紫檀木的，我会把它变成一顶新的！"

侯菊动手改装花轿，买了大红缎子、各色丝绒，飞针走线，一天忙到晚。轿顶绣了丹凤朝阳，轿顶下一圈鹅黄丝线流苏走水。"走水"这词儿想得真是美妙，轿子一抬起来，流苏随轿夫脚步轻轻地摆动起伏，真像是水在走。四边的帏子上绣的是八仙庆寿。最出色的是轿前的一对飘带，是"纳锦"的。"纳"的是两条金龙，金龙的眼珠是用桂圆核剪破了钉上去的（得好些桂元才能得出四只眼睛），看起来乌黑闪亮。他又请爹打了两串小银铃，作为飘带的坠脚。轿子一动，银铃碎响。轿子完工，很多人都来看，连声称赞："菊子姑娘的手真巧，也想得好！"

转过年来，春暖花开，侯菊就坐了这顶手制的花轿出门，临上轿时，菊子说了声："爹！您多保重！"鞭炮一响，老银匠的眼泪就下来了。

花轿没有再抬回来，侯菊把轿子留下了。这顶簇崭新的花轿就停在陆家的廊檐上。

侯菊有侯菊的打算。

大嫂、二嫂家里都有钱。大嫂子娘家有田有地，她的嫁妆是全堂红木、压箱底一张田契，这是她的陪嫁。二嫂子娘家是开糖坊的。侯菊有什么呢？她有这顶花轿。她把花轿出租。全城还有别家出租花轿，但都不如侯菊的花轿鲜亮，接亲的人家都愿意租侯菊的花轿。这样她每月都有进项。她把钱放在迎桌抽屉里。这是她的私房钱，她想怎么花就怎么花。她对新婚的丈夫说："以后你要买书订杂志，要用钱，就从这抽屉里拿。"

陆家一天三顿饭都归侯菊管起来。大嫂子、二嫂子好吃懒做，饭摆上桌，拿碗盛了就吃，连洗菜剥葱、涮锅、刷碗都不管。陆家人多，众口难调。老大爱吃硬饭，老二爱吃软饭，公公婆婆爱吃焖饭，各人吃菜爱咸爱淡也都不同。侯菊竟能在一口锅里煮出三样饭，一个盘子里炒出不同味道的菜。

公公婆婆都喜欢三儿媳妇。婆婆把米柜的钥匙交给了她，公公连粮行账簿都交给了她，她实际上成了陆家当家媳妇。她才十七岁。

侯银匠有时以为女儿还在身边。他的灯碗里油快干了，就大声喊："菊子！给我拿点油来！"及至无人应声，才一个人笑了："老了！糊涂了！"

女儿有时提了两瓶酒回来看看他，椅子还没有坐热就匆匆忙忙地走了。侯银匠想让女儿回来住几天，他知道这办不到，陆家一天也离不开她。

侯银匠常常觉得对不起女儿，让她过早地懂事，过早地当家。她好比一树桃子，还没有开花，就结了果子。

女儿走了，侯银匠觉得他这个小银匠店大了许多，空了许多。他觉得有些孤独，有些凄凉。

侯银匠不会打牌，也不会下棋，他能喝一点酒，也不多，而且喝的是慢酒。两块从连万顺买来的茶干，二两酒，就够他消磨一晚上。侯银匠忽然想起两句唐诗，那是他錾在"一封书"样式的银簪子上的（他记得的唐诗并不多）。想起这两句诗，有点文不对题：

姑苏城外寒山寺，
夜半钟声到客船。

散文

花　园
——茱萸小集二

在任何情形之下，那座小花园是我们家最亮的地方。虽然它的动人处不是，至少不仅在于这点。

每当家像一个概念一样浮现于我的记忆之上，它的颜色是深沉的。

祖父年轻时建造的几进，是灰青色与褐色的。我自小养育于这种安定与寂寞里。报春花开放在这种背景前是好的。它不致被晒得那么多粉。固然报春花在我们那儿很少见，也许没有，不像昆明。

曾祖留下的则几乎是黑色的，一种类似眼圈上的黑色（不要说它是青的），里面充满了影子。这些影子足以使供在神龛前的花消失。晚间点上灯，我们常觉那些布灰布漆的大柱子一直伸拔到无穷高处。神堂屋里总挂一只鸟笼，我相信即是现在也挂一只的。那只青裆子永远眯着眼假寐（我想它做个哲学家，似乎身子太小了）。只有巳时将尽，它唱一会，洗个澡，抖下一团小雾在伸展到廊内片刻的夕阳光影里。

一下雨，什么颜色都郁起来，屋顶，墙，壁上花纸的图案，甚至鸽子：铁青子，瓦灰，点子，霞白。宝石眼的好处这时才显出来。于是我们，等斑鸠叫单声，在我们那个园里叫。等着一棵榆梅稍经一触，落下碎碎的瓣子，等着重新着色后的草。

我的脸上若有从童年带来的红色，它的来源是那座花园。

我的记忆有菖蒲的味道。然而我们的园里可没有菖蒲呵？它是哪儿来的，是哪些草？这是一个无法解决的问题。但是我此刻把它们没有理由地纠在一起。

"巴根草，绿莹莹，唱个唱，把狗听。"每个小孩子都这么唱过吧。有时什么也不做，我躺着，用手指绕住它的根，用一种不露锋芒的力量拉，听顽强的根胡一处一处断。这种声音只有拔草的人自己才能听得。当然我嘴里是含着一根草了。草根的甜味和它的似有若无的水红色是一种自然的巧合。

草被压倒了。有时我的头动一动，倒下的草又慢慢站起来。我静静地注视它，很久很久，看它的努力快要成功时，又把头枕上去，嘴里叫一声"嗯！"有时，不在意，怜惜它的苦心，就算了。这种性格呀！那些草有时会吓我一跳的，它在我的耳根伸起腰来了，当我看天上的云。

我的鞋底是滑的，草磨得它发了光。

莫碰臭芝麻，沾惹一身，嘻，难闻死人。沾上身子，不要用手指去拈。用刷子刷。这种籽儿有带钩儿的毛，讨嫌死了。至今我不能忘记它：因为我急于要捉住那个"都溜"（一种蝉，叫的最好听），我举着我的网，蹑手蹑脚，抄近路过去，循它的声音找着时，拍，得了。可是回去，我一身都是那种臭玩艺。想想我捉过多少"都溜"！

我觉得虎耳草有一种腥味。

紫苏的叶子上的红色呵，暑假快过去了。

那棵大垂柳上常常有天牛，有时一个、两个的时候更多。它们总像有一桩事情要做，六只脚不停地运动，有时停下来，那动着的便是两根有节的触须了。我们以为天牛触须有一节它就有一岁。捉天牛用手，不是如何困难工作，即使它在树枝上转来转去，你等一个合适地点动手。常把脖子弄累了，但是失望的时候很少。这小小生物完全如一个有教养惜身份的绅士，行动从容不迫，虽有翅膀可从不想到飞；即是飞，也不远。一捉住，它便吱吱纽纽地叫，表示不同意，然而行为依然是温文尔雅的。黑地白斑的天牛最多，也有极瑰丽颜色的。有一种还似乎带点玫瑰香味。天牛的玩法是用线扣在脖子上看它走。令人想起……不说也好。

蟋蟀已经变成大人玩艺了。但是大人的兴趣在斗，而我们对于捉蟋蟀的兴趣恐怕要更大些。我看过一本秋虫谱，上面除了苏东坡米南宫，还有许多济颠和尚说的话，都神乎其神的不大好懂。捉到一个蟋蟀，我不能看出它颈子上的细毛是瓦青还是朱砂，它的牙是米牙还是菜牙，但我仍然是那么欢喜。听，瞿瞿瞿瞿，哪里？这儿是的，这儿了！用草掏，手扒，水灌，嚯，蹦出来了。顾不得螺螺藤拉了手，扑，追着扑。有时正在外面玩得很好，忽然想起我的蟋蟀还没喂呐，于是赶紧回家。我每吃一个梨，一段藕，吃石榴吃菱，都要分给它一点。正吃着晚饭，我的蟋蟀叫了。我会举着筷子听半天，听完了对父亲笑笑，得意极了。一捉蟋蟀，那就整个园子都得翻个身。我最怕翻出那种软软的鼻涕虫。可是堂弟有的是办法，撒一点盐，立刻它就化成一摊水了。

　　有的蝉不会叫，我们称之为哑巴。捉到哑巴比捉到"红娘"更坏。但哑巴也有一种玩法。用两个马齿苋的瓣子套起它的眼睛，那是刚刚合适的，仿佛马齿苋的瓣子天生就为了这种用处才长成那么个小口袋样子，一放手，哑巴就一直向上飞，决不偏斜转弯。

　　蜻蜓一个个选定地方息下，天就快晚了。有一种通身铁色的蜻蜓，翅膀较窄，称"鬼蜻蜓"。看它款款的飞在墙角花荫，不知什么道理，心里有一种说不出来的难过。

　　好些年看不到土蜂了。这种蠢头蠢脑的家伙，我觉得它也在花朵上把屁股撅来撅去的，有点不配，因此常常愚弄它。土蜂是在泥地上掘洞当作寨的。看它从洞里把个有绒毛的小脑袋钻出来（那神气像个东张西望的近视眼），嗡，飞出去了，我便用一点点湿泥把那个洞封好，在原来的旁边给它重掘一个，等着，一会儿，它拖着肚子回来了，找呀找，找到我掘的那个洞，钻进去，看看，不对，于是在四近大找一气。我会看着它那副急样笑个半天。或者，干脆看它进了洞，用一根树枝塞起来，看它从别处开了洞再出来。好容易，可重见天日了，它老先生于是坐在新大门旁边休息，吹吹风。神情中似乎是生了一点气，因为到这时已一声不响了。

　　祖母叫我们不要玩螳螂，说是它吃了土谷蛇的脑子，肚里会生出一种铁线蛇，缠到马脚脚就断，甚么东西一穿就过去了，穿到皮肉里怎么办？

　　它的眼睛如金甲虫，飞在花丛里五月的夜。

　　故乡的鸟呵。

　　我每天醒在鸟声里。我从梦里就听到鸟叫，直到我醒来。我听得出几种极熟悉的叫声，那是每天都叫的，似乎每天都在那个固定的枝头。

　　有时一只鸟冒冒失失飞进那个花厅里，于是大家赶紧关门，关窗子，吆喝，拍手，用书扔，竹竿打，甚至把自己帽子向空中摔去。可怜的东西这一来完全没了主意，只是横冲直撞的乱飞，碰在玻璃上，弄得一身蜘蛛网，最后大概都是从两椽之间空隙脱走。

　　园子里时时晒米粉，晒灶饭，晒碗儿糕。怕鸟来吃，都放一片红纸。为了这个警告，鸟儿照例就不来，我有时把红纸拿掉让它们大吃一阵，倒觉得它们太不知足时，便大喝一声赶去。

　　我为一只鸟哭过一次。那是一只麻雀或是癞花。也不知从甚么人处得来的，欢喜的了不得，把父亲不用的细篾笼子挑出一个最好的来给它住，配一个最好的雀碗，在插架上放了一个荸荠，安了两根风藤跳棍，整整忙了一半天。第二天起得格外早，把它挂在紫藤架下。正是花开的时候，我想是那全园最好的地方了。一切弄得妥妥当当后，独自还欣赏了好半天，我上学去了。一放学，急急回来，带着书便去看我的鸟。笼子掉在地下，碎了，雀碗里还有半碗水，"我的鸟，我的鸟呐！"父亲正在给碧桃花接枝，听见我的声音，忙走过来，把笼子拿起来看看，说："你挂得太低了，鸟在大伯的玳瑁猫肚子里了。"哇的一声，我哭了。父亲推着我的头回去，一面说："不害羞，这么大人了。"

有一年，园里忽然来了许多夜哇子。这是一种鹭鸶属的鸟，灰白色，据说它们头上那根毛能破天风。所以有那么一种名，大概是因为它的叫声如此吧。故乡古话说这种鸟常带来幸运。我见它们叽叽喳喳做窠了，我去告诉祖母，祖母去看了看，没有说什么话。我想起它们来了，也有一天会像来了一样又去了的。我尽想，从来处来，从去处去，一路走，一路望着祖母的脸。

园里什么花开了，常常是我第一个发现。祖母的佛堂里那个铜瓶里的花常常是我换新。对于这个孝心的报酬是有需掐花供奉时总让我去，父亲一醒来，一股香气透进帐子，知道桂花开了，他常是坐起来，抽支烟，看着花，很深远的想着什么。冬天，下雪的冬天，一早上，家里谁也还没有起来，我常去园里摘一些冰心腊梅的朵子，再掺着鲜红的天竺果，用花丝穿成几柄，清水养在白磁碟子里放在妈（我的第一个继母）和二伯母妆台上，再去上学。我穿花时，服侍我的女佣人小莲子，常拿着掸帚在旁边看，她头上也常戴着我的花。

我们那里有这么个风俗，谁拿着掐来的花在街上走，是可以抢的，表姐姐们每带了花回去，必是坐车。她们一来，都得上园里看看，有甚么花开的正好，有时竟是特地为花来的。掐花的自然又是我。我乐于干这项差事。爬在海棠树上，梅树上，碧桃树上，丁香树上，听她们在下面说："这枝，唉，这枝这枝，再过来一点，弯过去的，喏，唉，对了对了！"冒一点险，用一点力，总给办到。有时我也贡献一点意见，以为某枝已经盛开，不两天就全落在台布上了，某枝花虽不多，样子却好。有时我陪花跟她们一道回去，路上看见有人看过这些花一眼，心里非常高兴。碰到熟人同学，路上也会分一点给她们。

想起绣球花，必连带想起一双白缎子绣花的小拖鞋，这是一个小姑姑房中东西。那时候我们在一处玩，从来只叫名字，不叫姑姑。只有时写字条时如此称呼，而且写到这两个字时心里颇有种近于滑稽的感觉。我轻轻揭开门帘，她自己若是不在，我便看到这两样东西了。太阳照进来，令人明白感觉到花在吸着水，仿佛自己真分享到吸水的快乐。我可以坐在她常坐的椅子上，随便找一本书看看，找一张纸写点甚么，或有心无意的画一个枕头花样，把一切再恢复原来样子不留甚么痕迹，又自去了。但她大都能发觉谁来过了。那第二天碰到，必指着手说："还当我不知道呢。你在我绷子上戳了两针，我要拆下重来了！"那自然是吓人的话。那些绣球花，我差不多看见它们一点一点地开，在我看书作事时，它会无声的落两片在花梨木桌上。绣球花可由人工着色。在瓶里加一点颜色，它便会吸到花瓣里。除了大红的之外，别种颜色看上去都极自然。我们常以骗人说是新得的异种。这只是一种游戏，姑姑房里常供的仍是白的。为什么我把花跟拖鞋画在一起呢？真不可解。——姑姑已经嫁了，听说日子极不如意。绣球快开花了，昆明渐渐暖起来。

花园里旧有一间花房，由一个花匠管理。那个花匠仿佛姓夏。关于他的机伶促狭，和女人方面的恩怨，有些故事常为旧日佣仆谈起，但我只看到他常来要钱，样子十分狼狈，局局促促，躲避人的眼睛，尤其是说他的故事的人的。花匠离去后，花房也跟着改造园内房屋而拆掉了。那时我认识花名极少，只记得黄昏时，夹竹桃特别红，我忽然又害怕起来，急急走回去。

我爱逗弄含羞草。触遍所有叶子，看都合起来了，我自低头看我的书，偷眼瞧它一片片的开张了，再猝然又来一下。他们都说这是不好的，有什么不好呢。

荷花像是清明栽种。我们吃吃螺蛳，抹抹柳球，便可看佃户把马粪倒在几口大缸里盘上藕秧，再盖上河泥。我们在泥里找蚬子，小虾，觉得这些东西搬了这么一次家，是非常奇怪有趣的事。缸里泥晒干了，便加点水，一次又一次，有一天，紫红色的小觜子冒出来了水面，夏天就来了。赞美第一朵花。荷叶上花拉花响了，母亲便把雨伞寻出来，小莲子会给我送去。

大雨忽然来了。一个青色的闪照在槐树上，我赶紧跑到柴草房里去。那是距我所在处最近的房屋。我爬上堆近屋顶的芦柴上，听水从高处流下来，响极了，訇——，空心的老桑树倒了，葡萄架塌了，我的四近越来越黑了，雨点在我头上乱跳。忽然一转身，墙角两个碧绿的东西在发光！哦，那是我常看见的老猫。老猫又生了一群小猫了。原来它每次生养都在这里。我看它们攒着吃奶，听着雨，雨慢慢小了。

那棵龙爪槐是我一个人的。我熟悉它的一切好处，知道哪个枝子适合哪种姿势。云从树叶间过去。壁虎在葡萄上爬。杏子熟了。何首乌的藤爬上石笋了，石笋那么黑。蜘蛛网上一只苍蝇。蜘蛛呢？花天牛半天吃了一片叶子，这叶子有点甜么，那么嫩。金雀花那儿好热闹，多少蜜蜂！波——，金鱼吐出一个泡，破了，下午我们去捞金鱼虫。香橼花蒂的黄色仿佛有点忧郁，别的花是飘下，香橼花是掉下的，花落在草叶上，草稍微低头又弹起。大伯母掐了枝珠兰戴上，回去了。大伯母的女儿，堂姐姐看金鱼，看见了自己。石榴花开，玉兰花开，祖母来了，"莫掐了，回去看看，瓶里是甚么？""我下来了，下来扶您。"

槐树种在土山上，坐在树上可看见隔壁佛院。看不见房子，看到的是关着的那两扇门，关在门外的一片田园。门里是什么岁月呢？钟鼓整日敲，那么悠徐，那么单调，门开时，小尼姑来抱一捆草，打两桶水，随即又关上了。水东东的滴回井里。那边有人看我，我忙把书放在眼前。

家里宴客，晚上小方厅和花厅有人吃酒打牌。（我记得有个人吹得极好的笛子。）灯光照到花上，树上，令人极欢喜也十分忧郁。点一个纱灯，从家里到园里，又从园里到家里，我一晚上总不知走了无数趟。有亲戚来去，多是我照路，说哪里高，哪里低，哪里上阶，哪里下坎。若是姑妈舅母，则多是扶着我肩膀走。人影人声都如在梦中。但这样的时候并不多。平日夜晚园子是锁上的。

小时候胆小害怕，黑魆魆的，树影风声，令人却步。而且相信园里有个"白胡子老头子"，一个土地花神，晚上会出来，在那个土山后面，花树下，冉冉的转圈子，见人也不避让。

有一年夏天，我已经像个大人了，天气郁闷，心上另外又有一点小事使我睡不着，半夜到园里去。一进门，我就停住了。我

看见一个火星。咳嗽一声，招我前去，原来是我的父亲。他也正
因为睡不着觉在园中徘徊。他让我抽一支烟（我刚会抽烟），我
搬了一张藤椅坐下，我们一直没有说话。那一次，我感觉我跟父
亲靠得近极了。

　　四月二日。月光清极。夜气大凉。似乎该再写一段
作为收尾，但又似无须了。便这样吧，日后再说。逝者
如斯。

　　　　　　　　　　　载一九四五年六月第二卷第三期《文艺》

故乡的食物

炒米和焦屑

小时读《板桥家书》: "天寒冰冻时暮,穷亲戚朋友到门,先泡一大碗炒米送手中,佐以酱姜一小碟,最是暖老温贫之具",觉得很亲切。郑板桥是兴化人,我的家乡是高邮,风气相似。这样的感情,是外地人们不易领会的。炒米是各地都有的。但是很多地方都做成了炒米糖。这是很便宜的食品。孩子买了,咯咯地嚼着。四川有"炒米糖开水",车站码头都有得卖,那是泡着吃的。但四川的炒米糖似也是专业的作坊做的,不像我们那里。我们那里也有炒米糖,像别处一样,切成长方形的一块一块。也有搓成圆球的,叫作"欢喜团"。那也是作坊里做的。但通常所说的炒米,是不加糖黏结的,是"散装"的;而且不是作坊里做出来,是自己家里炒的。

　　说是自己家里炒，其实是请了人来炒的。炒炒米要点手艺，并不是人人都会的。入了冬，大概是过了冬至吧，有人背了一面大筛子，手持长柄的铁铲，大街小巷地走，这就是炒炒米的。有时带一个助手，多半是个半大孩子，是帮他烧火的。请到家里来，管一顿饭，给几个钱，炒一天。或二斗，或半石；像我们家人口多，一次得炒一石糯米。炒炒米都是把一年所需一次炒齐，没有零零碎碎炒的。过了这个季节，再找炒炒米的也找不着。一炒炒米，就让人觉得，快要过年了。

　　装炒米的坛子是固定的，这个坛子就叫"炒米坛子"，不作别的用途。舀炒米的东西也是固定的，一般人家大都是用一个香烟罐头。我的祖母用的是一个"柚子壳"。柚子，——我们那里柚子不多见，从顶上开一洞，把里面的瓤掏出来，再塞上米糠，风干，就成了一个硬壳的钵状的东西。她用这个柚子壳用了一辈子。

　　我父亲有一个很怪的朋友，叫张仲陶。他很有学问，曾教我读过《项羽本纪》。他薄有田产，不治生业，整天在家研究易经，算卦。他算卦用蓍草。全城只有他一个人用蓍草算卦。据说他有几卦算得极灵。有一家丢了一只金戒指，怀疑是女佣偷了。这女佣人蒙了冤枉，来求张先生算一卦。张先生算了，说戒指没有丢，在你们家炒米坛盖子上。一找，果然。我小时就不大相信，算卦怎么能算得这样准，怎么能算得出在炒米坛盖子上呢？不过他的这一卦说明了一件事，即我们那里炒米坛子是几乎家家都有的。

　　炒米这东西实在说不上有什么好吃。家常预备，不过取其方便。用开水一泡，马上就可以吃。在没有什么东西好吃的时候，泡一碗，可代早晚茶。来了平常的客人，泡一碗，也算是点心。

郑板桥说："穷亲戚朋友到门，先泡一大碗炒米送手中"，也是说其省事，比下一碗挂面还要简单。炒米是吃不饱人的。一大碗，其实没有多少东西。我们那里吃泡炒米，一般是抓上一把白糖，如板桥所说："佐以酱姜一小碟"，也有，少。我现在岁数大了，如有人请我吃泡炒米，我倒宁愿来一小碟酱生姜，——最好滴几滴香油，那倒是还有点意思的。另外还有一种吃法，用猪油煎两个嫩荷包蛋——我们那里叫作"蛋瘪子"，抓一把炒米和在一起吃。这种食品是只有"惯宝宝"才能吃得到的。谁家要是老给孩子吃这种东西，街坊就会有议论的。

我们那里还有一种可以急就的食品，叫作"焦屑"。糊锅巴磨成碎末，就是焦屑。我们那里，餐餐吃米饭，顿顿有锅巴。把饭铲出来，锅巴用小火烘焦，起出来，卷成一卷，存着。锅巴是不会坏的，不发馊，不长霉，攒够一定的数量，就用一具小石磨磨碎，放起来。焦屑也像炒米一样，用开水冲冲，就能吃了，焦屑调匀后成糊状，有点像北方的炒面，但比炒面爽口。

我们那里的人家预备炒米和焦屑，除了方便，原来还有一层意思，是应急。在不能正常煮饭时，可以用来充饥。这很有点像古代行军用的"糒"。有一年，记不得是哪一年，总之是我还小，还在上小学，党军（国民革命军）和联军（孙传芳的军队）在我们县境内开了仗，很多人都躲进了红十字会。不知道出于一种什么信念，大家都以为红十字会是哪一方的军队都不能打进去的，进了红十字会就安全了。红十字会设在炼阳观，这是一个道士观。我们一家带了一点行李进了炼阳观。祖母指挥着，特别关照，把一坛炒米和一坛焦屑带了去。我对这种打破常规的生活极感兴趣。

晚上，爬到吕祖楼上去，看双方军队枪炮的火光在东北面不知什么地方一阵一阵地亮着，觉得有点紧张，也很好玩。很多人家住在一起，不能煮饭，这一晚上，我们是冲炒米、泡焦屑度过的。没有床铺，我把几个道士诵经用的蒲团拼起来，在上面睡了一夜。这实在是我小时候度过的一个浪漫主义的夜晚。

第二天，没事了，大家就都回家了。

炒米和焦屑和我家乡的贫穷和长期的动乱是有关系的。

端午的鸭蛋

家乡的端午，很多风俗和外地一样。系百索子。五色的丝线拧成小绳，系在手腕上。丝线是掉色的，洗脸时沾了水，手腕上就印得红一道绿一道的。做香角子。丝线缠成小粽子，里头装了香面，一个一个串起来，挂在帐钩上。贴五毒。红纸剪成五毒，贴在门槛上。贴符。这符是城隍庙送来的。城隍庙的老道士还是我的寄名干爹，他每年端午节前就派小道士送符来，还有两把小纸扇。符送来了，就贴在堂屋的门楣上。一尺来长的黄色、蓝色的纸条，上面用朱笔画些莫名其妙的道道，这就能辟邪么？喝雄黄酒。用酒和的雄黄在孩子的额头上画一个王字，这是很多地方都有的。有一个风俗不知别处有不：放黄烟子。黄烟子是大小如北方的麻雷子的炮仗，只是里面灌的不是硝药，而是雄黄。点着后不响，只是冒出一股黄烟，能冒好一会。把点着的黄烟子丢在橱柜下面，说是可以熏五毒。小孩子点了黄烟子，常把它的一头抵在板壁上写虎字。写黄烟虎字笔画不能断，所以我们那里的孩子都会写草书的"一笔虎"。还有一个风俗，是端午节的午饭要吃"十二红"，就是十二道红颜色的菜。十二红里我只记得有炒红苋菜、油爆虾、咸鸭蛋，其余的都记不清，数不出了。也许十二红只是一个名目，不一定真凑足十二样。不过午饭的菜都是红的，这一点是我没有记错的，而且，苋菜、虾、鸭蛋，一定是有的。这三样，在我的家乡，都不贵，多数人家是吃得起的。

　　我的家乡是水乡。出鸭。高邮大麻鸭是著名的鸭种。鸭多，鸭蛋也多。高邮人也善于腌鸭蛋。高邮咸鸭蛋于是出了名。我在苏南、浙江，每逢有人问起我的籍贯，回答之后，对方就会肃然起敬："哦！你们那里出咸鸭蛋！"上海的卖腌腊的店铺里也卖咸鸭蛋，必用纸条特别标明："高邮咸蛋"。高邮还出双黄鸭蛋。别处鸭蛋也偶有双黄的，但不如高邮的多，可以成批输出。双黄鸭蛋味道其实无特别处。还不就是个鸭蛋！只是切开之后，里面圆圆的两个黄，使人惊奇不已。我对异乡人称道高邮鸭蛋，是不大高兴的，好像我们那穷地方就出鸭蛋似的！不过高邮的咸鸭蛋，确实是好，我走的地方不少，所食鸭蛋多矣，但和我家乡的完全不能相比！曾经沧海难为水，他乡咸鸭蛋，我实在瞧不上。袁枚的《随园食单·小菜单》有"腌蛋"一条。袁子才这个人我不喜欢，他的《食单》好些菜的做法是听来的，他自己并不会做菜。但是《腌蛋》这一条我看后却觉得很亲切，而且"与有荣焉"。文不长，录如下：

　　　腌蛋以高邮为佳，颜色细而油多，高文端公最喜食之。
　　席间，先夹取以敬客，放盘中。总宜切开带壳，黄白兼用；

不可存黄去白，使味不全，油亦走散。

高邮咸蛋的特点是质细而油多。蛋白柔嫩，不似别处的发干、发粉，入口如嚼石灰。油多尤为别处所不及。鸭蛋的吃法，如袁子才所说，带壳切开，是一种，那是席间待客的办法。平常食用，一般都是敲破"空头"用筷子挖着吃。筷子头一扎下去，吱——红油就冒出来了。高邮咸蛋的黄是通红的。苏北有一道名菜，叫作"朱砂豆腐"，就是用高邮鸭蛋黄炒的豆腐。我在北京吃的咸鸭蛋，蛋黄是浅黄色的，这叫什么咸鸭蛋呢！

端午节，我们那里的孩子兴挂"鸭蛋络子"。头一天，就由姑姑或姐姐用彩色丝线打好了络子。端午一早，鸭蛋煮熟了，由孩子自己去挑一个，鸭蛋有什么可挑的呢？有！一要挑淡青壳的。鸭蛋壳有白的和淡青的两种。二要挑形状好看的。别说鸭蛋都是一样的，细看却不同。有的样子蠢，有的秀气。挑好了，装在络子里，挂在大襟的纽扣上。这有什么好看呢？然而它是孩子心爱的饰物。鸭蛋络子挂了多半天，什么时候孩子一高兴，就把络子里的鸭蛋掏出来，吃了。端午的鸭蛋，新腌不久，只有一点淡淡的咸味，白嘴吃也可以。

孩子吃鸭蛋是很小心的。除了敲去空头，不把蛋壳碰破。蛋黄蛋白吃光了，用清水把鸭蛋壳里面洗净，晚上捉了萤火虫来，装在蛋壳里，空头的地方糊一层薄罗。萤火虫在鸭蛋里一闪一闪地亮，好看极了！

小时读"囊萤映雪"故事，觉得东晋的车胤用练囊盛了几十只萤火虫，照了读书，还不如用鸭蛋壳来装萤火虫。不过用萤火虫照亮来读书，而且一夜读到天亮，这能行吗？车胤读的是手写的卷子，字大，若是读现在的新五号字，大概是不行的。

咸菜茨菰汤

一到下雪天，我们家就喝咸菜汤，不知是什么道理。是因为雪天买不到青菜？那也不见得。除非大雪三日，卖菜的出不了门，否则他们总还会上市卖菜的。这大概只是一种习惯。一早起来，看见飘雪花了，我这就知道：今天中午是咸菜汤！

咸菜是青菜腌的。我们那里过去不种白菜，偶有卖的，叫作"黄芽菜"，是外地运去的，很名贵。一盘黄芽菜炒肉丝，是上等菜。平常吃的，都是青菜，青菜似油菜，但高大得多。入秋，腌菜，这时青菜正肥。把青菜成担的买来，洗净，晾去水气，下缸。一层菜，一层盐，码实，即成。随吃随取，可以一直吃到第二年春天。

腌了四五天的新咸菜很好吃，不咸，细、嫩、脆、甜，难可比拟。

咸菜汤是咸菜切碎了煮成的。到了下雪的天气，咸菜已经腌得很咸了，而且已经发酸。咸菜汤的颜色是暗绿的。没有吃惯的人，是不容易引起食欲的。

咸菜汤里有时加了茨菰片，那就是咸菜茨菰汤。或者叫茨菰咸菜汤，都可以。

我小时候对茨菰实在没有好感。这东西有一种苦味。民国二十年，我们家乡闹大水，各种作物减产，只有茨菰却丰收。那一年我吃了很多茨菰，而且是不去茨菰的嘴子的，真难吃。

我十九岁离乡，辗转漂流，三四十年没有吃到茨菰，并不想。

前好几年，春节后数日，我到沈从文老师家去拜年，他留我吃饭，师母张兆和炒了一盘茨菰肉片。沈先生吃了两片茨菰，说："这个好！格比土豆高。"我承认他这话。吃菜讲究"格"的高低，这种语言正是沈老师的语言。他是对什么事物都讲"格"的，包括对于茨菰、土豆。

因为久违，我对茨菰有了感情。前几年，北京的菜市场在春节前后有卖茨菰的。我见到，必要买一点回来加肉炒了。家里人都不怎么爱吃。所有的茨菰，都由我一个人"包圆儿"了。

北方人不识茨菰。我买茨菰，总要有人问我："这是什么？"——"茨菰。"——"茨菰是什么？"这可不好回答。

北京的茨菰卖得很贵，价钱和"洞子货"（温室所产）的西红柿、野鸡脖韭菜差不多。

我很想喝一碗咸菜茨菰汤。

我想念家乡的雪。

虎头鲨·昂嗤鱼·砗螯·螺蛳·蚬子

苏州人特重塘鳢鱼。上海人也是，一提起塘鳢鱼，眉飞色舞。塘鳢鱼是什么鱼？我向往之久矣。到苏州，曾想尝尝塘鳢鱼，未能如愿。后来我知道：塘鳢鱼就是虎头鲨，嘻！

塘鳢鱼亦称土步鱼。《随园食单》："杭州以土步鱼为上品，而金陵人贱之，目为虎头蛇，可发一笑。"虎头蛇即虎头鲨。这种鱼样子不好看，而且有点凶恶。浑身紫褐色，有细碎黑斑，头大而多骨，鳍如蝶翅。这种鱼在我们那里也是贱鱼，是不能上席的。

苏州人做塘鳢鱼有清炒、椒盐多法。我们家乡通常的吃法是氽汤，加醋、胡椒。虎头鲨氽汤，鱼肉极细嫩，松而不散，汤味极鲜，开胃。

昂嗤鱼的样子也很怪，头扁嘴阔，有点像鲇鱼，无鳞，皮色黄，有浅黑色的不规整的大斑。无背鳍。而背上有一根很硬的尖锐的骨刺。用手捏起这根骨刺，它就发出昂嗤昂嗤小小的声音。这声音是怎么发出来的，我一直没弄明白。这种鱼是由这种声音得名的。它的学名是什么，只有去问鱼类学专家了。这种鱼没有很大的，七八寸长的，就算难得的了。这种鱼也很贱，连乡下人也看不起。我的一个亲戚在农村插队，见到昂嗤鱼，买了一些，农民都笑他："买这种鱼干什么！"昂嗤鱼其实是很好吃的。昂嗤鱼通常也是氽汤。虎头鲨是醋汤，昂嗤鱼不加醋，汤白如牛乳，是所谓"奶汤"。昂嗤鱼也极细嫩，鳃边的两块蒜瓣肉有大拇指大，堪称至味。有一年，北京一家鱼店不知从哪里运来一些昂嗤鱼，无人问津。顾客都不识这是啥鱼。有一位卖鱼的老师傅倒知道："这是昂嗤。"我看到，高兴极了，买了十来条。回家一做，满不是那么一回事！昂嗤要吃活的（虎头鲨也是活杀）。长途转运，又在冷库里冰了一些日子，肉质变硬，鲜味全失，一点意思都没有！

砗螯，我的家乡叫馋螯，砗螯是扬州人的叫法，我在大连见到花蛤，我以为就是砗螯，不是。形状很相似，入口全不同。花蛤肉粗而硬，咬不动。砗螯极柔软细嫩。砗螯好像是淡水里产的，但味道却似海鲜。有点像蛎黄，但比蛎黄味道清爽。比青蛤、蚶子味厚。砗螯可清炒，烧豆腐，或与咸肉同煮。砗螯烧乌青菜（江南人叫塌苦菜），风味绝佳。乌青菜如是经霜而现拔的，尤美。我不食砗螯四十五年矣。

砗螯壳稍呈三角形，质坚，白如细瓷，而有各种颜色的弧形花斑，有浅紫的，有暗红的，有赭石，墨蓝的，很好看。家里买了砗螯，挖出砗螯肉，我们就从一堆砗螯壳里去挑选，挑到好的，洗净了留起来玩。砗螯壳的铰合部有两个突出的尖嘴子，把尖嘴子在糙石上磨磨，不一会儿就磨出两个小圆洞，含在嘴里吹，呜呜地响，且有细细颤音，如风吹窗纸。

螺蛳处处有之。我们家乡清明吃螺蛳，谓可以明目。用五香煮熟螺蛳，分给孩子，一人半碗，由他们自己用竹签挑着吃。孩子吃了螺蛳，用小竹弓把螺蛳壳射到屋顶上，喀拉喀拉地响。夏天"检漏"，瓦匠总要扫下好些螺蛳壳。这种小弓不作别的用处，就叫作螺蛳弓，我在小说《戴车匠》里对螺蛳弓有较详细的描写。

蚬子是我所见过的贝类里最小的了，只有一粒瓜子大。蚬子是剥了壳卖的。剥蚬子的人家附近堆了好多蚬子壳，像一个坟头。蚬子炒韭菜，很下饭。这种东西非常便宜，为小户人家的恩物。

有一年修运河堤。按工程规定，有一段堤面应铺碎石，包工的贪污了款子，在堤面铺了一层蚬子壳。前来检收的委员，坐在汽车里，向外一看，白花花的一片，还抽着雪茄烟，连说："很好！很好！"

我的家乡富水产。鱼中之名贵的是鳊鱼、白鱼（尤重翘嘴白）、鮻花鱼（即鳜鱼），谓之"鳊、白、鮻"。虾有青虾、白虾。蟹极肥。以无特点，故不及。

野鸭·鹌鹑·斑鸠

过去我们那里野鸭子很多。水乡，野鸭子自然多。秋冬之际，天上有时"过"野鸭子，黑乎乎的一大片，在地上可以听到它们鼓翅的声音，呼呼的，好像刮大风。野鸭子是枪打的（野鸭肉里常常有很细的铁砂子，吃时要小心），但打野鸭子的人自己不进城来卖。卖野鸭子有专门的摊子。有时卖鱼的也卖野鸭子，把一个养活鱼的木盆翻过来，野鸭一对一对地摆在盆底，卖野鸭子是不用秤约的，都是一对一对地卖。野鸭子是有一定分量的。依分量大小，有一定的名称，如"对鸭""八鸭"。哪一种有多大分量，我现在已经记不清了。卖野鸭子都是带毛的。卖野鸭子的可以代客当场去毛，拔野鸭毛是不能用开水烫的。野鸭子皮薄，一烫，皮就破了。干拔，卖野鸭子的把一只鸭子放入一个麻袋里，一手提鸭，一手拔毛，一会就拔净了。——放在麻袋里拔，是防止鸭毛飞散。代客拔毛，不另收费，卖野鸭子的只要那一点鸭毛。——野鸭毛是值钱的。

野鸭的吃法通常是切块红烧。清炖大概也可以吧，我没有吃过。野鸭子肉的特点是：细、"酥"，不像家鸭每每肉老。野鸭烧咸菜是我们那里的家常菜。里面的咸菜尤其是佐粥的妙品。

现在我们那里的野鸭子很少了。前几年我回乡一次，偶有，卖得很贵。原因据说是因为县里对各乡水利作了全面综合治理，过去的水荡子、荒滩少了，野鸭子无处栖息。而且，野鸭子过去是吃收割后遗撒在田里的谷粒的，现在收割得很干净，颗粒归仓，野鸭子没有什么可吃的，不来了。

鹌鹑是网捕的。我们那里吃鹌鹑的人家少，因为这东西只有由乡下的亲戚送来，市面上没有卖的。鹌鹑大都是用五香卤了吃。也有用油炸了的。鹌鹑能斗，但我们那里无斗鹌鹑的风气。

我看见过猎人打斑鸠。我在读初中的时候。午饭后，我到学校后面的野地里去玩。野地里有小河，有野蔷薇，有金黄色的茼蒿花，有苍耳（苍耳子有小钩刺，能挂在衣裤上，我们管它叫"万把钩"），有才抽穗的芦荻。在一片树林里，我发现一个猎人。我们那里猎人很少，我从来没有见过猎人，但是我一看见他，就知道：他是一个猎人。这个猎人给我一个非常猛厉的印象。他穿了一身黑，下面却缠了鲜红的绑腿。他很瘦。他的眼睛黑，而冷。他握着枪。他在干什么？树林上面飞过一只斑鸠。他在追逐这只斑鸠。斑鸠分明已经发现猎人了。它想逃脱。斑鸠飞到北面，在树上落一落，猎人一步一步往北走。斑鸠连忙往南面飞，猎人扬头看了一眼，斑鸠落定了，猎人又一步一步往南走，非常冷静。这是一场无声的，然而非常紧张的、坚持的较量。斑鸠来回飞，猎人来回走。我很奇怪，为什么斑鸠不往树林外面飞。这样几个来回，斑鸠慌了神了，它飞得不稳了，歪歪倒倒的，失去了原来均匀的节奏。忽然，砰，——枪声一响，斑鸠应声而落。猎人走过去，拾起斑鸠，看了看，装在猎袋里。他的眼睛很黑，很冷。

我在小说《异秉》里提到王二的熏烧摊子上，春天，卖一种叫作"鵽"的野味，鵽这种东西我在别处没看见过。"鵽"这个字很多人也不认得。多数字典里不收。《辞海》里倒有这个字，标音为（duo 又读 zhua）。zhua 与我乡读音较近，但我们那里是读入声的，这只有用国际音标才标得出来。即使用国际音标标出，在不知道"短促急收藏"的北方人也是读不出来的。《辞海》"鷃"字条下注云："见鷃鸠"，似以为"鷃"即"鷃鸠"。而在"鷃鸠"条下注云："鸟名。雉属。即'沙鸡'。"这就不对了。沙鸡我是见过的，吃过的。内蒙古、张家口多出沙鸡。《尔雅·释鸟》郭璞注："出北方沙漠地"，不错。北京冬季偶尔也有卖的。沙鸡嘴短而红，腿也短。我们那里的鷃却是水鸟，嘴长，腿也长。鷃的滋味和沙鸡有天渊之别。沙鸡肉较粗，略带酸味；鷃肉极细，非常香。我一辈子没有吃过比鷃更香的野味。

蒌蒿·枸杞·荠菜·马齿苋

　　小说《大淖记事》："春初水暖，沙洲上冒出很多紫红色的芦芽和灰绿色的蒌蒿，很快就是一片翠绿了。"我在书面下方加了一条注："蒌蒿是生于水边的野草，粗如笔管，有节，生狭长的小叶，初生二寸来高，叫作'蒌蒿苔子'，加肉炒食极清香。……"蒌蒿的蒌字，我小时不知怎么写，后来偶然看了一本什么书，才知道的。这个字音"吕"。我小学有一个同班同学，姓吕，我们就给他起了个外号，叫"蒌蒿苔于"（蒌蒿苔于家开了一爿糖坊，小学毕业后未升学，我们看见他坐在糖坊里当小老板，觉得很滑稽）。但我查了几本字典，"蒌"都音"楼"，我有点恍惚了。"楼""吕"一声之转。许多从"娄"的字都读"吕"，如"屡""缕""褛"……这本来无所谓，读"楼"读"吕"，关系不大。但字典上都说蒌

蒿是蒿之一种，即白蒿，我却有点不以为然了。我小说里写的蒌
蒿和蒿其实不相干。读苏东坡《惠崇春江晚景》诗："竹外桃花
三两枝，春江水暖鸭先知。蒌蒿满地芦芽短，正是河豚欲上时。"
此蒌蒿生于水边，与芦芽为伴，分明是我的家乡人所吃的蒌蒿，
非白蒿。或者"即白蒿"的蒌蒿别是一种，未可知矣。深望懂诗、
懂植物学，也懂吃的博雅君子有以教我。

　　我的小说注文中所说的"极清香"，很不具体，嗅觉和味觉
是很难比方，无法具体的。昔人以为荔枝味似软枣，实在是风马
牛不相及。我所谓"清香"，即食时如坐在河边闻到新涨的春水
的气味。这是实话，并非故作玄言。

　　枸杞到处都有。开花后结长圆形的小浆果，即枸杞子。我们
叫它"狗奶子"，形状颇像。本地产的枸杞子没有入药的，大概
不如宁夏产的好。枸杞是多年生植物。春天，冒出嫩叶，即枸杞头。
枸杞头是容易采到的。偶尔也有近城的乡村的女孩子采了，放在
竹篮里叫卖："枸杞头来！……"枸杞头可下油盐炒食；或用开
水焯了，切碎，加香油、酱油、醋，凉拌了吃。那滋味，也只能
说"极清香"。春天吃枸杞头，云可以清火，如北方人吃苣荬菜
一样。

　　"三月三，荠菜花赛牡丹"。俗谓是日以荠菜花置灶上，则
蚂蚁不上锅台。

　　北京也偶有荠菜卖。菜市上卖的是园子里种的，茎白叶大，
颜色较野生者浅淡，无香气。农贸市场间有南方的老太太挑了野
生的来卖，则又过于细瘦，如一团乱发，制熟后强硬扎嘴。总不
如南方野生的有味。

　　江南人惯用荠菜包春卷，包馄饨，甚佳。我们家乡有用来包春卷的，用来包馄饨的没有，——我们家乡没有"菜肉馄饨"。一般是凉拌。荠菜焯熟剁碎，界首茶干切细丁，入虾米，同拌。这道菜是可以上酒席作凉菜的。酒席上的凉拌荠菜都用手抟成一座尖塔，临吃推倒。

　　马齿苋现在很少有人吃。古代这是相当重要的菜蔬。苋分人苋、马苋。人苋即今苋菜，马苋即马齿苋。我的祖母每于夏天摘肥嫩的马齿苋晾干，过年时作馅包包子。她是吃长斋的，这种包子只有她一个人吃。我有时从她的盘子里拿一个，蘸了香油吃，挺香。马齿苋有点淡淡的酸味。

　　马齿苋开花，花瓣如一小囊。我们有时捉了一个哑巴知了，——知了是应该会叫的，捉住一个哑巴，多么扫兴！于是就摘了两个马齿苋的花瓣套住它的眼睛，——马齿苋花瓣套知了眼睛正合适，一撒手，这知了就拼命往高处飞，一直飞到看不见！

　　三年自然灾害，我在张家口沙岭子吃过不少马齿苋。那时候，这是宝物！

载一九八六年第五期《雨花》

他乡寄意

抗日战争时期，昆明重庆流传一则谜语：航空信——打一地名。谜底是：高邮。这说明知道我的家乡的人还是不少的。但是多数人对我的家乡的所知，恐怕只限于我们那里出咸鸭蛋，而且有双黄的。我遇到很多外地人问过我：你们那里为什么出双黄鸭蛋？我也回答过，说这和鸭种有关；我们那里水多，小鱼小虾多，鸭吃多了小鱼小虾，爱下双黄蛋。其实这是想当然耳。直到现在，我也说不清这是什么道理。敝乡真是"小地方"，经济、文化都比较落后，只落得以产双黄鸭蛋而出名，悲哉！

我的家乡过去是相当穷的。穷的原因是多水患。我们那里是水乡。人家多傍水而居，出门就得坐船。秦少游诗云："菰蒲深处疑无地，忽有人家笑语声"，大抵里下河一带都是如此。县城的西面是运河，运河西堤外便是高邮湖。运河河身高，几乎是一条"悬河"，而县境的地势低，据说运河的河底和县城的城墙一般高。这可能有一点夸张。但我们小时候到运河堤上去玩，站在河堤上，是可以俯瞰下面人家的屋顶的。城里的孩子放风筝，风筝飘在堤上人的脚底下。这样，全县就随时处在水灾的威胁之中。民国二十年的大水我是亲历的。湖水侵入运河，运河堤破，洪水直灌而下，我家所住的东大街成了一条激流汹涌的大河。这一年水灾，毁坏田地房屋无数，死了几万人。我在外面这些年，经常关心的一件事，是我的家乡又闹水灾了没有？前几年，我的一个在江苏省水利厅当总工程师的初中同班同学到北京开会，来看我。他告诉我：高邮永远不会闹水灾了。我于是很想回去看看。我十九岁离乡，在外面已四十多年了。

苏北水灾得到根治，主要是由于修建了江都水利枢纽和苏北灌溉总渠。这是两项具有全国意义的战略性的水利工程，我的初中同班同学是参与这两项工程的主要设计者之一。我参观了江都水利枢纽，对那些现代化的机械一无所知，只觉得很壮观。但是我知道，从此以后，运河水大，可以泄出；水少，可以从长江把水调进来，不但旱涝无虞，而且使多少万人的生命得到了保障。呜呼，厥功伟矣！

我在家乡住了约一个星期。每天早起，我都要到运河堤上走一趟。运河拓宽了。小时候我们过运河去玩，由东堤到西堤，两篙子就到了。现在西门宝塔附近的河面宽得像一条江。我站在平整坚实的河堤上，看着横渡的轮船，拉着汽笛，悠然驶过，心里说不出的感动。

县境内的河也都经过统一规划，综合治理了，交通、灌溉都很方便。很多地方都实现了电力灌溉。我看了几份材料，都说现在是"要水一声喊，看水穿花鞋"。这两句话有点大跃进的味道，而且现在的妇女也很少穿花鞋的。不过过去到处可见的长到三十二轧的水车和凉亭似的牛车棚确实看不到了。我倒建议保留一架水车，放在博物馆里，否则下一辈人将不识水车为何物。

由于水利改善，粮食大幅度地增产了。过去我们那里的田，打五百斤粮食，就算了不起了；现在亩产千斤，不成问题。不少地方已达"吨粮"——亩产两千斤。因此，农民的生活大大提高了。很多人家盖起了新房子，砖墙、瓦顶、玻璃窗，门外种着西番莲、洋菊花。农村姑娘的衣着打扮也很入时，烫发、皮鞋，吓！

不过粮食增产有到头的时候。两千斤粮食又能卖多少钱呢？单靠农业，我们那个县还是富不起来的。希望还在发展工业上。我希望地方的有识之士动动脑筋。也可以把在外面工作的内行请回去出出主意。到2000年，我的故乡应当会真正变个样子，成为一个开放型的城市。这样，故乡人民的心胸眼界才有可能开阔起来，摆脱小家子气。

我们那个县从来很难说是人文荟萃之邦。不但和扬州、仪征不能比，比兴化、泰州也不如。宋代曾以此地为高邮军，大概繁盛过一阵，不少文人都曾在高邮湖边泊舟，宋诗里提及高邮的地方颇多。那时出过鼎鼎大名、至今为故人引为骄傲的秦少游，还有一位孙莘老。明代出过一个散曲家兼画家的王西楼（磐）。清代出过王氏父子——王念孙、王引之。还有一位古文家夏之蓉。此外，再也数不出多少名人了。而且就是这几位名人，也没有在我的家乡产生多大的影响。秦少游没有留下多少遗迹。原来的文游台下有一个秦少游读书处，后来也倒塌了。连秦少游老家在哪里，也都搞不清楚，实在有点对不起这位绝代词人。听说近年发现了秦氏宗谱，那么这个问题可能有点线索了吧。更令人遗憾的是历代研究秦少游的故乡人颇少。我上次回乡看到一部《淮海集》，是清版。我们县应该有一部版本较好的《淮海集》才好。近年有几位青年有志于研究秦少游，地方上应该予以支持。王西楼过去知道的人更少。我小时候在家乡就没有读过一首王西楼的散曲，只是现在还流传一句有地方特点的歇后语："王西楼嫁女儿——话（画）多银子少。"《王西楼乐府》最初是在高邮刻印的，最好能找到较早的版本。我希望家乡能出一两个王西楼专家。散曲的谱不是很难找到，能不能把王西楼的某些散曲，比如那首有名的《唢呐》，翻成简谱在县里唱一唱？如果能组织一场王西楼散曲演唱晚会，那是会很叫人兴奋的。王念孙父子在清代训诂学界影响很大，号称"高邮王氏之学"。但是我的很多家乡人只知道"独旗杆王家"，至于王家是怎么回事，就不大了然了。我也希望故乡有人能继承光大王氏之学。前年高邮在王氏旧宅修建了高邮王氏纪念馆，让我写字，我寄去一副对联："一代宗师，千秋绝学；二王余韵，百里书声"，下联实是我对于乡人的期望。

　　以上说的是传统文化。对于现代科学，我们高邮人做出贡献的也有。比如孙云铸，是世界有名的古生物学家、地层学家。他的《中国北方寒武纪动物化石》是我国第一部古生物学专著。我初到昆明时，曾到他家去过。他家桌上、窗台上，到处都是三叶虫化石。这是一位很纯正的学者。可是故乡人知道他的不多。高邮拟修县志，我希望县志里有孙云铸的传。我也希望故乡的后辈能继承老一辈严谨的治学精神。

　　我们县是没有多少名胜古迹的。过去年代较久，建筑上有特

点的，是几座庙：承天寺、天王寺、善因寺。现在已经拆得一点
不剩了。西门宝塔还在，但只是孤伶伶的一座塔，周围是一片野树。
高邮的"刮刮老叫"的古迹是文游台，这是苏东坡、秦少游等名
士文人雅集之地，我们小时候春游远足，总是上文游台。登高四
望，烟树帆影、豆花芦叶，确实是可以使人胸襟一畅的。文游台
在敌伪时期，由一个姓王的本地人县长重修了一次，搞得不像样
子。重修后的奎楼、公园也都不理想。请恕我说一句直话：有点俗。
听说文游台将重修，不修便罢，修就修好。文游台既是宋代的遗迹，
建筑上要有点宋代的特点。比如：大斗拱、素朴的颜色。千万不
要因陋就简，或者搞得花花绿绿的。

　　我离乡日久，鬓毛已衰，对于故乡一无贡献，很惭愧。《新
华日报》约我为《故乡情》写稿，略抒芹意，希望我的乡人不要
见怪。

一九八六年八月二十八日北京
载一九八六年九月十七日《新华日报》

《高邮风物》序

　　高邮八景我到现在还数不全。神居山在湖西，我竟未去过。鹿女丹泉我连在哪里都不知道，只是听说过这个名目。八景里我最熟悉的是文游台，实实在在觉得这是一"景"的，也是文游台。文游台离我家很近，步行十分钟即可到。我们上小学的时候，每年春游都是上文游台。正月里到泰山庙看戏，也要顺便上文游台去逛逛。文游台真不错。因为地势高，眼界空阔，可以看得很远。印象最深的是西面运河里的船帆由绿树梢头轻轻移过。再就是台边种了很多蚕豆，开着淡紫色的繁花。文游台前面是泰山庙。传说泰山庙大殿的屋顶上是不积雪的。因为大殿下面是一个很大的獾子洞，獾子用毛擀成了一片獾毡，和殿基一般人小，獾毡热气上升，所以雪下不到屋顶就化了。有人把獾毡盗走了，泰山庙的屋顶就照样积雪了。

　　高邮的八景我觉得有两个特点。一个是多半和水有关。我的家乡是一个泽国，这是很自然的。甓射珠光、耿庙神灯、邗沟烟柳都是由水得景。镇国寺塔原来在西门外运河岸边。运河拓宽，塔在河中的洲上了，跟运河的关系就更密切了。第二是不少景都有点浪漫主义色彩，有点神秘的味道。神山爽气，只是一股气，真不好捉摸。爽气是什么样的气呢。缥缈得很。甓射湖珠大概宋朝以前就很有名。沈括的《梦溪笔谈》里有详细的记载。沈括是个有科学头脑的严肃的学者，所记必有所据。他把这颗神珠写得很美，而且使人有恐怖感。这到底是什么东西呢？有人怀疑这是外星人发射来的飞碟一类的东西，这只是猜测。甓射湖中已无珠，然而明烂的珠光长存在人们的想象之中。我觉得耿庙神灯是一个美丽的传说。我小时候好像七公殿还在。民国二十年发大水之前有许多预象，人们的迷信思想抬头，想象力也特别活跃，纷纷传说七公老爷显了灵，说是在苍茫云水之间看到神灯了。其实谁也没有看到。正因为没有人看到过，所以越加相信神灯是有的。

八景里我不喜欢的是露筋晓月。关于露筋祠的传说，欧阳修就怀疑过，认为这是不可能的事，不近情理。人怎么能被蚊子咬得露了筋而死去呢？她怎么也能想一点办法，至少可以用手拍打拍打。而且蚊子只吸人血，没有听说连人肉也吃的。这是一个出于残酷的贞洁观念而编造出来的故事。王渔洋露筋祠诗"门外野风开白莲"写得很凄凉，就没有一笔涉及露筋而死的惨剧。我并不认为要把这一景从八景中开除，只是觉得在介绍传说时要加以批判。

高邮可能会成为运河线上的一个旅游点，所有的景都需要收拾收拾。文游台最好在原有基础上整建。除了房屋的营造要有点宋代风格，室内装饰也要注意。听说现在刻制了一些楹联，希望朴素一些，不要搞得金碧辉煌。主楼内的家具陈设也要搞得讲究一些。在高邮找一堂红木几案、坐榻、旧瓷器、大理石插屏、多宝格……都还是可以找得出来的。镇国寺塔要维修，现在相当残破了。另外，要多植花木。文游台前宜植罗汉松、柽柳、玉兰（不要广玉兰）、紫白丁香、西府海棠。镇国寺塔的地势很好，洲上现在种的树杂乱无章，且多是槐、榆之类，这个小洲似可辟为果树园，种桃、种杏、种梨，春华秋实，这样坐在运河的船上望之如锦绣，使过客很想泊舟到洲上喝一杯茶，吃几块界首茶干。邗沟烟柳本不是一个固定的地界，但可选一个合适的地段，移栽大量的垂柳，柳丛中可安置几个牛车篷式的草顶的大亭子，卖酒，卖起水旋煮的缩项鳊、翘嘴白。有些可以想象，无法目睹的景，如氂射珠光、耿庙神灯，可以选一地点，立一碑石。石质要好，文宜雅洁，字要端秀，——不要那种带霸悍之气的"将军体"。

　　高邮的风味食物，有名的是双黄鸭蛋和大麻鸭。双黄蛋容易变质。我从家乡几次带了一些双黄鸭蛋准备送人，结果都坏了。家乡人应研究一下稍可久贮的腌制方法。大麻鸭是名种，但高邮人似乎并不太会做鸭。我建议高邮派定一二厨师到外地留留学，专门在做鸭菜上下一点功夫，学会做口蘑炖鸭、虫草炖鸭、八宝鸭（腔内填糯米及香菇、虾仁、火腿清蒸）、香酥鸭……高邮人不善做盐水鸭，应该到南京学学，不难的。高邮原来有厨师会做叉子烤鸭的，现在好像失传了。高邮既以产鸭著名，应该能像淮安人做得出全鳝席一样做得出全鸭席。

　　朱延庆同志编了一本《高邮风物》，嘱我为序。延庆治学谨严，文笔清丽，此书必有可观，乃乐为之序。

　　　　　　　　　　一九八七年春节大年初一中午
　　　　　　　　　　载一九八七年第十一期《雨花》

腊梅花

"雪花、冰花、腊梅花……"我的小孙女这一阵老是唱这首儿歌。其实她没有见过真的腊梅花，只是从我画的画上见过。

周紫芝《竹坡诗话》云："东南之有腊梅，盖自近时始。余为儿童时，犹未之见。元祐间，鲁直诸公方有诗，前此未尝有赋此诗者。政和间，李端叔在姑溪，元夕见之僧舍中，尝作两绝，其后篇云：'程氏园当尺五天，千金争赏凭朱栏。莫因今日家家有，便作寻常两等看。'观端叔此诗，可以知前日之未尝有也。"看他的意思，腊梅是从北方传到南方去的。但是据我的印象，现在倒是南方多，北方少见，尤其难见到长成大树的。我在颐和园藻鉴堂见过一棵，种在大花盆里，放在楼梯拐角处。因为不是开花的时候，绿叶披纷，没有人注意。和我一起住在藻鉴堂的几个搞剧本的同志，都不认识这是什么。

我的家乡有腊梅花的人家不少。我家的后园有四棵很大的腊梅。这四棵腊梅，从我记事的时候，就已经是那样大了。很可能是我的曾祖父在世的时候种的。这样大的腊梅，我以后在别处没有见过。主干有汤碗口粗细，并排种在一个砖砌的花台上。这四棵腊梅的花心是紫褐色的，按说这是名种，即所谓"檀心磬口"。腊梅有两种，一种是檀心的，一种是白心的。我的家乡偏重白心的，美其名曰："冰心腊梅"，而将檀心的贬为"狗心腊梅"。腊梅和狗有什么关系呢？真是毫无道理！因为它是狗心的，我们也就不大看得起它。

　　不过凭良心说，腊梅是很好看的。其特点是花极多——这也是我们不太珍惜它的原因。物稀则贵，这样多的花，就没有什么稀罕了。每个枝条上都是花，无一空枝。而且长得很密，一朵挨着一朵，挤成了一串。这样大的四棵大腊梅，满树繁花，黄灿灿的吐向冬日的晴空，那样的热热闹闹，而又那样的安安静静，实在是一个不寻常的境界。不过我们已经司空见惯，每年都有一回。

　　每年腊月，我们都要折腊梅花。上树是我的事。腊梅木质疏松，枝条脆弱，上树是有点危险的。不过腊梅多枝权，便于登踏，而且我年幼身轻，正是"一日上树能千回"的时候，从来也没有掉下来过。我的姐姐在下面指点着："这枝，这枝！——哎，对了，对了！"我们要的是横斜旁出的几枝，这样的不蠢；要的是几朵半开，多数是骨朵的，这样可以在瓷瓶里养好几天——如果是全开的，几天就谢了。

　　下雪了，过年了。大年初一，我早早就起来，到后园选摘几枝全是骨朵的腊梅，把骨朵都剥下来，用极细的铜丝——这种铜丝是穿珠花用的，就叫作"花丝"，把这些骨朵穿成插鬓的花。我们县北门的城门口有一家穿珠花的铺子，我放学回家路过，总要钻进去看几个女工怎样穿珠花，我就用她们的办法穿成各式各样的腊梅珠花。我在这些腊梅珠子花当中嵌了几粒天竺果——我家后园的一角有一棵天竺。黄腊梅、红天竺，我到现在还很得意：那是真很好看的。我把这些腊梅珠花送给我的祖母，送给大伯母，送给我的继母。她们梳了头，就插戴起来。然后，互相拜年。我应该当一个工艺美术师的，写什么屁小说！

一九八七年二月十八日

载一九八七年第六期《作家》

踢毽子

　　我们小时候踢毽子，毽子都是自己做的。选两个小钱（制钱），大小厚薄相等，轻重合适，叠在一起，用布缝实，这便是毽子托。在毽托一面，缝一截鹅毛管，在鹅毛管中插入鸡毛，便是一只毽子。鹅毛管不易得，把鸡毛直接缝在毽托上，把鸡毛根部用线缠缚结实，使之向上直挺，较之插于鹅毛管中者踢起来尤为得劲。鸡毛须是公鸡毛，用母鸡毛做毽子的，必遭人笑话，只有刚学踢毽子的小毛孩子才这么干。鸡毛只能用大尾巴之前那一部分，以够三寸为合格。鸡毛要"活"的，即从活公鸡的身上拔下来的，这样的鸡毛，用手摩挲几下，往墙上一贴，可以粘住不掉。死鸡毛粘不住。后来我明白，大概活鸡毛经摩挲会产生静电。活鸡毛做的毽子毛茎柔软而有弹性，踢起来飘逸潇洒。死鸡毛做的毽子踢起来就发死发僵。鸡毛里讲究要"金绒帚子白绒哨子"，即从五彩大公鸡身上拔下来的，毛的末端乌黑闪金光，下面的绒毛雪白。次一等的是芦花鸡毛。赭石的、土黄的，就更差了。我们那里养公鸡的人家很多，入了冬，快腌风鸡了，这时正是公鸡肥壮，羽毛丰满的时候，孩子们早就"贼"上谁家的鸡了，有时是明着跟人家要，有时乘没人看见，摁住一只大公鸡，嚓嚓拔了两把毛就跑。大多数孩子的书包里都有一两只足以自豪的毽子。踢毽子是乐事，做毽子也是乐事。一只"金绒帚子白绒哨子"，放在桌上看看，也是挺美的。

我们那里毽子的踢法很复杂，花样很多。有小五套，中五套，大五套。小五套是"扬、拐、尖、托、笃"，是用右脚的不同部位踢的。中五套是"偷、跳、舞、环、踩"，也是用右脚踢，但以左脚作不同的姿势配合。大五套则是同时运用两脚踢，分"对、岔、绕、掼、挞"。小五套技术比较简单，运动量较小，一般是女生踢的。中五套较难，大五套则难度很大，运动量也很大。要准确地描述这些踢法是不可能的。这些踢法的名称也是外地人所无法理解的，连用通用的汉字写出来都困难，如"舞"读如"吴"，"掼"读kuàn，"笃"和"挞"都读入声。这些名称当初不知是怎么确立的。我走过一些地方，都没有见到毽子有这样多的踢法。也许在我没有到过的地方，毽子还有更多的踢法。我希望能举办一次全国毽子表演，看看中国的毽子到底有多少种踢法。

踢毽子总是要比赛的。可以单个地赛。可以比赛单项，如"扬"踢多少下，到踢不住为止；对手照踢，以踢多少下定胜负。也可以成套比赛，从"扬、拐、尖、托、笃""偷、跳、舞、环、踩"踢到"对、岔、绕、掼、挞"。也可以分组赛。组员由主将临时挑选，踢时一对一，由弱至强，最弱的先踢，最后主将出马，累计总数定胜负。

踢毽子也有名将，有英雄。我有个堂弟曾在县立中学踢毽子比赛中得过冠军。此人从小爱玩，不好好读书，常因国文不及格被一个姓高的老师打手心，后来忽然发愤用功，现在是全国有名的心脏外科专家。他比我小一岁，也已经是抱了孙子的人了，现在大概不会再踢毽子了。我们县有一个姓谢的，能在井栏上转着圈子踢毽子。这可是非常危险的事，重心稍一不稳，就会扑通一声掉进井里！

毽子还有一种大集体的踢法，叫作"嗨（读第一声）卯"。一个人"喂卯"——把毽子扔给嗨卯的，另一个人接到，把毽子使劲向前踢去，叫作"嗨"。嗨得极高，极远。嗨卯只能"扬"，——用右脚里侧踢，别种踢法踢不到这样高，这样远。下面有一大群人，见毽子飞来，就一齐纵起身来抢这只毽子。谁抢着了，就有资格等着接递原嗨卯的去嗨。毽子如被喂卯的抢到，则他就可上去充当嗨卯的，嗨卯的就下来喂卯。一场嗨卯，全班同学出动，喊叫喝彩，热闹非常。课间十分钟，一会儿就过去了。

踢毽子是冬天的游戏。刘侗《帝京景物略》云："杨柳死，踢毽子"，大概全国皆然。

踢毽子是孩子的事，偶尔见到近二十边上的人还踢，少。北京则有老人踢毽子。有一年，下大雪，大清早，我去逛天坛，在天坛门洞里见到几位老人踢毽子。他们之中最年轻的也有六十多了。他们轮流传递着踢，一个传给一个，这个接过来，踢一两下，传给另一个。"脚法"大都是"扬"，间或也来一下"跳"。我在旁边也看了五分钟，毽子始终没有落到地下。他们大概是"毽友"，经常，也许是每天在一起踢。老人都腿脚利落，身板挺直，面色红润，双眼有光。大雪天，这几位老人是一幅画，一首诗。

一九八八年六月六日

载一九八八年七月十二日《中国体育报》

矕射珠光

我小时学刻图章，第一块刻的是长方形的阳文："珠湖人"。沈括《梦溪笔谈》：

> 嘉祐中，扬州有一珠甚大，天晦多见。初出于天长县陂泽中，后转入矕射湖，又后乃在新开湖中，凡十余年，居民行人，常常见之。予友人书斋在湖上，一夜忽见其珠甚近。初微开其房，光自吻中出，如横一金线；俄顷忽张壳，其大如半席，壳中白光如银，珠大如拳，烂然不可正视，十余里间林木皆有影，如初日所照，远处但见天赤如野火；倏然远去，其行如飞，浮于波中，杳杳如日。古有明月之珠，此珠殊不类月，荧荧有芒焰，殆类日光。崔伯易尝为《明珠赋》。伯易，高邮人，盖常见之。近岁不复出，不知所往。樊良镇正当珠往来处，行人至此，往往维船数宵以待现，名其亭为"玩珠"。

　　这就是所谓"甓射珠光"。甓射湖即高邮湖。"甓射珠光"
是"秦邮八景"之一，甚至是八景之首。因为曾经有过那么一颗珠子，
高邮湖又称"珠湖"。这个地名平常不大有人用，只有画家题画
时偶尔一用。

　　关于这颗珠子最早的记载大概是沈括的《梦溪笔谈》（崔伯
易的《明珠赋》今不传）。这则笔谈不但详细，而且写得非常生动，
使人有如目睹。"十余里间林木皆有影，如初日所照，远处但见
天赤如野火；倏然远去，其行如飞，浮于波中，杳杳如日"，这
是何等神奇的景象呵！我们小时候都听大人谈过这颗神珠，与《笔
谈》所记相差不多，其所根据，大概也就是《笔谈》。高邮人都
应该感谢沈括，多亏他记载了这颗珠子，使我们的家乡多了一笔
美丽的彩虹。否则，即使口耳相传，一代又一代，因为不曾见诸
文字，听的人也是不会相信的，因为这颗珠子实在太"神"了。

　　沈括的记载大概是可靠的。沈括是个很严肃的人，《梦溪笔谈》
虽亦记"神奇""异事"，但他不是专门搜神志怪的人，即使是
神奇、异事，也多有根据，不是道听途说，捕风捉影。这则《笔谈》
所以可信，一是有准确的时间，"嘉祐中"（距今约九百三十年）；
二是他是亲自听"友人"说的。这位友人不会造谣。

　　这究竟是什么东西？曾经有人写过一篇文章，认为这是从外
星发来的异物，地球上是不可能有发出那样的强光，其行如飞的
东西的。这只是猜测。我宁可相信，这就是一颗很大的珠子。这
颗大珠子早已不知所往，不会再出现了（多么神奇的珠贝也活不
到九百多年）。但是它会永远存在于人们的想象之中。在修县志

时也不妨仍然把"氆射珠光"这个事实上不存在的一景列入"八景"之中。珠子没有了，湖却是在的。

　　我刻的那块"珠湖人"的图章早已不知去向。我还记得图章的样子，长一寸，阔三分，是一块肉红色的寿山石。

一九八八年十月八日

载一九八八年十一月十七日《中国物资报》

淡淡秋光

秋葵·凤仙花·秋海棠

秋葵叶似鸡脚，又名鸡脚葵、鸡爪葵。花淡黄色，淡若无质。花瓣内侧近蒂处有檀色晕斑。花心浅白，柱头深紫。秋葵不是名花，然而风致楚楚。古人诗说秋葵似女道士，我觉得很像，虽然我从未见过一个女道士。

凤仙花有单瓣、复瓣。单瓣者多为水红色。复瓣者为深红、浅红、白色。复瓣者花似小牡丹，只是看不见花蕊。花谢，结小房如玉搔头。凤仙花极易活，子熟，花房裂破，子实落在泥土、砖缝里，第二年就会长出一棵一棵的凤仙花，不烦栽种。凤仙花可染指甲。凤仙花捣烂，少加矾，用花叶包于指尖，历一夜，第二天指甲就成了浅浅的红颜色。北京人即谓凤仙为"指甲花"。现在大概没有用凤仙花染指甲的了，除非偏远山区的女孩子。

我们那里的秋海棠只有一种，矮矮的草本，开浅红色四瓣的花，中缀黄色的花蕊如小绒球。像北京的银星海棠那样硬杆、大叶、繁花的品种是没有的。

我母亲生肺病后（那年我才三岁）移居在一小屋中，与家人隔离。她死后，这间小屋就成了堆放她生前所用家具什物的贮藏室。有时需要取用一件什么东西，我的继母就打开这间小屋，我也跟着进去看过。这间小屋外面有一小天井，靠墙有一个秋叶形的小花坛。花坛里开着一丛秋海棠。也没有人管它，它自开自落。我母亲没有给我留下什么记忆。我记得的只有两件事。一件是我父亲陪母亲乘船到淮安去就医，把我带在身边。船篷里挂了好些船家自腌的大头菜（盐腌的，白色，有点像南浔大头菜，不像云南的"黑芥"），我一直记着这大头菜的气味。另一件便是这丛秋海棠。我记住这丛秋海棠的时候，我母亲去世已经有两三年了。我并没有感伤情绪，不过看见这丛秋海棠，总会想到母亲去世前是住在这里的。

香橼·木瓜·佛手

我家的"花园"里实在没有多少花。花园里有一座"土山"。这"土山"不知是怎么形成的，是一座长长的隆起的土丘。"山"上只有一棵龙爪槐，旁枝横出，可以倚卧。我常常带了一块带筋的酱牛肉或一块榨菜，半躺在横枝上看小说，读唐诗。"山"的东麓有两棵碧桃，一红一白，春末开花极繁盛。"山"的正面却种了四棵香橼。我不知道我的祖父在开园堆山时为什么要栽了这样几棵树。这玩艺就是"橘逾淮南则为枳"的枳（其实这是不对的，橘与枳自是两种）。这是很结实的树。木质坚硬，树皮紧细光滑。叶片经冬不凋，深绿色。树枝有硬刺。春天开白色的花。花后结圆球形的果，秋后成熟。香橼不能吃，瓤极酸涩，很香，不过香得不好闻。凡花果之属有香气者，总要带点甜味才好，香橼的香气里却带有苦味。香橼很肯结，树上累累的都是深绿色的果子。香橼算是我家的"特产"，可以摘了送人。但似乎不受欢迎。没有什么用处，只好听它自己碧绿地垂在枝头。到了冬天，皮色变黄了，放在盘子里，摆在水仙花旁边，也还有点意思，其时已近春节了。总之，香橼不是什么佳果。

香橼皮晒干，切片，就是中药里的枳壳。

花园里有一棵木瓜，不过不大结。我们所玩的木瓜都是从水果摊上买来的。所谓"玩"，就是放在衣口袋里，不时取出来，凑在鼻子跟前闻闻。——那得是较小的，没有人在口袋里揣一个茶叶罐大小的木瓜的。木瓜香味很好闻。屋子里放几个木瓜，一屋子随时都是香的，使人心情恬静。

我们那里木瓜是不吃的。这东西那么硬，怎么吃呢？华南切为小薄片，制为蜜饯。——厦门人是什么都可以做蜜饯的，加了很多味道奇怪的药料。昆明水果店将木瓜切为大片，泡在大玻璃缸里。有人要买，随时用筷子夹出两片。很嫩，很脆，很香。泡木瓜的水里不知加了什么，否则这木头一样的瓜怎么会变得如此脆嫩呢？中国人从前是吃木瓜的。《东京梦华录》载"木瓜水"，这大概是一种饮料。

佛手的香味也很好。不过我真不知道一个水果为什么要长得这么奇形怪状！佛手颜色嫩黄可爱。《红楼梦》贾母提到一个蜜蜡佛手，蜜蜡雕为佛手，颜色、质感都近似，设计这件摆设的工匠是个聪明人。蜜蜡不是很珍贵的玉料，但是能够雕成一个佛手那样大的蜜蜡却少见，贾府真是富贵人家。

佛手、木瓜皆可泡酒。佛手酒微有黄色，木瓜酒却是红色的。

橡　栗

橡栗即"狙公赋茅"的茅，不知道为什么我们小时候却叫它"茅栗子"。这是"形近而讹"么？不过我小时候根本不认得这个"茅"字。橡即栎。我们也不认得"栎"字，只是叫它"茅栗子树"。我们那里茅栗子树极少，只有西门外小校场的西边有一棵，很大。到了秋天，茅栗子熟了，落在地下，我们就去捡茅栗子玩。茅栗有什么好玩的？形状挺有趣，有一点像一个小坛子，不过底是尖的。皮色浅黄，很光滑。如此而已。我们有时在它的像个小盖子似的蒂部扎一个小窟窿，插进半截火柴棍，成了一个"捻捻转"。用手一捻，它就在桌面上旋转，像一个小陀螺。如此而已。

小校场是很偏僻的地方，附近没有什么人家。有一回，我和几个女同学去捡茅栗子，天黑下来了，我们忽然有些害怕，就赶紧往城里走。路过一家孤伶伶的人家门外，门前站着一个岁数不大的人，说："你们要茅栗子么？我家里有！"我们立刻感到：这是个坏人。我们没有搭理他，只是加快了脚步，拼命地走。我是同学里的唯一的男子汉，便像一个勇士似的走在最后。到了城门口，发现这个坏人没有跟上来，才松了一口气。当时的紧张心情，我过了很多年还记得。

梧　桐

一叶落而知天下秋，梧桐是秋的信使。梧桐叶大，易受风。叶柄甚长，叶柄与树枝连接不很结实，好像是粘上去的。风一吹，树叶极易脱落。立秋那天，梧桐树本来好好的，碧绿碧绿，忽然一阵小风，欻的一声，飘下一片叶子，无事的诗人吃了一惊：啊！秋天了！其实只是桐叶易落，并不是对于时序有特别敏感的"物性"。梧桐落叶早，但不是很快就落尽。《唐明皇秋夜梧桐雨》证明秋后梧桐还是有叶子的，否则雨落在光秃秃的枝干上，不会发出使多情的皇帝伤感的声音。据我的印象，梧桐大批地落叶，已是深秋，树叶已干，梧桐籽已熟。往往是一夜大风，第二天起来一看，满地桐叶，树上一片也不剩了。

梧桐籽炒食极香，极酥脆，只是太小了。

我的小学校园中有几棵大梧桐，大风之后，我们就争着捡梧桐叶。我们要的不是叶片，而是叶柄。梧桐叶柄末端稍稍鼓起，如一小马蹄。这个小马蹄纤维很粗，可以磨墨。所谓"磨墨"，其实是在砚台上注了水，用粗纤维的叶柄来回磨蹭，把砚台上干硬的宿墨磨化了，可以写字了而已。不过我们都很喜欢用梧桐叶柄来磨墨，好像这样磨出的墨写出字来特别的好。一到梧桐落叶那几天，我们的书包里都有许多梧桐叶柄，好像这是什么宝贝。对于这样毫不值钱的东西的珍视，是可以不当一回事的么？不啊！

这里凝聚着我们对于时序的感情。这是"俺们的秋天"。

一九八八年十一月九日

载一九八九年第一期《散文世界》

吴大和尚和七拳半

我的家乡有"吃晚茶"的习惯。下午四五点钟，要吃一点点心，一碗面，或两个烧饼或"油端子"。一九八一年，我回到阔别四十余年的家乡，家乡人还保持着这个习惯。一天下午，"晚茶"是烧饼。我问："这烧饼就是巷口那家的？"我的外甥女说："是七拳半做的。""七拳半"当然是个外号，形容这人很矮，只有七拳半那样高，这个外号很形象，不知道是哪个尖嘴薄舌而极其聪明的人给他起的。

我吃着烧饼，烧饼很香，味道跟四十多年前的一样，就像吴大和尚做的一样。于是我想起吴大和尚。

我家除了大门、旁门，还有一个后门。这后门即开在吴大和尚住家的后墙上。打开后门，要穿过吴家，才能到巷子里。我们有时抄近，从后门出入，吴大和尚家的情况看得很清楚。

吴大和尚（这是小名，我们那里很多人有大名，但一辈子只以小名"行"）开烧饼饺面店。

　　我们那里的烧饼分两种。一种叫作"草炉烧饼"，是在砌得高高的炉里用稻草烘熟的。面粗，层少，价廉，是乡下人进城时买了充饥当饭的。一种叫作"桶炉烧饼"。用一只大木桶，里面糊了一层泥，炉底燃煤炭，烧饼贴在炉壁上烤熟。"桶炉烧饼"有碗口大，较薄而多层，饼面芝麻多，带椒盐味。如加钱，还可"插酥"，即在擀烧饼时加较多的"油面"，烤出，极酥软。如果自己家里拿了猪油渣和霉干菜去，做成霉干菜油渣烧饼，风味独绝。吴大和尚家做的是"桶炉"。

　　原来，我们那里饺面店卖的面是"跳面"。在墙上挖一个洞，将木杠插在洞内，下置面案，木杠压在和得极硬的一大块面上，人坐在木杠上，反复压这一块面。因为压面时要一步一跳，所以叫作"跳面"。"跳面"可以切得极细极薄，下锅不浑汤，吃起来有韧劲而又甚柔软。汤料只有虾子、熟猪油、酱油、葱花，但是很鲜。如不加汤，只将面下在作料里，谓之"干拌"，尤美。我们把馄饨叫作饺子。吴家也卖饺子。但更多的人去，都是吃"饺面"，即一半馄饨，一半面。我记得四十年前吴大和尚家的饺面是一百二十文一碗，即十二个当十铜圆。

　　吴家的格局有点特别。住家在巷东，即我家后门之外，店堂却在对面。店堂里除了烤烧饼的桶炉，有锅台，安了大锅，煮面及饺子用；另有一张（只一张）供顾客吃面的方桌。都收拾得很干净。

　　吴家人口简单。吴大和尚有一个年轻的老婆，管包饺子、下面。他这个年轻的老婆个子不高，但是身材很苗条。肤色微黑。眼睛狭长，睫毛很重，是所谓"桃花眼"。左眼上眼皮有一小疤，想是小时生疮落下来。这块小疤使她显得很俏。但她从不和顾客眉来眼去，卖弄风骚，只是低头做事，不声不响。穿着也很朴素，只是青布的衣裤。她和吴大和尚生了一个孩子。还在喂奶。吴大和尚有一个妈，整天也不闲着，翻一家的棉袄棉裤，纳鞋底，摇晃睡在摇篮里的孙子。另外，还有个小伙计，"跳"面、烧火。

表面上看起来，这家过得很平静，不争不吵。其实不然。吴大和尚经常在夜里打他的老婆，因为老婆"偷人"。我们那里把和人发生私情叫作"偷人"。打得很重，用劈柴打，我们隔着墙都能听见。这个小个子女人很倔强，不哭，不喊，一声不出。

第二天早起，一切如常，该干什么还干什么。吴大和尚擀烧饼，烙烧饼；他老婆包饺子，下面。

终于有一天吴大和尚的年轻的老婆不见了，跑了，丢下她的奶头上的孩子，不知去向。我们始终不知道她的"孤佬"（我们那里把不正当的情人，野汉子，叫作"孤佬"）是谁。

我从小就对这个女人充满了尊敬，并且一直记得她的模样，记得她的桃花眼，记得她左眼上眼皮上的那一小块疤。

吴大和尚和这个桃花眼、小身材的小媳妇大概都已经死了。现在，这条巷口出现了七拳半的烧饼店。我总觉得七拳半和吴大和尚之间有某种关联，引起我一些说不清楚的感慨。

七拳半并不真是矮得出奇，我估量他大概有一米五六。是一个很有精神的小伙子。他是一个名副其实的"个体户"，全店只有他一个人。他不难成为万元户，说不定已经是万元户，他的烧饼做得那样好吃，生意那样好。我无端地觉得，他会把本街的一个最漂亮的姑娘娶到手，并且这位姑娘会真心爱他，对他很体贴。

我看看七拳半把烧饼贴在炉膛里的样子，觉得他对这点充满信心。

两个做烧饼的人所处的时代不同。我相信七拳半的生活将比吴大和尚的生活更合理一些，更好一些。

也许这只是我的希望。

载一九八八年十二月七日《人民日报》

冬 天

天冷了，堂屋里上了槅子。槅子，是春暖时卸下来的，一直在厢屋里放着。现在，搬出来，刷洗干净了，换了新的粉连纸，雪白的纸。上了槅子，显得严紧，安适，好像生活中多了一层保护。家人闲坐，灯火可亲。

床上拆了帐子，铺了稻草。洗帐子要捡一个晴朗的好天，当天就晒干。夏布的帐子，晾在院子里，夏天离得远了。稻草装在一个布套里，粗布的，和床一般大。铺了稻草，暄腾腾的，暖和，而且有稻草的香味，使人有幸福感。

不过也还是冷的。南方的冬天比北方难受，屋里不升火。晚上脱了棉衣，钻进冰凉的被窝里，早起，穿上冰凉的棉袄棉裤，真冷。

放了寒假，就可以睡懒觉。棉衣在铜炉子上烘过了，起来就不是很困难了。尤其是，棉鞋烘得热热的，穿进去真是舒服。

我们那里生烧煤的铁火炉的人家很少。一般取暖，只是铜炉子，脚炉和手炉。脚炉是黄铜的，有多眼的盖。里面烧的是粗糠。

粗糠装满，铲上几铲没有烧透的芦柴火（我们那里烧芦苇，叫作"芦柴"）的红灰盖在上面。粗糠引着了，冒一阵烟，不一会，烟尽了，就可以盖上炉盖。粗糠慢慢延烧，可以经很久。老太太们离不开它。闲来无事，抹抹纸牌，每个老太太脚下都有一个脚炉。脚炉里粗糠太实了，空气不够，火力渐微，就要用"拨火板"沿炉边挖两下，把粗糠拨松，火就旺了。脚炉暖人。脚不冷则周身不冷。焦糠的气味也很好闻。仿日本俳句，可以作一首诗："冬天，脚炉焦糠的香。"手炉较脚炉小，大都是白铜的，讲究的是银制的。炉盖不是一个一个圆窟窿，大都是镂空的松竹梅花图案。手炉有极小的，中置炭墼（煤炭研为细末，略加蜜，筑成饼状），以纸煤头引着。一个炭墼能经一天。

　　冬天吃的菜，有乌青菜、冻豆腐、咸菜汤。乌青菜塌棵，平贴地面，江南谓之"塌苦菜"，此菜味微苦。我的祖母在后园辟小片地，种乌青菜，经霜，菜叶边缘作紫红色，味道苦中泛甜。乌青菜与"蟹油"同煮，滋味难比。"蟹油"是以大螃蟹煮熟剔肉，加猪油"炼"成的，放在大海碗里，凝成蟹冻，久贮不坏，可吃一冬。豆腐冻后，不知道为什么是蜂窝状。化开，切小块，与鲜肉、咸肉、牛肉、海米或咸菜同煮，无不佳。冻豆腐宜放辣椒、青蒜。我们那里过去没有北方的大白菜，只有"青菜"。大白菜是从山东运来的，美其名曰"黄芽菜"，很贵。"青菜"似油菜而大，高二尺，是一年四季都有的，家家都吃的菜。咸菜即是用青菜腌的。阴天下雪，喝咸菜汤。

　　冬天的游戏：踢毽子，抓子儿，下"逍遥"。"逍遥"是在一张正方的白纸上，木版印出螺旋的双道，两道之间印出八仙、马、兔子、鲤鱼、虾……；每样都是两个，错落排列，不依次序。玩的时候各执铜钱或象棋子为子儿，掷骰子，如果骰子是五点，自"起马"处数起，向前走五步，是兔子，则可向内圈寻找另一个兔子，以子儿押在上面。下一轮开始，自里圈兔子处数起，如是六点，进六步，也许是铁拐李，就寻另一个铁拐李，把子儿押在那个铁拐李上。如果数至里圈的什么图上，则到外圈去找，退回来。点数够了，子儿能进终点（终点是一座宫殿式的房子，不知是月宫还是龙门），就算赢了。次后进入的为"二家""三家"。"逍遥"两个人玩也可以，三个四个人玩也可以。不知道为什么叫作"逍遥"。

早起一睁眼，窗户纸上亮晃晃的，下雪了！雪天，到后园去折腊梅花、天竺果。明黄色的腊梅、鲜红的天竺果，白雪，生意盎然。腊梅开得很长，天竺果尤为耐久，插在胆瓶里，可经半个月。

春粉子。有一家邻居，有一架碓。这架碓平常不大有人用，只在冬天由附近的一二十家轮流借用。碓屋很小，除了一架碓，只有一些筛子、箩。踩碓很好玩，用脚一踏，吱扭一声，碓嘴扬了起来，嘭的一声，落在碓窝里。粉子春好了，可以蒸糕，做"年烧饼"（糯米粉为蒂，包豆沙白糖，作为饼，在锅里烙熟），搓圆子（即汤团）。春粉子，就快过年了。

一九八八年十二月二十二日
载一九九八年第一期《中国作家》

四方食事 · 河豚

　　阅报，江阴有人食河豚中毒，经解救，幸得不死，杨花扑面，节近清明，这使我想起，正是吃河豚的时候了。苏东坡诗：

　　　　竹外桃花三两枝，
　　　　春江水暖鸭先知。
　　　　蒌蒿满地芦芽短，
　　　　正是河豚欲上时。

　　梅圣俞诗：

　　　　河豚当此时，
　　　　贵不数鱼虾。

宋朝人是很爱吃河豚的，没有真河豚，就用了不知什么东西做出河豚的样子和味道，谓之"假河豚"，聊以过瘾，《东京梦华录》等书都有记载。

江阴当长江入海处不远，产河豚最多，也最好。每年春天，鱼市上有很多河豚卖。河豚的脾气很大，用小木棍捅捅它，它就把肚子鼓起来，再捅，再鼓，终至成了一个圆球。江阴河豚品种极多。我所就读的南菁中学的生物实验室里搜集了各种河豚，浸在装了福尔马林的玻璃器内。有的很大，有的小如金钱龟。颜色也各异，有带青绿色的，有白的，还有紫红的。这样齐全的河豚标本，大概只有江阴的中学才能搜集得到。

河豚有剧毒。我在读高中一年级时，江阴乡下出了一件命案，"谋杀亲夫"。"奸夫""淫妇"在游街示众后，同时枪决。毒死亲丈夫的东西，即是一条煮熟的河豚。因为是"花案"，那天街的两旁有很多人鹄立伫观。但是实在没有什么好看，奸夫淫妇都蠢而且丑，奸夫还是个黑脸的麻子。这样的命案，也只能出在江阴。

但是河豚很好吃，江南谚云："拼死吃河豚"，豁出命去，也要吃，可见其味美。据说整治得法，是不会中毒的。我的几个同学都曾约定请我上家里吃一次河豚，说是"保证不会出问题"。江阴正街上有一饭馆，是卖河豚的。这家饭馆有一块祖传的木板，刷印保单，内容是如果在他家铺里吃河豚中毒致死，主人可以偿命。

河豚之毒在肝脏、生殖腺和血，这些可以小心地去掉。这种办法有例可援，即"洁本金瓶梅"是。

我在江阴读书两年，竟未吃过河豚，至今引为憾事。

一九八九年四月十八日
载一九八九年创刊号《中国文化》

和　尚

铁　桥

我父亲续娶，新房里挂了一幅画，——一个条山，泥金地，画的是桃花双燕，题字是："淡如仁兄新婚志喜弟铁桥遥贺"；两边挂了一副虎皮宣的对联，写的是：

蝶欲试花犹护粉
莺初学啭尚羞簧

落款是杨遵义。我每天看这幅画和对子，看得很熟了。稍稍长大，便觉出这副对子其实是很"黄"的。杨遵义是我们县的书家，是我的生母的过房兄弟。一个舅爷为姐夫（或妹夫）续弦写了这样一副对子，实在不成体统。铁桥是一个和尚。我父亲在新房里挂了一幅和尚的画，全无忌讳；这位铁桥和尚为朋友结婚画了这样华丽的画，且和俗家人称兄道弟，也着实有乖出家人的礼教。我父亲年轻时的朋友大都有些放诞不羁。

我写过一篇小说《受戒》，里面提到一个和尚石桥，原型就是铁桥。他是我父亲年轻时的画友。他在本县最大的寺庙善因寺出家，是指南方丈的徒弟。指南戒行严苦，曾在香炉里烧掉两个指头，自称八指头陀。铁桥和师父完全是两路。他一度离开善因寺，到江南云游。曾在苏州一个庙里住过几年。因此他的一些画每署"邓尉山僧"，或题"作于香雪海"。后来又回善因寺。指南退居后，他当了方丈。善因寺是本县第一大寺，殿宇精整，庙产很多。管理这样一个大庙，是要有点才干的，但是他似乎很清闲，每天就是画画画，写写字。他的字写石鼓，学吴昌硕，很有功力。画法任伯年，但比任伯年放得开。本县的风雅子弟都乐与往还。善因寺的素斋极讲究，有外面吃不到的猴头、竹荪。

铁桥有一个情人，年纪很轻，长得清清雅雅，不俗气。

我出外多年，在外面听说铁桥在家乡土改时被枪毙了。善因寺庙产很多，他是大地主。还有没有其他罪恶，就不知道了。听说家乡土改中枪毙了两个地主。一个是我的一个远房舅舅，也姓杨。

一九八二年，我回了家乡一趟，饭后散步想去看看善因寺的遗址，一点都认不出来了，拆得光光的。

因为要查一点资料，我借来一部民国年间修的县志翻了两天。在"水利"卷中发现：有一条横贯东乡的水渠，是铁桥主持修的。哦？铁桥还做过这样的事？

城隍·土地·灶王爷

城隍，《辞海》"城隍"条等云："护城河"，引班固《两都赋序》："京师修宫室，浚城隍，起苑囿，以备制度。既说是浚，当有水。"但同书"隍"字条又注云："没有水的护城壕。"到底是有水没有水？姑且不去管它。反正，城隍后来已经成为神。说是守护城池的神也可以，更准确一点，应说是坐镇一方之神。据《辞海》，最早见于记载的为芜湖城隍，建于三国吴赤乌二年。北齐慕容俨在郢城建城隍神祠一所。唐代以来郡县皆祭城隍。后唐清泰元年封城隍为王。宋以后祀城隍习俗更为普遍。明太祖洪武三年正式规定各府州县的城隍神，并加以祭祀。为什么历代这样重视城隍，以至朱元璋于立国之初就为此特别下了一个红头文件？

乾隆十七年，郑板桥在知潍县事任内曾修茸过潍县的城隍庙，撰过一篇《城隍庙碑记》。我曾见过拓本。字是郑板桥自己写的，写得很好，虽仍有"六分半书"笔意，但是是楷书，很工整，不似"乱石铺阶"那样狂气十足。这篇碑文实在是绝妙文章：

　　……故仰而视之，苍然者，天也；俯而临之，块然者，地也。其中之耳目口鼻手足而能言、衣冠揖让而能礼者，人也。岂有苍然之天而又耳目口鼻而人者哉？自周公以来，称为上帝，而俗世又呼为玉皇。于是耳目口鼻手足冕旒执玉而人之；而又写之以金，范之以土，刻之以木，琢之以玉，而又从之以妙龄之官，陪之以武毅之将。天下后世，遂衰衰然从而人之，俨在其上，俨在其左右矣。至于府州县邑皆有城，如环无端，齿齿啮啮者是也；城之外有隍，抱城而流，汤汤汩汩者是也。又何必乌纱袍笏而人之乎？而四海之大，九州之众，莫不以人祀之；而又子之以祸福之权，授之以死生之柄；而又两廊森肃，陪以十殿之王；而又有刀花、剑树、铜蛇、铁狗、黑风、蒸鬲以俱之。而人亦衰衰然从而惧之矣。非唯人惧之，吾亦惧之。每至殿庭之后，寝宫之前，其窗阴阴，其风吸吸，吾亦毛发竖慄，状如有鬼者，乃知古帝王神道设教不虚也。……

　　这是一篇写得曲曲折折的无神论。城，城也；隍，河也，"又何必乌纱袍笏而人之乎？"这已经说得很清楚。然而大家都"以人祀之，而又予之以祸福之权，授之以死生之柄"，"与之""授之"，很可玩味。神本无权，唯人授之，这种"神权人授"的思想很有进步意义。谁授予神这样的权柄呢？下文自明。不但授之以权，而且把城隍庙搞得那样恐怖，人亦衰衰然从而惧之。"非唯人惧之，吾亦惧之矣"，这句话说得很幽默。郑板桥是真的害怕了吗？城隍庙总是阴森森的，"吾亦毛发竖悚，状如有鬼者"，郑板桥是真觉得有鬼么？答案在下面："乃知古帝王神道设教不虚也"，郑板桥对古帝王的用心是一清二楚。但是郑板桥并未正面揭穿（这怎么可能呢），而且潍县的城隍庙是在他的倡议下，谋于士绅而葺新的，这真是最大的幽默！我们对于明清之后的名士的思想和行事，总要于其曲曲折折处去寻绎。不这样，他们就无法生存。我一向觉得板桥的思想很通达，不图其通达有如此。

　　我们县里的城隍庙的历史是颇久的，有两棵粗可合抱的白果（银杏）树为证。庙相当大，两进大殿，前殿和后殿。前殿面南坐着城隍老爷，也称城隍菩萨，——这与佛教的"菩提萨埵"无关，中国的老百姓是把一切的神都可称为菩萨的，叫"老爷"时多。发亮的油白大脸，长眉细目，五绺胡须。大红缎地平金蟒袍。按说他只是县团级，但是派头却比县知事大得多，县官怎么能穿蟒呢。而且封了爵，而且爵位甚高，"敕封灵应侯"。如此僭越，实在很怪。他们职权是管生死和祸福。人死之后，即须先到城隍那里挂一个号。京剧《琼林宴》范仲禹的唱词云："在城隍庙内挂了号，在土地祠内领了回文"。城隍庙正殿上有几块匾，除了"威灵显赫"之类外，有一块白话文的特大的匾，写的是"你也来了"。我的二伯母（我是过继给她的）病重，她的母亲（我应该叫她外婆）有一天半夜里把我叫起来，把我带到城隍庙去。我迷迷糊糊地去了。干什么？去"借寿"，即求城隍老爷把我的寿借几年（好像是十年）给二伯母。半夜里到城隍庙里去，黑咕隆咚的，真有点怕人。我那时还小，借几年就借几年吧，无所谓，而且觉得这是应该的。

到城隍老爷那里去借寿，我想这是古已有之的习俗，不是我的外婆首创，因为所有仪注好像都有成规。不过借寿并不成功，我的二伯母过了两天还是死了。

我们那里的城隍庙有一个特别处，即后殿还有一个神像，也是五绺长须，但穿着没有城隍那样阔气。这位神也许是城隍的副手。他们名称很奇怪，叫"老戴"。城隍和老戴之间好像有个什么故事的，我忘了。

正殿前的两廊塑着各种酷刑行刑时的景象，即板桥碑记中所说的"刀花、剑树……"。我们那里的城隍庙所塑的是上刀山、下油锅、锯人、磨人等等，一共七十二种酷刑，谓之"七十二司"，这"司"是阴司的意思。七十二司分为十个相通连的单间，左廊右廊各五间。每一间有一个阎王，即板桥所说的"十王"。阎王是"王"，应该是"南面而王"，坐在正面。《聊斋·陆判》所说的十王殿的十王大概是坐在正面的，但多数的十王都是屈居在两廊，变成了陪客，甚至是下属了，我们县里的城隍庙、泰山庙都是这样。中国诸神的品级官阶也乱得很。十王中我只记得一个秦广王，其余的，对不起，全忘了。《玉历宝钞》上好像有十王的全部称号，且各有像（虽然都长得差不多），不难查到的。

城隍庙正殿的对面，照例有一座戏台。郑板桥碑记云："岂有神而好戏者乎？是又不然。《曹娥碑》云：'时能抚节安歌，婆娑乐神'，则歌舞迎神，古人已累有之矣。诗云：'琴瑟击鼓，以迓田祖'，夫田果有祖，田祖果爱琴瑟，谁则闻之？不过因人心之报称，以致其重叠爱媚于尔大神尔。今城隍既以人道祀之，何必不以歌舞之事娱之哉！"郑板桥这里说得有点不够准确。歌舞最初是乐神的，因为他是神，才以歌舞乐之，这是"神道"，并不是因为以人道祀之，才以歌舞之事娱之。到了后来，戏才是演给人看的，但还是假借了乐神的名义。很多地方的戏台都在庙里，都是"神台"。我们县城隍庙的戏台是演戏的重要场地，我小时看的许多戏都是站在戏台与正殿之间的砖地上看的。看的都是"大戏"，即京剧。但有一次在这个戏台上也演过梅花歌舞团那样的歌舞，这种节目演给城隍老爷看，颇为滑稽。

　　每年七月半，城隍要出巡，即把城隍的大驾用八抬大轿抬出来，在城里的主要街道上游一游。城隍出巡，前面是有许多文艺表演的节目，叫作"会"，许多地方叫"赛会"，"出会"，我们那里叫"迎会"。参与迎会的，谓之"走会"。我乡迎会的情形，我在小说《故里三陈·陈四》中有较详细的描述，不赘。各地赛会，节目有同有异，高跷，旱船，南北皆有。北京的"中幡""五虎棍"，我们那里没有。我们那里的"站高肩"，北方没有。

　　城隍的姓名大都无可稽考，但也有有案可查的。张岱《西湖梦寻·城隍庙》载："吴山城隍庙，宋以前在皇山，旧名永固，绍兴九年徙建于此。宋初，封其神，姓孙名本。永乐时封其神为周新。"周新本是监察御史，弹劾敢言，被永乐杀了。"一日上见绯而立者，叱之，问为谁，对曰：'臣新也，上帝谓臣刚直，使臣城隍浙江，为陛下治奸贪吏。'言已不见，遂封为浙江都城隍。"这当然只是传说，永乐帝不会白日见鬼。但这记载说明一个问题，即城隍由上帝任命后，还得由人间的皇帝加封，否则大概是无效的。"都城隍"之名他书未见。周新是个省级城隍，比州、府、县的城隍要大，相当于一个巡抚了。都城隍不是各省都有。

　　《聊斋志异》以《考城隍》为全书第一篇，评书者都以为有深意焉，我看这只是寓言，寄托蒲松龄认为所有的官都应该考一考的愤慨耳。他说这是"予姊夫之祖宋公讳焘"的事情，宋焘亦未必有其人。

　　土地即社神。《风俗编·神鬼》："凡今社神，俱呼土地"。其所管的地面是不大的，大体相当于明清的坊——凡土地都称为"当坊土地"，新中国成立前的一个保。我家所住的一条街上街的中段和东段即有两座土地祠。《聊斋·王六郎》后为招远县邬镇土地，管一个镇，也差不多。到了乡下，则随便哪个田头，都可立一个土地庙。《王六郎》是一篇写得很美的小说，文长，不具引。土地本也应是有名有姓的，但人都不知道。王六郎只名王六郎，那倒是因为他本没有名字，只是姓王，叫人"相见可呼王六郎"。他当了土地，仍叫王六郎么？这不免有失官体。有一位土地的名字倒是为人所知的，是北京国子监的土地，此人非别，乃韩愈也！韩愈当过国子祭酒，与国子监有点老关系，但让他当国子监的土地爷，实在有点不大像话。我曾看过国子监的土地祠。比一架自鸣钟大不了多少。

　　河北农村有俗话："别拿土地爷不当神仙！"事实上人们对土地爷是不大尊重的。土地祠（或亦称庙）很简陋，香火冷落，乡下给土地爷上供的只是一块豆腐。《西游记》孙悟空到了一处，遇到妖怪，不知是什么来头，便把土地召来，二话不说，叫土地老儿先把孤拐伸出来教老孙打五百棍解闷。孙悟空对土地的态度实即是吴承恩对土地的态度，也是老百姓对土地的态度：不当一回事。因为，他是最小的神，或神里最小的官。

我们县别有都土地，那可不一样了。都土地祠亦称都天庙，连庙所在的那条巷子也叫都天庙巷。都天庙和城隍庙不能相比，小得多，但也有殿有廊。殿上坐着都土地，比城隍小一号，亦红蟒亦面长圆而白亮，无五绺须。我的家乡把长圆而肥白的脸叫作"都天脸"，此专指女人的面相，男人这样的脸很少，不知道为什么没有人说"城隍脸"。都土地管辖地界大致相当于一个区。他的封爵次于城隍一等，是"灵显伯"。父老相传，我所住的北城的都土地是张巡。张巡怎么会跑到我的家乡来当一个区长级的都土地呢？这里既不是他的家乡（河南南阳），又不是他战死的地方（河南睢阳）。说北城都土地是张巡，根据的是什么？有这样一个在安史之乱时和安禄山打仗，城破而死的有名的忠臣当都土地，我们那一区的居民是觉得很光荣的。都土地也不是每个区都有。

土地城隍属于一个系统，他们的关系是上下级，如图：

土地→都土地→城隍→都城隍

都城隍的上面是什么呢？没有了，好像是一直通到玉皇大帝。土地的下面呢？也没有了，因为土地祠里并未塑有衙役皂隶。他们是上下级，是不是要布置任务，汇报工作？也许要的，但是咱们不知道。

祭灶的起源盖甚早。

《史记·孝武本纪》："是时而李少君亦以祠灶、谷道、却老方见上，上尊之。"《索隐》："如淳云：'祠灶可以致福。'案：礼灶者，老妇之祭，盛于盆，尊于瓶。"这最初本是"老妇之祭"。晋代宗懔《荆楚岁时记》："按礼器，灶者老妇之祭，'尊于瓶，盛于盆'，言以瓶为樽，用盆盛馔也"，意思是拿瓶子当酒樽，盆盛食物。老妇大概没钱，用不起正儿八经的器皿，只好这样马马虎虎，因陋就简。

祭灶本是求福，是很朴素的愿望，到了方士的手里，就变得神乎其神起来。《史记·孝武本纪》："少君言于上曰：'祠灶则致物，致物而丹沙可化为黄金，黄金成以为饮食器则益寿，益寿而海中蓬莱仙者可见，见之以封禅则不死，黄帝是也。'"从祠灶到不死，绕了这样大一个圈子，汉代的方士真能胡说八道！而汉武帝偏偏就相信这种胡说八道！

祭灶的礼俗一直相沿不替。唐、五代的材料我没有来得及查，宋代则讲风俗的书几乎没有一本不提到祭灶的。

《东京梦华录》："十二月……二十四日交年，都人至夜请僧道看经，备酒果送神，烧合家替代钱纸，贴灶马于灶上，以酒糟涂抹灶门，谓之'醉司命'。"

《梦粱录》："十二月……二十四日，不以穷富，皆备蔬食饧豆祀灶。"

《武林旧事》："……二十四日，谓之'交年'，祀灶用花饧米饵，及烧替代及作糖豆粥，谓之'口数'。"

祭灶的祭品不拘，但有一样东西是必有的：饧。饧是古糖字，指用麦芽或谷芽熬成的糖，熬干了，就成了关东糖。我们那里就叫作"灶糖"。为什么要请灶王爷吃关东糖？《抱朴子·微旨》："月晦之夜，灶神亦上天白人罪状。”原来灶王爷既是每一家的守护神，又是玉皇大帝的情报员，——一个告密者。人在家里，不是在公开场合，总难免说点错话，办点错事，灶王爷一天到晚窃听监视，这受得了吗！人于是想出一个高招，塞他一嘴关东糖，叫他把牙粘住，使他张不开嘴，说不出人的坏话。不过灶王爷二十三或二十四上天，到除夕才回来，在天上要待一个星期，在玉皇大帝面前一句话也不说，玉皇大帝不觉得奇怪吗？

以酒糟涂抹灶门，其用意与祭之以饧同，让他醉末咕咚的，他还能打小报告么？

灶王爷上天，是骑马去的。《东京梦华录》云：“贴灶马于灶上”。我们那里是用红纸折一个小孩子折手工的纸马，祭毕烧掉。折纸马照例是我的一个堂姐的事。这实在有点儿戏。

我们那里的孩子捉蜻蜓，红蜻蜓是不捉的，说这是灶王爷的马。灶王爷骑了这样的马——蜻蜓，上天？

把灶王爷送上天，谓之“送灶”。送灶的日期各地不一样。我们那里一般人家是腊月二十四。俗话说：“君（或军）三，民四，龟五。”按规定，娼妓家送灶应是二十五，不过妓女都不遵守。二十五送灶，这不等于告诉别人：我们家是妓女？北京送灶，则都在二十三。

到除夕，把灶王爷接回来，或谓之“迎灶”，我们那里叫作“接灶”。

谁参加祭灶？各地，甚至各家不一样。有的人家只许男的参加，女的不参加；有的人家则只有女的跪拜，男人不参与；我们家则男女都拜，先由男的拜，后由女的拜。我觉得应该由女的祭拜合适。女人一天围着锅台转，与灶王爷关系密切，而且，这本是“老妇之祭"，不关老爷们儿的事！

灶王爷是什么长相？《庄子·达生》："灶有髻"，司马彪注："髻，灶神，著赤衣，状如美女。"我见过木刻彩印的灶王像，面孔略圆，有二三十根稀稀疏疏的胡子，并不像美女，倒像个有福气的老封翁。我们家灶王龛里则只贴了一张长方的红纸，上写"东厨司命定福灶君"。

灶王爷姓什么，叫什么？《荆楚岁时记》说他"姓苏名吉利"。不单他，连他老婆都有名字："妇姓王名搏颊"。但我曾看过一个华北的民间故事，说他名叫张三，因为做了见不得人的事，钻进了灶膛里，弄得一脸乌七抹黑，于是成了灶王。北京俗曲亦云："灶王爷本姓张"。他到底叫什么？吁，鬼神之事，难言之矣。

城隍、土地、灶君是和中国人民大众生活关系最密切的神。

这些神是"古帝王"造出来的神话，是谣言，目的是统一老百姓的思想，是"神道设教"。

老百姓也需要这样的神。这些神的意象一旦为老百姓所掌握，就会变成一种自觉的、宗教性的、固执的力量。没有这些神，他们就会失去伦理道德的标准、是非善恶的尺度，失去心理平衡，遑遑然不可终日。我们县的城隍，在北伐的时候曾由以一个姓黄的党部委员为首的一帮热血青年用粗绳拉倒，劈成碎片。这触怒了城乡的许多道婆子。我们县有很多的道婆子，她们没有任何文化，只会念一句"南无阿弥陀佛"，是神就拜，念"南无阿弥陀佛"，不管这神是什么教的神。不管哪个庙的香期，她们都去，一坐一大片，叫作"坐经"。她们的凝聚力很大，心很齐。她们听说城隍老爷被毁了，"哈！这还行！"她们一人拿了一炷香，要把姓黄的党部委员的家烧掉。黄某事先听到消息，越墙逃走，躲藏了好多天。这帮道婆子捐钱募化，硬是重新造了一个城隍老爷，和原来的一样。她们的道理很简单："怎么可以没有城隍老爷！"

愚昧是一种伟大的力量。

大多数人对城隍、土地、灶王爷的态度是"诚惶诚恐，不胜屏营待命之至"，但是也有人不是这样，有的时候不是这样。很多地方戏的"三小戏"都有《打城隍》《打灶王》，和城隍老爷、灶王爷开了点小小玩笑，使他们不能老是那样俨乎其然，那样严肃。送灶时的给灶王喂点关东糖，实在表现了整个民族的幽默感。

也许正是这点幽默感，使我们这个民族不致被信仰的铁板封死。

一九九〇年十二月八日
载一九九一年第四期《中国文化》

我的祖父祖母

　　我的祖父名嘉勋，字铭甫。他的本名我只在名帖上见过。我们那里有个风俗，大年初一，多数店铺要把东家的名帖投到常有来往的别家店铺。初一，店铺是不开门的，都是天不亮由门缝里插进去。名帖是前两天由店铺的"相公"（学生）在一张一张八寸长、五寸宽的大红纸上用一个木头戳子蘸了墨汁盖上去的，楷书，字有核桃大。我有时也愿意盖几张。盖名帖使人感到年就到了。我盖一张，总要端详一下那三个乌黑的欧体正字：汪嘉勋，好像对这三个字很有感情。

　　祖父中过拔贡，是前清末科，从那以后就废科举改学堂了。他没有能考取更高的功名，大概是终身遗憾的。拔贡是要文章写得好的。听我父亲说，祖父的那份墨卷是出名的，那种章法叫作"夹凤股"。我不知道是该叫"夹凤"还是"夹缝"，当然更不知道是如何一种"夹"法。拔贡是做不了官的。功名道断。他就在家经营自己的产业。他是个创业的人。

我们家原是徽州人（据说全国姓汪的原来都是徽州人），迁居高邮，从我祖父往上数，才七代。祠堂里的祖宗牌位没有多少块。高邮汪家上几代功名似都不过举人，所做的官也只是"教谕""训导"之类的"学官"，因此，在邑中不算望族。我的曾祖父曾在外地坐过馆，后来做"盐票"亏了本。"盐票"亦称"盐引"，是包给商人销售官盐的执照，大概是近似股票之类的东西，我也弄不清做盐票怎么就会亏了，甚至把家产都赔尽了。听我父亲说，我们后来的家业是祖父几乎是赤手空拳地创出来的。

创业不外两途：置田地，开店铺。

祖父手里有多少田，我一直不清楚。印象中大概在两千多亩，这是个不小的数目。但他的田好田不多。一部分在北乡。北乡田瘦，有的只能长草，谓之"草田"。年轻时他是亲自管田的，常常下乡。后来请人代管，田地上的事就不再过问。我们那里有一种人，专替大户人家管田产，叫作"田禾先生"。看青（估产）、收租、完粮、丈地……这也是一套学问。田禾先生大都是世代相传的。我们家的田禾先生姓龙，我们叫他龙先生。他给我留下颇深的印象，是因为他骑驴。我们那里的驴一般都是牵磨用，极少用来乘骑。龙先生的家不在城里，在五里坝。他每逢进城办事或到别的乡下去，都是骑驴。他的驴拴在檐下，我爱喂它吃粽子叶。龙先生总是关照我把包粽子的麻筋拣干净，说驴吃了会把肠子缠住。

祖父所开的店铺主要是两家药店，一家万全堂，在北市口，一家保全堂，在东大街。这两家药店过年贴的春联是祖父自撰的。万全堂是"万花仙掌露，全树上林春"，保全堂是"保我黎民，全登寿域"。祖父的药店信誉很好，他坚持必须卖"地道药材"。

药店一般倒都不卖假药，但是常常不很地道。尤其是丸散，常言"神仙难识丸散"，连做药店的内行都不能分辨这里该用的贵重药料，麝香、珍珠、冰片之类是不是上色足量。万全堂的制药的过道上挂着一副金字对联："修合虽无人见，存心自有天知"，并非虚语。我们县里有几个门面辉煌的大药店，店里的店员生了病，配方抓药，都不在本店，叫家里人到万全堂抓。祖父并不到店问事，一切都交给"管事"（经理）。只到每年腊月二十四，由两位管事挟了总账，到家里来，向祖父报告一年营业情况。因为信誉好，盈利是有保证的。我常到两处药店去玩，尤其是保全堂，几乎每天都去。我熟悉一些中药的加工过程，熟悉药材的形状、颜色、气味。有时也参加搓"梧桐子大"的蜜丸，碾药，摊膏药。保全堂的"管事""同事"（配药的店员）、"相公"（学生意未满师的）跟我关系很好。他们对我有一个很亲切的称呼，不叫我的名字，叫"黑少"——我小名叫黑子。我这辈子没有别人这样称呼过我。我的小说《异秉》写的就是保全堂的生活。

祖父是很有名的眼科医生。汪家世代都是看眼科的。他有一球眼药，有一个柚子大，黑咕隆咚的。祖父给人看了眼，开了方子，祖母就用一把大剪子从黑柚子的窟窿抠出耳屎大一小块，用纸包了交给病人，嘱咐病人用清水化开，用灯草点在眼里。这一球眼药不知道有多少年头了，据说很灵。祖父为人看眼病是不收钱也不受礼的。

中年以后，家道渐丰，但是祖父生活俭朴，自奉甚薄。他爱喝一点好茶，西湖龙井。饭食很简单。他总是一个人吃，在堂屋一侧放一张"马杌"——较大的方凳，便是他的餐桌。坐小板凳。

他爱吃长鱼（鳝鱼）汤下面。面下在白汤里，汤里的长鱼捞出来便是酒菜。——他每顿用一个五彩釉画公鸡的茶盅喝一盅酒。没有长鱼，就用咸鸭蛋下酒。一个咸鸭蛋吃两顿。上顿吃一半，把蛋壳上掏蛋黄蛋白的小口用一块小纸封起来，下顿再吃。他的马杌上从来没有第二样菜。喝了酒，常在房里大声背唐诗："李白斗酒诗百篇，长安市上酒家眠。天子呼来不上船，自称臣是酒……中……仙……"汪铭甫的俭省，在我们县是有名的。

但是他曾有一个时期舍得花钱买古董字画。他有一套商代的彝鼎，是祭器。不大，但都有铭文。难得的是五件能配成一套。我们县里有钱人家办丧事，六七开吊，常来借去在供桌上摆一天。有一个大雾红花瓶，高可四尺，是明代物。一九八六年我回乡时，我的妹婿问我："人家都说汪家有个大雾红花瓶，是有过么？"我说："有过！"我小时天天看见，放在"老爷柜"（神案）上，不过我们并不觉得它有什么名贵，和老爷柜上的锡香炉烛台同等看待之。他有一个奇怪古董：浑天仪。不是陈列在南京紫金山天文台和北京观象台的那种大家伙，只是一个直径约四寸的铜的溜圆的圆球，上面有许多星星，下面有一个把，安在紫檀木座上。就放在他床前的小条桌上。我曾趴在桌上细细地看过，没有什么好看。是明代御造的。其珍贵处在一次一共只造了几个。祖父不知是从哪里买来的。他还为此起了一个斋名"浑天仪室"，让我父亲刻了一块长方形的图章。他有几张好画。有四幅马远的小屏条。他曾为这四张画亲自到苏州去，请有名的细木匠做了檀木框，把画嵌在里面。对这四幅画的真伪，我有点怀疑，画的构图颇满，不像"马一角"。但"年份"是很旧的。有一个高约八尺的绢地大中堂，画的是"报喜图"。一棵很大的柏树，树上有十多只喜鹊，下面卧着一头豹子。作者是吕纪。我小时候不知吕纪是何许人，只觉得画得很像，豹子的毛是一根一根都画出来的，真亏他有那么多工夫！这几幅画平常是不让人见的，只在他六十大寿时拿出来挂过。同时挂出来的字画，我记得有郑板桥的六尺大横幅，纸本，画的是兰花；陈曼生的隶书对联；汪琬的楷书对联。我对汪琬的对子很有兴趣，字很端秀，尤其是对子的纸，真好看，豆绿色的蜡笺。他有很多字帖，是一次从夏家买下来的。夏家是百年以上的大家，号"十八鹤来堂夏家"（据说堂建成时有十八只仙鹤飞来）。夏家的房屋极多而大，花园里有合抱的大桂花，有曲沼流泉，人称"夏家花园"。后来败落了，就出卖藏书字画。祖父把几箱字帖都买了。我小时候写的《圭峰碑》《闲邪公家传》，以及后来奖励给我的虞世南的《夫子庙堂碑》、褚遂良的《圣教序》、小字《麻姑仙坛》，都是初拓本，原是夏家的东西。祖父有两件宝。一是一块蕉叶白大端砚。据我父亲说，颜色正如芭蕉叶的背面。是夏之蓉的旧物。一是《云麾将军碑》，据说是个很早的拓本，海内无二，这两样东西祖父视为性命，每遇"兵荒"，就叫我父亲首先用油布包了埋起来。这两件宝物，我都没有看见过。新中国成立后还在，现在不知下落。

　　我弄不清祖父的"思想"是怎么回事。他是幼读孔孟之书的，思想的基础当然是儒家。他是学佛的，在教我读《论语》的桌上有一函《南无妙法莲华经》。他是印光法师的弟子。他屋里的桌上放的两部书，一部是顾炎武的《日知录》，另一部是《红楼梦》！更不可理解的是，他订了一份杂志：邹韬奋编的《生活周刊》。

　　我的祖父本来是有点浪漫主义气质，诗人气质的，只是因为所处的环境，使他的个性不可能得到发展。有一年，为了避乱，他和我父亲这一房住在乡下一个小庙里，即我的小说《受戒》所写的菩提庵里，就住在小说所写"一花一世界"那间小屋里。这样他就常常让我陪他说说闲话。有一天，他喝了酒，忽然说起年轻时的一段风流韵事，说得老泪纵横。我没怎么听明白，又不敢问个究竟。后来我问父亲："是有那么一回事吗？"父亲说："有！是一个什么大官的姨太太。"老人家不知为什么要跟他的孙子说起他的艳遇，大概他的尘封的感情也需要宣泄宣泄吧。因此我觉得我的祖父是个人。

　　我的祖母是谈人格的女儿。谈人格是同光间本县最有名的诗人，一县人都叫他"谈四太爷"。我的小说《徙》里所写的谈甓渔就是参照一些关于他的传说写的。他的诗我在小说《故里杂记·李三》的附注里引用过一首《警火》。后来又读了友人从旧县志里抄出寄来的几首。他的诗明白晓畅，是"元和体"，所写多与治水、修坝、筑堤有关，是"为事而发"，属闲适一类者较少。看来他是一个关心世务的明白人，县人所传关于他的糊涂放诞的故事不怎么可靠。

　　祖母是个很勤劳的人，一年四季不闲着。做酱。我们家吃的酱油都不到外面去买。把酱豆瓣加水熬透，用一个牛腿似的布兜子"吊"起来，酱油就不断由布兜的末端一滴一滴滴在盆里。这"酱油兜子"就挂在祖母所住房外的廊檐上。逢年过节，有客人，都是她亲自下厨。她做的鱼圆非常嫩。上坟祭祖的祭菜都是她做的。端午，包粽子。中秋洗"连枝藕"——藕得有五节，极肥白，是供月亮用的。做糟鱼。糟鱼烧肉，我小时候不爱吃那种味儿，现在想起来是很好吃的东西。腌咸蛋。入冬，腌菜。腌"大咸菜"，用一个能容五担水的大缸腌"青菜"。我的家乡原来没有大白菜，只有青菜，似油菜而大得多。腌芥菜。腌"辣菜"，——小白菜晾去水分，入芥末同腌，过年时开坛，色如淡金，辣味冲鼻，极香美。自离家乡，我从来没吃过这么好吃的咸菜。风鸡，——大公鸡不去毛，揉入粗盐，外包荷叶，悬之于通风处，约二十日即得，久则愈佳。除夕，要吃一顿"团圆饭"，祖父与儿孙同桌。团圆饭必有一道鸭羹汤，鸭丁与山药丁、茨菰丁同煮。这是徽州菜。大年初一，祖母头一个起来，包"大圆子"，即汤团。我们家的大圆子特别"油"。圆子馅前十天就以洗沙猪油拌好，每天放在饭锅头蒸一次，油都"吃"进洗沙里去了，煮出，咬破，满嘴油。这样的圆子我最多能吃四个。

祖母的针线很好。祖父的衣裳鞋袜都是她缝制的。祖父六十岁时，祖母给他做了几双"挖云子"的鞋，——黑呢鞋面上挖出"云子"，内衬大红薄呢里子。这种鞋我只在戏台上和古画上见过。老太爷穿上，高兴得像个孩子。祖母还会剪花样。我的小说《受戒》写小英子的妈赵大娘会剪花样，这细节是从我祖母身上借去的。

祖母对祖父照料得非常周到。每天晚上用一个"五更鸡"（一种点油的极小的炉子）给他炖大枣。祖父想吃点甜的，又没有牙，祖母就给他做花生酥，——花生用饼槌碾细，掺绵白糖，在一个针箍子（即顶针）里压成一个个小圆糖饼。

祖母是吃长斋的。有一年祖父生了一场大病。她在佛前许愿，从此吃了长斋。她吃的菜离不了豆腐、面筋、皮子（豆腐皮）……

她的素菜里最好吃的是香蕈饺子。香蕈（即冬菇）熬汤，荠菜馅包小饺子，油炸后倾入滚汤中，刺啦一声。这道菜她一生中也没有吃过几次。

她没有休息的时候。没事时也总在捻麻线。一个牛拐骨，上面有个小铁钩，续入麻丝后，用手一转牛拐，就捻成了麻线。我不知道她捻那么多麻线干什么，肯定是用不完的。小时候读归有光的《先妣事略》："孺人不忧米盐，乃劳苦若不谋夕"，觉得我的祖母就是这样的人。

祖母很喜欢我。夏天晚上，我们在天井里乘凉，她有时会摸着黑走过来，躺在竹床上给我"说古话"（讲故事）。有时她唱"偈"，声音哑哑的："观音老母站桥头……"这是我听她唱过的唯一的"歌"。

一九九一年十月，我回了一趟家乡，我的妹妹、弟弟说我长得像祖母。他们拿出一张祖母的六寸相片，我一看，是像，尤其是鼻子以下，两腮，嘴，都像。我年轻时没有人说过我像祖母。大概年轻时不像，现在，我老了，像了。

一九九一年一月二十二日

载一九九二年第四期《作家》

我的家乡

　　法国人安妮·居里安女士听说我要到波士顿，特意退了机票，推迟了行期，希望和我见一面。她翻译过我的几篇小说。我们谈了约一个小时，她问了我一些问题。其中一个是，为什么我的小说里总有水？即使没有写到水，也有水的感觉。这个问题我以前没有意识到过。是这样。这是很自然的。我的家乡是一个水乡，我是在水边长大的，耳目之所接，无非是水。水影响了我的性格，也影响了我的作品的风格。

　　我的家乡高邮在京杭大运河的下面。我小时候常常到运河堤上去玩（我的家乡把运河堤叫作"上河堆"或"上河堘"。"堘"字一般字典上没有，可能是家乡人造出来的字，音淌。"堆"当是"堤"的声转）。我读的小学的西面是一片菜园，穿过菜园就是河堤。我的大姑妈（我们那里对姑妈有个很奇怪的叫法，叫"摆摆"，别处我从未听有此叫法）的家，出门西望，就看见爬上河堤的石级。这段河堤有石级，因此地名"御码头"，康熙或乾隆曾在此泊舟登岸（据说御码头夏天没有蚊子）。运河是一条"悬河"，河底比东堤下的地面高，据说河堤和墙垛子一般高，站在河堤上，可以俯瞰堤下街道房屋。我们几个同学，可以指认哪一处的屋顶是谁家的。城外的孩子放风筝，风筝在我们脚下飘。城里人家养鸽子，鸽子飞起来，我们看到的是鸽子的背。几只野鸭子贴水飞向东，过了河堤，下面的人看见野鸭子飞得高高的。

我们看船。运河里有大船。上水的大船多撑篙。弄船的脱光了上身，使劲把篙子梢头顶上肩窝处，在船侧窄窄的舷板上，从船头一步一步走到船尾。然后拖着篙子走回船头，欻的一声把篙子投进水里，扎到河底，又顶着篙子，一步一步向船尾。如是往复不停。大船上用的船篙甚长而极粗，篙头如饭碗大，有锋利的铁尖。使篙的通常是两个人，船左右舷各一个；有时只一个人，在一边。这条船的水程，实际上是他们用脚一步一步走出来的。这种船多是重载，船帮吃水甚低，几乎要漫到船上来。这些撑篙男人都极精壮，浑身作古铜色。他们是不说话的，大都眉棱很高，眉毛很重。因为长年注视着流动的水，故目光清明坚定。这些大船常有一个舵楼，住着船老板的家眷。船老板娘子大都很年轻，一边扳舵，一边敞开怀奶孩子，态度悠然。舵楼大都伸出一支竹竿，晾晒着衣裤，风吹着啪啪作响。

看打鱼。在运河里打鱼的多用鱼鹰。一般都是两条船，一船八只鱼鹰。有时也会有三条、四条，排成阵势。鱼鹰栖在木架上，精神抖擞，如同临战状态。打鱼人把篙子一挥，这些鱼鹰就劈劈啪啪，纷纷跃进水里。只见它们一个猛子扎下去，眨眼工夫，有的就叼了一条鳜鱼上来——鱼鹰似乎专逮鳜鱼。打鱼人解开鱼鹰脖子上的金属的箍（鱼鹰脖子上都有一道箍，否则它就会把逮到的鱼吞下去），把鳜鱼扔进船里，奖给它一条小鱼，它就高高兴兴，心甘情愿地转身又跳进水里去了。有时两只鱼鹰合力抬起一条大鳜鱼上来，鳜鱼还在挣蹦，打鱼人已经一手捞住了。这条鳜鱼够四斤！这真是一个热闹场面。看打鱼的，鱼鹰都很兴奋激动，倒是打鱼人显得十分冷静，不动声色。

远远地听见嘣嘣嘣嘣的响声，那是在修船、造船。嘣嘣的声音是斧头往船板上敲钉。船体是空的，故声音传得很远。待修的船翻扣过来，底朝上。这只船辛苦了很久，它累了，它正在休息。一只新船造好了，油了桐油，过两天就要下水了。看看崭新的船。叫人心里高兴——生活是充满希望的。船场附近照例有打船钉的铁匠炉，叮叮当当。有碾石粉的碾子，石粉是填船缝用的。有卖牛杂碎的摊子。卖牛杂碎的是山东人。这种摊子上还卖锅盔（一种很厚很大的面饼）。

我们有时到西堤去玩。我们那里的人都叫它西湖，湖很大，一眼望不到边，很奇怪，我竟没有在湖上坐过一次船。湖西是还有一些村镇的。我知道一个地名，菱塘桥，想必是个大镇子。我喜欢菱塘桥这个地名，引起我的向往，但我不知道菱塘桥是什么样子。湖东有的村子，到夏天，就把耕牛送到湖西去歇伏。我所住的东大街上，那几天就不断有成队的水牛在大街上慢慢地走过。牛过后，留下很大的一堆一堆牛屎。听说是湖西凉快，而且湖西有茭草，牛吃了会消除劳乏，恢复健壮。我于是想象湖西是一片碧绿碧绿茭草。

高邮湖中，曾有神珠。沈括《梦溪笔谈》载：

嘉祐中，扬州有一珠，甚大，天晦多见。初出于天长县陂泽中，后转入甓射湖，又后乃在新开湖中，凡十余年，居民行人常常见之。余友人书斋在湖上，一夜忽见其珠，甚近。初微开其房，光自吻中出，如横一金线，俄顷忽张壳，其大如半席，壳中白光如银，珠大如拳，烂然不可正视，十余里间林木皆有影，如初日前照；远处但见天赤如野火，倏然远去，其行如飞，浮于波中，杳杳如日。古有明月之珠，此珠色不类月，荧荧有芒焰，殆类日光。崔伯易尝为《明珠赋》。伯易，高邮人，盖常见之。近岁不复出，不知所往，樊良镇正当珠往来处，行人至此，往往维船数宵以待观。名其亭为"玩珠"。

这就是"秦邮八景"的第一景"甓射珠光"。沈括是很严肃的学者，所言凿凿，又生动细微，似乎不容怀疑。这是个什么东西呢？是一颗大珠子？嘉祐到现在也才九百多年，已经不可究诘了。高邮湖亦称珠湖，以此。我小时学刻图章，第一块刻的就是"珠湖人"，是一块肉红色的长方形图章。

湖通常是平静的，透明的。这样一片大水，浩浩渺渺（湖上常常没有一只船），让人觉得有些荒凉，有些寂寞，有些神秘。

黄昏了。湖上的蓝天渐渐变成浅黄，橘黄，又渐渐变成紫色，很深很深的紫色。这种紫色使人深深感动。我永远忘不了这样的紫色的长天。

闻到一阵阵炊烟的香味，停泊在御码头一带的船上正在烧饭。

一个女人高亮而悠长的声音：

"二丫头……回来吃晚饭来……"

像我的老师沈从文常爱说的那样，这一切真是一个圣境。

高邮湖也是一个悬湖。湖面，甚至有的地方的湖底，比运河东面的地面都高。

湖是悬湖，河是悬河，我的家乡随处在大水的威胁之中。翻开县志，水灾接连不断。我所经历过的最大的一次水灾，是民国二十年。

这次水灾是全国性的。事前已经有了很多征兆。连降大雨，西湖水位增高，运河水平了漕，坐在河堤上可以"踢水洗脚"。有许多很"瘆人"的不祥的现象。天王寺前，蛤蟆爬在柳树顶上叫。老人们说：蛤蟆在多高的地方叫，大水就会涨得多高。我们在家里的天井里躺在竹床上乘凉，忽然拨剌一声，从阴沟里蹦出一条大鱼！运河堤上，龙王庙里香烛昼夜不熄。七公殿也是这样。大风雨的黑夜里，人们说是看见"耿庙神灯"了。耿七公是有这个人的，生前为人治病施药，风雨之夜，他就在家门前高旗杆上挂起一串红灯，在黑暗的湖里打转的船，奋力向红灯划去，就能平安到岸。他死后，红灯还常在浓云密雨中出现，这就是耿庙神灯——"秦邮八景"中的一景。耿七公是渔民和船民的保护神，渔民称之为七公老爷，渔民每年要做会，谓之七公会。神灯是美丽的，但同时也给人一种神秘的恐怖感。阴历七月，西风大作。店铺都预备了高挑灯笼——长竹柄，一头用火烤弯如钩状，上悬一个灯笼，轮流值夜巡堤。告警锣声不绝。本来平静的水变得暴怒了。一个浪头翻上来，会把东堤石工的丈把长的青石掀起来。看来堤是保不住了。终于，我记得是七月十三（可能记错），倒了口子。我们那里把决堤叫作倒口子。西堤四处，东堤六处。湖水涌入运河，运河水直灌堤东。顷刻之间，高邮成为泽国。

我们家住进了竺家巷一个茶馆的楼上（同时搬到茶馆楼上的还有几家），巷口外的东大街成了一条河，"河"里翻滚着箱箱柜柜，死猪死牛。"河"里行了船。会水的船家各处去救人（很多人家爬在屋顶上、树上）。

约一星期后，水退了。

水退了，很多人家的墙壁上留下了水印，高及屋檐。很奇怪，水印怎么擦洗也擦洗不掉。全县粮食几乎颗粒无收。我们这样的人家还不至挨饿，但是没有菜吃。老是吃茨菰汤，很难吃。比茨菰汤还要难吃的是芋头梗子做的汤。日本人爱喝芋梗汤，我觉得真不可理解。大水之后，百物皆一时生长不出，唯有茨菰芋头却是丰收！我在小学的教务处地上发现几个特大的蚂蟥，缩成一团，有拳头大，踩也踩不破！

我小时候，从早到晚，一天没有看见河水的日子，几乎没有。我上小学，倘不走东大街而走后街，是沿河走的。上初中，如果不从城里走，走东门外，则是沿着护城河。出我家所在的巷子南头，是越塘。出巷北，往东不远，就是大淖。我在小说《异秉》中所写的老朱，每天要到大淖去挑水，我就跟着他一起去玩。老朱真是个忠心耿耿的人，我很敬重他。他下水把水桶弄满（他两腿都是筋疙瘩——静脉曲张），我就拣选平薄的瓦片打水漂。我到一沟、二沟、三垛，都是坐船。到我的小说《受戒》所写的庵赵庄去，也是坐船。我第一次离家乡去外地读高中，也是坐船——轮船。

水乡极富水产。鱼之类，乡人所重者为鳊、白、鲦（鲹花鱼即鳜鱼）。虾有青白两种。青虾宜炒虾仁，呛虾（活虾酒醉生吃）则用白虾。小鱼小虾，比青菜便宜，是小户人家佐餐的恩物。小鱼有名"罗汉狗子""猫杀子"者，很好吃。高邮湖蟹甚佳，以作醉蟹，尤美。高邮的大麻鸭是名种。我们那里八月中秋兴吃鸭，馈送节礼必有公母鸭成对。大麻鸭很能生蛋。腌制后即为著名的高邮咸蛋。高邮鸭蛋双黄者甚多。江浙一带人见面问起我的籍贯，答云高邮，多肃然起敬，曰："你们那里出咸鸭蛋。"好像我们那里就只出咸鸭蛋似的！

我的家乡不只出咸鸭蛋。我们还出过秦少游，出过散曲作家王磐，出过经学大师王念孙、王引之父子。

县里的名胜古迹最出名的是文游台。这是秦少游、苏东坡、孙莘老、王定国文酒游会之所。台基在东山（一座土山）上，登台四望，眼界空阔。我小时常凭栏看西面运河的船帆露着半节。在密密的杨柳梢头后面，缓缓移过，觉得非常美。有一座镇国寺塔，是个唐塔，方形。这座塔原在陆上，运河拓宽后，为了保存这座塔，留下塔的周围的土地，成了运河当中的一个小岛。镇国寺我小时还去玩过，是个不大的寺。寺门外有一堵紫色的石制的照壁，这堵照壁向前倾斜，却不倒。照壁上刻着海水，故名水照壁。寺内还有一尊肉身菩萨的坐像，是一个和尚坐化后漆成的。寺不知毁于何时。另外还有一座净土寺塔，明代修建。我们小时候记不住什么镇国寺、净土寺，因其一在西门，名之为西门宝塔；一在东门，便叫它东门宝塔。老百姓都是这么叫的。

全国以邮字为地名的，似只高邮一县。为什么叫作高邮？因为秦始皇曾在高处建邮亭。高邮是秦王子婴的封地，至今还有一

条河叫子婴河，旧有子婴庙，今不存。高邮为秦代始建，故又名
秦邮。外地人或以为这跟秦少游有什么关系，没有。

一九九一年六月二十日

载一九九一年第十期《作家》

我的家

　　十年前我回了一次家乡，一天闲走，去看了看老家的旧址，发现我们那个家原来是不算小的。我家的大门开在科甲巷（不知道为什么这条巷子起了这么个名字，其实这巷里除了我的曾祖父中过一名举人，我的祖父中过拔贡外，没有别的人家有过功名），而在西边的竺家巷有一个后门。我的家即在这两条巷子之间。临街是铺面。从科甲巷口到竺家巷口，计有这么几家店铺：一家豆腐店，一家南货店，一家烧饼店，一家棉席店，一家药店，一家烟店，一家糕店，一家剃头店，一家布店。我们家在这些店铺的后面，占地多少平方米我不知道，但总是不小的，住起来是相当宽敞的。

　　这所老宅子分作东西两截，或两区。东边住着祖父母（我们叫"太爷""太太"）和大房——大伯父一家。西边是二房（我的二伯母）和三房——我父亲的一家。东西地势相差约有三尺，由东边到西边要上几层台阶。

　　正屋的东边的套间住着太爷、太太，西边是大伯父和大伯母
（我们叫"大爷""大妈"）。当中是一个堂屋，因为敬神祭祖
都在这间堂屋里，所以叫作"正堂屋"。正堂屋北面靠墙是一个
很大的"老爷柜"，即神案，但我们那里都叫作"老爷柜"，这
东西也确实是一个很长的大柜，当中和两边都有抽屉，下面还有
钉了铜环的柜门。老爷柜上，当中供的是家神菩萨，左边是文昌
帝君神位，右边是祖宗龛—— 一个细木雕琢的像小庙一样的东西，
里面放着祖宗的牌位——神主。这正堂屋大概是我的曾祖父手里
盖的，因为两边板壁上贴着他中秀才、中举人的报条。有年头了。
原来大概是相当恢宏的。庭柱很粗，是"布灰布漆"的——木柱
外涂瓦灰，裹以夏布，再施黑漆。到我记事时漆灰有多处已经剥落。
这间老堂屋的铺地的箩底砖（方砖）的边角都磨圆了，而且特别
容易返潮。天将下雨，砖地上就是潮乎乎的。若遇连阴天，地面
简直像涂了一层油，滑的。我很小就知道"础润而雨"。用不着
看柱础，从正堂屋砖地，就知道雨一时半会晴不了。一想到正堂屋，
总会想到下雨，有时接连下几天，真是烦人。雨老不停，我的一
个堂姐就会剪一个纸人贴在墙上，这纸人一手拿着簸箕，一手拿
笤帚，风一吹，就摇动起来，叫"扫晴娘"。也真奇怪，扫晴娘
扫了一天，第二天多少会放晴。

　　这间正堂屋的用处是：过年时敬神，清明祭祖。祭祖时在正
中的方桌上放一大碗饭，这碗特别的大，有一个小号洗脸盆那样
大，很厚，是白色的古瓷的，除了祭祖装饭外，不作别的用处。
饭压得很实，鼓起如坟头，上面插了好多双红漆的筷子。筷子插
多少双，是有定数的，这事总是由我的祖母做。另有四样祭菜。

有一盘白切肉，一盘方块粉，——绿豆粉，切成名片大小，三分厚。这方块粉在祭祖后分给两房。这粉一点味道都没有，实在不好吃，所以我一直记得。其余两样祭菜已无印象。十月朝（旧历十月初一）"烧包子"，即北方的"送寒衣"。一个一个纸口袋，内装纸钱，包上写明各代考妣冥中收用，一袋一袋排在祭桌前，上面铺一层稻草。磕头之后，由大爷点火焚化。每年除夕，要在这方桌上吃一顿团圆饭。我们家吃饭的制度是：一口锅里盛饭，大房、三房都吃同一锅饭，以示并未分家；菜则各房自炒，又似分爨。但大年三十晚上，祖父和两房男丁要同桌吃一顿。菜都是太太手制的。照例有一大碗鸭羹汤。鸭丁、山药丁、茨菰丁合烩。这鸭羹汤很好吃，平常不做，据说是徽州做法。我们的老家是徽州（姓汪的很多人的老家都是徽州），我们家有些菜的做法还保持徽州传统。比如肉丸蘸糯米蒸熟，有些地方叫珍珠丸子或蓑衣丸子，我们家则叫"徽团"。

我对大堂屋有一点特殊的记忆，是我曾在这里当过一回孝子。我的二伯父（二爷）死得早，立嗣时经过一番讨论。按说应该由长房次子，我的堂弟曾炜过继，但我的二伯母（二妈）不同意，她要我，因为她和我的生母感情很好，从小喜欢我。我是次房长子，长子过继，不合古理。后来是定了一个折中方案，曾炜和我都过继给二妈，一个是"派继"，一个是"爱继"。二妈死后，娘家提了一些条件，一是指定要用我的祖父的寿材盛殓。人爷五十岁时就打好了寿材，逐年加漆，漆皮已经很厚了。因为二妈是年轻守节，娘家提出，不能不同意。一是要在正堂屋停灵，也只好同意了（本来上有老人，是不该在正屋停灵的）。我和曾炜于是履行孝子的职责。亲视含殓（围着棺材走一圈），戴孝披麻，一切如制。最有意思的是逢七的时候得陪张牌李牌吃饭。逢七，鬼魂要回来接受烧纸，由两个鬼役送回来。这两个鬼役即张牌李牌。一个较大的方机凳，两副筷子，一碟白肉，一碟豆腐，两杯淡酒。我和曾炜各用一个小板凳陪着坐一会。陪鬼役吃饭，我还是头一回。六七开吊，我是孝子一直在场，所以能看到全部过程。家里办丧事，气氛和平常全不一样，所有的人都变得庄严肃穆起来。开吊像是演一场戏，大家都演得很认真。"初献""亚献""终献"，有条不紊，节奏井然。最后是"点主"。点主要一个功名高的人。给我的二伯母点主的是一个叫李芳的翰林，外号李三麻子。"点主"是在神主上加点。神主（木制小牌位）事前写好"×孺人之神王"，李三麻子就位后，礼生喝道："凝神，想象，请加墨主。"李三麻子拈起一支新笔在"王"字上加一墨点。礼生再赞："凝神，想象，请加朱主。"李三麻子用朱笔在黑点上加一点。这样死者的魂灵就进入神主了。我对"凝神，想象"印象很深，因为这很有点诗意。其实李三麻子对我的二伯母无从想象，因为他根本没有见过我的二伯母。

正堂屋对面，隔一个天井，是穿堂。

穿堂对面原来有一排三开间的房子，是我的叔曾祖父的一个老姨太太住的。房子很旧了，屋顶上长了很多瓦松，隔扇上糊的白纸都已成了灰色。这位老姨太太多年衰病，总是躺着。这一排房子里听不到一点声音，非常寂静，只有这位老姨太太的女儿——我们叫她小姑奶奶，带着孩子来住一阵，才有一点活气。

老姨太太死了，她没有儿子，由我一个叔祖父过继给他。这位叔祖父行六，我们叫他六太爷。这是个很有风趣的人，很喜欢孩子。老姨太太逢七，六太爷要来守灵烧纸。烧了纸，他弄一壶酒，慢慢喝着，给孩子讲故事——说书，说"大侠甘凤池"，一直说到深夜。因此，我们总是盼着老姨太太逢七。

祖父过六十岁的头年，把东边的房屋改建了一下。正堂屋没动。穿堂加大了。老姨太太原来住的一排房子拆了，盖了一个"敞厅"。房屋翻盖的情况我还记得，先由瓦匠头、木匠头挖出整整齐齐的一方土，供在老爷柜上。破土后，请全体瓦木匠在正堂屋吃一次饭。这顿饭的特别处是有一碗泥鳅，泥鳅我们家是不进门的，但是请瓦木匠必得有这道菜，这是规矩。我觉得这规矩对瓦木匠颇有嘲讽意味。接着是上梁竖柱，放鞭炮，撒糕馒，如式。

敞厅的特点是敞，很宽敞。盖得后，祖父的六十大寿在这里布置过寿堂，宴过客，此外就没有怎么用过，平常总是空着。我的堂姐姐有时把两张方桌拼起来，在上面缝被子。

敞厅对面，一道砖墙之外，是花园。花园原来没有园名，祖父命之曰"民圃"，因为他字铭甫，取其谐音。我父亲选了两块方砖，刻了"民圃"，两个小篆，嵌在一个六角小门的额上。但是我们还是叫它花园，不叫民圃。祖父六十大寿时自撰了一副长联，末署"民圃叟六十自寿"，"民圃"字样也只在长联里出现过，别处没有用过。

西边半截的房屋大概是祖父手里盖的，格局较小，主要房屋只是两个堂屋，上堂屋和下堂屋。

上堂屋两边的套间，东侧是三房，西侧是二房。

我的二伯父早逝，我没有见过。他房间里的板壁上挂着他的八寸放大照片，半侧身，穿着一身古典燕尾服，前身无下摆，雪白的圆角硬领衬衫，一只胳臂夹着一根象牙头的短手杖，完全是年轻的英国绅士派头，很英俊。听我父亲说，二伯父是个性格很刚烈的人。他是新党，但崇拜的不是孙文而是黄兴。有一次历史教员（那时叫作"教习"）在课堂上讲了黄兴几句不恭敬的话，他上去就给了这个教员一个嘴巴。二伯父和我父亲那时都在南京读中学（旧制中学）。他的死也跟他的负气任性的脾气有关。放暑假从南京回来，路过镇江，带着行李，镇江车站的搬运工人敲了他们一下，索价很高。二伯父一生气，把几个人的行李绑在一起，一个人就背了起来。没有走几步，一口血吐在地上，从此不起。

二伯母守节有年，她变得有些古怪。我的小说《珠子灯》里所写的孙小姐的原型，就是我的二伯母。

　　她变得有点古怪了，她屋里的东西都不许人动。王常生活着的时候是什么样子，永远是什么样子，不许挪动一点。王常生用过的手表、座钟、文具，还有他养的一盆雨花石，都放在原来的位置。孙小姐原是个爱洁成癖的人，屋里的桌子椅子、茶壶茶杯，每天都要用清水洗三遍。自从王常生死后，除了过年之前，她亲自监督着一个从娘家陪嫁过来的女佣人大洗一天之外，平常不许擦拭。里屋炕几上有一套茶具：一个白瓷的茶盘，一把茶壶，四个茶杯。茶杯倒扣着，上面落了细细的尘土。茶壶是荸荠形的扁圆的，茶壶的鼓肚子下面落不着尘土，茶盘里就清清楚楚留下一个干净的圆印子。

　　她病了，说不清是什么病。除了逢年过节起来几天，
其余的时间都在床上躺着，整天地躺着，除那个女佣人，
没有人上她屋里去。

　　有一个人是常上她屋里去的，我。我去了，坐在她床前的机
凳上，陪她一会儿。她精神好的时候，教我《长恨歌》《西厢记·长
亭》。

　　　　春风桃李花开日，
　　　　秋雨梧桐叶落时。

　　　　碧云天，
　　　　黄花地，
　　　　西风紧，
　　　　北雁南飞。
　　　　晓来谁染霜林醉，
　　　　都是离人泪。

　　也有的时候，她也会讲一点轻松一些的文学故事，念苏东坡
嘲笑小妹的诗：

　　　　人前走不上三五步，
　　　　额头先到画堂前。

这样的时候，她脸上也会有一点笑意。她的记忆很好，教我念诗，都是背出来的。她背诗，抑扬顿挫，节奏很强，富于感情，因此她教过我的诗词，我一直记得很清楚。她的诗词，是邑中一个老名士教的。

她老是叫我坐在她床前吃东西，吃饭，吃点心。吃两口，她就叫我张开嘴让她看看。接着就自言自语："王二娘个猫，王二娘个猫，王二娘个猫。"不知道这是什么意思。她是王二娘，我是她的猫？有时我不在跟前，她一个人在屋里也叨咕："王二娘个猫，王二娘个猫。"

每年夏天，她要回娘家住一阵，归宁那天，且出不了房门哩。跨出来，转身又跨进去，跨出来，又跨进去。轿子等在大门口（她回娘家都是坐轿子），轿前两盏灯笼换了几次蜡烛，她还没跨出房门。

这种精神状态，我们那里叫作"魔"。

下堂屋左边是我父亲的画室，右边是"下房"，女佣人住的地方。

下堂屋南，一道花瓦墙外，即是花园，墙上也有一个小六角门。

开开六角门，是一片砖墁的平地。更南，是花厅。花厅是我们这所住宅里最明亮的屋子，南边一溜全是大玻璃窗，听说我父亲年轻时常请一些朋友来，在花厅里喝酒，唱戏，吹弹歌舞，到我记事的时候，就没有看过这种热闹。花厅也总是闲着。放暑假，我们到花厅里来做假期作业。每年做酱的时候，我的祖母在花厅里摊晾煮熟的黄豆和烤过的发面饼，让豆、饼长毛发酵。花厅外的砖地上有一口大缸，装着豆酱，一口浅缸，装着甜面酱。

砖地东面，是一个花台，种着四棵很大的腊梅花，主干都有碗口粗，每年开很多花。这种腊梅的花心是紫檀色的。按说"磐石檀心”是腊梅的名种，但是我们那里重白心的，叫作“冰心腊梅”，而将檀心者起一个不好听的名称，叫“狗心腊梅”。下雪之后，上树摘花，是我的事，腊梅的骨朵很密。相中一大枝，折下来，养在大胆瓶里，过年。

腊梅花的对面，是两棵桂花。一棵金桂，一棵银桂。每年秋天，吐蕊开花。桂花树下，长了一片萱草，也没人管它，自己长得很旺盛。萱花未尽开时摘下，阴干，我们那里叫作金针，北方叫作黄花菜。我小时最讨厌黄花菜，觉得淡而无味。到了北方，学做打卤面，才知道缺这玩艺还不行。

桂花树后，是南北向的花瓦墙，墙上开一圆门，即北方所说的月亮门。

出圆门，是一畦菜地。我的祖母每年在这里种乌青菜，即上海人所说的塌苦菜。这块菜地土很瘦，乌青菜都不肥大，而茎叶液汁浓厚，旋摘煮食，味道极好，远胜市上买来的，叫作“起水鲜”，经霜后，叶缘皆作紫红色，尤其甜美。

菜畦左侧有一棵紫薇，一房多高，开花时乱红一片，晃人眼睛。游蜂无数，——齐白石爱画的那种大个的黑蜂，穿花抢蕊，非常热闹。西侧，有一座六角亭，可以小坐。

菜畦东边有一条砖路。砖路尽处是一棵木瓜，一棵矾杏，一棵柿树，都很少结果。

树之外，是一座船亭。这是祖父六十大寿头年盖的。船头向东，两边墙上各开了海棠形的窗户。祖父盖船亭，是为了“无事此静坐”，但是他只来坐过几次，平常不来，经常锁着。隔着正面的玻璃隔扇，可以看到里面铁梨木琴几上摆着几件彝器，几把檀木椅子，萧萧爽爽。

船亭对面，有一棵很大的柳树。挨着柳树，是一个高高的花坛。花坛上原来想是栽了不少花的，但因为无人料理，只剩下一棵石榴，一丛鱼儿牡丹。鱼儿牡丹开一串一串粉红的花，花作鸡心形，像是童话里的植物。

花坛对面，是土山。这座土山不知是哪年堆成的。这些土是从园里挖出的，还是从外面运进来的，均不知道。土山左脚，种了两棵碧桃，一棵白的，一棵浅红的。碧桃花其实是很好看的，花开得很繁茂，花期也长，应该对它珍贵一点，但是大家都不把它当回事，也许因为它花开得太多，也太容易养活了。土山正面，种了四棵香橼，每年都要结很多，香橼就是"橘逾淮南则为枳"的枳，但其实枳和橘是两种植物。香橼秋天成熟。香橼的香气很冲，不大好闻。但香橼花的气味是很好的，苦甜苦甜的。花白色，瓣微厚，五出深裂，如小酒盏，很好看。山顶有两棵龙爪槐，一在东，一在西。西边的一棵是我的读书树。我常常爬上去，在分杈的树干上靠好，带一块带筋的干牛肉或一块榨菜，一边慢慢嚼着，一边看小说。土山外隔一道墙是一个尼庵，靠在树上可以看见小尼姑从井里汲水浇菜。这尼庵的尼姑是带发修行的。因此我看的小尼姑是一头黑发。

从土山东边下山，是一片空地。空地上有一口很大的缸，养着很大的金鱼，这是大伯父养的。因此，在我们的印象里这一边是大爷的地方。但是我们并未分家，小孩子是可以自由来去的。

金鱼缸的西北边有一架紫藤。盛花时，紫云拂地。花谢，垂下一根一根长长的刀豆。

鱼缸正北，一棵白丁香，一棵紫丁香。

丁香之左，一片紫鸢。

往南，墙边一丛金雀花。

紫鸢的东边，荒草而已。这片草地每年下面结不少甘露，我们那里叫作螺蛳菜或宝塔菜，甘露洗净后装白布袋，可入甜面酱缸腌渍。

草地之东有一排很大的冬青树。夏天开密密的小白花，也有香味。秋后结了很多紫色的胡椒粒大的果实。

冬青之外，是"草房"，堆草的屋子。我们那里烧草——芦柴，一次要置很多担草，垛积在一排空屋里。

冬青的北面，是花房，房顶南檐是玻璃盖的，原是大爷养花的地方，但他后来不养花了，花房就空着。一壁挂着一只老鹰风筝。据我父亲说这个老鹰是独脑线的，——只有一根脑线。老鹰风筝是大爷年轻时放过的。听我父亲说，放上去之后，曾有真的老鹰和它打过架。空空的花房里只有两盆颇大的夹竹桃。夹竹桃红花殷殷的，我忽然觉得有些紧张，因为天忽然黑下来了，只有我一个人，在空空的花园里。

听大人说，这花园里有一个白胡子老头。这白胡子老头是神仙？还是妖怪？但是，晚上是没有人到花园里去的，东边和西边的小六角门都上了铁锁。

我们这座花园实在很难叫作花园，没有精心安排布置过，草木也都是随意种植的，常有一点半自然的状态。但是这确是我童年的乐园，我在这里掏过很多蟋蟀，捉过知了、天牛、蜻蜓，捅过马蜂窝，——这马蜂窝结在冬青树上，有蒲扇大！

一九九一年九月十九日
载一九九一年第十二期《作家》

一辈古人

靳德斋

天王寺是高邮八大寺之一。这寺里曾藏过一幅吴道子画的观音。这是可信的。清李必恒还曾赋长诗题咏，看诗意，此人是见过这幅画的。天王寺始建于宋淳熙年，明代为倭寇焚毁（我的家乡还闹过倭寇，以前我不知道），清初重建。这幅画想是宋代传下来的。据说有一个当地方官的要去看看，从此即不知下落，这不知是什么年间的事（一说是"文化大革命中"被毁于扬州）。反正，这幅画后来没有了。

天王寺在臭河边。"臭河边"是地名，自北市口至越塘一带属于"后街"的地方都叫臭河边。有一条河，却不叫"臭河"，我到现在还没有考查出来应该叫什么河，这一带的居民则简单地称之曰"河"。天王寺濒河，山门（寺庙的山门都是朝南的）外即是河水。寺的殿宇高大，佛像也高大，但是多年没有修饰，显得暗旧。寺里僧众颇多，我们家凡做佛事，都是到天王寺去请和尚。但是寺里香火不盛，很幽静。我父亲曾于月夜到天王寺找和尚闲谈，在大殿前石坪上看到一条鸡冠蛇，他三步蹿上台阶，才没被咬着。鸡冠蛇即眼镜蛇，有剧毒，蛇不能上台阶，父亲才能逃脱，未被追上。寺庙中有蛇，本是常事，但也说明人迹稀少矣。

天王寺常常驻兵。我的小说《陈小手》里写的"天王庙"，即天王寺。驻在寺里的兵一般都很守规矩，并不骚扰百姓。我曾见一个兵半躺在探到水面上的歪脖柳树上吹箫，这是一个很独特的画境。

我是三天两头要到天王寺的，从我读的小学放学回家，倘不走正街（东大街），走后街，天王寺是必经的。我去看"烧房子"。我们那里有这样的风俗，给死去亲人烧房子。房子是到纸扎店订制的，当然要比真房子小，但人可以走进去。有厅，有室，有花园，花园里有花，厅堂里有桌有椅，有自鸣钟，有水烟袋！烧房子在天王寺的旁门（天王寺有个旁门，朝西）边的空地上。和尚敲动法器，念一通经，然后由亲属举火烧掉（房子下面都铺了稻草，一点就着）。或者什么也没得看，就从旁门进去，"随喜"一番，看看佛像，在大的青石上躺一躺。大殿里凉飕飕的，夏天，躺在青石上，窨人。

天王寺附近住过一个传奇性的人物，叫靳德斋。这人是个练武的。江湖上流传两句话："打遍天下无敌手，谨防高邮靳德斋。"说是，有一个外地练武的，不服，远道来找靳德斋较量。靳德斋不在家，邻居说他打酱油醋去了。这人就在竺家巷（出竺家巷不远即是天王寺，我的继母和异母弟妹现在还住在竺家巷）一家茶馆里等他。有人指给他：这就是靳德斋。这人一看，靳德斋一手端着满满一碗酱油、一手端着满满一碗醋，快走如飞，但是碗里的酱油、醋却纹丝不动。这人当时就离开高邮，搭船走了。

靳德斋练的这叫什么功？两手各持酱油醋碗，行走如飞，酱油醋不动，这可能么？不过用这种办法来表现一个武师的功夫，却是很别致的，这比挥刀舞剑，口中"嗨嗨"地乱喊，更富于想象。

我小时走过天王寺，看看那一带的民居，总想：哪一处是靳德斋曾经住过的呢？

后于靳德斋，也在天王寺附近住过的，有韩小辫。这人是教过我祖父的拳术的。清代的读书人，除了读圣贤书之外，大都还要学两样东西，一是学佛，一是学武，这是一时风气，据我父亲说，祖父年轻时腿脚是很有功夫的。他有一次下乡"看青"（看青即看作物的长势），夜间遇到一个粪坑。我们那里乡下的粪坑，多在路侧，坑满，与地平，上结薄壳，夜间不辨其为坑为地。他左脚踏上，知是粪坑，右脚使劲一跃，即越过粪坑。想一想，于瞬息之间，转换身体的重心，尽力一跃，倘无功夫，是不行的。祖父是得到韩小辫的一点传授的。韩小辫的一家都是练功的，他的夫人能把一张板凳放倒，板凳的两条腿着地，两条腿翘着，她站在翘起的板凳脚上，作骑马蹲裆势，以一块方石置于膝上，用毛笔大书"天下太平"四字，然后推石一跃而下。这是很不容易的，何况她是小脚。夫人如此，韩小辫功夫可知，这是我父亲告诉我的，不知是他亲见，还是得诸传闻。我父亲年轻时学过武艺，想不妄语。

张仲陶

《故乡的食物》有一段：

> 我父亲有一个很怪的朋友，叫张仲陶。他很有学问，曾教我读过《项羽本纪》。他薄有田产，不治生业，整天在家研究易经，算卦。他算卦用蓍草。全城只有他一个人有用蓍草算卦。据说他有几卦算得极灵。有一家，丢了一只金戒指，怀疑是女佣人偷了。这女佣人蒙了冤枉，来求张先生算一卦。张先生算了，说戒指没有丢，在你们家炒米坛盖子上。一找，果然。我小时候就不大相信，算卦怎么能算得这样准，怎么能算得出在炒米坛盖子上呢？不过他的这一卦说明了一件事，即我们那里炒米坛子是几乎家家都有的。

《故乡的食物》这几段主要是记炒米的，只是连带涉及张先生。我对张先生所知道也大概只是这一些。但可补充一点材料。

我从张先生读《项羽本纪》，似在我小学毕业那年的暑假，算起来大概是虚岁十二岁即实足年龄十岁半的时候。我是怎么从张先生读这篇文章的呢？大概是我父亲在和朋友"吃早茶"（在茶馆里喝茶、吃干丝、点心）的时候，听见张先生谈到《史记》如何如何好，《项羽本纪》写得怎样怎样生动，忽然灵机一动，就把我领到张先生家去了。我们县里那时睥睨一世的名士，除经书外，读集部书的较多，读子史者少。张先生耽于读史，是少有的。他教我的时候，我的面前放一本《史记》，他面前也有一本，但他并不怎么看，只是微闭着眼睛，朗朗地背诵一段，给我讲一段。很奇怪，除了一篇《项羽本纪》，我以后再也没有跟张先生学过什么。他大概早就不记得曾经有过一个叫汪曾祺的学生了。张先生如果活着，大概有一百岁了，我都七十一了嘛！他不会活到这时候的。

张先生原来身体就不好，很瘦，黑黑的，背微驼，除了朗读《史记》时外，他的语声是低哑的。

他的夫人是一个微胖的强壮的妇人，看起来很能干，张家的那点薄薄的田产，都是由她经管的。张仲陶诸事不问，而且还抽一点鸦片烟，其受夫人辖制，是很自然的。一个十多岁的孩子也感觉得出来，张先生有些惧内。

张先生请我父亲刻过一块图章。这块图章很好，鱼脑冻，只是很小，高约四分，长方形。我父亲给他刻了两个字，阳文：中陶。刻得很好。这两个字很好安排。他后来还请我父亲刻了两方寿山石的图章，一刻阳文，一刻阴文，文曰："珠湖野人""天涯浪迹"。原来有人撺掇他出去闯闯，以卜卦为生，图章是准备印在卦象释解上的。事情未果，他并未出门浪迹，还是在家里糗（qiu）着。

最近几年，《易经》忽然在全世界走俏，研究的人日多，角度多不相同，有从哲学角度的，有从史学角度的，有从社会学角度的，有从数学角度的。我于《易经》一无所知，但我觉得这主要还是一部占卜之书。我对张仲陶算的戒指在炒米坛盖子上那一卦表示怀疑，是觉得这是迷信。现在想想，也许他是有道理的。

如果他把一生精研易学的心得写出来，包括他的那些卦例，会是一本很有意思的书。但是，写书，张仲陶大概想也没有想过。小说《岁寒三友》中季陶民在看了靳彝甫的祖父、父亲的画稿后，拍着画案说："吾乡固多才俊之士，而皆困居于蓬牖之中，声名不出于里巷，悲哉！悲哉！"张仲陶不也是这样的人么？

薛大娘

薛大娘家在臭河边的北岸，也就是臭河边的尽头，过此即为螺蛳坝，不属臭河边了。她家很好认，四边不挨人家，远远地就能看见。东边是一家米厂，整天听见碾米机烟筒砰砰的声音。西边是她们家的菜园。菜园西边是一条路，由东街抄近到北门进城的人多走这条路。路以西，也是一大片菜园，是别人家的。房是草顶碎砖的房，但是很宽敞，有堂屋，有卧室，有厢房。

薛大娘的丈夫是个裁缝，是个极其老实的人，整天不说一句话，只是在东厢房里带着两个徒弟低着头不停地缝。儿子种菜。所种似只青菜一种。我们每天上学、放学，都可以看见薛大娘的儿子用一个长柄的水舀子浇水，浇粪，水、粪扇面似地洒开，因为用水方便，下河即可担来，人也勤快，菜长得很好。相比之下，路西的菜园就显得有点荒废不治。薛大娘卖菜。每天早起，儿子砍得满满两筐菜，在河里浸一会，薛大娘就挑起来上街，"鲜鱼水菜"，浸水，不止是为了上分量，也是为了鲜灵好看。我们那里的菜筐是扁圆的浅筐，但两筐菜也百十斤，薛大娘挑起来若无其事。

她把菜歇在保安堂药店的廊檐下，不到一个时辰，就卖完了。

　　薛大娘靠五十了。——她的儿子都那样大了嘛，但不显老。她身高腰直，处处显得很健康。她穿的虽然是粗蓝布衣裤，但总是十分干净利索。她上市卖菜，赤脚穿草鞋，鞋、脚，都很干净。她当然是不打扮的，但是头梳得很光，脸洗得清清爽爽，双眼有光，扶着扁担一站，有一股英气，"英气"这个词用之于一个卖菜妇女身上，似乎不怎么合适，但是除此之外，你再也找不出一个合适的字眼。

　　薛大娘除了卖菜，偶尔还干另外一种营生，拉皮条，就是《水浒传》所说的"马泊六"。东大街有一些年轻女佣人，和薛大妈很熟，有的叫她干妈。这些女佣人都是发育到了最好的时候，一个一个亚赛鲜桃。街前街后，有一些后生家，有的还没成亲，有的娶了老婆但老婆不在身边，油头粉面，在街上一走，看到这些女佣人，馋猫似的，有时一个后生看中了一个女佣人求到薛大娘，薛大娘说："等我问问。"因为彼此都见过，眉语目成，大都是答应的。薛大娘先把男的弄到西厢房里，然后悄悄把女的引来，关了房门，让他们成其好事。

　　我们家一个女佣人，就是由于薛大娘的撮合，和一个叫龚长霞的管田禾的——管田禾是为地主料理田亩收租事务的，欢会了几次，怀上了孩子。后来是由薛大娘弄了药来，才把私孩子打掉。

　　薛大娘没想到别人对她有什么议论。她认为：一个有心，一个有意，我在当中搭一把手，这有什么不好？

　　保安堂药店的管事姓蒲，行三，店里学徒的叫他蒲三爷，外人叫他蒲先生。这药店有一个规矩：每年给店中的"同事"（店员）轮流放一个月假，回去与老婆团圆（店中"同事"都是外地人），其余十一个月都住在店里，每年打十一个月的光棍，蒲三爷自然不能例外。他才四十岁出头，人很精明，也很清秀，很潇洒（潇洒用于一个管事的身上似乎也不大合适），薛大娘给他拉拢了一个女的，这个女的不是别人，是薛大娘自己。薛大娘很喜欢蒲三，看见他就眉开眼笑，谁都看得出来，她一点也不掩饰。薛大娘趴在蒲三耳朵上，直截了当地说："下半天到我家来。我让你……"

薛大娘不怕人知道了，她觉得他干熬了十一个月，我让他快活快活，这有什么不对？

薛大娘的道德观念和大户人家的太太小姐完全不同。

载一九九一年第十二期《北方文学》

旧病杂忆·对口

那年我还小，记不清是几岁了。我母亲故去后，父亲晚上带着我睡。我觉得脖子后面不舒服。父亲拿灯照照，肿了，有一个小红点。半夜又照照，有一个小桃子大了。天亮再照照，有一个莲子盅大了。父亲说：坏了，是对口！

"对口"是长在第三节颈椎处的恶疮，因为正对着嘴，故名"对口"，又叫"砍头疮"。过去刑人，下刀处正在这个地方。——杀头不是乱砍的，用刀在第三颈节处使巧劲一推，脑袋就下来了，"身首异处"。"对口"很厉害，弄不好会把脖子烂通。——那成什么样子！

父亲拉着我去看张冶青。张冶青是我父亲的朋友，是西医外科医生，但是他平常极少为人治病，在家闲居。他叫我趴在茶几上，看了看，哆里哆嗦地找出一包手术刀，挑了一把，在酒精灯上烧了烧。这位张先生，连麻药都没有！我父亲在我嘴里塞了一颗蜜枣，我还没有一点准备，只听得"呼"的一声，张先生已经把我的对口豁开了。他怎么挤脓挤血，我都没看见，因为我趴着。他拿出一卷绷带，搓成条，蘸上药，——好像主要就是凡士林，用一个镊子一截一截塞进我的刀口，好长一段！这是我看见的。我没有觉得疼，因为这个对口已经熟透了，只觉得往里塞绷带时怪痒痒。都塞进去了，发胀。

我的蜜枣已经吃完了，父亲又塞给我一颗，回家！

张先生嘱咐第二天去换药。把绷带条抽出来，再用新的蘸了药的绷带条塞进去。换了三四次。我注意塞进去的绷带条越来越短了。不几天，就收口了。

张先生对我父亲说："令郎真行，哼都不哼一声！"干吗要哼呢？我没觉得怎么疼。

以后，我这一辈子在遇到生理上或心理上的病痛时，我很少哼哼。难免要哼，但不是死去活来，弄得别人手足无措，惶惶不安。

现在我的后颈至今还落下了个疤拉。

衔了一颗蜜枣，就接受手术，这样的人大概也不多。

一九九二年

故乡的野菜

荠菜。荠菜是野菜，但在我的家乡却是可以上席的。我们那里，一般的酒席，开头都有八个凉碟，在客人入席前即已摆好。通常是火腿、变蛋（松花蛋）、风鸡、酱鸭、油爆虾（或呛虾）、蚶子（是从外面运来的，我们那里不产）、咸鸭蛋之类。若是春天，就会有两样应时凉拌小菜：杨花萝卜（即北京的小水萝卜）切细丝拌海蜇，和拌荠菜。荠菜焯过，碎切，和香干细丁同拌加姜米，浇以麻油酱醋，或用虾米，或不用，均可。这道菜常抟成宝塔形，临吃推倒，拌匀。拌荠菜总是受欢迎的，吃个新鲜。凡野菜，都有一种园种的蔬菜所缺少的清香。

荠菜大都是凉拌，炒荠菜很少人吃。荠菜可包春卷，包圆子（汤团）。江南人用荠菜包馄饨，称为菜肉馄饨，亦称"大馄饨"。我们那里没有用荠菜包馄饨的。我们那里的面店中所卖的馄饨都是纯肉馅的馄饨，即江南所说的"小馄饨"。没有"大馄饨"。我在北京的一家有名的家庭餐馆吃过这一家的一道名菜：翡翠蛋羹。一个汤碗里一边是蛋羹，一边是荠菜，一边嫩黄，一边碧绿，绝不混淆，吃时搅在一起。这种讲究的吃法，我们家乡没有。

枸杞头。春天的早晨，尤其是下了一场小雨之后，就可听到叫卖枸杞头的声音。卖枸杞头的多是附郭近村的女孩子，声音很脆，极能传远："卖枸杞头来！"枸杞头放在一个竹篮子里，一种长圆形的竹篮，叫作元宝篮子。枸杞头带着雨水，女孩子的声音也带着雨水。枸杞头不值什么钱，也从不用秤约，给几个钱，她们就能把整篮子倒给你。女孩子也不把这当作正经买卖，卖一点钱，够打一瓶梳头油就行了。

自己去摘，也不费事。一会儿工夫，就能摘一堆。枸杞到处都是。我的小学的操场原是祭天地的空地，叫作"天地坛"。天地坛的四边围墙的墙根，长的都是这东西。枸杞夏天开小白花，秋天结很多小果子，即枸杞子，我们小时候叫它"狗奶子"，因为很像狗的奶子。

枸杞头也都是凉拌，清香似尤甚于荠菜。

蒌蒿。小说《大淖记事》："春初水暖，沙洲上冒出很多紫红色的芦芽和灰绿色的蒌蒿，很快就是一片翠绿了。"我在书页下面加了一条注："蒌蒿是生于水边的野草，粗如笔管，有节，生狭长的小叶，初生二寸来高，叫作'蒌蒿苔子'，加肉炒食极清香。……"蒌蒿，字典上都注"蒌"音楼，蒿之一种，即白蒿。我以为蒌蒿不是蒿之一种，蒌蒿掐断，没有那种蒿子气，倒是有一种水草气。苏东坡诗："蒌蒿满地芦芽短"，以蒌蒿与芦芽并举，证明是水边的植物，就是我的家乡所说"蒌蒿苔子"。"蒌"字我的家乡不读楼，读吕。蒌蒿好像都是和瘦猪肉同炒，素炒好像没有。我小时候非常爱吃炒蒌蒿苔子。桌上有一盘炒蒌蒿苔子，我就非常兴奋，胃口大开。蒌蒿苔子除了清香，还有就是很脆，嚼之有声。

荠菜、枸杞我在外地偶尔吃过，蒌蒿苔子自十九岁离乡后从未吃过，非常想念。去年我的家乡有人开了汽车到北京来办事，我的弟妹托他们带了一塑料袋蒌蒿苔子来，因为路上耽搁，到北京时已经焐坏了。我挑了一些还不及烂的，炒了一盘，还有那么一点意思。

马齿苋。中国古代吃马齿苋是很普遍的，马苋与人苋（即红白苋菜）并提。后来不知怎么吃的人少了。我的祖母每年夏天都要摘一些马齿苋，晾干了，过年包包子。我的家乡普通人家平常是不包包子的，只有过年才包，自己家里人吃，有客人来蒸一盘待客。不是家里人包的。一般的家庭妇女不会包，都是备了面、馅，请包子店里的师傅到家里做，做一上午，就够正月里吃了。我的祖母吃长斋，她的马齿苋包子只有她自己吃。我尝过一个，马齿苋有点酸酸的味道，不难吃，也不好吃。

马齿苋南北皆有。我在北京的甘家口住过，离玉渊潭很近，玉渊潭马齿苋极多。北京人叫作马苋儿菜，吃的人很少。养鸟的拔了喂画眉。据说画眉吃了能清火。画眉还会有"火"么？

莼菜。第一次喝莼菜汤是在杭州西湖的楼外楼，一九四八年四月。这以前我没有吃过莼菜，也没有见过。我的家乡人大都不知莼菜为何物。但是秦少游有《以莼姜法鱼糟蟹寄子瞻》诗，则高邮原来是有莼菜的。诗最后一句是"泽居备礼无麋鹿"，秦少游当时盖在高邮居住，送给苏东坡的是高邮的土产。高邮现在还有没有莼菜，什么时候回高邮，我得调查调查。

　　明朝的时候，我的家乡出过一个散曲作家王磐。王磐字鸿渐，号西楼，散曲作品有《西楼乐府》。王磐当时名声很大，与散曲大家陈大声并称为"南曲之冠"。王西楼还是画家。高邮现在还有一句歇后语："王西楼嫁女儿——画（话）多银子少"。王西楼有一本有点特别的著作：《野菜谱》。《野菜谱》收野菜五十二种。五十二种中有些我是认识的，如白鼓钉（蒲公英）、蒲儿根、马栏头、青蒿儿（即茵陈蒿）、枸杞头、野绿豆、蒌蒿、荠菜儿、马齿苋、灰条。江南人重马栏头。小时读周作人的《故乡的野菜》，提到儿歌："荠菜马栏头，姐姐嫁在后门头"，很是向往，但是我的家乡是不大有人吃的。灰条的"条"字，正字应是"藋"，通称灰菜。这东西我的家乡不吃。我第一次吃灰菜是在一个山东同学的家里，蘸了稀面，蒸熟，就烂蒜，别具滋味。后来在昆明黄土坡一中学教书，学校发不出薪水，我们时常断炊，就捋了灰菜来炒了吃。在北京我也摘过灰菜炒食。有一次发现钓鱼台国宾馆的墙外长了很多灰菜，极肥嫩，就弯下腰来摘了好些，装在书包里。门卫发现，走过来问："你干什么？"他大概以为我在埋定时炸弹。我把书包里的灰菜抓出来给他看，他没有再说什么，走开了。灰菜有点碱味，我很喜欢这种味道。王西楼《野菜谱》中有一些，我不但没有吃过，见过，连听都没听说过，如："燕子不来香""油灼灼"……。

　　《野菜谱》上图下文。图画的是这种野菜的样子，文则简单地说这种野菜的生长季节，吃法。文后皆系以一诗，一首近似谣曲的小乐府，都是借题发挥，以野菜名起兴，写人民疾苦。如：

眼子菜

眼子菜，如张目，年年盼春怀布谷，犹向秋来望时熟。
何事频年倦不开，愁看四野波漂屋。

猫耳朵

猫耳朵，听我歌，今年水患伤田禾，仓廪空虚鼠弃窝，
猫兮猫兮将奈何！

江荠

江荠青青江水绿，江边挑菜女儿哭。爷娘新死兄趁熟，
止存我与妹看屋。

抱娘蒿

抱娘蒿，结根牢，解不散，如漆胶。君不见昨朝儿
卖客船上，儿抱娘哭不肯放。

这些诗的感情都很真挚，读之令人酸鼻。我的家乡本是个穷地方，灾荒很多，主要是水灾，家破人亡，卖儿卖女的事是常有的。我小时就见过。现在水利大有改进，去年那样的特大洪水，也没死一个人，王西楼所写的悲惨景象不复存在了。想到这一点，我为我的家乡感到欣慰。过去，我的家乡人吃野菜主要是为了度荒，现在吃野菜则是为了尝新了。喔，我的家乡的野菜！

一九九二年四月十四日

载一九九二年第三期《钟山》

我的小学

我读的小学是县立第五小学，简称五小，在城北承天寺的旁边，五小有一支校歌。我在小说《徙》的开头提到这支校歌。歌词如下：

> 西挹神山爽气，
> 东来邻寺疏钟，
> 看吾校巍巍峻宇，
> 连云栉比列其中。
> 半城半郭尘嚣远，
> 无女无男教育同。
> 桃红李白，芬芳馥郁，
> 一堂济济坐春风。
> 愿少年，乘风破浪，
> 他日毋忘化雨功。

"神山爽气"是秦邮八景之一。"神山"即"神居山",在高邮湖西,我没有去过,"爽气"也不知道是一种什么样子的气。"东来邻寺疏钟"的"邻寺"即承天寺。这倒是每天必须经过的。这是一座古寺,张士诚就是在承天寺称王的。张士诚攻下高邮在至正十三年(1353),称王在次年。那时就有这座寺了。以后也没听说重修过(我没见过重修碑记)。这也就是一个一般的寺庙。一个大雄宝殿,三世佛;殿后是站在鳌鱼头上的南海观音;西侧是罗汉堂,罗汉堂有一口大钟,我写的《幽冥钟》就是写的这口钟;东边是僧众的宿舍和膳堂,廊子上挂了一条很大的木头鱼,画出蓝色的鱼鳞,一口像倒挂的如意云头的铁磬,木鱼铁磬从来没听见敲响过。寺古房旧僧白头,佛像髹漆都暗淡了。看不出一点张士诚即位称王的痕迹。他在什么地方坐朝的呢?总不能在大雄宝殿上,也不会在罗汉堂里。

学校的对面,也就是承天寺的对面,是"天地坛"。原来大概是祭天地的地方,但我从小就没有见过祭过天地。这是一片很大的空地,安下一个足球场还有富余。天地坛四边有砖砌的围墙,但是除了五小的学生来踢球,跑步,可以说毫无用处。坛的四面长满了荒草,草丛中有枸杞,秋天结了很多红果子,我们叫它"狗奶子"。

"巍巍峻宇""连云栉比",实在过于夸张了。一个只有六个班的小学,怎么能有这样高大,这样多的房子呢!

学校门外的地势比校内高,进大门,要下一个慢坡,慢坡是"站砖"铺的。不是笔直的,而是有点弯。不知道为什么,我们对这道弯弯的慢坡很有感情。如果它是笔直的,就没有意思了。

　　慢坡的东端是门房，同时也是斋夫（校工）詹大胖子的宿舍。詹大胖子墙上挂着一架时钟，桌上有一把铜铃，一个玻璃匣子放着花生糖、芝麻糖，是卖给学生吃的。学校不许他卖，他还是偷偷地卖。

　　詹大胖子的房子的对面，隔着慢坡，是大礼堂。大礼堂的用处是做"纪念周"，开"同乐会"。平常日子，是音乐教室，唱歌。

　　大礼堂的北面是校园。校园里花木不多，比较突出的是一架很大的"十姊妹"。我对这个校园留下很深的印象是：有一年我们县境闹蝗虫，蝗虫一过，遮天蔽日，学校里遍地都是蝗虫，我们就见蝗虫就捉，到校园里用两块砖头当磨子，把蝗虫磨得稀烂，蝗虫太可恶了！

　　校园之北，是教务处。一个很大的房间，两边靠墙摆了几张三屉桌，供教员备课，批改学生作业。当中有一张相当大的会议桌。这张会议桌平常不开会，有一个名叫夏普天的教员在桌上画炭画像。这夏普天（不知道为什么，学生背后都不称他为"夏先生"，径称之为"夏普天"，有轻视之意）在教员中有其特别处。一是他穿西服（小学教员穿西服者甚少）；二是他在教小学之外还有一个副业：画像。用一个刻有方格的有四只脚的放大镜，放在一张照片上，在大张的画纸上画了经纬方格，看着放大镜，勾出铅笔细线条，然后用剪秃了的羊毫笔，蘸炭粉，涂出深浅浓淡。说是"涂"不大准确，应该说是"蹭"。我在小学时就知道这不叫艺术，但是有人家请他画，给钱。夏普天的画像真正只是谋生之术。夏家原是大族，后来败落了。夏普天画像，实非不得已。过了好多年，我才知道夏普天是我们县的最早的共产党员之一！夏普天给我的印象是：一个非常聪明的人。

教务处的北面是幼稚园。现在一般都叫幼儿园，我入园时叫幼稚园。五小设幼稚园是创举。这个幼稚园是全县第一个幼稚园。

幼稚园的房子是新盖的。一切都是新的。新砖，新瓦、新门、新窗。这座房子有点特别，是六角形的。进门，是一个宽敞明亮的大厅。铺着漆成枣红色的地板，用白漆画出一个很大的圆圈。这圆圈是为了让"小朋友"沿着唱歌跳舞而画出的。"小朋友"每天除了吃点心，大部分时间是唱歌跳舞。规定：上幼稚园的"小朋友"的家里都要预备一双"软底鞋"，——普通的布鞋，但是鞋底是几层布"衲"出来的软底。

幼稚园的老师是王文英，她是我们县里头一个从"幼稚师范"毕业的专业老师。整个幼稚园只有一个老师，教唱歌、跳舞都是她。我在幼稚园学过很多歌，有一些是"表演唱"。我至今记得的是《小羊儿乖乖》，母亲出去了，狼来了：

狼：　小羊儿乖乖，
　　　把门儿开开，
　　　快点儿开开，
　　　我要进来。

小羊：不开不开不能开，
　　　母亲不回来，
　　　谁也不能开。

狼：　小兔子乖乖，
　　　把门儿开开，

　　　　　快点儿开开，

　　　　　我要进来。

　　小兔：不开不开不能开，

　　　　　母亲不回来，

　　　　　谁也不能开。

　　狼：　小螃蟹乖乖，

　　　　　把门儿开开，

　　　　　快点儿开开，

　　　　　我要进来。

　　螃蟹：就开就开我就开——（开门）

　　狼：　啊呜！（把小螃蟹吃了）

　　小羊、小兔：可怜小螃蟹，从此不回来。

另外还有：

　　　　　拉锯，送锯，

　　　　　你来，我去。

　　　　　拉一把，推一把，

　　　　　哗啦哗啦起风啦。

　　　　　小小狗，快快走；

　　　　　小小猫，快快跑！

（王老师除了教唱，领着小朋友唱，还用一架风琴伴奏。）

　　幼稚园门外是一个游戏场，有一个沙坑，一架秋千，还有一个"巨人布"。一根粗大柱,半截埋在土里,柱顶有一个火炬形的顶子,顶与柱之间是铁的轴辊,柱顶牵出八条粗麻绳,小朋友各攥住一根麻绳,连跑几步,拳起腿一悠,柱顶即转动,小朋友能悠好多圈。我到现在还不知道这个游戏器械为什么叫"巨人布"。也许应该写成"巨人步"。这种游戏大概是从外国传进来的。

在全班小朋友中我是最受王老师宠爱的。我们那一班临毕业前曾在游戏场上照了一张合影。我骑在一头木马上。这是我第一次留了一回马上英姿(另外还有一个同学骑在一个灰色的木鸭子上,其他小朋友都蹲着,坐着)。

我离开五小后很少和王老师见面。我十九岁离开家乡。和王老师不通音讯。她和我的初中国文老师张道仁先生结了婚,我也不知道。

一九八六年我回了一次故乡,带了两盒北京的果脯,去看张老师和王老师。我给张老师和王老师都写了一张字。给王老师写的是一首不文不白的韵文:

> "小羊儿乖乖,
> 把门儿开开",
> 歌声犹在,耳畔徘徊。
> 念平生美育,
> 从此培栽。
> 我今亦老矣,
> 白髭盈腮。
> 但师恩母爱,

　　岂能忘怀。

　　愿吾师康健，

　　长寿无灾。

　　这首"诗"使王老师哭了一个晚上。她对张先生说："我教了那么多学生，还没有一个来看看我的。"张先生非常感慨地再三说："师恩母爱！师恩母爱！……"他说王老师告诉他，我上幼稚园的时候还戴着我妈妈的孝。王老师不说，我还真不记得。

　　教务处和幼稚园的东面，是一、二、三、四年级教室。两排。两排教室之前是一片空地。空地的路边有几棵很大的梧桐。到了秋天，落了一地很大的梧桐叶。我很小的时候就知道"一叶落而天下惊秋"。而且不胜感慨。我们捡梧桐子。梧桐子炒熟了，是可以吃的，很香。

　　往后走，是五年级，六年级教室。这是另外一个区域，不仅因为隔着一个院子，有几棵桂花，而且因为五、六年级是"高年级（一、二年级是初年级，三、四年级是中年级），到了这里俨然是"大人"了，不再是毛孩子了。

　　五年级教室在西边的平地上。教室外面是一口塘。塘里有鱼。常常看到有打鱼的来摸鱼，有时摸上很大的一条。从五年级的北窗伸出钓竿，就可以钓鱼。我有一次在窗里看着一条大黑鱼咬了钩，心里怦怦跳。不料这条大黑鱼使劲一挣，把钩线挣断了，它就带着很长的一截钓线游走了！

　　六年级教室在一座楼上。这楼是承天寺的旧物，年久失修，真是一座"危楼"，在楼上用力蹦跳，楼板都会颤动。然而它竟也不倒。

我小时了了。去年回乡，遇到一个小学同班姓许的同学（他现在是有名的中医），说我多年都是全班第一。他大概记得不准，我从三年级后算术就不好。语文（初中年级叫"国语"，高年级叫"国文"）倒是总是考第一的。

我觉得那时的语文课本有些篇是选得很好的。一年级开头虽然是"大狗跳，小狗叫"，后面却有《咏雪》这样的诗：

一片一片又一片，
两片三片四五片，
七片八片九十片，
飞入芦花都不见。

我学这一课时才虚岁七岁，可是已经能够感受到"飞入芦花都不见"的美。我现在写散文、小说所用的方法，也许是从"飞入芦花都不见"悟出的。

二年级课文中有两则谜语，其中一则是：

远观山有色，
近听水无声，
春去花还在，
人来鸟不惊。

谜底是：画。这对培养儿童的想象力是有好处的。

我希望教育学家能搜集各个时期的课本，研究研究，吸取有益的部分，用之今日。

教三、四年级语文的老师是周席儒。我记不得他教的课文了，但一直觉得他真是一个纯然儒者。他总是坐在三年级和四年级教室之间的一间小屋的桌上批改学生的作文，"判"大字。他判字极认真，不只是在字上用红笔画圈，遇有笔画不正处，都用红笔矫正。有"间架"不平衡的字，则于字旁另书此字示范。我是认真看周先生判的字而有所领会的。我的毛笔字稍具功力，是周先生砸下的基础。周先生非常喜欢我。

教五年级国文的是高北溟先生。关于高先生，我写过一篇小说《徙》。小说，自然有很多地方是虚构，但对高先生的为人治学没有歪曲。关于高先生，我在下一篇《初中》中大概还会提到，此处从略。

教六年级国文的是张敬斋，张先生据说很有学问，但是他的出名却是因为老婆长得漂亮，外号"黑牡丹"。他教我们《老残游记》，讲得有声有色。我留下印象最深的是大明湖上的对联："四面荷花三面柳，一城山色半城湖"，这使我对济南非常向往。但是他讲"黑妞白妞说书"，文章里提到一个湖南口音的人发了一通议论，张先生也就此发了一通议论，说·为什么要说"湖南口音"呢？因为湖南话很蛮，俗说是"湖南骡子"。这实在是没有根据。我长大后到过湖南，从未听湖南人说自己是"骡子"。外省人也不叫湖南人是"湖南骡子"。不像外省人说湖北人是"九头鸟"，湖北人自己也承认。也许张先生的话有证可查，但我小时候就觉得他是胡说。不知道为什么，我对张先生的"歪批"总也忘不了。

　　我在五小颇有才名，是因为我的画画很不错。教我们图画的老师姓王，因为他有一个口头语："譬如"，学生就给他起了个外号："王譬如"。王先生有时带我们出校"野外写生"，那是最叫人高兴的事。常去的地方是运河堤，因为离学校很近。画得最多的是堤上的柳树，用的是六个 B 的铅笔。

　　一九九一年十月，我回高邮，见到同班同学许医生，他说我曾经送过他一张画：只用大拇指蘸墨，在纸上一按，加几笔犄角、四蹄、尾巴，就成了一头牛。大拇指有腘纹，印在纸上有牛毛效果。我三年级时是画过好些这种牛。后来就没有再画。

　　我对五小很有感情。每天上学，暑假、寒假还会想起到五小看看。夏天，到处长了很高的草。有一年寒假，大雪之后，我到学校去。大门没有锁，轻轻一推开了。没有一个人，连詹大胖子也不在。一片白雪，万籁俱静。我一个人踏雪走了一会，心里很感伤。

　　我十九岁离乡，六十六岁回故乡住了几天。我去看看我的母校：什么也没有了。承天寺、天地坛，都没有了。五小当然没有了。

　　这是我的小学，我亲爱的，亲爱的小学！

　　"愿少年，乘风破浪，

　他日毋忘化雨功！"

一九九二年八月六日

载一九九三年第六期《作家》

故乡的元宵

故乡的元宵是并不热闹的。

没有狮子、龙灯，没有高跷，没有跑旱船，没有"大头和尚戏柳翠"，没有花担子、茶担子。这些都在七月十五"迎会"——赛城隍时才有，元宵是没有的。很多地方兴"闹元宵"，我们那时的元宵却是静静的。

有几年，有送麒麟的。上午，三个乡下的汉子，一个举着麒麟，——一张长板凳，外面糊纸扎的麒麟，一个敲小锣，一个打镲，咚咚哐哐敲一气，齐声唱一些吉利的歌。每一段开头都是"格炸炸"：

格炸炸，格炸炸，

麒麟送子到你家……

我对这"格炸炸"印象很深。这是什么意思呢？这是状声词？

状的什么声呢？送麒麟的没有表演，没有动作，曲调也很简单，送麒麟的来了，一点也不叫人兴奋，只听得一连串的"格炸炸"，"格炸炸"完了，祖母就给他们一点钱。

街上掷骰子"赶老羊"的赌钱的摊子上没有人。六颗骰子静静地在大碗底卧着。摆赌摊的坐在小板凳上抱着膝盖发呆，年快过完了，准备过年输的钱也输得差不多了，明天还有事，大家都没有赌兴。

草巷口有个吹糖人的，孙猴子舞大刀、老鼠偷油。

北市口有捏面人的。青蛇、白蛇、老渔翁。老渔翁的蓑衣是从药店里买来的夏枯草做的。

到天地坛看人拉"天嗡子"——即抖空竹，拉得很响，天嗡子蛮牛似的叫。

到泰山庙看老妈妈烧香。一个老妈妈鞋底有牛屎，干了。

一天快过去了。

不过元宵要等到晚上，上了灯，才算。元宵元宵嘛。我们那里一般不叫元宵，叫灯节，灯节要过几天，十三上灯，十七落灯。"正日子"是十五。

各屋里的灯都点起来了。大妈（大伯母）屋里是四盏玻璃方灯。二妈屋里是画了红寿字的白明角琉璃灯，还有一张珠子灯。我的继母屋里点的是红琉璃泡子，一屋子灯光，明亮而温柔，显得很吉祥。

上街去看走马灯。连万顺家的走马灯很大。"乡下人不识走马灯，——又来了"。走马灯不过是来回转动的车、马、人（兵）的影子，但也能看它转几圈。后来我自己也动手做了一个，点了蜡烛，看着里面的纸轮一样转了起来，外面的纸屏上一样映出了影子，很欣喜。乾隆和的走马灯并不"走"，只是一个长方的纸箱子，正面白纸上有一些彩色的小人，小人连着一根头发丝，烛火烘热了发丝，小人的手脚会上下动。它虽然不"走"，我们还是叫它走马灯。要不，叫它什么灯呢？这外面的小人是唐僧、孙悟空、猪八戒、沙和尚。整个画面表现的是《西游记》唐僧取经。

孩子有自己的灯。兔子灯、绣球灯、马灯……兔子灯大都是自己动手做的。下面安四个轱辘，可以拉着走。兔子灯其实不大像兔子，脸是圆的，眼睛是弯弯的，像人的眼睛，还有两道弯弯的眉毛！绣球灯、马灯都是买的。绣球灯是一个多面的纸扎的球，有一个篾制的架子。架子上有一根竹竿，架子下有两个轱辘，手执竹竿，向前推移，球即不停滚动。马灯是两段，一个马头，一个马屁股，用带子系在身上。西瓜灯、蛤蟆灯、鱼灯，这些手提的灯，是小孩玩的。

有一个习俗可能是外地所没有的：看围屏。硬木长方框，约三尺高，尺半宽，镶绢，上画工笔演义小说人物故事，灯节前装好，一堂围屏约三十幅，屏后点蜡烛。这实际上是照得透亮的连环画。看围屏有两处，一处在炼阳观的偏殿，一处在附设在城隍庙里的火神庙。炼阳观画的是《封神榜》，火神庙画的是《三国》，围屏看了多少年，但还是年年看。好像不看围屏就不算过节似的。

街上有人放花。

有人放高升（起火），不多的几枝，起火升到天上，嗤——灭了。

天上有一盏红灯笼，竹篾为骨，外糊红纸，一个长方的筒，里面点了蜡烛，放到天上，灯笼是很好放的，连脑线都不用，在一个角上系上线。就能飞上去。灯笼在天上微微飘动，不知道为什么，看了使人有一点薄薄的凄凉。

年过完了，明天十六，所有店铺就"大开门"了。我们那里，初一到初五，店铺都不开门。初六打开两扇排门，卖一点市民必需的东西，叫作"小开门"。十六把全部排门卸掉，放一挂鞭，几个炮仗，叫作"大开门"，开始正常营业。年，就这样过去了。

一九九三年二月十二日

载一九九三年三月十八日《武汉晚报》

文游台

　　文游台是我们县首屈一指的名胜古迹。

　　台在泰山庙后。

　　泰山庙前有河，曰澄河。河上有一道拱桥，桥很高，桥洞很大。走到桥上，上面是天，下面是水，觉得体重变得轻了，有凌空之感。拱桥之美，正在使人有凌空感。我们每年清明节后到东乡上坟都要从桥上过（乡俗，清明节前上新坟，节后上老坟）。这正是杂花生树，良苗怀新的时候，放眼望去，一切都使人心情舒畅。

　　澄河产瓜鱼，长四五寸，通体雪白，莹润如羊脂玉，无鳞无刺，背部有细骨一条，烹制后骨亦酥软可吃，极鲜美。这种鱼别处其实也有，有的地方叫水仙鱼，北京偶亦有卖，叫面条鱼。但我的家乡人认定这种鱼只有我的家乡有，而且只有文游台前面澄河里有。家乡人爱家乡，只好由着他说。不过别处的这种鱼不似澄河所产的味美，倒是真的。因为都经过冷藏转运，不新鲜了。为什么叫"瓜鱼"呢？据说是因黄瓜开花时鱼始出，到黄瓜落架时就再捕不到了，故又名"黄瓜鱼"。是不是这么回事，谁知道。

泰山庙亦名东岳庙，差不多每个县里都有的，其普遍的程度不下于城隍庙。所祀之神称为东岳大帝。泰山庙的香火是很盛的，因为好多人都以为东岳大帝是管人的生死的。每逢香期，初一十五，特别是东岳大帝的生日（中国的神佛都有一个生日，不知道是从什么档案里查出来的）来烧香的善男信女（主要是信女）络绎不绝。一进庙门就闻到一股触鼻的香气。从门楼到甬道，两旁排列的都是乞丐，大都伪装成瞎子、哑巴、烂腿的残废（烂腿是用蜡烛油画的），来烧香的总是要准备一两吊铜钱施舍给他们的。

正面的大殿，神龛里坐着大帝，油白脸，疏眉细目，五绺长须，颇慈祥的样子，穿了一件簇新的大红蟒袍，手捧一把折扇。东岳大帝何许人也？据说是《封神榜》上的黄飞虎！

正殿两旁，是"七十二司"，即阴间的种种酷刑，上刀山、下油锅、锯人、磨人……这是对活人施加的精神威慑：你生前做坏事，死后就是这样！

我到泰山庙是去看戏。

正殿的对面有一座戏台。戏台很高，下面可以走人。这倒也好，看戏的不会往前头挤，因为太靠近，看不到台上的戏。

戏台与正殿之间是观众席。没有什么"席"，只是一片空场，看戏的大都是站着。也有自己从家里扛了长凳来坐着看的。

没有什么名角，也没有什么好戏。戏班子是"草台班子"，因为只在里下河一带转，亦称"下河班子"，唱的是京戏，但有些戏是徽调。不知道为什么，哪个班子都有一出《扫松下书》。这出戏剧情很平淡，我小时最不爱看这出戏。到了生意不好，没有什么观众的时候（这种戏班子，观众入场也还要收一点钱），就演《三本铁公鸡》，再不就演《九更天》《杀子报》。演《杀子报》是要加钱的，因为下河班子的闻太师勾的是金脸。下河班子演戏是很随便的，没有准调准词。只有一年，来了一人叫周素娟的女演员，是个正工青衣，在南方的科班时坐科学过戏，唱戏很规矩，能唱《武家坡》《汾河湾》这类的戏，甚至能唱《祭江》《祭塔》……。我的家乡真懂京戏的人不多，但是在周素娟唱大段慢板的时候，台下也能鸦雀无声，听得很入神。周素娟混得到里下河来搭班，是"卖了脑子"落魄了。有一个班子有一个大花脸，嗓子很冲，姓颜，大家就叫他颜大花脸。有一回，我听他在戏台旁边的廊子上对着烧开水的"水锅"大声嚷嚷："打洗脸水！"我从他的声音里听出了一腔悲愤，满腹牢骚。我一直对颜大花脸的喊叫不能忘。江湖艺人，吃这碗开口饭，是充满辛酸的。

泰山庙正殿的后面，即属于文游台范围，沿砖路北行，路东有秦少游读书台。更北，地势渐高，即文游台。台基是一个大土墩。墩之一侧为四贤祠。四贤，说法不一。这本是一个"淫祠"，是一位"蒲圻先生"把它改造了的。蒲圻先生姓胡，字克元。明代张诞《谒文游台四贤祠》诗云："迩来风流久渐烬，文游名在无遗踪。虽有高台可游眺，异端丹碧徒穹窿。嘉禾不植稂莠盛，邝人奔走如狂矇。蒲圻先生独好古，一扫陋俗隆高风。长绳倒拽淫象出，易以四子衣冠容。"这位蒲圻先生实在是多事，把"淫象"留下来让我们看看也好。我小时到文游台，不但看不到淫象，连"四子衣冠容"也没有，只有四个蓝地金字的牌位。墩之正面为盍簪堂。"盍簪"之名，比较生僻。出处在易经。《易·豫》：

"勿疑，朋盍簪。"王弼注："盍，合也；簪，疾也。"孔颖达疏："群朋合聚而疾来也。"如果用大白话说，就是"快来堂"。我觉得"快来堂"也挺不错。我们小时候对盍簪堂的兴趣比四贤祠大得多。因为堂的两壁刻着《秦邮帖》。小时候以为帖上的字是这些书法家在高邮写的。不是的。是把名家的书法杂凑起来的（帖都是杂凑起来的）。帖是清代嘉庆年间一个叫师亮采的地方官属钱梅溪刻的。钱泳《履园丛话》："二十年乙亥……是年秋八月为韩城师禹门太守刻《秦邮帖》四卷，皆取苏东坡、黄山谷、米元章、秦少游诸公书，而殿以松雪、华亭二家。"曾有人考证，帖中书颇多"赝鼎"，是假的，我们不管这些，对它还是很有感情。我们用薄纸蒙在帖上，用铅笔来回磨蹭，把这些字"塌"下来带回家，有时翻出来看看，觉得字很美。

盍簪堂后是一座木结构的楼，是文游台的主体建筑。楼颇宏大，东西两面都是大窗户。我读小学时每年"春游"都要上文游台，趴在两边窗台上看半天。东边是农田，碧绿的麦苗，油菜、蚕豆正在开花，很喜人。西边是人家，鳞次栉比，最西可看到运河堤上的杨柳，看到船帆在树头后面缓缓移动，缓缓移动的船帆叫我的心有点酸酸的，也甜甜的。

文游台的出名，是因为这是苏东坡、秦少游、王定国、孙莘老聚会的地方，他们在楼上饮酒、赋诗、倾谈、笑傲。实际上文游诸贤之中，最感动高邮人心的是秦少游。苏东坡只是在高邮停留一个很短的时期。王定国不是高邮人。孙莘老不知道为什么给人一个很古板的印象，使人不大喜欢。文游台实际上是秦少游的台。

秦少游是高邮人的骄傲，高邮人对他有很深的感情，除了因为他是大才子，"国士无双"，词写得好，为人正派，关心人民生活（著过《蚕书》）……还因为他一生遭遇很不幸。他的官位不高，最高只做到"正字"，后半生一直在迁谪中度过。四十六岁"坐党籍"——和司马光的关系，改馆阁校勘，出为杭州通判。这一年由于御史刘拯给他打了小报告，说他增损《实录》，贬监处州酒税。叫一个才子去管酒税，真是令人啼笑皆非。四十八岁因为有人揭发他写佛书，削秩徙郴州。五十岁，迁横州。五十一岁迁雷州。几乎每年都要调动一次，而且越调越远。后来朝廷下了赦令，迁臣多内徙，少游启程北归，至藤州，出游光华亭，索水欲饮，水至，笑视之而卒，终年五十三岁。

　　迁谪生活，难以为怀，少游晚年诗词颇多伤心语，但他还是很旷达，很看得开的，能于颠沛中得到苦趣。明陶宗仪《说郛》卷八十二：

　　　　秦观南迁，行次郴州遇雨，有老仆滕贵者，久在少游家，随以南行。管押行李在后，泥泞不能进，少游留道傍人家以俟。久之，盘跚策杖而至，视少游叹曰："学士，学士！他们取了富贵，做了好官，不枉了恁地，自家做甚来陪奉他们！波波地打闲官，方落得甚声名！"怒而不饭。少游再三勉之，曰"没奈何"。其人怒犹未已，曰："可知是没奈何！"少游后见邓博文言之，大笑，且谓邓曰："到京见诸公，不可不举似，以发大笑也。"

　　我以为这是秦少游传记资料中写得最生动的一则，而且是可靠的。这样如闻其声的口语化的对白是伪造不来的。这也是白话文学史中很珍贵的资料，老仆、少游，都跃然纸上。我很希望中国的传记文学、历史题材的小说戏曲都能写成这样。然而可遇而不可求。现在的传记、历史题材的小说，都空空廓廓，有事无人，而且注入许多"观点"，使人搔痒不着，吞蝇欲吐。历史连续电视剧则大多数是胡说八道！

东坡闻少游凶信，叹曰："少游已矣，虽万人何赎！"呜呼哀哉。

一九九三年四月十九日

载一九九三年第五期《散文天地》

露筋晓月

"秦邮八景"中我最不感兴趣的是"露筋晓月"。我认为这是对我的故乡的侮辱。

有姑嫂二人赶路，天黑了，只得在草丛中过夜。这一带蚊子极多，叮人很疼。小姑子实在受不了。附近有座小庙，小姑子到庙里投宿。嫂子坚决不去，遂被蚊虫咬死，身上的肉都被吃净，露出筋来。时人悯其贞节，为她立了祠。祠曰露筋祠，这地方从此也叫作露筋。

这是哪个全无心肝的街道之士编造出来的一个残酷惨厉的故事！这比"饿死事小，失节事大"，还要灭绝人性。

这故事起源颇早，米芾就写过《露筋祠碑》。

然而早就有人怀疑过。欧阳修就说这不合情理：蚊子怎么多，也总能拍打拍打，何至被咬死？再说蚊子只是吸人的血，怎么会把肉也吃掉，露出筋来呢？

我坐小轮船从高邮往扬州，中途轮机发生故障，只能在露筋抛锚修理。

　　高邮湖上的蓝天渐渐变成橙黄，又渐渐变成深紫，暝色四合，令人感动。我回到舱里，吃了两个夹了五香牛肉的烧饼，喝了一杯茶，把行李里带来的珠罗纱蚊帐挂好，躺了下来，不大会，就睡着了。

　　听到一阵嘤嘤的声音，睁眼一看：一个蚊子，有小麻雀大，正把它的长嘴从珠罗纱的窟窿里伸进来，快要叮到我的赤裸的胳臂。不过它太大了，身子进不来。我一把攥住它的长嘴，抽了一根棉线，把它的长嘴拴住，棉线的一端压在枕头下，蚊子进不来又飞不走，就狠狠拍扇翅膀，这就好像两把扇子往里吹风。我想：这不赖，我可以凉凉快快地睡一夜。

　　一个声音，很细，但是很尖：

　　"哥们！"

　　这是蚊子说话哪，——"哥们"？

　　"哥们，你为什么把我拴住？"

　　"你是世界上最可恨的东西！你们为什么要生出来？"

　　"我们是上帝创造的。"

　　"你们为什么要吸人的血？"

　　"这是上帝的意旨。"

　　"为什么咬得人又疼又痒？"

　　"不这样人怎么能记住他们生下来就是有罪的？"

　　"咬就咬吧，为什么要嗡嗡叫？"

　　"不叫，怎么能证明我们的存在？"

　　"你们真该统统消灭！"

"你消灭不了！"

"我现在就要把你消灭了！"

我伸开两手，隔着蚊帐使劲一拍。不料一欠身，线头从枕头下面脱出，蚊子带着一截棉线飞走了。最可气的是它还回头跟我打了个招呼："拜拜！你消灭不了我们，我们是国家一级保护动物！"

一声汽笛，我醒了。

晓月朦胧，露华滋润，荷香细细，流水潺潺。

轮机已经修好了。又一声长长的汽笛，小轮船继续完成未尽的航程。

我靠着船栏杆，想起王士祯的《露筋祠》诗："……门外野风开白莲"。

一九九三年四月十九日

载一九九四年第三期《散文天地》

草巷口

过去，我们那里的民间常用燃料不是煤。除了炖鸡汤、熬药，也很少烧柴。平常煮饭、炒菜，都是烧草——烧芦柴。这种芦柴杆细而叶多，除了烧火，没有什么别的用处。草都是由乡下——主要是北乡用船运来，在大淖靠岸。要买草的，到岸边和草船上的人讲好价钱，卖草的即可把草用扁担挑了，送到这家，一担四捆，前两捆，后两捆，水桶粗细一捆，六七尺长。送到买草的人家，过了秤，直接送到堆草的屋里。给我们家过秤的是一个本家叔叔抡元二爷。他用一杆很大的秤约了分量，用一张草纸记上"苏州码子"。我是从抡元二叔的"草纸账"上才认识苏州码子的。现在大家都用阿拉伯数字，认识苏州码子的已经不多了。我们家后花园里有三间空屋，是堆草的。一次买草，数量很多，三间屋子装得满满的，可以烧很多时候。

从大淖往各家送草，都要经过一条巷子，因此这条巷子叫作草巷口。

　　草巷口在"东头街上"算是比较宽的巷子。像普通的巷子一样，是砖铺的——我们那里的街巷都是砖铺的，但有一点和别的巷子不同，是巷口嵌了一个相当大的旧麻石磨盘。这是为了省砖，废物利用，还是有别的什么原因，就不知道了。

　　磨盘的东边是一家油面店，西边是一个烟店。严格说，"草巷口"应该指的是油面店和烟店之间，即麻石磨盘所在处的"口"，但是大家把由此往北，直到大淖一带都叫作"草巷口"。

　　"油面店"，也叫"茶食店"，即卖糕点的铺子，店里所卖糕点也和别的茶食店差不多，无非是：兴化饼子、鸡蛋糕。兴化饼子带椒盐味，大概是从兴化传过来的。羊枣，也叫京果，分大小两种，小京果即北京的江米条，大京果似北京蓼花而稍小。五月十五前当然要做月饼。过年前做烽糖饼，像一个锅盖，烽糖饼是送礼用的。夏天早上做一种"潮糕"，米面蒸成，潮糕做成长长的一条，切开了一片一片是正方角，骨牌大小，但是切时断而不分，吃时一片一片揭开吃，潮糕有韧性，口感很好。夏天的下午做一种"酒香饼子"，发面，以糯米和面，烤熟，初出锅时酒香扑鼻。

　　吉陞的糕点多是零块地卖，如果买得多（是为了送礼的），则用苇篾编的"撇子"装好，一底一盖，中衬一张长方形的红纸，印黑字：

　　"本店开设东大街草巷口坐北朝南惠顾诸君请认明吉陞字号庶不致误"

　　源昌烟店主要是卖旱烟，也卖水烟——皮丝烟。皮丝烟中有一种，颜色是绿的，名曰"青条"，抽起来劲头很冲。一般烟店不卖这种烟。

　　源昌有一点和别家店铺不同。别的铺子过年初一到初五都不开门，破五以前是不做生意的。源昌却开了一半铺搭子门，靠东墙有一个卖"耍货"的摊子。可能卖耍货的和源昌老板是亲戚，所以留一块空地供他摆摊子。"耍货"即卖给小孩子玩艺："捻捻转""地嗡子"（陀螺）……卖得最多的是"洋泡"。一个薄薄橡皮做的小囊，上附小木嘴。吹气后就成了氢气球似的圆泡，撒手后，空气振动木嘴里的一个小哨，哇的一声。还卖一些小型的花炮，起火，"猫捉老鼠"……最便宜的是"滴滴金"，——皮纸制成麦杆粗细的小管，填了一点硝药，点火后就会嗤嗤地喷出火星，故名"滴滴金"。

　　进巷口，过麻石磨盘，左手第一家是一家"茶炉子"。茶炉子是卖开水的，即上海人所说的"老虎灶"。店主名叫金大力。金大力只管挑水，烧茶炉子的是他的女人。茶炉子四角各有一口大汤罐，当中是火口，烧的是粗糠。一簸箕粗糠倒进火口，呼的一声，火头就窜了上来，水马上呱呱地就开了。茶炉子卖水不收现钱，而是事前售出很多"茶筹子"——一个一个小竹片，上面用烙铁烙了字："十文""二十文"，来打开水的，交几个茶筹子就行。这大概是一种古制。

　　往前走两步，茶炉子斜对面，是一个澡堂子，不大。但是东街上只有这么一个澡堂子，这条街上要洗澡的只有上这家来。澡堂子在巷口往西的一面墙上钉了一个人字形小木棚，每晚在小棚下挂一个灯笼，算是澡堂的标志（不在澡堂的门口）。过年前在木棚下贴一条黄纸的告白，上写：

"正月初六日早有菊花香水"

那就是说初一到初五澡堂子是不开业的。

为什么是"菊花香水"而不是兰花香水、桂花香水？我在这家澡堂洗过多次澡，从来没有闻到过"菊花香水"味儿，倒是一进去，就闻到一股浓重的澡堂子味儿。这种澡堂子味道，是很多人愿意闻的。他们一闻过味道，就觉得：这才是洗澡！

有些人烫了澡（他们不怕烫，不烫不过瘾），还得擦背、捏脚、修脚，这叫"全大套"。还要叫小伙计去叫一碗虾子猪油葱花面来，三扒两口吃掉。然后咕咚咕咚喝一壶浓茶，脑袋一歪，酣然睡去。洗了"全大套"的澡，吃一碗滚烫的虾子汤面，来一觉，真是"快活似神仙"。

由澡堂往北，不几步，是一个卖香烛的小店。这家小店只有一间门面。除香烛纸祃之外，卖"箱子"。苇秆为骨，外糊红纸。四角贴了"云头"。这是人家买去，内装纸钱，到冥祭时烧给亡魂的。小香烛店的老板（他也算是"老板"），人物猥琐，个儿矮小，而且是个"齉鼻子"，"齉"得非常厉害，说起话来瓮声瓮气，谁也听不清他说什么。他的媳妇可是一个很"刷括"（即干净利索）的小媳妇，她每天除了操持家务，做针线，就是糊"箱子"。一街的人都为这小媳妇感到很不平，——嫁了这么个矮小个齉鼻子丈夫。但是她就是这样安安静静地过了好多年。

由香烛店往北走几步，就闻到一股骡粪的气味。这是一家碾坊。这家碾坊只有一头骡子（一般碾坊至少有两头骡子，轮流上套）。碾坊是个老碾坊。这头骡子也老了，看到这头老骡子低着脑袋吃力地拉着碾子，总叫人有些不忍心。骡子的颜色是豆沙色的，更显得没有精神。

　　碾坊斜对面有一排比较整齐高大的房子，是连万顺酱园的住家兼作坊。作坊主要制品是萝卜干，萝卜干揉盐之后，晾晒在门外的芦席上，过往行人，可以抓几个吃。新腌的萝卜干，味道很香。

　　再往北走，有几户人家。这几家的女人每天打芦席。她们盘腿坐着，压过的芦苇片在她们的手指间跳动着，延展着，一会儿的工夫就能织出一片。

　　再往北还零零落落有几户人家。这几户人家都是干什么的，我就不知道了，我很少到那边去。

载一九九五年第一期《雨花》

师恩母爱

——怀念王文英老师

　　五小（县立第五小学）创立了我们县的第一所幼儿园（当时叫作"幼稚园"），我是幼稚园第一届的学生。幼稚园是新建的，什么都是新的。新的瓦顶，新的砖墙，新的大窗户，新的地板。地板是油漆过的，地板上用白漆漆了一个很大的圆圈。地板门窗发出很好闻的木料的香味。这是我们的教室。教室一边是放玩具的安了玻璃窗的柜橱，一边是一架风琴。教室门前是一片草坪。草坪一侧是滑梯、跷跷板（当时叫作"轩轾板"，这名称很文，我们都不知道为什么叫这样的名称）、沙坑，另一侧有一根粗大的木柱，木柱有顶，中有铁轴，可转动。柱顶垂下七八根粗麻绳，小朋友手握麻绳，快走几步，两腿用力蹬地，两脚蜷缩，人即腾起，围着木柱而转。这件体育器材叫作"巨人布"。我至今不明白这东西怎么会叫这样一个奇怪名字，而且我以后再也没有见过这样的奇怪东西。这就是我们的幼稚园，我们真正的乐园。

　　幼稚园也上下课。课业内容是唱歌、跳舞、游戏。教我们唱歌游戏的是王先生（那时没有"阿姨"这种称呼），名文英，最初学的是简单的短歌：

　　　　拉锯，送锯，

　　　　你来我去。

　　　　拉一把，推一把，

　　　　哗啦哗啦起风啦，

　　　　小小狗，

　　　　小小猫，快快跑。

后来学了带一点情节性的表演唱：

母亲要外出，嘱咐孩子关好门，有人叫门，不要开。

狼来了，唱唱：

　　　　小孩子乖乖，

　　　　把门儿开开，

　　　　快点儿开开，

　　　　我要进来。

　　　　不开不开不能开，

　　　　母亲不回来，

　　　　谁也不能开！

狼依次叫小兔子乖乖、小羊儿乖乖开门，他们都不开。最后叫小螃蟹：

> 小螃蟹乖乖，
>
> 把门儿开开，
>
> 快点儿开开，
>
> 我要进来。

小螃蟹答应：

> 就开就开我就开——

小螃蟹开了门，"啊呜！"狼一口把它吃掉了。

合唱：

> 可怜小螃蟹，
>
> 从此不回来！

最后就能排演有歌有舞、有舞台动作的小歌剧《麻雀和小孩》了。

开头是老麻雀教小麻雀学飞：

> 飞飞，飞飞，慢慢飞。
>
> 要上去就要把头抬，
>
> 要下来尾巴摆一摆，

这个样子飞到这里来。

老麻雀出去寻食，老不回来。小孩上，问小麻雀：

　　小麻雀呀，
　　你的母亲哪里去了？

小麻雀答：

　　我的母亲打食去了，
　　还不回来，
　　饿的真难受。

小孩把小麻雀接回去，给它喂食充饥。
老麻雀回来，发现女儿不见了，十分焦急，唱：

　　啊呀不好了，
　　女儿不见了！
　　焦焦，
　　女儿，
　　年纪小，
　　不会高飞上树梢。
　　渺渺茫茫路远山遥……

小孩把小麻雀送回来，老麻雀看见女儿，非常高兴，问它是不是饿坏了。女儿说小孩人很好，给它喂了食：

> 小青虫，小青豆，
> 吃了一个饱，
> 我的妈妈呀！

老麻雀感谢小孩。

全剧终。

剧情很简单，音乐曲调也很简单，但是感情却很丰富，麻雀母女之情，小孩的善良仁爱，都在小朋友的心灵中留下深刻长久的影响。

所有的歌舞表演都是王文英先生一句一句地教会的。我们在表演时，王先生踏风琴伴奏。我至今听到风琴声音还是很感动。

我在五小毕业，后来又读了初中、高中，人也大了，就很少到幼稚园去看看。十九岁离乡，四方漂泊，一直没有回去过。我一直没有再见过王先生。她和我的初中的教国文的张道仁先生结了婚，我是大了以后才知道的。

一九八一年秋，我应邀回阔别多年的家乡讲学，带了一点北京的果脯去看王先生和张先生，并给他们各送了一首在招待所急就的诗。给王先生的一首不文不白，毫无雕饰。第二天，张先生带着两瓶酒到招待所来看我，我说哪有老师来看学生的道理，还带了酒！张先生说，是王先生一定要他送来的。说王先生看了我的诗，哭了一晚上。这首诗全诗是：

"小孩子乖乖，把门儿开开，"

歌声犹在，耳边徘徊。

我今亦老矣，白髭盈腮，

念一生美育，从此培栽，

师恩母爱，岂能忘怀！

愿吾师康健，长寿无灾。

张先生说，王先生对他说："我教过那么多学生，长大了，还没有一个来看过我的！"王先生指着"师恩母爱，岂能忘怀"对张先生说："他进幼稚园的时候还戴着他妈妈的孝！"我这才知道王先生为什么对我特别关心，特别喜爱。张先生反复念了这两句，连说："师恩母爱！师恩母爱！"

王先生已经去世几年了。我不知道她的准确的寿数，但总是八十以上了。

我觉得幼儿园的老师对小朋友都应该有这样的"师恩母爱"。

一九九六年八月

载一九九六年九月九日《江苏教育报》

阴 城

　　草巷口往北，西边有一个短短的巷子。我的一个堂房叔叔住在这里。这位堂叔我们叫他小爷。他整天不出门，也不跟人来往，一个人在他的小书房里摆围棋谱，养鸟。他养过一只鹦鹉，这在我们那里是很少见的。我有时到小爷家去玩，去看那只鹦鹉。

　　小爷家对面有两户人家，是种菜的。

　　由小爷家门前往西，几步路，就是阴城了。

　　阴城原是一片古战场，韩世忠的兵曾经在这里驻过，有人捡到过一种有耳的陶壶，叫作"韩瓶"，据说是韩世忠的兵用的水壶，用韩瓶插梅花，能够结子。韩世忠曾在高邮驻守，但是没有在这里打过仗。韩世忠确曾在高邮属境击败过金兵，但是在三垛，不在高邮城外，有人说韩瓶是韩信的兵用的水壶，似不可靠，韩信好像没有在高邮屯过兵。

　　看不到什么古战场的痕迹了，只是一片野地，许多乱葬的坟，因此叫作"阴城"。有一年地方政府要把地开出来种麦子，挖了一大片无主的坟，遍地是糟朽的薄皮棺材和白骨。麦子没有种成，阴城又成了一片野地，荒坟累累，杂草丛生。

我们到阴城去，逮蟆蚱，掏蛐蛐，更多的时候是去放风筝。

小时候放三尾子。这是最简单的风筝。北京叫屁股帘儿，有的地方叫瓦片。三根苇篾子扎成一个干字，糊上一张纸，四角贴"云子"，下面粘上三根纸条就得。

稍大一点，放酒坛子，篾架子扎成绍兴酒坛状，糊以白纸；红鼓，如鼓形；四老爷打面缸，红鼓上面留一截，露出四老爷的脑袋——一个戴纱帽的小丑：八角，两个四方的篾框，交错为八角；在八角的处边再套一个八角，即为套角，糊套角要点技术，因为两个八角之间要留出空隙。红双喜，那就更复杂了，一般孩子糊不了。以上的风筝都是平面的，下面要缀很长的麻绳的尾巴，这样上天才不会打滚。

风筝大都带弓。干蒲破开，把里面的瓤刮去，只剩一层皮，苇秆弯成弓，把蒲绷在弓的两头，缚在风稳额上，风筝上天，蒲弓受风，汪汪地响。

我已经好多年不放风筝了。北京的风筝和我家乡的，我小时糊过、放过的风筝不一样，没有酒坛子，没有套角，没有红鼓，没有四老爷打面缸。北京放的多是沙燕儿。我的家乡没有沙燕儿。

载一九九八年第一期《收获》

三圣庵

祖父带我到三圣庵去，去看一个老和尚指南。

很少人知道三圣庵。

三圣庵在大淖西边。这是一片很荒凉的地方，长了一些野树和稀稀拉拉的芦苇，有一条似有若无的小路。

三圣庵是一个小庵，几间矮矮的砖房。没有大殿，只有一个佛堂。也没有装金的佛像。供案上有一尊不大的铜佛。一个青花香炉，清清爽爽，十干净净。

指南是个戒行严苦的高僧。他曾在香炉里烧掉两个食指，自号八指头陀。

他原来是善因寺的方丈。善因寺是全城最大的佛寺，殿宇庄严，佛像高大，善因寺有很多庙产。指南早就退居，——"退居"是佛教的说法，即离开方丈的位置，不再管事。接替他当善因寺的方丈的，是他的徒弟铁桥。指南退居后就住进三圣庵，和尘世完全隔绝了。

指南相貌清癯，神色恬静。

祖父和他说了一会话，——他们谈了一些什么，我已经没有印象，就告辞出庵了。

他的徒弟铁桥和指南可是完全不一样。他是一个风流和尚，相貌堂堂，双目有光。他会写字，会画画，字写石鼓文，画法吴昌硕，兼学任伯年，在我们县里可以说是数一数二。他曾在苏州一个庙里当过住持，作画题铁桥，有时题邓尉山僧。他所来往的都是高门名士。善因寺有素菜名厨，铁桥时常办斋宴客，所用的都是猴头、竹荪之类的名贵材料。很多人都知道，他有一个相好的女人。这个女人我见过，是个美人，岁数不大。铁桥和我的父亲是朋友。父亲年轻时刻过一套《陋室铭》印谱，就是铁桥题的签。父亲续娶，新房里挂的是一幅铁桥的画，泥金地，画的是桃花双燕，设色鲜艳，题的字是："淡如仁兄嘉礼弟铁桥敬贺"。父亲在新房里挂一幅和尚画的画，铁桥和俗家人称兄道弟，他们都真是不拘礼法。我有时到善因寺去玩，铁桥知道我是汪淡如的儿子，就领我到他的方丈里吃枣子栗子之类的东西。我的小说里所写的石桥，就是以铁桥作原型的。

高邮解放，铁桥被枪毙了，什么罪行，没有什么人知道。

前几年我回家乡，翻看旧县志，发现志载东乡有一条灌溉长渠，是铁桥出头修的。那么铁桥也还做过一点对家乡有益的事。

我不想对铁桥这个人做出评价。不过我倒觉得铁桥的字画如果能搜集得到，可以保存在县博物馆里。

由三圣庵想到善因寺，又由指南想到铁桥，我这篇文章真是信马由缰了。为什么要写这篇文章呢？我只是想说：和尚和和尚不一样，和尚有各式各样的和尚，正如人有各式各样的人。

　　我直到现在还不明白我的祖父为什么要带我到三圣庵，去看指南和尚。我想他只是想要一个孙子陪陪他，而我是他喜欢的孙子。

载一九九八年第一期《收获》

牌 坊
——故乡杂忆

　　臭河边南岸有三座贞节牌坊。三座牌坊大小、高矮、式样差不多，好像三姊妹。都是白石头，重檐，方柱。横枋当中有一块微向前倾的长方石头，像一本洋装书。上刻两个字："圣旨"。这三座牌坊旌表的是什么人，谁也没有注意过。立牌坊的年月是刻在横枋的左侧的，但是也没有人注意过。反正是有了年头了。牌坊整天站着，默默无言。太阳好的时候，牌坊把影子齐齐地落在前面的土地上。下雨天，在大雨里淋着。每天黄昏，飞来很多麻雀，落在石檐下面，石枋石柱的缝隙间，叽叽喳喳，叫成一片。远远走过来，好像牌坊自己在叫。

　　听到过一个关于牌坊的故事。

　　有一家，姓徐，是个书香人家，徐少爷娶妻白氏，貌美而贤惠，知书达礼。不幸徐少爷得了一场伤寒，早离尘世。徐少奶奶这时才二十四五岁，年轻守寡。徐少爷留下一个孩子，才三岁。徐少奶奶就守着这个孩子，教他读书习字。

转眼二十年过去了，孩子已经长大成人。孩子很聪明，也用功，功名顺利，由秀才、举人，一直到中了进士。

这年清明祭祖，徐氏族人聚会，说起白夫人年轻守节，教子成名，应该申报旌表，为她立牌坊。儿子觉得在理，就回家对母亲说明族人所议。

白夫人一听，大怒，说：

"我不要立牌坊！"

说着从床下拖出一个柳条笆斗，笆斗里是一斗铜钱。白夫人把铜钱往地板上一倒，说：

"这就是我的贞节牌坊！"

原来白夫人每到欲念升起，脸红心乱时，就把一斗铜钱倒在地板上，滚得哪儿都是，然后俯身一枚一枚的拾起来，这样就岔过去了。

儿子从此再也不提立牌坊的事。

早茶笔记

八指头陀

八指头陀法号指南，是我的祖父学佛的师父。他原是我们县最大的寺庙善因寺的方丈，退居后住在三圣庵。祖父曾带我去看过他（我到现在还不明白祖父为什么要带我去看这位老和尚，那时我还很小）。三圣庵是一个很小的庙子，地方很荒僻，在大淖旁边，周围没有人家，只是一些黄叶枯枝的杂树林子，一片吐着白絮的芦苇。一条似有若无的小路，小路平常似乎没有人走。小路尽处，是一个青砖瓦顶的小庵，孤伶伶的。

我记不清老和尚的年龄，只记得他干瘦干瘦的，穿了一件很旧的，但是干干净净的衲衣。

指南和尚没有什么特别处。一是他退居得比较早（后来善因寺的方丈是他的徒弟铁桥），一是祖父告诉我，他曾在香炉里把两只手的食指烧掉，因此自号八指头陀。

　　我没有看见他烧掉食指的手是什么样子，因为他始终把他的手放在衲衣的袖子里。

　　我不知道和尚为什么要烧掉手指，我想无非是考验自己的坚韧吧。不管怎么说，这是常人办不到的。

　　祖父对他很恭敬。我对他也很恭敬。我一直记得那座隐藏在黄叶芦苇中的小庵。

耿庙神灯

　　我小时候非常向往耿庙神灯，总希望能够看到一次。

　　天气突变，风浪大作，高邮湖上，天色浓黑，伸手不见五指，客船、货船、渔船全都失去方向，在大风浪里乱转，弄船的舵师水手惊慌失措。正在危急之际，忽然抬头一望，只见半空中出现了红灯。据说，有时两盏，有时四盏，有时六盏，多的时候能有八盏。或排列整齐，或错落有序，微微起落，红光熠熠。水手们欢呼："七公显灵了！七公显灵了！"船户朝红灯奋力划去，就会直达高邮县城。这就是"耿庙神灯"，"秦邮八景"之一。

　　多美的红灯呀！

　　七公是真有这个人的，姓耿，名遇德，生于北宋大中祥符五年，山东兖州府东平州梁山泊人，排行第七，人称七公。后来隐居高邮，在高邮湖边住，有人看到他坐了一个蒲团泛湖上。

　　七公为高邮人做了很多好事，死后邑人为他立了庙，叫作"七公殿"。

　　有一年，运河决口，黑夜中见一盏红灯渐渐移近决口处，不知从哪里漂来很多柴草，把决口堵住了。人们隐隐约约看到一个紫衣人坐在柴草上，相貌很像七公殿里的七公塑像。

　　七公殿是一座庙，也是一个地名。我们小时常到七公殿去玩。

　　我的侄孙辈大概已经不知道什么"耿庙神灯"了。

一九八八年十月二十一日

我的初中

初中全名是高邮县立初级中学，是全县的最高学府。我们县过去连一所高中都没有。

地点在东门。原址是一个道观，名曰赞化宫。我上初中时，二门楣上还保留着"赞化宫"的砖额，字是《曹全碑》体隶书，写得不错，所以我才记得。

赞化宫的遗物只有一个白石砌的圆形的放生池，池上有石桥。平日池干见底，连日大雨之后有水。东北角有一座小楼，原是供奉吕祖的。年久失修，岌岌可危。吕祖楼的对面有一土阜。阜上有亭，倒还结实。亭子的墙壁外面冷成红色。我们就叫它"小亭子"。亭之三面有圆形的窗洞。拳起两脚，坐在窗洞里，可以俯瞰墙外的土路。小亭之下长了相当大一丛紫竹。紫竹皮色深紫，极少见。我们县里好像只有这一丛紫竹。不知是何年，何人所种。小亭子左边有一棵楮树，我们那里叫"壳树"。楮树皮可造纸，但我们那里只是采其大叶以洗碗。因为楮叶有细毛，能去油腻。还有一棵很奇怪的树，叫"五谷树"，一棵结五种形状不同的小果子，我们家乡从哪一种果子结得多少，以占今年宜豆宜麦。

初中的主要房屋是新建的。靠南墙是三间教室，依次为初一、初二、初三，对面是教导处和教员休息室。初三教室之东，有一个圆门，门外有一座楼，两层。楼上是图书馆，主要藏书是几橱万有文库。楼下是住读生的宿舍，初中学生大部分是走读，有从四乡村镇来的学生，城区无亲友家可寄住，就住在学校里，谓之"住读"。

初中的主课是"英（文）、国（文）、算（数学）"。学期终了结算学生的总平均分数，也只计算这三门。

初一、初二的英文没有学到什么东西，因为教员不好。初三却有一门奇怪的课：英文三民主义。不知道这是国民党的统一规定，还是我们学校里特别设置的。教这一课的是校长耿同霖。耿同霖新中国成立后被枪毙了，不知道他有什么罪恶，但他在当我们的校长时看不出有多坏。他有一个习惯，讲话或上课时爱用两手摩挲前胸。他老是穿一件墨绿色的毛料的夹袍。在我的想象里，他被枪毙时也是穿的这件夹袍。

初一、初二国文是高北溟先生教的。他的教学法大体如我在小说《徙》中所写的那样。有些细节是虚构的，如小说中写高先生编过一本《字形音义辨》，实际上他没有编过这样一本书，他只是让学生每周抄写一篇《字辨》上的字。但他编过一些字形的歌诀，如：戌横、成点、戊中空。《国学常识》是编过一本讲义的，学生要背"三坟五典八索九丘"，"乾三连、坤六断、震仰盂、艮覆碗"……他讲书前都要朗读一遍。有时从高先生朗读的顿挫中学生就能体会到文义。"小子识之：苛政猛于虎也"，"永州之野产异蛇，黑质而白章……"他讲书，话不多，简明扼要。如讲《训俭示康》："……'厅事前仅容旋马'，闭目一想，就知道房屋有多狭小了。"这使我受到很大启发，对写小说有好处。小说的描述要使读者有具体的印象。如果记录厅事的尺寸，即无意义。高先生教书很严，学生背不出来，是要打手心的。我的堂弟汪曾炜挨过多次打。因为他小时极其顽皮，不用功。曾炜后来发愤读书，现在是著名的心脏外科专家了。我的同班同学刘子平后来在高邮中学教书，和高先生是同事了。曾问过高先生："你从前为什么对我们那么严？"高先生叹了一口气，说："我现在想想，真也不必。"小说《徙》中写高先生在初中未能受聘，又回小学去教书了，是为了渲染高先生悲怆遭遇而虚构的，事实上高先生一直在高邮中学任教，直至寿终。

教初三国文的是张道仁先生。他是比较有系统地把新文学传到高邮来的。他是上海大夏大学毕业的。我在写给张先生的诗中有两句："汲源来大夏，播火到小城。"一九八六年，我和张先生提起，他说他主要根据的是孙俍工的一本书。

教初二代数的是王仁伟先生。王先生少孤。他的父亲曾游食四方。王先生曾拿了一册他的父亲所画的册页，让我交给我父亲题字。我看了这套册页，都是记游之作。其中有驴、骡、骆驼，大概是在北方的时候多。王先生学历不高，没有上过大学。他的家境不宽裕，白天在学校上课，晚上还要在家里为十多个学生补习，够辛苦的。也许因为他的脾气不好，多疑而易怒，见人总是冷着脸子。我的代数不好。但王先生却很喜欢我。我有一次病了几天，他问我的堂哥汪曾浚（他和我同班）："汪曾祺的病怎么样？"我那堂哥回答："他死不了。"王先生大怒，说："你死了我也不问！"

教初三几何的是顾调笙先生。他同时是教导主任。他是中央大学毕业的，中央大学是名牌国立大学，因此他看不起私立大学毕业的教员，称这种大学为"野鸡大学"，有时在课堂公开予以讥刺。他对我的几何加意辅导。因为他一心想培养我将来进中央大学，学建筑，将来当建筑师。学建筑同时要具备两种条件，一是要能画画，一是要数学好，特别是几何。我画画没有问题，数学——几何却不行。他在我身上花了很多工夫，没有效果，叹了一口气说："你的几何是桐城派几何！"桐城派文章简练，而几何是要一步步论证的，我那种跳跃式的演算，不行！顾先生走路总是反抄着两手，因为他有点驼背，想用这种姿势纠正过来。他这种姿势显得人更为自负。

教美术的是张杰夫先生。"夫"字的行草似"大人"两个字合在一起，学生背后便称之为"杰大人"。他不是本地人，是盐城人，上海艺专毕业。他画水彩，也画国画。每天写大字一张，临《礼器碑》。《礼器碑》用笔结体都比较奇峭，高邮人不欣赏。他的业绩是开辟了一个图画教室，就在吕祖楼东边的一排闲房里。他订制了画架，画板（是银杏木的）。我们这才知道画西洋画是要把纸钉在画板上斜立在画架上画的（过去我们画画都是把纸平放在桌子上画的）。三年级以后，画水彩画，我开始知道分层布色，知道什么叫"笔触"。我们画的次数最多的是鱼，两条鱼，放在瓷盘里。我们最有兴趣的是倒石膏模子。张先生性格有点孤僻，和本地籍的同事很少来往。算是知交的，只有一个常州籍教地理学的史先生。史先生教了一学年，离开了。张先生写了一首诗送他："侬今送君人笑痴，他日送侬知是谁？"这是活剥《葬花词》，但是当时我们觉得写得很好，很贴切。大概当时的教员都有一点无端的感伤主义。

教音乐的也是一位姓张的先生，他的特别处是发给学生乐谱不是简谱，是五线谱；教了一些外国歌。我学会《伏尔加船夫曲》就是在那时候。张先生郁郁不得志，他学历不高，薪水也低。

东门外是刑场。出东门，有一道铁板桥，脚踏在上面，"咚咚"地响。桥下是水闸，闸上闸下落差很大，水声震耳，如同瀑布。这道桥叫作"掉魂桥"，说是犯人到了桥上，魂就掉了。过去刑人是杀头的。东门外南北大路也有四五个圆的浅坑，就是杀人的遗迹。据说，犯人跪在坑里，由刽子手从后面横切一刀，人头就落地了。后来都改成枪毙了，我们那里叫作"铳人"。在教室里上着课，听着凄厉的拉长音的号声，就知道：铳人了。一下课，我们就去看。犯人的尸首已经装在一具薄皮棺材里，抬到城墙外面的荒地里，地下一摊泛出蓝光的血。

东门之东，过一小石桥，有几间瓦房。原来大概是一个什么祠，后来成了耕种学田的农民的住家。瓦房外是打谷场。有一棵大桑树。桑树下卧着一头牛。不知道为什么，我一想起桑树和牛，就很感动。大概是因为看得太熟了。

城墙下是护城河，就是流经掉魂桥的河。沿河种了一排很大的柳树。柳树远看如烟，有风则起伏如浪。我第一次体会到什么是"烟柳""柳浪"，感受到中国语言之美。可以这样说：这排柳树教会我怎样使用语言。

往南走，是东门宝塔。

除了到打谷场上看看，沿护城河走走，我们课余的活动主要有：爬城墙、跳河。

操场东面，隔一道小河，即是城墙。城墙外壁是砖砌的，内壁不封砖，只是夯土。内壁有一点坡度，但还是很陡。我们几乎每天搞一次登山运动。上了陡坡，手扶垛口，心旷神怡。然后由陡坡飞奔而下，这可是相当危险的，无法减速，下到平地收不住脚，就会一直窜到河里去。

操场北面，沿东城根到北城根，虽在城里，却很荒凉。人家不多，很分散。有一些农田，东一块，西一块，大大小小，很不规整。种的多是杂粮，豆子、油菜、大麦……地大概是无主的地，种地的也不正经地种，荒废不治，靠天收。地块之间，芦荻过人。我曾经在一片开着金黄的菊形的繁花的茼蒿上面（茼蒿开花时高可尺半）看到成千上万的粉蝶，上下翻飞，真是叫人眼花缭乱。看到这种超常景象，叫人想狂叫。

这里有很多野蔷薇，一丛一丛，开得非常旺盛。野蔷薇是单瓣的，不耐细看，好处在多，而且，甜香扑鼻。我自离初中后，再也没有看到这样多的野蔷薇。

稍远处有一片杂木林。我有一次在林子里看到一个猎人。我从来没有看到过猎人。我们那里打鱼的很多，打猎的几乎没有。这个猎人黑瘦瘦的，眼睛很黑，他穿了一身黑的衣裤，小腿上缠了通红的绑腿。这个猎人给我一种非常猛厉的印象。他在追逐一只斑鸠。斑鸠已经发觉，它在逃避。斑鸠在南边的树头枝叶密处，猎人从北往南走，他走得从容不迫，一步，一步。快到树林南边。

斑鸠一翅飞到北边树上。猎人又从南往北走，一步，一步。这是一种无声的紧张，持续的意志的角逐。我很奇怪，斑鸠为什么不飞出树林。这样往复多次，斑鸠慌神了，它飞得不稳了。一声枪响，斑鸠落地。猎人拾起斑鸠，放进猎袋，走了。他的大红的绑腿鲜明如火。我觉得斑鸠和猎人都很美。

这一片荒野上有一些纵横交错的小河。我们几乎每天来比赛"跳河"。起跑一段，纵身一跳，跳到对岸。河阔丈许，跳不好就会掉在河里，但我的记忆中似没有一人惨遭灭顶。

跳河有大王，大王名孙普，外号黑皮。他是多宽的河也敢跳的。

赞化宫之外，有一处房屋也是归初中使用的：孔庙。孔庙离赞化宫很近，往两三分钟即到。孔庙大门前有一个半圆形的泮池，常年有水，池上围以石栏。泮池南面是一片大坪场，整整齐齐地栽了很多松树，都已经很大了。孔庙的主体建筑是明伦堂，原是祭孔的地方，后来成了初中的大礼堂。至圣先师的牌位被请到原来住"训导""教谕"的厢房里去了，原来供牌位的地方挂了孙中山（像）。明伦堂的东西两壁挂了十六条彩印的条幅，都是民族英雄，有《苏武牧羊》《闻鸡起舞》《班超投笔》《木兰从军》……其余的，记不得了。为什么要挂这样的画？这时"九一八"事变已经发生，全国上下抗战救国情绪高涨。我们的国文、历史课都增加培养民族意识的内容，作文也多出这方面的题目。有一次高北溟先生出了一道作文题《救国策》，我那堂哥汪曾浚辟头写道"国将亡，必欲救，此不易之理也"。他的名句我一直记得。他大概读了一些《东莱博议》之类的书，学会了这种调调。这有点可笑，一个初中学生能拿什么救国之策呢？但是大敌当前，全民奋起，精神可贵。我到现在还觉得应该教初中、小学的学生背会《术兰词》，唱"苏武留胡节不辱"。这对培养青少年的情操和他们的审美意识，都是有好处的。

一九九二年八月二十四日

载一九九三年第八期《作家》

看 画

　　上初中的时候，每天放学回家，一路上只要有可以看看的画，我都要走过去看看。

　　中市口街东有一个画画的，叫张长之，年纪不大，才二十多岁，是个小胖子。小胖子很聪明。他没有学过画，他画画是看会的。画册、画报、裱画店里挂着的画，他看了一会儿就能默记在心。背临出来，大致不差。他的画不中不西，用色很鲜明，所以有人愿意买。他什么都画。人物、花卉、翎毛、革虫都画。只是不画山水。他不只是临摹，有时也"创作"。有一次他画了一个斗方，画一棵芭蕉，一只五彩大公鸡，挂在他的画室里（他的画室是敞开的）。这张画只能自己画着玩玩，买是不会有人买的，谁家会在家里挂一张"鸡巴图"？

　　他擅长的画体叫作"断简残篇"。一条旧碑帖的拓片（多半是汉隶或魏碑）、半张烧糊一角的宋版书的残页、一个裂了缝的扇面、一方端匋斋的印谱……七拼八凑，构成一个画面。画法近似"颖拓"，但是颖拓一般不画这种破破烂烂的东西。他画得很逼真，乍看像是剪贴在纸上的。这种画好像很"雅"，而且这种画只有他画，所以有人买。

这个家伙写信不贴邮票，信封上的邮票是他自己画的。

有一阵子，他每天骑了一匹大马在城里兜一圈，呱嗒呱嗒，神气得很。这马是一个营长的。城里只要驻兵，他很快就和军官混得很熟。办法很简单，每人送一套春宫。

一九四七年，我在上海先施公司二楼卖字画的陈列室看到四条"断简残篇"，一看署名，正是"张长之"！这家伙混得能到上海来卖画，真不简单。

北门里街东有一个专门画像的画工，此人名叫管又萍。走进他的画室，左边墙上挂着一幅非常醒目的朱元璋八分脸的半身画，高四尺，装在镜框里。朱洪武紫棠色脸，额头、颧骨、下巴，都很突出。这种面相，叫作"五岳朝天"。双眼奕奕，威风内敛，很像一个开国之君。朱皇帝头戴纱帽，著圆领团花织金大红龙袍。这张画不但皮肤、皱纹、眼神画得很"真"，纱帽、织金团龙，都画得极其工致。这张画大概是画工平生得意之作，他在画的一角用掺糅篆隶笔意的草书写了自己的名字：管又萍。若干年后，我才体会到管又萍的署名后面所挹注的画工的辛酸。画像的画工是从来不署名的。

若干年后，我才认识到管又萍是一个优秀的肖像画家，并认识到中国的肖像画有一套自成体系的肖像画理论和技法。

我的二伯父和我的生母的像都是管又萍画的。二伯父端坐在椅子上，却穿着明朝的服装，头戴方巾，身着湖蓝色的斜领道袍。这可能是尊重二伯父的遗志，他是反清的。我没有见过二伯父，但是据说是画得很像的。我母亲去世时我才三岁，记不得她的样子，但我相信也是画得很像的，因为画得像我的姐姐，家里人说我姐姐长得很像我母亲。画工画像并不参照照片，是死人断气后，在床前直接勾描的。

然后还得起一个初稿。初稿只画出颜面，画在熟宣纸上，上面蒙了一张单宣，剪出一个椭圆形的洞，像主的面形从椭圆形的洞里露出。要请亲人家属来审查，提意见，胖了，瘦了，颧骨太高，眉毛离得远了……管又萍按照这些意见，修改之后，再请亲属看过，如无意见，即可完稿。然后再画衣服。

画像是要讲价的，讲的不是工钱，而是用多少朱砂，多少石绿，贴多少金箔。

为了给我的二伯母画像，管又萍到我家里和我的父亲谈了几次，所以我知道这些手续。

管又萍的"生意"是很好的，因为他画人很像，全县第一。

这是一个谦恭谨慎的人，说话小声，走路低头。

出北门，有一家卖画的。因为要下一个坡，而且这家的门总是关着，我没有进去看过。这家的特点是每年端午节前在门前柳树上拉两根绳子，挂出几十张钟馗。饮酒、醉眠、簪花、骑驴、仗剑叱鬼、从鸡笼里掏鸡、往胆瓶里插菖蒲、嫁妹、坐着山轿出巡……大概这家藏有不少种钟馗的画稿，每年只要照描一遍。钟馗在中国人物画里是个很有人性、很有幽默感的可爱的形象。我觉得美术出版社可以把历代画家画的钟馗收集起来出一本《钟馗画谱》，这将是一本非常有趣的画册。这不仅有美术意义，对了解中国文化也是很有意义的。

　　新巷口有一家"画匠店"，这是画画的作坊。所生产的主要是"家神菩萨"。家神菩萨是几个本不相干的家族的混合集体。最上一层是南海观音和善财龙女。当中是关云长和关平、周仓。下面是财神。他们画画是流水作业，"开脸"的是一个人，画衣纹的是另一个人，最后加彩贴金的又是一个人。开脸的是老画匠，做下手话的是小徒弟。画匠店七八个人同时做活，却听不到声音，原来学画匠的大都是哑巴。这不是什么艺术作品，但是也还值得看看。他们画得很熟练，不会有败笔。有些画法也使我得到启发。比如他们画衣纹是先用淡墨勾线，然后在必要的地方用较深的墨加几道，这样就有立体感，不是平面的，我在画匠店里常常能站着看一个小时。

　　这家画匠店还画"玻璃油画"。在玻璃的反面用油漆画福禄寿或老寿星。这种画是反过来画的，作画程序和正面画完全不同。比如画脸，是先画眉眼五官，后涂肉色；衣服先画图案，后涂底子。这种玻璃油画是作插屏用的。

　　我们县里有几家裱画店，我每一家都要走进去看看。但所裱的画好的很少。人家有古一点的好画都送到苏州去裱。本地裱工不行，只有一次在北市口的裱画店里看到一幅王匋民写的八尺长的对子，给我留下深刻的印象，我认为王匋民是我们县的第一画家。他的字也很有特点，我到现在还说不准他的字的来源，有章草，又有王铎、倪瓒。他用侧锋写那样大的草书对联，这种风格我还没有见过。

一九九三年六月一日